Wie reagiert man, wenn man seinen Ehemann nicht mehr zu ertragen vermeint und sich dann unverhofft einem nächtlichen Einbrecher gegenübersieht, der nur eines will: nämlich Geld? Die aus einem unüberlegten Entschluss heraus gewünschte Lösung überrascht sogar den fremden Eindringling, doch er ist skrupellos genug, Lias Bitte zu erfüllen. Dummerweise ist der hilfsbereite Einbrecher jedoch auf weitere Einnahmen angewiesen, und da kommt er auf eine Idee ...

J.L. Mahrten ist das Pseudonym der 1965 geborenen Autorin, die in ihrer norddeutschen Heimat lebt. Sie hat bereits erfolgreich mehrere Kurzgeschichten veröffentlicht.

J.L. Mahrten

# Du wirst mir nicht mehr entwischen

**Roman**

Bibliografische Information der Deutschen Nationalbibliothek:
Die Deutsche Nationalbibliothek verzeichnet diese Publikation in der
Deutschen Nationalbibliografie; detaillierte bibliografische Daten sind
im Internet über http://www.dnb.de abrufbar.

© 2025 J.L. Mahrten
(© Erstveröffentlichung: 2015)
Verlag: BoD · Books on Demand GmbH, In de Tarpen 42,
22848 Norderstedt, bod@bod.de
Druck: Libri Plureos GmbH, Friedensallee 273,
22763 Hamburg

ISBN: 978-3-7693-5638-0

Mama ... Sandy ... Wir müssen hier raus!" Die Stimme der Zehnjährigen schnappte fast über vor Angst, als sie wie gebannt durchs Heckfenster schaute und verfolgte, wie der schwere LKW sich ihnen rasch näherte. Erkannte der Fahrer denn nicht, dass vor ihm ein Stau war?

Lia sah wieder nach vorn und bemerkte im Rückspiegel den entsetzten Blick des älteren Mannes, der sich bereiterklärt hatte, die drei bis zur nächsten Stadt in seinem Fahrzeug mitzunehmen. Panik stand in den Augen ihrer Mutter, als diese auf dem Beifahrersitz herumfuhr, aufgeschreckt durch den Schrei ihrer jüngsten Tochter. Lias Schwester riss den Mund auf, brachte jedoch keinen Ton heraus. Diesen letzten Augenblick, in dem Mutter und Schwester sie in Todesangst anstarrten, sollte Lia niemals vergessen ...

Dann ging alles ganz schnell. Lia löste sich aus ihrer Erstarrung, riss die Tür auf und sprang aus dem Auto. Fast wäre sie lang hingeschlagen, fing sich jedoch in letzter Sekunde, kam wieder auf die Beine und brachte mehrere Meter hinter sich. Weg, nur weg vom Auto! Sie nahm noch einen ohrenbetäubenden Knall wahr, als der Truck nahezu ungebremst auf das Auto prallte, dann flog etwas gegen ihren Kopf. Lia verlor das Bewusstsein.

Das monotone Piepen der Überwachungsgeräte an ihrem Krankenbett begleitete sie in den nun folgenden

Wochen. Wie man ihr schonend beibrachte, würde sie Mutter und Schwester niemals wiedersehen; auch der hilfsbereite Fahrer hatte nicht überlebt. Nur Lia war wie durch ein Wunder mit leichten Verletzungen davongekommen.

\*\*\*

Das Glas flog schwungvoll vom vollbeladenen Tablett und landete auf der Brust des Eiscafébesuchers. Kaffee und Schlagsahne spritzten heraus und bekleckerten das hellblaue Leinenhemd, Vanilleeis rann auf die helle Jeans und hinterließ Schlieren auf den teuren Slippern an seinen Füßen.

Der etwa dreißigjährige Mann schnappte empört nach Luft und sah hoch. „Können Sie denn nicht ...“ Er blickte in ein Paar goldbraune Augen unter feingeschwungenen Brauen, die ihn verlegen ansahen, und verstummte. Die Kellnerin mit der schlanken, hochgewachsenen Gestalt setzte das Tablett auf dem Terrassentisch vor ihm ab und reichte ihm eine Papierserviette.

„Tut mir leid, ich ...“ Sie presste die Lippen zusammen und wischte sich über die schweißglänzende Stirn.

„Sie sind gestolpert, meine Güte, das ist doch kein Drama!“ Verständnisvoll lächelte er ihr zu. „Die Hitze heute, dazu der Stress ...“ Er fuhr mit dem Zeigefinger durch eine Spur Vanilleeis auf seinem Oberschenkel und leckte es genüsslich ab. „Mmmh, lecker ...“

„Ich bringe Ihnen natürlich ein neues Glas, geht auf Kosten des Hauses“, erklärte sie.

„Aber nur, wenn Sie mir Ihren Namen und Telefonnummer verraten, sonst beschwere ich mich bei

Ihrer Chefin!", erwiderte er und grinste sie frech an.

Ein Windstoß wirbelte ihr glattes, kastanienbraunes Haar auf, das sie offen trug und das bis zu ihrer Hüfte hinunterreichte. Sie strich es mit der Hand zurück und musterte den attraktiven Gast mit raschem Blick. Dann verzauberte ein offenes, herzliches Lachen ihr ovales Gesicht, das beherrscht wurde vom großen Mund.

„Und dann möchten Sie mich sicherlich nach Feierabend zu einem Eiskaffee einladen?" In ihre Augen trat ein amüsierter Ausdruck. „Ich bin Lia ... Nein, eigentlich Julia!", verbesserte sie sich. „Schließlich müssen Sie ja den korrekten Namen wissen, damit er später richtig in den Ehering eingraviert werden kann ..." Sie lachte über seinen verdutzten Blick und besann sich wieder ihrer Aufgaben; schließlich war der Ferienort an der Nordsee zu dieser Jahreszeit ausgebucht und das Eiscafé dichtbesetzt.

\*\*\*

Bernd war geschieden und elf Jahre älter als die Achtzehnjährige. Mit ihrer immer leicht gebräunten Haut wirkte sie wie eine heißblütige Schönheit aus dem Süden, und ihre lebhafte, offene Art faszinierte ihn. Schon bald entwickelte sich eine stürmische Liebesbeziehung zwischen den beiden.

Umschmeichelt von den Aufmerksamkeiten und der Erfahrung des erfolgreichen Architekten, schlug Lia alle warnenden Stimmen in den Wind.

Sie gaben sich das Jawort in einer kleinen, romantischen Backsteinkirche und zogen in Bernds großzügige Villa am Rande Hannovers. Er hatte eine glänzende Karriere gemacht, somit musste Lia sich über Geld nun nicht mehr den Kopf zerbrechen. Begeistert zog sie mit der Kreditkarte bewaffnet durch die Einkaufspassagen, empfand nach einiger Zeit allerdings Langeweile. Mit dem Vorschlag, sich eine Halbtagsstelle zu suchen, stieß sie bei Bernd jedoch auf entschiedenen Widerstand. Seine Frau habe es doch wohl nicht nötig, sich mit dummen Kunden herumzuschlagen!

Lia versuchte ihre innere Leere mit Besuchen im Fitness-Studio zu füllen, und schließlich entdeckte sie die Malerei für sich. Sie richtete sich kleines Atelier ein und verbrachte ganze Tage an der Staffelei; erste Ausstellungen folgten, die Besucher waren begeistert. Lia ging nun völlig in der Malerei auf, und ihre fröhliche Unbeschwertheit kehrte allmählich zurück.

Bernds erste Ehe war gescheitert, nachdem seine Frau entdeckt hatte, dass er sie betrog. Er gelobte, bei Lia würde alles anders sein; bald jedoch amüsierte er sich erneut anderweitig. Es dauerte nur wenige Jahre, und schon herrschten nur noch eisiges Schweigen und Gleichgültigkeit zwischen ihnen.

Ein Kind mit ihm zu haben, hatte Bernd von Anfang an kategorisch abgelehnt; Lia fühlte sich tief verletzt und wünschte sich schon bald, aus dieser Ehe ausbrechen zu können. In Armut aufgewachsen, war sie jedoch nicht mehr bereit, auf ihren finanziell sorgenfreien Lebensstil zu verzichten und fügte sich in den goldenen Käfig. Bernd ließen einzig die unschönen Erinnerungen an seine erste Scheidung noch vor einer Trennung zurückschrecken.

Thorben, hilf mir doch bitte mal! Ich krieg das verflixte Ding nicht auf!" Der schlanke Dunkelhaarige trat zur Seite und ließ seinen Bruder am Schloss des Garagentors ruckeln. Zunächst vorsichtig, dann immer nachdrücklicher versuchte er, das Tor zu öffnen, hinter dem ein leises Motorgeräusch zu hören war.

Schließlich ließ er entmutigt die Arme sinken: „Hast du 'ne Ahnung, was das soll, Steffen?"

Ein ratloses Kopfschütteln war die Antwort, dann schnupperte dieser; seine Augen weiteten sich. „Ruf die Feuerwehr! Sofort!" Er holte aus und trat mit aller Kraft auf den Knauf des Schlosses, nahm Anlauf, trat erneut zu, keuchte, verlor sich in wilder Raserei, begann zu schreien, tobte wie ein Wahnsinniger. „Verflucht! Worauf wartest du?" Seine Stimme gellte durch den parkähnlichen Garten, der sich hinter dem Gebäude erstreckte. „Dad ... Nein!"

„Steff! Sag mal, spinnst du? Was ..." Thorben verstummte jedoch, als er die tiefe Verzweiflung in den Augen des Bruders sah, und allmählich dämmerte ihm, dass hinter dem braunen Tor etwas Schreckliches geschah. Nun nahm auch er den Abgasmief wahr, der der verschlossenen Garage entwich.

Er spurtete in die weitläufige Eingangshalle der eleganten Villa, rutschte beinahe auf den Marmorfliesen aus und wählte den Notruf.

*\*\**

„Er hat es nie verwunden, dass sie ihn verlassen hat! Der alte Crebent, Chef eines bundesweit tätigen Unternehmens, überall bekannt und geachtet, aber als Ehemann ein Verlierer, Elke!" Wissend nickte der altgediente Gärtner des großen Crebentschen Anwesens, bekleidet mit grüner Latzhose und Karohemd, und klapperte mit der Gartenschere in seiner Hand.

„Ach Jockel, das ist doch schon ewig her! Da waren die Jungs noch Kinder, der Große ... Der war gerade acht, und Thorben erst sieben!" Die Grauhaarige mit der altmodischen Dauerwelle zog die Augenbrauen hoch. „Um sie gekümmert hat er sich nicht, es war fast so, als hätten sie zugleich auch den Vater verloren! Er schlich nur noch wie ein verbittertes Gespenst umher", meinte sie bedauernd. „Gerade Steffen hat es damals schwer getroffen, er war ja immer schon recht scheu und grüblerisch. Und so wissbegierig, der hat sich nach dem Verlust der Mutter ständig in seinem Zimmer vergraben, sich regelrecht in seine Bücher geflüchtet!" Sie wiegte nachdenklich den Kopf. „Sein Abitur hat er glänzend bestanden, aber selbst das war dem Vater gleichgültig. Der wurde nur immer verschrobener und völlig unnahbar, man fand keinen Zugang mehr zu ihm! Ich habe mich all die Jahre hindurch natürlich um die beiden Jungs gekümmert, wann immer es mir möglich war. Aber trotz aller Liebe konnte ich ihnen natürlich nicht die Mutter ersetzen, ich war ja nur die Haushälterin", seufzte sie. „Als Steffen dann nach seinem Auslandsaufenthalt ein Jurastudium an der Elite-Universität begann, Jockel, was war ich stolz auf ihn!" Ihre Augen leuchteten.

„Und der Kleine will unbedingt Schauspieler werden!"
Der Mann entfernte mit geübtem Griff einen welken
Zweig aus dem prächtigen Rhododendron, neben dem er
stand. „Klappt bloß bisher nicht so richtig ..."

„Thorben, ja ... Der ist viel lebhafter, richtig impulsiv!
Kaum zu glauben, dass die beiden Brüder sind, trotz ihrer
äußerlichen Ähnlichkeit!" Sie rückte ihre Brille zurecht
und sah den Gärtner aufmerksam an.

Der fuhr sich mit dem Handrücken durch den Vollbart,
dass es knisterte. „Und nun das ... Diese Tragödie!" Ein
fassungsloses Kopfschütteln begleitete seine Worte.
„Hockt sich einfach in seinen Sportflitzer und lässt den
Motor laufen!"

***

Wie tief das Unternehmen in den roten Zahlen steckte,
erfuhren die Kinder erst jetzt. Ihr Vater hatte ihnen nie
etwas von den geldlichen Schwierigkeiten verraten, in
denen er steckte. Nun war er tot, und seine Söhne standen
vor dem finanziellen Nichts. Erst Mitte Zwanzig, wurde
Steffen somit unsanft aus seinem finanziell abgesicherten
Dasein herausgeschleudert.

Thorben schlug sich nun als mittelloser Schauspieler
mehr schlecht als recht durchs Leben; Steffen jobbte als
Taxifahrer, ergriff Jobs in der Landwirtschaft, half im
Einzelhandel aus, schuftete auf dem Bau. Und eines Tages
begann er, verstohlen Dinge aus Supermarktregalen
verschwinden zu lassen und in U-Bahnen Geldbörsen aus
fremden Taschen in die eigene zu befördern. Mit jedem
Raubzug schwanden zusehends seine Skrupel. Er wurde
mit der Zeit erfahrener und stieg eines Abends in einen

Kiosk ein, konnte im letzten Moment einem aufmerksamen Anwohner entwischen und lernte es, seine Sinne zu schärfen.

Nach dem ersten Einbruch in ein Einfamilienhaus betrank er sich sinnlos und wachte am nächsten Morgen mit einem entsetzlichen Dröhnen im Schädel auf. Den restlichen Tag verbrachte er damit, die kahle Wand in seiner schäbigen Behausung anzustarren, doch am Abend bekämpfte er seine Schuldgefühle und machte sich auf zum nächsten Einbruch, kehrte mit reicher Beute zurück und gewöhnte sich allmählich an den Adrenalinkick, der ihn überkam, sobald er sich auf leisen Sohlen dem nächsten vielversprechenden Objekt näherte.

Das gleichmäßige Schnurren der glänzenden schwarzen Luxuslimousine lullte sie ein und ließ ihren Kopf allmählich zur Seite sinken; der genossene Sekt und Sherry taten ein Übriges, sie einzuschläfern. Das üppige Abendessen in der steifen Atmosphäre des Nobelrestaurants gemeinsam mit einem Geschäftspartner Bernds und dessen Frau hatte Lia gelangweilt über sich ergehen lassen, ebenso das blasierte Geschwätz der beiden und Bernds herablassendes Benehmen, sobald sie es auch nur wagte, ein Wort zum Gespräch beitragen zu wollen. Sie sehnte sich danach, in ihr Bett zu sinken und diesen Abend zu vergessen.

„Kannst du denn nicht wenigstens mal auf die Schilder achten? Wird Zeit, dass das verfluchte Navi wieder funktioniert, du bist ja wie immer zu nichts zu gebrauchen!" Bernds Gebrüll ließ sie hochfahren und unwillkürlich einen Blick aus dem Seitenfenster werfen, wo sie im letzten Augenblick noch ein Hinweisschild am Fenster vorbeirauschen sah. Bernd trat wütend auf die Bremse und zeigte dem nachfolgenden Fahrer, der ihrem Wagen nur mit Mühe ausweichen konnte und kräftig hupte, einen Vogel. „Idiot!", schimpfte er unbeherrscht. „Tja, dann müssen wir eben umkehren, das haben wir nur dir zu verdanken!"

Natürlich, sie war wieder schuld! Lia krallte ihre Finger in den edlen Ledersitz und holte tief Luft, um nicht laut zu schreien. „Hättest mich ja nach Hause fahren lassen können, auf den Alkohol hätte ich dann verzichtet!", giftete sie zurück. „Aber deine dämliche Karre ist dir ja heilig ..."

Ein verächtliches Schnauben war die einzige Antwort, während Bernd das Fahrzeug auf der dunklen Landstraße wendete und in die Gegenrichtung fuhr. Ohne zu blinken bog er kurz darauf auf die verpasste Straße ein, wobei er ein entgegenkommendes Auto gefährlich schnitt.

„Was hast du dir übrigens dabei gedacht, Frau Gangenholt-Wittenborn mit deiner ... deiner Schmiererei zu belästigen? Du glaubst doch wohl nicht im Ernst, dass ein vernünftiger erwachsener Mensch auf die Idee kommen könnte, dafür Geld rauszuwerfen? An dem unverständlichen Gekleckse ist das einzig Wertvolle der Rahmen drumherum!" Bernd warf ihr einen kurzen Blick zu. „Kaum vorstellbar, dass solch eine feine Dame sich in deine Ausstellung bemüht! Die hängt sich nämlich lieber richtige Kunst an die Wand!"

Lia presste die Lippen zusammen und schwieg. Im Gegensatz zu Bernd, der ihre farbenfrohen Acrylbilder abfällig als „Gekleckse" abtat, bewunderten Gäste die ausdrucksvollen Acrylbilder, und Lia war stolz darauf. Sie umfasste energisch ihr elegantes Handtäschchen und musste den Impuls unterdrücken, es Bernd über den Schädel zu ziehen.

Schweigend verlief der Rest der Heimfahrt; Bernd fuhr über sämtliche Ampeln bei Dunkelgelb, und Temporegeln schienen für ihn nicht zu gelten. Als der Wagen über die breite Auffahrt vor ihrer Villa rollte und sie warten mussten, bis das Garagentor sich automatisch öffnete, wanderte Lias Blick die Fassade empor und blieb an den pompösen Stuckverzierungen hängen. Protzig und pompös wie Bernds ganzer Lebensstil.

In einfachen Verhältnissen aufgewachsen, bereitete es Lia immer noch Schwierigkeiten, sich in den für sie fremden Kreisen zurechtzufinden, denen ihr Mann angehörte. Doch sie war das gutaussehende *Schmuckstück* an der Seite des angesehenen Architekten, und wie das funkelnde brandneue Luxusauto, wie die bombastische Riesenvilla und wie die blitzenden Brillanten an ihren Ohren und die teuren Klunker an ihren Fingern war auch sie nur ein Teil seiner Ein-Mann-Show *Ich bin ein Mann von Welt und kann mir alles beschaffen!*

Im Schlafzimmer angekommen, stöhnte sie erleichtert auf, nachdem sie sich aus dem eleganten zartblauen Kleid gepellt hatte. Was für ein unbequemes Ding! Achtlos warf sie es über eine Sessellehne und verschwand stirnrunzelnd im Bad, um den Schmuck abzulegen und sich abzuschminken, dann ging sie zurück ins Schlafzimmer und legte ein schlichtes Baumwollnachthemd an. Bernd würde genervt mit den Augen rollen, könnte er sie so sehen, doch sie hatte schon lange kein Verlangen mehr nach seinen gelegentlichen Annäherungsversuchen. Aber er hockte wie jeden Abend vor seinem PC und verfolgte die Aktienkurse oder tauschte Mails aus, bevorzugt mit fremden Frauen, die auf sein charmantes Geplaudere hereinfielen ... Und sich persönlich mit ihm trafen, wie Lia wusste! Es war ihr mittlerweile gleichgültig.

Es dauerte nicht lange, und sie schlief. Doch war ihr

keine lange Ruhe vergönnt, denn der menschliche Mehlsack, der sich laut gähnend neben sie ins Bett plumpsen und seine Finger gierig in eindeutiger Absicht über ihren Körper gleiten ließ, weckte sie unsanft wieder auf. Genervt schüttelte sie Bernds Hand ab und drehte sich zur anderen Seite, während sie so weit wie möglich von ihm abrückte.

Knurrend rollte er sich ebenfalls herum und beanspruchte dabei nahezu die komplette Bettdecke für sich. Sollte sie doch frieren.

\*\*\*

„Maske, Taschenlampe, Handschuhe, Knarre", murmelte er und versenkte alles in einem dunkelblauen Rucksack, dann schnappte er sich seine dunkle Lederjacke und schlüpfte hinein. Dazu die schwarze Jeans, die schwarzen Sneaker, der schwarze Rolli ... In der Nacht mochten alle Katzen angeblich grau sein, doch die hatten schließlich auch etwas anderes vor!

Er strich mit den Fingern über die Jacke und fühlte das Springmesser in der linken und das Injektionsbesteck in der rechten Innentasche.

Ein Blick zur Armbanduhr sagte ihm, dass es Zeit war, aufzubrechen. Pfeifend schloss er die Jacke, klappte den Kofferraumdeckel zu und nahm den Rucksack mit ins Wageninnere. Griffbereit, und dennoch für neugierige Augen nicht gleich sichtbar, wurde er hinterm Beifahrersitz verstaut. Auf zur Arbeit ...

Etwa eine Viertelstunde später stellte er sein Auto in einer unbeleuchteten Nebenstraße ab und schlich einen einsamen Pfad entlang, schlängelte sich geschmeidig durch eine Lücke in einer Hecke und näherte sich dann leise seinem Ziel, immer aufmerksam lauschend, mit geübten Augen unaufhörlich die Umgebung überwachend ...

Nicht das Geringste durfte ihm entgehen! Immerhin war es den Gesetzeshütern dank der Cleverness und Umsicht, mit denen er seinem Handwerk nachging, bislang nicht gelungen, ihn dingfest zu machen. Und so musste es auch bleiben.

„Nie wieder werde ich in einer schäbigen Dachwohnung hausen und Gelegenheitsjobs ergreifen!", schwor er sich in Gedanken, während er darauf achtete, nicht gegen einen der Terrassenstühle zu stoßen.

Seit er begonnen hatte, sich durch Einbrüche und Diebstähle über Wasser zu halten, konnte er sich wieder einen recht großzügigen Lebensstil erlauben. Aus der Dachwohnung war inzwischen eine geräumige Penthousewohnung über den Dächern Hamburgs geworden, und er war recht zufrieden mit seinem Dasein. Die anfänglichen Gewissensbisse hatten sich in Skrupellosigkeit verwandelt; in teure Villen in Norddeutschlands Nobelvierteln einzusteigen betrachtete er als sportliche Herausforderung.

Steffen Crebent stoppte und ließ den Rucksack von seiner Schulter gleiten.

*\*\**

Lia schreckte hoch. Wieviel Zeit mochte vergangen sein, seit er die Nachttischleuchte angeknipst hatte und leise hinausgeschlurft war? Sie wusste es nicht, aber irgendetwas beunruhigte sie. Die leuchtende

Digitalanzeige des Weckers auf ihrem Nachtschränkchen sprang soeben auf drei Uhr zwanzig. An Bernds nächtlichen Gang zur Toilette war sie gewöhnt, auch daran, dass er stets das Licht einschaltete. Sich darüber aufzuregen hatte sie längst aufgegeben. Meist schlief sie glücklicherweise gleich wieder ein.

Jetzt verspürte sie jedoch eine eigenartige Beklemmung. Lia rutschte etwas hoch und lehnte sich an das Kopfteil des Bettes. Sie hielt unwillkürlich den Atem an. Stille ... Nein, da war es wieder! Ein vernehmliches Wimmern ... Das hatte sie also aus dem Halbschlaf gerissen! Sie lauschte angespannt in die Dunkelheit hinein und hörte erneut ein gequältes Stöhnen, das ihr eine Gänsehaut verursachte. Es folgte ein dumpfer Schlag, dann war es still. Die Geräusche schienen aus der Eingangshalle der Villa zu kommen.

Ihr Herz hämmerte, als sie rasch aus dem Bett glitt und hastig in ihren Morgenrock schlüpfte. Leise schlich sie auf nackten Fußsohlen den Flur entlang. Im schwachen Lichtschein der Nachttischleuchte nahm sie einen Schatten auf dem großzügigen Treppenaufgang wahr. Sie erstarrte; unfähig, sich zu bewegen, drückte sie sich an die Wand.

Im nächsten Augenblick riss eine schwarzgekleidete Gestalt sie unsanft an sich. Sie spürte, wie sich ein sehniger Arm gewaltsam um ihren Hals legte, und begann nach Luft zu schnappen. Das kalte Metall einer Schusswaffe berührte ihre Wange.

„Wo ist der Tresor? Und machen Sie keine Zicken, sonst geht's Ihnen wie dem Typen da unten!" Die raue Männerstimme erklang direkt neben ihrem Ohr.

Lia spürte, wie ihr der kalte Schweiß ausbrach. Sie begann unkontrolliert zu zittern.

„Was wollen Sie von uns? Ich ..." Sie jaulte auf, als der Fremde ihr mit dem Arm stärker die Luft abdrückte.

„Ich habe keine Zeit, mich auf Diskussionen einzulassen. Sie führen mich umgehend zum Tresor, oder Sie haben ein ernsthaftes Problem!"

„Unten im Wohnzimmer ..." Lia rang nach Luft, als er den Würgegriff lockerte.

„Okay, gehen wir runter. Ich hoffe, ihr habt genug dort gebunkert! Nicht, dass ich womöglich völlig umsonst hier eingestiegen bin. Jeder hat schließlich Anspruch auf Belohnung für seine Anstrengungen." Er lachte.

Die Waffe zwischen ihre Schulterblätter gedrückt, drehte er ihr gleichzeitig den linken Arm auf den Rücken, hielt ihn mit kräftigen Fingern umklammert, stieß sie vor sich her und den Treppenaufgang hinunter. Unten angekommen sah Lia sich gehetzt um und überlegte fieberhaft. Könnte es ihr gelingen, sich von ihm loszureißen, blitzschnell durch eine der Türen zu schlüpfen und diese von der anderen Seite abzusperren? Ihr war klar, dass es dem Fremden mit der Drohung ernst war; er würde nicht zögern, ihr Schmerzen zuzufügen, da war sie sich sicher. Ihr blieb in der derzeitigen Situation nicht die geringste Chance, sich zu wehren.

Was war mit Bernd geschehen? Konnte er ihr noch zu Hilfe kommen? Lia glaubte, von Zeit zu Zeit sein schmerzvolles Stöhnen zu vernehmen. Was hatte dieser Irre mit ihrem Mann angestellt?

Als sie den großzügig gestalteten Flur durchquert

hatten, sah Lia, dass die Tür zum Wohnzimmer weit offenstand. Sie wollte hindurchgehen und wäre beinahe lang hingeschlagen. Unmittelbar vor ihr lag Bernd. Er röchelte; im Dämmerlicht sah sie eine Blutlache auf dem Teppichläufer. Sie konnte ihren Mann kaum verstehen, als er flüsternd versuchte, sich verständlich zu machen: „Polizei ... bewaffnet ...“

„Los, den Tresor aufmachen, sonst liegen Sie gleich daneben!“ Der Fremde stieß sie ungeduldig weiter und zwang sie, das Wohnzimmer zu durchqueren, bis sie vor einer riesigen Schrankwand standen. Lia beugte sich hinunter und zog die Tür auf, hinter der sich der Tresor befand. Mit bebenden Fingern begann sie, die Zahlenkombination einzustellen. Während sie sich bemühte, sich an die korrekte Reihenfolge der Ziffern zu erinnern, nahm ein Gedanke in ihrem Kopf Gestalt an. Sie hielt inne und blickte zu ihrem Peiniger auf.

Leise sagte sie: „Ich möchte Ihnen ein Geschäft vorschlagen. Ich verspreche Ihnen wesentlich mehr Geld, als hier im Tresor liegt. Hier bewahren wir nie besonders viel auf, mein Mann ist extrem vorsichtig. Aber wenn Sie mir einen Gefallen tun, fällt Ihre Beute erheblich größer aus.“ Sie versuchte, in die dunklen Augen des Mannes zu blicken, mit denen er Lia durch die Sehschlitze einer schwarzen Maske hindurch unverwandt ansah; bis auf eine weitere schmale Öffnung für den Mund war der Rest seines Gesichts vollkommen verdeckt. Er hob seine Taschenlampe etwas höher, blendete sie. Sie schloss die Augen. Dann wisperte sie: „Bitte ... Hören Sie mir wenigstens zu.“

Der Einbrecher senkte die Taschenlampe ein wenig. „Na los. Aber schnell!"

Sie warf einen Blick hinüber zu Bernd. Falls ihr Plan nicht aufging, bekam er besser nichts von dem mit, was sie nun sagte.

Die Stimme gedämpft, wandte sie sich an den Fremden: „Ich hasse meinen Mann. Wir haben uns schon lange nichts mehr zu sagen. Eine Scheidung wäre für mich allerdings eine finanzielle Katastrophe, dafür hat er gesorgt. Sonst wäre ich schon längst weg. Wenn ..." Sie holte tief Luft. „Wenn Sie ihn für mich beseitigen, bekommen Sie nicht nur den gesamten Tresorinhalt, sondern außerdem einen gedeckten Scheck mit einer Summe, die Sie zufriedenstellen wird. Ich lasse Ihnen einen großen Vorsprung, bevor ich die Polizei alarmiere."

Sie hörte, wie er scharf den Atem einsog, offenbar überrascht von ihrem Vorschlag. Dann entgegnete er ihr mit ruhiger Stimme: „Kein Problem, Lady. Wird erledigt. Vorsichtshalber sollte ich Ihnen allerdings auch ein paar kleine Blessuren zufügen. Nur wegen der Glaubwürdigkeit, sorry. Ich mach´s auch möglichst kurz und schmerzlos - Sie haben Glück, Sie sind an einen Profi geraten."

Er deutete auf den Tresor. „Erst den Inhalt daraus und den Scheck! Und zwar einen vordatierten, ich bin ja geduldig genug, um auf die Scheinchen zu warten."

Als Lia ihn fragend anschaute, erklärte er: „Oder möchten Sie unbedingt, dass die Bewegung auf Ihrem Konto so bald nach Ihrem ... naja, nach Ihrem *Missgeschick* jemandem merkwürdig vorkommt?"

Lia runzelte irritiert die Stirn.

Er schüttelte leicht den Kopf und räusperte sich: „Sie schreiben ein zukünftiges Datum drauf, überreichen mir feierlich das Ding, dann erledige ich meinen Teil der Abmachung. Ach - und sollten Sie anschließend doch auf dumme Gedanken kommen, ich kann Ihnen versichern, dass Sie es bereuen würden!"

Lia nickte nur, wandte sich wieder dem Tresor zu und öffnete ihn rasch. Sie überreichte dem Maskierten den dort deponierten Vorrat an Bargeld und schrieb anschließend im Schein seiner Taschenlampe einen Scheck über eine nicht unbeträchtliche Summe aus.

Ungeduldig stieß der Maskierte ihr die Schusswaffe in die Rippen. „Beeilung, Lady. Ich will hier ja nicht übernachten!"

Sie überreichte ihm den Scheck. Als sie dabei kurz seine Finger berührte, spürte sie seine Handschuhe; er würde keinerlei Fingerabdrücke hinterlassen. Er ließ den Scheck in seine Jackentasche gleiten, packte sie gleich darauf mit hartem Griff und schob sie zu einem Stuhl.

„Los, hinsetzen! Und geben Sie mir den Gürtel von Ihrem Morgenmantel."

Lia gehorchte. Der Fremde zwang ihre Arme hinter die Stuhllehne und fesselte ihre Handgelenke mit raschen, geschickten Bewegungen.

„Damit Sie mir nicht gleich Alarm schlagen können! Und nun passen Sie gut auf, was ich mit Ihrem Göttergatten anstelle. Ich würde keine Sekunde zögern, das Gleiche mit Ihnen zu machen, sollten Sie mir irgendwelche Schwierigkeiten bereiten."

Lia zuckte zusammen, als sie beobachtete, wie der Eindringling sich über ihren Mann beugte, ihm von hinten die Telefonschnur um den Hals legte und erbarmungslos zuzog. Bernd bäumte sich gequält auf und röchelte – Lia wusste, den Laut würde sie nie mehr vergessen können!

Der Fremde versetzte ihm schonungslos einen Tritt in den Rücken und zog dann ein Messer, mit dem er gezielt einige Male auf Bernd einstach. Lia starrte den Blutfleck auf dem Teppich an, der immer größere Ausmaße annahm. „Was für eine Sauerei, wie bekommen wir das nur wieder sauber?", schoss es ihr durch den Kopf. Wie konnte sie nur an so etwas Idiotisches denken in diesem Moment ... Gleich darauf wandte sie das Gesicht ab, unfähig, den entsetzlichen Anblick länger zu ertragen. Schlagartig wurde ihr in ganzer Tragweite bewusst, was dort unmittelbar vor ihren Augen geschah. Verdammt, sie ließ soeben ihren Mann umbringen!

Sie schluckte krampfhaft, spürte ein Rumoren im Magen. *Jetzt nur nicht auch noch übergeben.* Angestrengt versuchte sie, die in ihre Kehle aufsteigende Magensäure zurückzudrängen und atmete tief ein. Der brutale Fremde hatte die Wahrheit gesagt: Er würde mit Sicherheit auch vor ihr nicht Halt machen. Was sollte ihn daran hindern? Und mit ihr würde er womöglich vorher noch ganz andere Dinge anstellen. Sie schauderte, als sie bemerkte, wie er sich ihr zuwandte. Er kam langsam die wenigen Schritte zu ihr herüber und blieb vor ihr stehen.

„Keine Panik, wir hatten doch abgesprochen, dass ich Ihnen nur ein paar Kratzer zufüge. Ich halte meine Versprechen. Schließen Sie die Augen." Sein Tonfall duldete keinen Widerspruch.

Lia ließ resigniert den Kopf hängen und fügte sich ins Unvermeidliche. Sie spürte seinen Atem, als er sich zu ihr herunterbeugte. Ein Raucher; sie vernahm den typischen Geruch, der ihn umgab. *„Bitte gehen Sie zum Rauchen auf die Terrasse"*. Fast hätte sie aufgelacht. Du liebe Güte, was für irrwitzige Gedanken ihr Gehirn in dieser extremen Situation ausbrütete!

Sie zuckte leicht zusammen, als er eine Injektionsnadel in ihre Halsvene stach. „Nur ein leichtes Schlafmittel. Gute Methode, um störende Hausbewohner für eine Weile ruhigzustellen! Man muss sie ja nicht gleich umbringen, daran liegt mir nichts. Ich will nur sicherstellen, dass Sie ein kleines Nickerchen halten. Wenn Sie wieder aufwachen, können Sie gerne die Polizei alarmieren. Wählen Sie die ..." Er rollte mit den Augen und zuckte dann mit den Achseln. „Ach, keine Ahnung. Mir doch egal, welche Nummer Sie wählen! Eine angenehme Nachtruhe wünsche ich."

Sie schlug die Augen wieder auf und sah, wie er sorgsam den ohne Gürtel weit aufklaffenden Morgenmantel wieder um ihren halbnackten Körper schloss. Erleichtert registrierte sie, dass er dabei keinen Versuch machte, sie zu berühren. Er hätte ihre hilflose Situation ohne weiteres ausnutzen können.

„Nicht, dass Sie sich erkälten. Schließlich möchten Sie doch Ihr Witwendasein noch auskosten können, haha."

Bevor die Spritze ihre Wirkung tat, nahm Lia noch wahr, wie er aus dem Wohnzimmer verschwand. Dann fielen ihr die Augen zu, der Kopf sank nach vorne.

Lediglich ihre hinter der Stuhllehne verschnürten Hände bewahrten sie davor, zu Boden zu gleiten.

\*\*\*

„Frau Tiblert! Um Himmels willen, kommen Sie zu sich! Der Notarzt und die Polizei müssen jeden Moment hier sein!"

Lia spürte, wie jemand verzweifelt versuchte, sie wachzurütteln. Sie empfand eine unbeschreibliche Benommenheit. Wo war sie? Weshalb saß sie halbbekleidet und frierend auf einem Stuhl? Ihre Arme schmerzten durch die unbequeme Haltung, in der sie dort hockte. Ihr war jegliches Zeitgefühl abhanden gekommen. Sie blinzelte mühsam; im Zimmer war es taghell, und ein Sonnenstrahl zeichnete ein gleißendes Muster auf den Fußboden.

Jetzt erkannte sie Gabi Apel, ihre Angestellte. Die führte jeden Dienstag und Freitag alle anfallenden Reinigungsarbeiten in dem großen Haushalt aus und erledigte die Einkäufe. Lia nannte sie „meine gute Fee"; die Frauen pflegten einen freundschaftlichen Umgang miteinander. Gabi arbeitete bereits seit mehr als fünf Jahren für die Tiblerts. Sie sah die Beziehung zwischen Bernd und Lia nach und nach in die Brüche gehen, enthielt sich jedoch jeglicher Bemerkung dazu. Ihr blieb es allerdings nicht verborgen, wie sehr Lia unter Bernds Lieblosigkeit litt. Sie vermochte für diesen Mann keine große Sympathie zu empfinden; selbst seit langem geschieden, konnte sie Lias Kummer nachempfinden.

An diesem Morgen war sie wie immer kurz nach neun Uhr eingetroffen. Auf ihr Klingeln reagierte jedoch niemand. Sie registrierte es leicht verwundert, da Lia äußerst zuverlässig war und sie üblicherweise schon mit einer Tasse Kaffee empfing. Gewöhnlich klönten die beiden Frauen zunächst einige Minuten, bevor Gabi mit der Hausarbeit begann.

Heute öffnete ihr auch nach abermaligen Läuten niemand die Tür. Sie kramte in ihrer Handtasche nach dem Haustürschlüssel, den sie vorsichtshalber bei sich trug; sie hatte ihn bislang kaum benutzt.

Das erste, was ihr auffiel, war die absolute Stille. Das war ungewöhnlich; denn Lia ließ fast immer das Radio laufen, und oft sang sie mit.

Gabi rief nach ihr, bekam jedoch keine Antwort. Dann sah sie die Blutspritzer, welche die glasierten Fliesen und den daraufliegenden Läufer besudelten. Sie zuckte zusammen. Die Spuren führten zur geöffneten Wohnzimmertür, und dort lag der blutverschmierte Körper ihres Arbeitgebers ...

Gabi stieß einen unkontrollierten Schrei aus. Keuchend hielt sie sich am Treppengeländer fest, bis das Schwindelgefühl nachließ; dann näherte sie sich zögernd dem Wohnzimmer. Nun bemerkte sie auch Lia, die zusammengesunken auf einem Stuhl hockte. Ihr Kopf war nach vorne gesunken.

Zu Gabis Füßen lag Bernd verkrümmt auf dem Boden. Sie holte mit bebenden Fingern ihr Handy aus der Tasche, versuchte sich an die Notrufnummer der Polizei zu erinnern. Gabi drückte hastig auf die winzigen Tasten, vertippte sich, wählte fluchend ein weiteres Mal.

„Nimm doch endlich ab, Mensch!" Gabi, die sonst eine

unerschütterliche Ruhe ausstrahlte, war so durcheinander, dass sie dem Beamten kaum die Adresse zu nennen vermochte. Nachdem ihr versichert worden war, dass umgehend Hilfe käme, untersuchte sie zunächst zaghaft Bernd. Er gab keinerlei Lebenszeichen mehr von sich. Eine riesige Blutlache hatte sich um ihn herum ausgebreitet. Gabi kämpfte gegen die Übelkeit, die in ihr aufstieg.

Sie schloss für einen Moment die Augen und holte tief Atem. *Ganz ruhig bleiben!*

Dann eilte sie zu Lia und bemerkte erleichtert, dass diese noch atmete; Gabi konnte keine äußerlichen Verletzungen an ihr feststellen. Sie begann, Lia vorsichtig wachzurütteln. Es dauerte eine Weile, bis sie endlich zu sich kam und die Augen aufschlug. Verwirrt blickte sie Gabi an, die aufgeregt am Gürtel des Morgenmantels herumnestelte, mit dem Lias Hände gefesselt worden waren. Endlich gelang es Gabi, den mehrfachen Knoten zu lösen. Sie half Lia, vom Stuhl aufzustehen. Lia schaffte es bis zum Sofa, dort musste sie sich hinlegen. Sie rieb sich die schmerzenden Handgelenke.

Unterdessen holte Gabi aus der nahegelegenen Küche ein Glas Wasser und eine wärmende Strickjacke aus der Flurgarderobe. Fürsorglich legte sie ihrer Chefin die Jacke um den Oberkörper und reichte ihr das Getränk. Lia setzte sich halb auf und trank einen winzigen Schluck, dann schloss sie die Augen und ließ sich aufs Sofa zurücksinken.

Allmählich kam ihr alles wieder zu Bewusstsein. Als sie zu Bernds schrecklich zugerichtetem Körper hinüberblickte und sein schmerzverzerrtes Gesicht betrachtete, schoss eine Welle der Übelkeit durch ihren Magen. Was hatte sie angerichtet ...

Sie sah vor ihrem inneren Auge wieder den schwarzgekleideten Fremden, wie er sich über ihren Mann beugte und gnadenlos zustach. Und sie, Lia, hatte das zu verantworten! Es war die Wahrheit, sie liebte Bernd schon längst nicht mehr. Tatsächlich war ihr mehr als einmal der Gedanke durch den Kopf gehuscht, wie es wäre, wenn er bei einem Unfall ums Leben käme ... Bei dem jemand ein wenig nachhelfen würde.

Doch von der vagen Vorstellung zur realen Ausführung war es ein weiter Weg. Und nun hatte sie etwas zu verantworten, das sie bislang niemals wirklich in Betracht gezogen hatte. *Verdammt, jetzt hatte sie einen Mord auf dem Gewissen.*

Gleich darauf wurde ihr bewusst, dass sie selbst ebenfalls in höchster Gefahr geschwebt hatte. Der skrupellose Eindringling hätte sie gleichfalls töten können. Sie hätte gegen ihn nicht die geringste Chance gehabt. Was bezweckte er damit, sie am Leben zu lassen?

Ihre Gedanken wurden unterbrochen vom Eintreffen des Notarztes, kurz darauf traf die Polizei am Tatort ein. Der Rest des Tages war ausgefüllt mit Fragen, die kein Ende zu nehmen schienen. Irgendwann sank Lia in einen unruhigen, erschöpften Schlaf.

\*\*\*

Er ließ sich in den teuren Ledersessel sinken. Ja, das Leben hatte begonnen, wieder seine angenehmen Seiten zu zeigen. Der letzte Coup war etwas anders als geplant verlaufen, aber alles in allem sehr zufriedenstellend. Wie gut, dass ihm die Idee gekommen war, den Ehering von dem alten Knacker mitgehen zu lassen; den konnte er später vielleicht noch verwenden, zum Beispiel für eine kleine Erpressung! „Julia und Bernd, 6.9.2005". Wie rührend - noch nicht einmal ganz sieben Jahre verheiratet und schon hat sie dermaßen von ihm die Nase voll, dass sie ihn umlegen lässt!

Steffen Crebent grinste. Der Zweiunddreißigjährige war längst ein alter Hase in seinem Beruf; aus dem einstigen Stubenhocker war ein durchtrainierter, sportlicher Mann geworden.

Julia ... Ach, es tut mir so leid für dich", krächzte eine pummelige, etwa dreißigjährige Frau und schniefte vernehmlich, als sie ihr unbeholfen über den Arm strich und dann die Hand rasch wieder wegzog, als habe sie sich verbrannt.

„Danke, Marita ...", flüsterte Bernds Witwe und schloss für einige Sekunden die Augen; ihr fahles Gesicht drückte völlige Erschöpfung aus. Als sie dann jedoch die in in sichtlich teures Schwarz verhüllte elegante Erscheinung nähertreten sah, die ihr ebenfalls Beileid aussprechen wollte, nahmen ihre Züge kaum wahrnehmbar einen angewiderten Ausdruck an.

„Barbara ... Danke für euren Beistand, aber ..." Sie machte eine Pause und fuhr leise fort: „Aber nun lasst mich bitte beide in Ruhe!" Ihre Stimme nahm einen eisigen Klang an, als sie ihrer Schwiegermutter in die rotgeweinten Augen sah.

Die beiden so von Lia abgefertigten Frauen zuckten zusammen bei diesen Worten; die ältere presste die Lippen zu einem dünnen Strich zusammen und warf ihr einen hasserfüllten Blick zu. „Unverschämt, und das *hier* ... Marita, komm!"

Sie packte ihre Tochter am Arm und zog sie davon, während sie das Taschentuch in der anderen Hand zornig zusammenknüllte. Beide Frauen gingen langsam zur Seite, um weitere Menschen kondolieren zu lassen. Halb von einem Busch verborgen, beobachteten sie Lia; die geteilte Empörung ließ sie für einen Moment ihre tiefe Trauer um den verlorenen Sohn und Bruder vergessen.

„Sieh sie dir an ... Nun hat sie ja freie Bahn, um mit dem dicken Geldbeutel den nächsten Typen herbeizuwinken!", zischelte Marita und schüttelte entrüstet ihren kinnlangen Bob.

„Psst ...", raunte Barbara und warf verstohlen einen Blick zu den übrigen Trauergästen, die ganz in der Nähe standen. Doch dann nickte sie zustimmend mit dem Kopf und fingerte verlegen an ihrer schmalen Brille herum. „Wenn dich hier einer hört!"

Die Angesprochene zuckte gleichgültig mit den Achseln. „Is' doch wahr, Mama ..."

Das Objekt ihrer Verachtung stand nun einige Schritte von ihnen entfernt und machte den Eindruck, sich kaum noch aufrecht halten zu können. Unzählige Hände waren noch zu schütteln, und auf der jungen Frau ruhten etliche mitfühlende, aber auch neugierige und geringschätzige Blicke.

Als die Menschen anschließend dem Ausgang des Friedhofs zustrebten, lästerte Marita erneut mit einem giftigen Seitenblick zu Lia: „Tja, da muss sie ja nicht mehr kellnern gehen, während *ich* ..." Sie verstummte verschämt.

„Während du ... Was?" Barbara Tiblert sah ihre Tochter fragend an. Ein Hauch Tadel lag in ihrer Stimme.

„Naja ...", meinte diese etwas kleinlaut, setzte dann jedoch mit trotzig vorgerecktem Kinn nach: „Während *ich* mich jeden Tag im Büro abmühen muss und ..." Sie stockte. „Und die besten Männer staubt diese ... billige Schlampe auch noch ab!" Ihre vollen Lippen wirkten verkniffen.

Ihre Mutter runzelte die Stirn und tätschelte leicht Maritas Arm. „Auch für dich wird sich irgendwann ein Traumprinz finden, Liebes! Und der hat hoffentlich genug auf dem Bankkonto, dann musst du dir den Job auch nicht mehr antun! Aber jetzt ..." Barbara orientierte sich kurz. „Auf zur Kaffeetafel, mein Kind, auf andere Gedanken kommen!" Aufmunternd nickte sie ihrer Tochter zu und stöckelte Richtung Parkplatz.

Marita starrte Lia missbilligend nach, als diese langsam durchs Eingangstor des Friedhofs schritt; es stimmte, sie hatte nie viel von ihr gehalten.

*„Ähm, Schwesterchen, tut mir leid, aber unser Treffen morgen klappt nun doch nicht ... Ich habe, tja also, da ist mir ein dringender Arzttermin dazwischengekommen!" Bernd stöhnte dramatisch in den Telefonhörer. „Mir ist eine Füllung rausgefallen!"*

*Der kaputte Zahn entpuppte sich dann allerdings als höchst vitale junge Frau namens Julia, der er seine Aufmerksamkeit schenkte. Marita verspürte einen Anflug von Eifersucht, als sie die Fremde zufällig mit Bernd turtelnd im Eiscafé verschwinden sah. Es war doch immer das Gleiche, kaum tauchte eine neue Flamme auf, fiel die geplante Verabredung natürlich ins Wasser! Weshalb konnte er es denn nicht einfach zugeben, dass er keine Zeit hatte, sich um seine kleine Schwester zu kümmern!*

Auch ihre Mutter hasste die Frauen an seiner Seite; für Barbara Tiblert war keine gut genug für ihren verhätschelten Sohn. Lia war ihr immer ein Dorn im Auge gewesen ...

Für Mutter und Schwester des so unvermittelt aus dem Dasein Gerissenen ging das Leben nach der Beisetzung in gewohnten Bahnen weiter; vereint in ihrer Trauer und in ihrem Groll auf Bernds Witwe, hatten sie bei ihren wöchentlichen Treffen zuverlässig ein Gesprächsthema.

\*\*\*

Lia wohnte, nachdem Bernd gestorben war, allein in der riesigen Villa. Bei jedem Geräusch fuhr sie zusammen. Trotz der modernen Alarmanlage, die sie installieren ließ, schlief sie nur schlecht. Die Nerven lagen bloß. Und obwohl sie allein in der leeren Villa tausend Ängste ausstand, traute sie sich zugleich kaum noch unter Menschen. Oft sah sie sich gehetzt um, weil sie vermeinte, die Augen des Einbrechers auf sich gerichtet zu spüren. Diese stechenden dunklen Augen blieben ihr unauslöschlich in Erinnerung; sie verfolgten Lia in den Schlaf.

Sie war sicher, irgendwann würde der Fremde ihr nachstellen. Und dann konnte sie nur noch beten, dass sie das überlebte! Sie hatte den Ausdruck in seinen Augen gesehen; bei dem Gedanken daran jagte ihr stets ein kalter Schauer über den Rücken.

Über die Ereignisse der schrecklichen Nacht verlor sie nie wieder ein Wort. Es verging allerdings kaum eine Woche, in der sie nicht daran dachte. Dem Entsetzen über die Tat folgte allmählich ein Gefühl der Erleichterung und Befreiung. Völlig ließen sich die Schuldgefühle allerdings nie unterdrücken, auch wenn es ihr mit der Zeit gelang, sich einzureden, dass der gewissenlose Eindringling ihn vielleicht sowieso umgebracht hätte.

Sie dachte häufig darüber nach, was den Fremden dazu gebracht hatte, sie zu verschonen. Außerdem grübelte sie, weshalb er Bernds Ehering hatte mitgehen lassen. Was bezweckte er damit?

U nd schon passt es!", murmelte sie zufrieden und rückte die Staffelei noch ein wenig gerade. Endlich wieder malen; nun war alles ausgepackt, eingeräumt, aufgehängt und sämtliche Behördengänge erledigt.

„Tja, Olaf, du wärst erstaunt, was eine Frau alles schaffen kann, wenn sie will!" Kurz erschien vor ihrem geistigen Auge ein blonder Lockenkopf. Erst Michael, dieser zärtliche große Junge, der leider noch an Mutterns Rockzipfel hing, danach Olaf, der ganz offensichtlich ein Problem mit selbständigen Frauen hatte.

Nein, auch mit den Männern nach Bernds Tod hatte sich keine bleibende Beziehung entwickelt, und so verkaufte Lia das Anwesen zwei Jahre nach dem Einbruch. Als Zuhause hatte sie es ohnehin nie empfunden.

Sie kehrte zurück an die Nordsee, in den Ort ihrer Jugend. Das Haus ihrer längst verblichenen Tante `Heinele`, das sie seit ihrer Kindheit kannte, stand erneut zum Verkauf. Lia ließ es renovieren und richtete es liebevoll ein.

Ein behagliches Heim entstand, das sich im Vergleich zu der Villa, in der sie mit Bernd gelebt hatte, sehr bescheiden ausnahm.

Aber Lia liebte das alte Haus; jeder Winkel des fast hundert Jahre alten Gemäuers hatte seine Geschichte. Mit dem Umzug dorthin fand Lia allmählich wieder zur Ruhe.

Vielleicht hatte der Einbrecher von damals sie längst

aus seinem Gedächtnis gestrichen. Vielleicht machte sie sich unnötige Sorgen ... Sie hoffte es.

***

Lia stellte die Staffelei etwas näher ans Fenster, um mehr Licht zu haben. Sie wandte sich zum Spiegel um, der so aufgehängt war, dass sie das Bild auf der Staffelei darin betrachten konnte. Das war wichtig, um das Werk kritisch beurteilen zu können. Beschäftigte sie sich stunden- und tagelang mit einem Gemälde, so hatte sie irgendwann nicht mehr den nötigen inneren Abstand zu ihrem Werk. Dann passierte es ihr, dass sie sogar die gröbsten Fehler nicht mehr bemerkte. Entweder stellte sie dann das Bild zur Seite, um es erst nach einer Weile wieder zu betrachten. Oder sie warf einen prüfenden Blick in den Spiegel und sah es dadurch auf eine ungewohnte Weise; dann fielen ihr Dinge auf, die noch verbesserungswürdig waren.

Sie ging völlig in der Malerei auf und hatte sich mit den Jahren einige Erfahrung als Künstlerin angeeignet. Mittlerweile waren ihre fröhlichen, bunten Acrylbilder regelmäßig in Kunstausstellungen zu sehen; Lia hatte sich längst einen Namen als erfolgreiche Künstlerin erarbeitet. Finanziell brachten die sporadischen Bildverkäufe allerdings nicht genug ein, um davon leben zu können. Aber darauf war sie glücklicherweise auch nicht angewiesen. Durch Bernds Tod zur wohlhabenden Witwe geworden, genoss Lia das Dasein.

Nun war Lia siebenundzwanzig, eine nach wie vor höchst attraktive Frau, wohlhabende Witwe und erfolgreiche Künstlerin - die Männer lagen ihr zu Füßen. Aber sie scheute eine erneute Enttäuschung; gleichzeitig sehnte sie sich nach einem richtigen Partner, dem sie sich voll und ganz anvertrauen konnte.

***

Ingeborg Hagen konnte durch die Milchglasscheibe hindurch nur eine schemenhafte Gestalt erkennen. Sie erwartete keinen Besuch. Hatte ihr Mann, der zur gewohnten Schachrunde aufgebrochen war, seinen Schlüssel vergessen mitzunehmen? Oder stand dort etwa schon wieder eine dieser Nervensägen, die einem etwas anzudrehen versuchten?

Als es abermals schellte, öffnete sie schließlich die Tür einen Spalt weit, wobei sie den Sicherheitsriegel einrasten ließ, so dass niemand die Tür einfach aufstoßen konnte. Sicher war sicher, in letzter Zeit las man so viele abscheuliche Dinge! Und an den grauenhaften Einbruch im Haus ihrer ehemaligen Nachbarn, bei denen der Mann umgebracht worden war, konnte sie sich auch noch sehr deutlich erinnern.

Sie, Ingeborg Hagen, war damals sogar im Fernsehen in den Nachrichten zu sehen gewesen, wie eine Reportermeute ihr Mikrofone unter die Nase hielt und sie zu den Ereignissen der schrecklichen Nacht befragte! Ob sie oder ihr Mann denn etwas davon mitbekommen hätten, und was sie über die Tiblerts sagen könne. Sie hatte vor Aufregung nur gestammelt: „Ja, wissen Sie ... Also, so genau kannten wir die beiden ja nicht! Grüßten immer sehr nett, wenn man sich mal sah. Ich glaube aber, sie war nichts für ihn ... Wirklich traurig, dass es ihn getroffen hat - äh, ich meine, man kann sich gar nicht vorstellen, was da passiert ist." Verlegen hatte sie geschwiegen.

37

Nun warf sie einen eindringlichen Blick auf den gepflegt wirkenden, grauhaarigen Mann mit Vollbart. Auf dem Kopf trug er einen schwarzen Trachten-Filzhut mit Feder, und seine blauen Augen musterten sie freundlich durch den Türspalt hindurch.

„Entschuldigen Sie die Störung, ich suche Frau Julia Tiblert. Sie soll hier ganz in der Nähe wohnen." Er machte eine Pause und schaute sie fragend an.

„Frau Tiblert? Die wohnt hier nicht mehr. Was wollen Sie denn von ihr?" Argwöhnisch betrachtete sie den Fremden; dem Akzent nach stammte er offenbar aus Süddeutschland.

„Mein Name ist Hubert Mayer. Ich bin ein ehemaliger Lehrer von Julia. Sie war eine meiner besten Schülerinnen! Kürzlich sprach ich mit einem alten Kollegen über vergangene Zeiten, und er erzählte mir, er sei Julia manchmal hier in Hannover begegnet. Sie habe einen netten Mann geheiratet und wohne jetzt in dieser Gegend." Verstohlen beobachtete er ihre Reaktion und setzte hinzu: „Da ich wieder in meiner Heimatstadt lebe, jedoch jetzt einige Tage hier verbringe, würde ich das patente Mädel gern einmal besuchen!"

Ingeborg Hagen seufzte tief. „Tja, ich fürchte, da muss ich Sie enttäuschen. Kurz nach dem schrecklichen Vorfall ist sie hier weggezogen. Wissen Sie, ihr Mann ist von einem Einbrecher ermordet worden! Ist das nicht schrecklich?" Sie sah ihn sensationsheischend an. „Wenn Sie einen Moment Zeit haben, erzähle ich Ihnen alles."

Sie öffnete die Tür und räusperte sich. „Soso, Julia Tiblert war also eine gute Schülerin. Naja, ich habe sie immer für recht clever gehalten, sie hatte sich ja auch einen ganz ansehnlichen Mann geangelt." Sie schwieg einen Augenblick und ließ den Mann ins Haus hinein. Sein seriöses Auftreten ließ ihr Misstrauen schnell schrumpfen. Ihr Walter würde wohl mit ihr schimpfen, wenn er das wüsste; aber der Fremde war doch schließlich Julia Tiblerts früherer Lehrer und wirkte sehr vertrauenswürdig!

Bei einem Kaffee berichtete sie ihm alles, was sie über den Mord wusste. Dann erzählte sie vom Umzug Lias in einen Ort an der Nordseeküste. Eifrig suchte sie dem Mann sogar die neue Adresse Lias heraus, die diese ihr damals notiert hatte, für den Fall, dass es noch etwas zu regeln gäbe.

Durch geschickt gestellte Fragen erfuhr der Gast noch einiges mehr über Julia Tiblert. Für Ingeborg Hagen stellte der unverhoffte Besuch eine willkommene Unterbrechung der nachmittäglichen Langeweile dar; so geriet sie ins Erzählen und gab bereitwillig Auskunft, unter anderem über das offenbar angespannte Verhältnis Lias zur Schwägerin. Bernds jüngere Schwester habe sich nie gut mit ihr verstanden.

Diese Marita Tiblert arbeite übrigens in derselben Firma, in der ihr Mann Walter lange tätig gewesen sei. Sie nannte ihm einen Firmennamen. Nach knapp einer Stunde und drei Tassen Kaffee bedankte sich der Fremde, dass sie ihm ihre Zeit geschenkt hatte, und verabschiedete sich. Entzückt von seinem Charme, blickte die Rentnerin ihrem Besucher noch einige Sekunden nach, bevor sie seufzend die Haustür wieder schloss. Was für ein netter Mann!

Der schlenderte gemächlich die Straße entlang, wobei

ein hämisches Grinsen seine Lippen umspielte. Fast hätte er sich die Zunge verknotet bei seinen Versuchen, einen bayerischen Akzent vorzutäuschen! Nicht so leicht für einen waschechten „Hamburger Jung"; das musste er noch üben ...

Blinzelnd blieb er kurz stehen, beugte den Kopf leicht nach vorn und entfernte mit geübten Fingern die farbigen Kontaktlinsen, um anschließend beide Augen für einige Sekunden zusammenzukneifen und erneut zu blinzeln. Lästig, diese Fremdkörper im Auge, doch recht nützlich, um für ein verändertes Aussehen zu sorgen! Perücke, Bart und Hut würde er daheim entfernen, draußen wäre das zu auffällig.

Steffen Crebent war seinem Ziel ein Stück näher gekommen.

Ja, natürlich ..." Ungeduldig trommelten die Finger ihrer linken Hand auf die fleckige Schreibtischplatte, während sie den Telefonhörer mit der anderen Hand vom Ohr weghielt und die Augen verdrehte. „Sie können mir glauben, ich ... Hallo? Idiot!" Marita zog einen Flunsch und knallte den Hörer auf die Gabel. „Legt einfach auf!", schnaubte sie entrüstet, bevor sie sich erneut dem Stapel Rechnungen zuwandte, den sie noch bearbeiten musste. Sie schielte zur Uhr an der Wand; bald wäre endlich Feierabend!

Doch kaum hatte sie begonnen, die Daten vom obersten Beleg in die EDV-Maske einzugeben, da klingelte das Telefon erneut. „Sch...", zischte sie und blaffte dann in den Hörer: „Tiblert!"

Eine fremde Männerstimme entgegnete ruhig: „Sven Cordler, ich habe Ihren Bruder gut gekannt." Dann war es einen Moment still in der Leitung.

Marita stand vor Überraschung der Mund offen, dann stotterte sie irritiert: „Ähm ... Bernd?"

„Ja, genau." Der Fremde schien kurz zu überlegen, dann meinte er: „Ich würde mich gern mit Ihnen treffen. Es gibt da etwas zu besprechen, Sie wissen schon ... Es geht um den grässlichen Tod Ihres Bruders. Sind Sie damit einverstanden, sich mit mir in einem Bistro zu treffen?"

Da Marita zögerte, erwähnte er, dass er auch über ihre Schwägerin, Lia Tiblert, einiges zu berichten habe, das sie

41

bestimmt interessieren würde! Das gab den Ausschlag. Sie stimmte einem Treffen zu, und drei Stunden später saßen sie sich gegenüber.

*** 

Als der attraktive Fremde so unverhofft in ihren grauen Alltag trat, spürte sie unter seinen Blicken wieder die altvertraute Befangenheit in sich aufsteigen, und wieder einmal verfluchte Marita im Stillen die flammende Röte, die sich wie stets auf ihrem Gesicht ausbreitete.

Er sprach von gemeinsam verbrachten Jahren während der Schulzeit, von Streichen, die er und Bernd zusammen ausgeheckt hätten. Sie wurden erwachsen; ihre Wege trennten sich, die Verbindung brach ab. Aus beruflichen Gründen nach Hannover gezogen, erfuhr er vom Tod Bernds kurz zuvor. Tief betroffen von der Nachricht stattete er dem Grab seines alten Schulfreundes einen Besuch ab, bei dem er auf eine junge Frau traf: Lia Tiblert. Sie wirkte recht gelassen, als er sie behutsam ansprach. Als ein heftiger Regenguss sie beide gründlich durchnässte, fuhr er sie fürsorglich heim. Tja, und dann hatte sie ihn gebeten, die Nacht in ihrem Hause zu verbringen.

„Naja, den Rest können Sie sich wohl ausmalen, ich hatte ja meine Bedenken, aber Lia schien es nichts auszumachen, dass Bernd gerade erst unter die Erde gebracht worden war!" Lia habe ihn regelrecht bedrängt.

„Ein ganz schön raffiniertes Flittchen, jedenfalls hat sie nicht lockergelassen, und für eine ganze Weile hatten wir dann was miteinander. Ich sag ja auch nicht Nein, obwohl ich zunächst durchaus ein schlechtes Gewissen bei der ganzen Angelegenheit hatte. Armer Bernd!"

Marita hatte ihm aufmerksam zugehört. Als er schließlich eine Pause einlegte und sie musterte, spürte sie, wie ihre Wangen vor Verlegenheit zu glühen begannen. Trotz ihrer dreiunddreißig Lebensjahre empfand sie sich noch immer als das hässliche Entlein, das sie als Kind und Heranwachsende gewesen war.

*Der schwitzende Blonde verbeugte sich vor der aufgedonnerten Brünetten neben ihr. Die spitzte ihre knallroten Lippen, ergriff seine Hand und schwebte gleich darauf mit seliger Miene durch den Tanzsaal.*

*Der Abtanzball, herbeigesehnter, herbeigefürchteter Abschluss der Tanzstunden; vorbereitet mit sorgfältiger Auswahl der Garderobe, einem Friseurbesuch und dem stundenlangen Blockieren des heimischen Bades! Im ungewohnt eleganten Kleid auf High Heels vorsichtig zum Auto stöckeln, sich ach so erwachsen fühlen und doch innerlich noch Kind sein ... Der Vater lässt seine beiden Damen aussteigen, die Mutter drückt der aufgeregten Tochter fest die zittrige Hand, begleitet sie hinein, wünscht ihr viel Vergnügen.*

*„Und was ist mit mir?", hätte Marita am liebsten gerufen, während sie verfolgte, wie linkische Jünglinge kichernde Mädchen herumwirbelten, wie sie miteinander plauderten, sich anlächelten und im Geiste die Schritte zählten, um einander nicht auf die Füße zu treten.*

*Sie gab sich Mühe, die aufsteigenden Tränen zu unterdrücken; als einziges Mädchen hockte sie noch immer auf einem Stuhl, wartete, hoffte ... Wie gern hätte auch sie sich der Musik hingegeben - doch niemand bat sie um einen Tanz. Sie fühlte sich abserviert wie auf dem*

*Schulhof, wo sie sich in den Pausen verlegen in eine Nische gedrückt hatte. Gern wäre sie dort unsichtbar gewesen; nicht den Blicken der anderen und ihren dummen Sprüchen ausgesetzt! Hier war sie es nun offenbar. Ein durchsichtiger Geist ...*

*„Ich bin ein Gespenst, wartet nur ab, bis ich euch zu Tode erschrecke", dachte das einsame Mädchen gehässig. Marita spürte ein Kichern in ihrer Kehle aufsteigen und sah zur Uhr; wann konnte sie dieser Tortur endlich entfliehen?*

*Im Sportunterricht fiel ihr Name stets auch als letzter, wenn es darum ging, mehrere Mannschaften zu bilden – den Klassenkameraden war es anzumerken, dass sie es als lästige Pflicht ansahen, sie aufzurufen!*

*Bernd war der strahlende Held, und Marita vergötterte und hasste ihn zugleich. Der fünf Jahre ältere Bruder war der Prinz der Familie und sie das Aschenputtel. Jeglicher Erfolg schien ihm ohne nennenswerte Anstrengung zuzufliegen, sie hingegen war bereits in der Schule die Außenseiterin.*

Sie schüttelte fast unmerklich den Kopf, versuchte, die lästigen Bilder loszuwerden und bemerkte den irritierten Blick ihres Gegenübers. Doch es half nichts, unversehens drängte sich die Vergangenheit abermals in ihre Gedanken.

*Finger, die frech über ihren Körper krochen. Schüchtern rückte sie von ihm ab, doch er kam noch näher und ließ seine Hand dreist zwischen ihre Oberschenkel gleiten. „Sei nicht so spießig, wozu geht man denn sonst ins Kino?", erklang verächtlich die Stimme des*

44

*schlaksigen Jungen an ihrem Ohr.*

*Sie drehte sich weg und wandte den Kopf zur Seite, musterte verzweifelt die versifften Samtbezüge der hintersten Sitzreihe, zu der Pascal – der attraktivste Typ in ihrer Klasse, der Traum aller Mädchen – sie gelotst hatte. Geschmeichelt war sie auf seine Anmache hereingefallen, ungläubig hatte sie, die unscheinbare Marita, seine Einladung zum „lustigen Kinoabend mit Milchshake" angenommen.*

*Ein erneuter Versuch des verhinderten Liebhabers endete mit einer schallenden Backpfeife und damit, dass er aufsprang. „Verklemmte Tussi", zischte er. „Guck dir den Mist doch allein an!"*

*Und dann endlich Tim, als sie schon zwanzig war. Aber nach wenigen Wochen hatte er eine andere und erklärte Marita unverblümt: „Mit so 'ner gehemmten Stotterziege wie dir blamiere ich mich doch nur!" Das machte ihre Unsicherheit im Umgang mit dem anderen Geschlecht leider nicht besser.*

Kurzum, Marita war daran gewöhnt, viel Zeit allein zu verbringen. Ein anhaltende Beziehung zu einem Mann wollte sich lange nicht einstellen.

Einen Augenblick herrschte Schweigen, dann räusperte Marita sich. „Ähm, also, Sie waren ein Schulfreund von meinem Bruder? War das am Gymnasium hier vor Ort, oder später im Internat im Sauerland? Ich weiß gar nicht mehr, ob Bernd mal von Ihnen erzählt hat; ich kann mich auch ehrlich gesagt nicht mehr an die Namen erinnern, die er gelegentlich erwähnt hat ..."

Ein Nicken war die Antwort. „Bernd und ich sind uns

im Internat begegnet, daher sind wir beiden uns damals natürlich nicht über den Weg gelaufen. Wie schade, meinen Sie nicht auch?" Er sandte ihr ein charmantes Lächeln und lehnte sich zurück.

Marita nahm einen Schluck Wein zu sich. Der würde ihr hoffentlich zu etwas mehr Lockerheit verhelfen, aber prompt verschluckte sie sich und bekam einen heftigen Hustenanfall. Peinlich berührt blinzelte sie ihr Gegenüber an, als ihr die Tränen in die Augen schossen. Verd..., das musste ja auch mal wieder schiefgehen! Bestimmt sahen die Gäste am Nebentisch schon herüber. Was sollte ihr Begleiter nur von ihr denken?

Der Mann reichte ihr fürsorglich ein Taschentuch. „Na, na, dass Sie mir nicht ersticken!" Er lächelte sie freundlich an. „Ruhig durchatmen!"

„Tut mir leid, ich habe wohl etwas zu hastig getrunken", krächzte Marita und hustete erneut. Sie überlegte, dann nahm sie ihren Mut zusammen: „Nennen Sie mich doch Marita!" Unsicher sah sie ihn an und räusperte sich. War sie womöglich zu weit gegangen, würde er sie als aufdringlich empfinden? Nicht, dass er den Eindruck bekam, sie ...

Doch er nickte und lächelte sie strahlend an; weitere rote Flecke erblühten auf ihren Wangen. „Gerne! Ich bin Sven." Er schob den leergegessenen Teller von sich und winkte den Kellner heran. „War mir ein Vergnügen, mit Ihnen - äh, mit dir zu plaudern! Ich finde, wir sollten uns demnächst mal zu einem weiteren Gedankenaustausch treffen. Was hältst du davon?" Das Zwinkern seiner tiefbraunen Augen verfehlte nicht die beabsichtigte

Wirkung. Marita senkte verlegen den Blick und legte ihre kühlen Finger an die erhitzte Gesichtshaut, während sie am liebsten in den Erdboden versunken wäre. *Wie immer knallrot angelaufen, natürlich, das musste ja passieren, Marita, du doofe Nuss!* Verflixt, was sollte er nur von ihr denken?

Mühsam brachte sie heraus: „J-ja, wir ... ja, w-wir könnten ja zum Chinarestaurant in der Südstadt gehen ... Weißt du, wo das ist?" Sie machte eine Pause, überlegte kurz. Dann holte sie tief Atem und sah ihm in die Augen. „Oder, wenn du nichts dagegen hast, ich meine, ich bin wirklich keine Spitzenköchin, aber ich glaube ... also ..." Sie brach ab.

„Kein Problem, ich bin nicht anspruchsvoll. Wenn du möchtest, gehen wir natürlich in ein Restaurant ..."

„Nein, ich lade dich ein, ich koche uns was Schönes! Wie wär´s mit übermorgen?" Was um alles in der Welt versprach sie ihm da eigentlich gerade? Beinahe wäre sie zurückgerudert, doch sie bremste sich im letzten Moment.

„Wunderbar. Wo wohnst du?" Er kramte einen Kugelschreiber aus seiner Jackentasche und griff nach einem Bierdeckel. Sie nannte ihm ihre Adresse; gemeinsam verließen sie die Gaststätte.

Steffen Crebent verfolgte amüsiert, wie Marita Tiblert gedankenverloren versuchte, auf dem Parkplatz gegenüber die Tür eines weißen Kleinwagens zu öffnen. Nach einigen Sekunden hielt sie inne und betrachtete verwirrt den Schlüssel, um dann festzustellen, dass ihr eigenes, nahezu gleich aussehendes Fahrzeug wenige Meter entfernt stand. Sie spürte Steffens Blicke und winkte ihm verlegen lachend zu, bevor sie nunmehr das richtige Auto öffnete, sich auf den Fahrersitz fallenließ und davonfuhr.

***

Diesem ersten Treffen folgte nicht nur eines. Marita war fasziniert von dem attraktiven, intelligenten Mann, der sie mit seinen scharfsinnigen Bemerkungen zum Lachen brachte. Er las ihr jeden Wunsch von den Augen ab, er war zärtlich und aufmerksam. Er gab ihr das Gefühl, eine begehrenswerte Frau zu sein, und umhegte sie wie eine seltene Kostbarkeit. Das kalte Glitzern in seinen Augen, der berechnende Ausdruck, mit dem er sie verstohlen beobachtete - sie nahm es nicht wahr. Sie genoss seine Aufmerksamkeit und blühte förmlich auf. Die langweiligen, sackartigen Pullover und die grauen Stoffhosen wichen farbenfroher Bekleidung, die sie jugendlicher wirken ließen. Leider erwies sie sich bei der Wahl ihrer Kleidungsstücke oft als nicht sehr geschickt, was dann ein spöttisches Grinsen Steffens zur Folge hatte. Er verkniff sich hämische Bemerkungen dazu und ließ sie in dem Glauben, ihm zu gefallen.

Tief im Traumland versunken, seine Marita; wahrhaftig erschöpft vom gemeinsamen Vergnügen unter der Bettdecke!

Steffen warf ihr noch einen prüfenden Blick zu, dann ließ er sich leise aus dem Bett gleiten, huschte splitternackt aus dem Raum und die Treppe hinunter – verdammt, fast wäre er auf die immer knarrende Stufe oben getreten -, bis er vor dem schmalen Einbauschrank im Flur stand. Ein Griff, und er hielt den Stoffbeutel mit den Wäscheklammern in der Hand, wühlte geschickt bis auf den Grund des Beutels und voilà ... Da waren sie, Maritas Goldmünzen! Und wieder war eine weniger im Beutel enthalten!

Er streckte den Arm aus, nahm eine graue Schachtel mit der handgekritzelten Aufschrift „Garnreste" vom oben angebrachten Regal und klappte den Deckel auf. „Welchen deiner Klunker lasse ich denn heute mitgehen?", murmelte er zu sich selbst und fischte eine antike Jugendstilbrosche mit einem lachsfarbenen Stein heraus, die unter dem Sammelsurium bunter Fäden gelegen hatte.

„Die steht dir sowieso nicht, Herzchen!" Steffen ließ Münze und Schmuckstück in die Tasche seiner Jacke gleiten, die auf dem Flur hing, dann stahl er sich zurück ins Schlafzimmer und rutschte vorsichtig wieder ins Bett.

„*Sieh mal, da kommt garantiert niemand drauf ... In der* Michelle *habe ich kürzlich gelesen, dass die meisten*

*Frauen ihren Schmuck im Schlafzimmer aufbewahren, also muss ich ja nicht genauso dumm sein!"*

Dank *Michelle* wusste er nun genau, wo sich Maritas sicher geglaubtes Versteck befand! Steffen konnte ein Kichern nicht unterdrücken, als er an die hübsche kleine Sammlung dachte, die er sich mittlerweile zugelegt hatte.

Stand ihm denn nicht eine Belohnung für seine schweißtreibenden Anstrengungen zu? Tat er nicht ganze Nächte hindurch alles, um ihre verschämt geflüsterten oder auch nur gedachten Wünsche zu erfüllen? Auch diesmal hatte er seiner Phantasie freien Lauf gelassen und sie zu wahren Höhenflügen gebracht (und war selbst auch auf seine Kosten gekommen, das musste er zugeben).

Einmal beging er den Fehler, lange Finger machen zu wollen, während er Marita unter der Dusche wähnte. Angeblich in der Küche damit beschäftigt, ein gemeinsames Frühstück vorzubereiten, stand er tatsächlich im Flur, wo seine Finger zwischen den Wäscheklammern steckten und eine Münze betasteten.

„Schnucki, du machst mir Appetit", überraschte ihn da unversehens Maritas Stimme. Sie klang ungewohnt heiser und signalisierte ihm, dass sie mit dieser Bemerkung nicht etwa die Honigbrötchen meinte, sondern ihn zu weiteren „Turnübungen" animieren wollte. Ihren üppigen, unbekleideten Körper in aufreizender Pose ans Treppengeländer gelehnt, schien sie nicht wahrzunehmen, was er trieb. Beherrscht zog er seine Hand zurück und lenkte Marita ab, indem er sie lachend packte und ins Bad verfrachtete, wo sie sich ausgelassen gegenseitig mit Wasser bespritzten.

Seitdem hatte er sich nur davongestohlen, wenn sie schlief. Sollte sie seinen nächtlichen Ausflug bemerken, nun, dann hatte er eben mal die Toilette aufgesucht.

Nur sollte sie nicht so bald entdecken, wie ihr wertvoller Vorrat schmolz; er durfte ihr Vertrauen zu ihm nicht aufs Spiel setzten, indem er zu gierig wurde! Logischerweise würde sie ihn verdächtigen ... Das musste er verhindern, denn er wollte sie schließlich noch dazu bringen, an seiner Stelle das Lösegeld bei einer geplanten Erpressung an sich zu nehmen. *Er* würde sich nicht dem Risiko bei der Übergabe aussetzen! *Sie* musste eben nur seinen Vorstellungen entsprechend mitspielen.

Glücklicherweise begnügte sie sich damit, von Zeit zu Zeit einen oberflächlichen Blick auf ihre Schätze zu werfen, jedoch ohne die Münzen zu zählen oder sämtliche Schmuckstücke vor sich auszubreiten.

Vertrauensselig bis ins Mark, glaubte sie ihm sogar, als sie eines Tages einen ihrer Ringe vermisste.

„Kleines Schusselchen, wirst ihn abgenommen und dann irgendwo vergessen haben!", erklärte ihr Steffen nachsichtig. *Der liegt in meiner Wohnung, du dumme Kuh, da kannst du lange in deinem Pappkarton graben ...*

\*\*\*

„Alles Gute zum Geburtstag, Marita!" Steffen stieß sein Sektglas mit einem leisen Klirren gegen ihres und trank einen kleinen Schluck. „Und etwas mehr Reichtum natürlich ..." Er zwinkerte ihr verschmitzt zu und erkannte am Funkeln ihrer Augen, dass er die richtigen Worte getroffen hatte.

Nach inzwischen fast drei gemeinsamen Monaten wusste er recht gut, wie sie tickte. Zur Feier des Tages saßen sie engumschlungen auf dem Sofa in Maritas Wohnzimmer und aßen von dem Schokoladenkuchen, den sie gebacken hatte. Eine klebrig-süße Angelegenheit, die Steffen mit Anstand hinter sich brachte; doch er wollte sie bei Laune halten.

„Tja, Geld könnte ich bei meinem kläglichen Gehalt prima gebrauchen", seufzte Marita. Sie blinzelte und begann zu überlegen: „Sven ... Wir sollten einfach mal gemeinsam einen Plan entwerfen!"

Ihr albernes Lachen verriet ihm jedoch, dass sie nur Spaß gemacht hatte. *Natürlich ... Aber sie würde anbeißen, da war er sicher.*

Steffen strich zärtlich mit der Hand über ihre Wange und murmelte nachdenklich: „Ich muss gerade an das Internat zurückdenken, wo Bernd und ich uns kennengelernt haben ... Ach, wenn ich mich an die gemeinsame Zeit erinnere, dann kann ich mir kaum vorstellen, dass er schon nicht mehr am Leben ist. Tragisch, dass er so umkommen musste!" Er machte eine Pause. „Schon erstaunlich, wie Lia damit umgegangen ist. Fast so, als sei sie froh gewesen, ihn los zu sein!"

Marita stimmte ihm zu: „Bei der Beerdigung wirkte sie recht gefasst; danach habe ich sie zum Glück nicht mehr gesehen. Wir kamen nicht besonders gut miteinander aus. Ich glaube, sie ist in den Ort an der Nordsee zurückgezogen, aus dem sie stammt." Ihr Gesprächspartner nickte bestätigend und ließ sie nicht aus den Augen, als sie weitererzählte: „Weißt du, mein Bruder und sie hatten sich doch schon lange nichts mehr zu sagen. Ich habe ja von Anfang an gesagt, die passt nicht zu Bernd, so eine billige kleine Servierkraft aus irgendeinem Kaff. Da hat er sich wohl vom Aussehen beeindrucken lassen, naja, Lia ist ja nicht zu übersehen! Aber hier oben drin ist bei ihr nicht viel." Sie tippte sich vielsagend an den Kopf. „Bernd hätte meiner Ansicht nach was Besseres verdient gehabt; aber mit seiner ersten Frau ist er ja auch kräftig auf die Nase gefallen. Und kaum ist er von der geschieden, macht sich das nächste Flittchen an ihn heran!"

Steffen grinste sie amüsiert an. „Na, du hast ja keine hohe Meinung von Lia! Ich übrigens auch nicht mehr. Mich hat sie mit zwei anderen Typen betrogen. Wir waren eine ganze Weile zusammen, ich habe sie unterstützt, wo ich nur konnte. Habe ihr beim Umzug geholfen und alles. Und sie dann trotz der Entfernung immer noch brav besucht; ich musste ja aus beruflichen Gründen weiterhin hier bleiben! Für mich war das durchaus eine ernsthafte Beziehung, in die ich einiges investiert habe. Gefühlsmäßig, meine ich." Er holte tief Atem und schloss für einen Moment die Augen. „Tja, und dann finde ich heraus, dass sie mich monatelang erst mit dem einen und dann mit dem nächsten betrogen hat. Daraufhin habe ich sie zum Teufel geschickt. Das ist jetzt eine Weile her, aber du kannst dir wohl denken, das beschäftigt mich noch immer. Da hat man ganz schön dran zu knabbern!"

Marita sah ihn mitleidig an. „Es ist nicht gerecht, so mit einem Freund umzuspringen. Da sieht man mal wieder, dass Lia überhaupt kein Gewissen zu haben scheint. Die bräuchte eigentlich mal einen Denkzettel, wenn du mich fragst!"

„Tja, Rachegedanken sind mir in letzter Zeit auch schon gekommen." Steffen schwieg und beugte sich vor, um die letzten Kuchenkrümel mit dem Zeigefinger vom Teller aufzunehmen und Marita vor die Lippen zu halten. „Hier, Liebes ..." Sie schleckte die Schokoladenreste ab und schnurrte vor Behagen wie eine Katze, dann legte sie den Kopf an seine Schulter.

Steffen räusperte sich: „Vielleicht interpretiere ich das falsch, aber ... Mir ist da etwas Merkwürdiges aufgefallen: Sobald das Gespräch auf den damaligen Einbruch kam, versuchte Lia abzulenken, sie schwenkte jedesmal sofort auf ein anderes Thema um. Ich habe natürlich nur sehr behutsam darüber gesprochen, man kann sich ja denken, wie sehr so ein Erlebnis schockt. Aber Lia reagierte immer recht seltsam, ich hatte den Eindruck, sie versuchte regelrecht, etwas zu verheimlichen! Als ich sie fragte, ob der Einbrecher ihr Gewalt angetan habe, sagte sie, nein, er habe sie anständig behandelt. Ich versuchte nachzuhaken, weshalb sie sich nicht bei mir aussprechen wollte. Sie reagierte ganz eigenartig, irgendwie wirkte sie auf mich schuldbewusst!" Er stockte. „Du kennst Lia schon länger; traust du ihr zu, dass sie bei der Ermordung Bernds ihre Finger mit im Spiel gehabt haben könnte? Ich weiß, das ist starker Tobak; mir erschien Lias Verhalten nur eigenartig! Vielleicht habe ich mich getäuscht ..."

Marita blinzelte nervös. Was hatte er da soeben angedeutet? Lia könnte Bernds Tod durchaus begrüßt haben, ja womöglich sogar mit dem Einbrecher gemeinsame Sache gemacht haben! Dieser hatte ihr damals kein Haar gekrümmt, während er Bernd brutal ermordet hatte. Sie schluckte. Ein ungeheuerlicher Verdacht, jedoch nicht ganz von der Hand zu weisen.

Zögernd erwiderte sie: „Ich habe Lia nie so recht über den Weg getraut. Falls sie etwas mit der ... Ermordung Bernds zu tun hat, wie wollen wir ihr das nachweisen?"

„Tja, ich hatte eigentlich gehofft, dass du diesbezüglich eine Idee haben könntest! Vielleicht, dass Lia sich dir gegenüber mal irgendwie verdächtig geäußert hat. Aber wie du sagst, ist der Kontakt abgebrochen. Schade." Er warf ihr einen Blick von der Seite zu. „Hätte ich Beweise für meinen Verdacht, ich würde versuchen, Lia zu erpressen. Meines Wissens ist sie recht vermögend. Das wäre meine Rache für alles, was sie mir angetan hat. Eine kleine finanzielle Entschädigung sozusagen!"

„Hm ..." Marita krauste die Stirn, erwiderte aber nichts; doch Steffen konnte es in ihrem Kopf förmlich arbeiten sehen.

*** 

„Verfluchtes Ding!" Schimpfend hob Steffen den Gitterrost an und stieg in den schmalen Kellerschacht, in dem er sich kaum bewegen konnte. Geschickt hebelte er das Fenster auf, um es gleich darauf wieder anzulehnen. Dann kletterte er behände aus dem Schacht heraus und ließ den Rost herunterfallen, so dass er lose auflag. Die Efeupflanzen, die ihn bedeckt hatten, waren großzügig vom Rost abgerissen und in das ungepflegte Gestrüpp daneben geworfen worden. Dieses wucherte in sämtliche Richtungen, so dass der Schacht kaum noch wahrzunehmen war, stand man nicht unmittelbar davor.

Steffen ging zur Haustür, schloss sie auf und betrat den

Flur. Wie praktisch, dass Marita einen Friseurtermin wahrnahm; genug Zeit für seine Vorbereitungen! Diesmal würde er hemmungslos zulangen, schließlich ließe doch auch kein Einbrecher die Hälfte liegen. Es war an der Zeit, die störrische Marita mit sanftem Nachdruck endlich zur Beteiligung an der Erpressung zu überreden, außerdem hatte er schon einen Abnehmer für die komplette Münz- und Schmucksammlung! Einen guten Kumpel durfte man nicht enttäuschen, der wartete schließlich bereits auf die versprochene Ware.

Also die in Maritas Versteck aufbewahrten Münzen und Schmuckstücke restlos entnehmen; Klammerbeutel sowie Pappschachtel zurück in den Einbauschrank. Noch rasch ein wenig mehr Unordnung im Keller schaffen! Zu guter Letzt alles in Schubläden und Schränken noch mehr durcheinanderbringen, als es ohnehin war. Nun drohte eine Jacke vom Bügel zu rutschen, lagen Seidentücher zwischen den Socken – wo sie selbst Maritas eher lässiger Auffassung von Ordnung zufolge wirklich nichts zu suchen hatten –, und sogar die Unterlagen im Wohnzimmerschrank waren vorher besser sortiert gewesen!

Erst an diesem Morgen hatte Marita einen ihrer sporadischen Kontrollblicke in ihre „Schatzkästchen" geworfen, danach würde sie die folgenden Tage nicht mehr hineinsehen, da war er sicher. Nun musste er geduldig warten, bis die Zeit reif war, und hoffen, dass ihr die kaum merklichen Veränderungen nicht zu bald auffielen.

\*\*\*

„Was für ein schöner Abend, Schnuckihase!" Maritas gelöstes Lachen veranlasste Steffen zu einem gequälten Lächeln. *Schnuckihase! Sollte sie ihn doch nennen, wie sie wollte, gleich würde ihr das Lachen im Halse stecken bleiben.*

Gemächlich schlenderten sie nebeneinander über das Grundstück, die Auffahrt hinauf und am grünen Wildwuchs entlang, als Steffen unvermittelt stoppte, einen Schritt zurückmachte und konzentriert zu Boden starrte.

„Was ist denn ... Versteckt sich da der Weihnachtsmann im Schacht?", neckte sie ihn, doch er reagierte nicht, sondern ging in die Hocke und fuhr mit den Fingern durch die Efeublätter. Dann kam er wieder hoch, einen der abgerissenen, welken Stängel in der Hand, und sah Marita nachdenklich an.

„Wolltest du hier aufräumen, oder weshalb ..." Er stockte und wies mit der Hand auf die zerrupften Pflanzen. „Muss ja wirklich mal gelichtet werden, wuchert wie Unkraut ... Aber das hätte ich doch übernehmen können!"

Den Kopf vorgereckt, betrachtete Marita den Gitterrost und tippte vorsichtig mit dem Fuß darauf. „Ich glaube, der ist lose!" Sie bückte sich hinunter und schob den Zeigefinger in eines der Löcher im Rost. „Lässt sich einfach anheben", stellte sie fest.

„Lass mich mal probieren", forderte Steffen sie auf und öffnete den Rost ganz, bevor er mit einem Bein in den Kellerschacht stieg und das Fenster inspizierte.

„Offen!" Entsetzt warf er Marita einen Blick zu und kraxelte wieder aus dem Loch heraus.

„Mach dir nicht die Klamotten dre...", wollte sie ihn warnen, doch dann wurden ihr seine Worte bewusst. „Was sagst du da? Offen? Das Kellerfenster, oder was?" Verwirrt fuhr sie sich durch das sorgfältig frisierte Haar. „Oh nein ... Ist da etwa einer eingestiegen?" Sie wurde blass und überlegte: „Ob der noch im Haus ist, was meinst du?"

„Keine Panik, ich gehe zuerst rein! Dir passiert schon nichts, dafür sorge ich!", meinte Steffen beruhigend und drückte sie kurz. „Der ist bestimmt längst über alle Berge!" *Im Haus ist er tatsächlich nicht mehr, Herzchen.*

Marita mit ängstlich aufgerissenen Augen hinter sich, schlich Steffen übers Grundstück, bis er vor der Haustür stand und geheimnisvoll flüsterte: „Warte hier draußen ... Nicht, dass uns da jemand auflauert!"

Er streckte seine Hand aus: „Schlüssel!"

„Oh, sei bitte vorsichtig!", mahnte Marita mit piepsiger Stimme. „Wenn da noch jemand drin ist ..."

„Psst!" Steffen schüttelte ungehalten den Kopf und schob den Schlüssel behutsam ins Schloss, dann drehte er ihn langsam um. „Verschlossen." Er überlegte kurz: „Wird das Haus also nicht durch diese Tür verlassen haben. Sonst wäre hier ja nicht abgeschlossen! Ist wohl durch den Kellerschacht getürmt, nachdem er genug eingesammelt hat ... Komm erstmal rein." Er zog die widerstrebende Marita in den Flur und reichte ihr ein Taschentuch, da sie bereits zu flennen begann.

„Keine Panik, ich bin doch bei dir! Sehen wir doch erstmal nach, was gestohlen wurde. Ich checke mal im Keller die Lage ... Du siehst dich am besten hier und oben um, was fehlt und wo der Typ Chaos angerichtet hat."

Marita zögerte: „Sollten wir nicht zuerst mal die Polizei anrufen, und hier lieber nichts anfassen? Die brauchen doch sicherlich Fingerabdrücke ..."

Steffen schüttelte den Kopf. „Also, der Efeustrunk war schon total welk, eindeutig nicht frisch ausgerupft! Der Kerl ist ausgeflogen, Marita, und die Beute hat er garantiert längst weitergereicht ... Siehst du denn nie Krimis im Fernsehen?" Er machte eine Pause, bevor er sie aufforderte: „Los jetzt ... Oder soll ich uns erstmal einen Kaffee kochen zur Stärkung?"

„Nee", lehnte sie ab und wischte sich ungeniert den Rotz von der Nase. „Meinst du, ich muss wirklich jeden Winkel kontrollieren?"

Als er nickte, stöhnte sie auf, fügte sich dann aber seinen Anordnungen und machte sich auf zu einer Inspektionsrunde durchs Haus, während Steffen im Keller verschwand.

*** 

„Der ist durchs Fenster ein- und später auch wieder ausgestiegen", berichtete Steffen anschließend. „Ein leerer Blumentopf liegt zerdeppert auf dem Fußboden, der Wäscheständer ist umgekippt ..." Er dachte nach, dann fuhr er fort: „Und in deinem Vorratsraum hat er offenbar Appetit auf dein Pflaumenkompott bekommen, jedenfalls steht eines der Gläser geöffnet im Regal. Muss ihm geschmeckt haben!" *Hatte es auch, wie er sich erinnern konnte.* „Aber weiter nichts", schloss er und sah Marita neugierig an.

Die zog eine Schnute. Mürrisch zählte sie auf, während sie zu jedem erwähnten Punkt einen Finger ausstreckte: „Also, scheint meine Klamotten durchwühlt zu haben ... Wenigstens hat er nicht mutwillig alles im Raum verteilt, die Sachen hängen noch alle, manche ziemlich schief, währen bald bestimmt vom Bügel gerutscht, ist mir bisher noch gar nicht aufgefallen, da siehst du mal, wie ich drauf achte, einfach einen Fummel aus dem Schrank zerren und gut ist ... Und sogar meinen Papierkram im Wohnzimmerschrank muss er durchgesehen haben, ist noch mehr durcheinander als vorher! Hätte er bei der Gelegenheit ja auch ordnen können, der blöde Sack", plapperte sie und zeigte ein schiefes Grinsen.

„Und mehr nicht?", erkundigte Steffen sich ungläubig.

„Doch", bestätigte sie und ballte die Fäuste. „Der soll mir bloß nicht unter die Augen kommen, den mach ich kalt!", wütete sie. „Meine Münzen, mein Schmuck, alles weg!" Aufgebracht schlug sie sich mit der Faust gegen die Stirn, schüttelte fassungslos den Kopf und raufte sich die Haare. *„Diese Kanalratte, diese verdammte! Dieses miese Stück Sch..."*

Steffen zuckte zusammen bei ihren derben Flüchen, nahm Marita in die Arme und streichelte sanft über ihre Wangen. „Liebes, so kenne ich dich ja gar nicht, beruhige dich!"

Sie wand sich aus seinen Armen, fuchtelte mit den Händen wild in der Luft herum und wetterte weiter: „Dem wünsche ich die Pest und Scheißerei und Dauerkotzen und ..." Endlich hielt sie inne und atmete aus, dann holte sie tief Luft und setzte hinzu: „Und alles eben, jedenfalls nichts Gutes!"

„Schon klar, Liebes ... Ist aber doch kein Grund, so schrecklich ordinär zu werden!"

Beschämt presste sie die Lippen zusammen. „Sorry ..."

Mitfühlend stellte Steffen fest: „Mit anderen Worten, du bist jetzt deine eiserne Reserve los."

60

Sie nickte und schluchzte auf: „Ich dachte, das Versteck findet keiner!"

„Tja, so ein Einbrecher kennt wahrscheinlich auch die verrücktesten Verstecke ... Du hättest das wertvolle Zeug wohl besser im Safe aufgehoben, dort wäre es sicherer gewesen!", belehrte Steffen sie, erntete jedoch nur einen vernichtenden Blick.

„Ach, sei doch still ... Hinterher ist man immer schlauer", schniefte Marita und fügte mit dramatischem Tonfall hinzu: „Ich stehe doch jetzt vor dem Nichts!"

Steffen zog sie an sich. „Jetzt atmen wir beide erstmal ganz tief durch und machen uns was zu essen, dann wird aufgeräumt! Und danach ..." Er ließ offen, was genau er damit meinte, doch sie hatte die Andeutung verstanden und schmiegte sich an ihn.

„Dann tröstest du mich, und die Welt sieht schon besser aus", vollendete sie den Satz.

„Hm", brummte er nur und ließ die Hand langsam über ihren Körper gleiten. *Ein wenig Ablenkung konnte ihr wohl nicht schaden, da musste er einmal mehr den liebevollen Partner spielen; das hatte er nun davon ... Und das Kellerfenster würde er, ritterlich wie er nun einmal war, am nächsten Tag auch noch reparieren!*

Ein zynischer Ausdruck umspielte seine Lippen, doch Marita bemerkte es nicht, denn er wandte den Kopf ab.

Er verfolgte die Bemühungen eines jungen Vaters, seine quengelnde Tochter zu beruhigen, beobachtete einen kleinen Jungen, der einen Hund an seiner Eistüte schlecken ließ und amüsierte sich über die Reaktion der Mutter, die dem Kind einen lauten Aufschrei entlockte, als sie das Eis kurzerhand in einen Mülleimer steckte.

Steffen schnippte die Asche von der Zigarette und ließ seinen Gedanken freien Lauf, während er die Augen schloss und die Sonnenstrahlen auf dem Gesicht genoss. Der Raubzug bei den Tiblerts war einer seiner erfolgreichsten gewesen. Den Mord hatte er zwar nicht vorgesehen, aber hin und wieder blieb es eben nicht aus, dass man sich die Finger schmutzig machte! Ihm machte das Töten kein Vergnügen, aber die Frau hatte ihm schließlich eine ansehnliche Summe Geld zur Verfügung gestellt; die Gelegenheit ließ er natürlich nicht ungenutzt.

Im Laufe der seither vergangenen Zeit war kaum eine Woche vergangen, in der er nicht an die junge Frau zurückgedacht hatte. Er drehte den gestohlenen Ehering zwischen seinen Fingern hin und her und erinnerte sich an die goldbraunen Augen, mit denen sie ihn damals angestarrt hatte. Julia Tiblert, attraktiv und wohlhabend. Ihr Angebot hatte ihm für einen Augenblick die Sprache verschlagen. Ließ ihn einfach den störenden Ehemann umbringen – wer weiß, wozu sie noch fähig war!

Er hatte ihre Spur verfolgt und wusste, dass sie in einem

Haus in einer beschaulichen Wohngegend Cuxhavens lebte. In den vergangenen Monaten war ein Plan in ihm gereift, mit dessen Ausführung er allerdings noch warten musste. Bis es soweit war, musste er sorgfältige Vorarbeit leisten. Er benötigte zunächst noch einen Beweis für ihren Anteil am Tod ihres damaligen Mannes.

Einige Tage zuvor hatte er sich ganz in der Nähe unter falschem Namen in einer der unpersönlichen Hotelanlagen für Touristen eingemietet, die wie in jedem Ferienort auch hier überall aus dem Boden wuchsen.

Steffen ließ Lia nicht mehr aus den Augen. Er folgte ihr wie ein Schatten, spionierte ihre Gewohnheiten aus. Wann verließ sie ihr Haus, wohin ging sie, was tat sie?

Steffen verhielt sich dabei äußerst vorsichtig. Der wie ein durchschnittlicher Büroangestellter wirkende Mann, der sich seine Auszeit vom Berufsstress mit einigen Tagen frischer Nordseeluft verdient hatte und Lia am Vormittag zufällig über den Weg lief, verwandelte sich nachmittags in einen Späthippie mit angeklebtem Rauschebart und zotteligen Haaren, die unter einer Baseballkappe hervorlugten. Die durchdringenden braunen Augen waren entweder mit einer Sonnenbrille getarnt, oder er verlieh ihnen mithilfe kolorierter Kontaktlinsen eine andere Farbe. Oft waren seine kurzen, dunkelbraunen Haare vorübergehend auch unter einer blonden Perücke verborgen. Steffen hatte seine Freude an diesen Verkleidungen, ein Überbleibsel aus der Zeit, als er begeistert an Theateraufführungen seiner Schule teilgenommen hatte.

Die feingeschnittenen Züge seines schmalen Gesichts zeigten Intelligenz, allerdings auch eine gewisse Härte und

Gerissenheit. Er war jetzt vierunddreißig Jahre alt; sein Verstand war ebenso durchtrainiert wie der sportliche, sehnige Körper.

***

Die Stirn angestrengt in Falten gelegt, beugte Steffen sich vor, bis er die feine Struktur der Leinwand ganz genau erkennen konnte. Verstohlen beobachtete er, wie die übrigen Besucher sich verhielten, und ahmte sie nach. Nein, er sollte besser etwas zurücktreten, etwas Abstand zwischen sich und die Bilder bringen, nicht beinahe mit der Nase dagegenstoßen ... Nur nicht auffallen zwischen all diesen Kunstbeflissenen mit ihren klugen Kommentaren!

Er stöhnte leise und verdrehte genervt die Augen. Was für ein verrücktes Zeug, diese moderne Malerei! Schön bunt, sicherlich, aber ... Er konnte nun wirklich nichts damit anfangen!

„Dafür wissen diese Einfaltspinsel garantiert nicht, wie man *kunstgerecht* in eine Villa einbricht, die kriegen ohne Schlüsseldienst doch ihre Tür nicht mehr auf, wenn sie ihnen mal irrtümlich zuklappt", dachte er und musste sich ein hämisches Feixen verkneifen.

Einige Tage nach seiner Ankunft an der See war ihm ein Plakat aufgefallen. Es wies auf eine Präsentation der neuesten Bilder Julia Tiblerts hin, und so mischte er sich unter die begeisterten Besucher der Kunstausstellung. Lia wiederzuerkennen bereitete ihm keinerlei Schwierigkeiten, obwohl er sie damals nur im Lichtschein seiner Taschenlampe zu sehen bekommen hatte. Steffen hatte zwar keine Ahnung von Kunst, aber er betrachtete die Werke scheinbar voller Verständnis, während er sich unauffällig immer näher an Lia heranschob; das war in dem recht kleinen Raum bei dem dort herrschenden Gedränge nicht so einfach zu bewerkstelligen.

Sie unterhielt sich soeben angeregt mit einem hochgewachsenen, sportlich wirkenden Besucher. Steffen beobachtete Lia unbemerkt und spitzte die Ohren, um den Inhalt der Unterhaltung mitzubekommen. Vielleicht käme etwas Interessantes für ihn dabei heraus, man konnte nie wissen!

Offenbar hatten sich die beiden gerade erst kennengelernt. Steffen registrierte die bewundernden Blicke des Mannes, mit denen er Lia betrachtete.

\*\*\*

Daniel war Lia sofort aufgefallen, als er den Ausstellungsraum betreten hatte. Mit seiner hageren Gestalt überragte er die meisten Anwesenden und war im Gegensatz zu ihnen nicht elegant, sondern sportlich und eher eine Spur zu lässig gekleidet.

*„Ungewöhnlich"*, ging es Lia spontan durch den Kopf. Erschienen doch die meisten Besucher bei der Eröffnung einer Ausstellung in eleganter Aufmachung, einige aufgebrezelt wie bei einer Galaveranstaltung!

Eigentlich war er so gar nicht ihr Typ. Und doch wanderten ihre Augen unwillkürlich immer wieder zu diesem langen Kerl mit den dunkelblonden Locken, die eigenwillig das schmale, gebräunte Gesicht umrahmten.

Gemächlich schlenderte er von einem Bild zum nächsten, hielt inne, trat einen Schritt zurück, betrachte es eindringlich, nickte fast unmerklich mit dem Kopf, schritt weiter.

Unvermittelt blickte er in ihre Richtung; ihre Blick trafen sich. Ein leichtes Lächeln stahl sich in seine grünblauen, von Lachfältchen umgebenen Augen, das Lia automatisch erwiderte.

„Sie sind die Künstlerin, nicht wahr?" Er nickte Lia zu, die sich ihm langsam näherte. „Eindrucksvolle Werke, die Sie da geschaffen haben!"

Es stellte sich heraus, dass er sich in seiner Freizeit als Bildhauer betätigte. „Meine Brötchen verdiene ich mir allerdings als Sportlehrer", räumte er ein.

Schließlich lud er sie ein, sich einmal seine Werke anzuschauen, die er in einer alten, umgebauten Scheune entstehen ließ. Dort werkelte er zusammen mit Freunden, sie teilten sich den Raum.

Lia zögerte zunächst, dann schalt sie sich im Geiste gleich darauf: *„Du sollst ihn doch nicht heiraten, um Himmels willen! Nur seine Kunstwerke betrachten. Ein Austausch von Künstler zu Künstler sozusagen. Mehr nicht. Nun krieg doch nicht gleich schon wieder Panik, kaum dass sich ein Mann mit dir verabredet!"* Sie schüttelte halb amüsiert, halb genervt den Kopf über sich selbst. Die Beziehung zu Bernd hatte offenbar einige Wunden bei ihr hinterlassen. Ob sie irgendwann wieder echte Nähe zulassen würde? Sie sehnte sich danach und hatte zugleich Angst, wieder enttäuscht zu werden; das kleine, ängstliche Mädchen in ihr war immer noch da.

Nun, in wenigen Tagen würden sie sich in ihrem Lieblingscafé treffen, und später würde er ihr die am Ortseingang gelegene Scheune zeigen.

Der heiße, sonnige Augusttag neigte sich dem Ende zu,

als Lia schließlich den Heimweg antrat. Die Ausstellung versprach ein voller Erfolg zu werden, den begeisterten Reaktionen der Besucher zufolge.

Als sie an Daniel Wempert dachte, lächelte sie und blinzelte in die Sonne. Der Dreißigjährige war vor drei Monaten von Dortmund an die Nordsee gezogen und wohnte nun im Nachbarort; soviel wusste sie bereits von ihm.

Dem Ausstellungsbesucher mit den kurzen blonden Haaren, der sich häufig in ihrer Nähe herumdrückte, hatte sie keinerlei Beachtung geschenkt. Er war verschwunden, kaum dass sie mit Daniel Ort und Uhrzeit für eine Verabredung ausgemacht hatte.

Steffen Crebent hatte genug gehört.

***

Lia streckte die Beine aus, spürte den warmen Sand an ihrer Haut und zog den Ärmel ihres dunkelblauen Strickpullovers gerade, den sie sich gegen die aufkommende kühle Briese locker über das dünne, hellblaue T-Shirt um die Schultern gelegt hatte. An einen Felsblock gelehnt, genoss sie mit geschlossenen Augen die letzten Strahlen der untergehenden Sonne. An dieses etwas versteckte und abgelegene Fleckchen Erde verirrten sich nur wenige Touristen. Es war Lias Lieblingsplatz; sie schätzte die Stille, die hier herrschte. Lediglich das sachte Rauschen der Wellen und leise Tschilpen der Vögel war zu vernehmen.

Lia hielt das Tagebuch, das eigentlich nur ein umfunktioniertes Notizbuch war, auf dem Schoß. Ihre Hand ruhte auf diesem alten, abgenutzten Zeugnis sehr persönlicher Ereignisse.

Lia schrieb sporadisch etwas in das Buch hinein. Sobald sie den Drang verspürte, sich etwas von der Seele zu reden, über das sie doch mit niemandem sprechen konnte, kritzelte sie drauflos, schrieb hastig, hielt inne, fuhr dann bedächtig fort. Sie strich Wörter durch und ersetzte sie darüber ungeduldig durch neue, schrieb Anmerkungen am Seitenende, füllte die Seiten mit ihrer energischen Schrift und zeichnete manchmal kleine Figuren dazu. Manches würde keiner wirklich verstehen, so glaubte sie. Und gewisse Dinge könnten ihr sogar zum Verhängnis werden, sollte jemals ein anderer Mensch in den Besitz dieses unscheinbaren Büchleins gelangen. Lia hütete es wie einen Schatz vor ungebetenen Blicken. Daheim lag es in einer stets verschlossenen Schublade. Den Schlüssel trug sie am Schlüsselbund mit sich herum.

Jetzt öffnete sie die Augen, entfernte mit den Fingern gedankenverloren einen Fussel von ihrer Jeans und blätterte eine andere Stelle auf. Schon oft hatte sie darüber nachgedacht, ob es nicht besser sei, gewisse Seiten einfach herauszureißen und zu vernichten!

Lia starrte auf die etwas verwischten Buchstaben; sie dachte daran zurück, wie sie diese unter Tränen hingekritzelt hatte, wenige Wochen nach der Bluttat. Sie hatte dem Tagebuch schonungslos ihre Schuld anvertraut. Lia las die verräterischen Worte, die sie längst auswendig kannte:

*... ich weiß nicht mehr, was mich dazu gebracht hat! Wie schaffe ich es eigentlich, nach außen hin die trauernde Witwe zu verkörpern, wo ich mir doch nicht mehr im Spiegel in die Augen sehen mag! Bin ich vielleicht genauso abgebrüht wie dieser Wahnsinnige, der uns*

überfallen hat? Oft denke ich, das Beste wäre, man würde mich festnehmen. Komme ich am Polizeirevier vorbei, bin ich manchmal drauf und dran, einfach reinzugehen: „Hallo, hier bin ich, bestraft mich endlich, so dass ich zur Ruhe komme!" Ich kann mein Leben doch jetzt nicht einfach genießen, nachdem Bernds so brutal beendet worden ist! Aber wenn ich ehrlich bin, empfinde ich gleichzeitig eine unglaubliche Erleichterung, das ist ein regelrechtes Freiheitsgefühl!*

Ein weiterer Eintrag lautete: *Gestern auf dem Friedhof gewesen, Bernds Grab mit roten Geranien bepflanzt. Die mochte er so gerne. Ist ja verrückt, ich suche extra Blumen aus, die ihm gefallen würden! Als ob ich damit was wiedergutmachen könnte. Er ist jetzt schon fast ein Vierteljahr tot. Ich habe dagehockt und mich gefragt, ob ich alles rückgängig machen würde, wenn ich könnte? Wenn ich mir das ehrlich beantworte: Nein. Erschreckend!*

Es folgten mehrere Absätze, die nichts mit dem Mord zu tun hatten. Der letzte Eintrag zu diesem Thema war am Tag des Einzugs in ihr jetziges Heim geschrieben worden: *Bin heute nach Hause zurückgekehrt nach all den Jahren! Zumindest fühle ich mich in Tante Heineles altem Haus endlich wieder am richtigen Platz. Von Gabi habe ich mich bereits letzte Woche verabschiedet, vielleicht kommt sie mich mal besuchen. Auf die anderen sogenannten 'Freunde' von dort kann ich gut verzichten! Mit dem Umzug heute habe ich einen Schlussstrich unter diese schrecklichen Jahre gezogen. Ich muss lernen, mit der Vergangenheit und meiner entsetzlichen Schuld zu leben. Bernd wird sowieso nicht wieder lebendig, es nützt ihm nichts, wenn ich weiterhin als Nervenbündel durch die Gegend laufe! Es belastet mich, dass ich mich niemandem anvertrauen kann! Aber das wäre zu leichtsinnig, also schreibe ich meine Gedanken nieder und hoffe, dass niemals jemand außer mir dieses Notizbuch liest.*

Lia klappte das Buch zu und schob es in ihre Tasche. Sie atmete tief durch. Dann stand sie auf, streckte ausgiebig den vom langen Sitzen steifen Körper und schlüpfte in ihre Schuhe. Zeit, nach Hause zu gehen und sich einen Tee zu kochen!

Sie bemerkte nicht den Mann mit dem Feldstecher, der sich ein Stück von ihr entfernt auf der Düne oberhalb ihres bisherigen Sitzplatzes noch tiefer hinter das große Büschel Strandhafer duckte, das seinen Körper bereits geraume Zeit verborgen hatte. Sein Gesicht zeigte ein zufriedenes Grinsen.

Steffen war Lia bis zum Strand gefolgt. Er hatte sie eine ganze Weile versonnen in einem abgenutzten Buch blättern sehen. Ob das ein Tagebuch war? Ihrem Gesichtsausdruck zufolge barg das Büchlein nicht nur angenehme Erinnerungen. Er hatte sie mit dem Feldstecher beobachtet, bis sie den Ort verließ. Wenn Lia und dieser ... Daniel, genau, ihre Eroberung von der Ausstellung, wenn die beiden Turteltauben sich demnächst treffen würden, dann würde er Lias Haus einen Besuch abstatten; dabei fiele ihm vielleicht etwas in die Hände, das sich für seine Pläne verwenden ließe!

Er rückte die Sonnenbrille auf seiner Nase zurecht und zündete sich eine weitere Zigarette an, nahm einen tiefen Zug und beobachtete seine Umgebung, wobei er seinen Gedanken nachhing.

Marita - würde sie ihn enttäuschen? Er hatte die Geldgier in ihren Augen gesehen, doch das musste noch lange nicht bedeuten, dass sie sich bereitwillig für seine Pläne einspannen ließ. Sollte die Schmierenkomödie mit dem angeblichen Einbruch sie nicht von der Notwendigkeit überzeugt haben, mitzuspielen, nun ja ... Dann musste er sich andere Maßnahmen überlegen!

Als eine Person an seinem Tisch vorüberging und sich am Nebentisch niederließ, wandte Steffen ihr seine Aufmerksamkeit zu. Die Frau wandte ihm den Rücken zu. Doch als sie den Kopf hob, um einige Worte mit der Kellnerin zu wechseln, sah Steffen, dass es Julia Tiblert war. Sein Warten war belohnt worden.

***

Lia blinzelte in die Sonne. Ob er wohl käme? Oder hatte er es sich doch anders überlegt? Sie war nervös wie beim allerersten Rendezvous. Als die Bedienung nun mit dem riesigen Eisbecher auf ihren Tisch zusteuerte, sah Lia für einen Augenblick Bernd vor sich, wie er mit einer Mischung aus Ärger und Interesse zu ihr hochgeblickt hatte, nachdem sie gestolpert war und der Eiskaffee sich großzügig über sein Hemd ergossen hatte. Dann wurde dieses Bild vor ihrem inneren Auge von einem anderen überblendet: Bernd, wie er blutend und röchelnd hinter der Wohnzimmertür lag. Lia atmete tief ein und versuchte die Bilder zu verdrängen. Sie würden sie vermutlich für den Rest ihres Lebens nicht mehr loslassen!

Als der Stuhl neben ihr über den Boden schrappte, schrak Lia aus ihren trüben Gedanken auf. Daniel ließ sich neben ihr nieder. Er begrüßte sie mit einem strahlenden Lächeln; ihre düstere Miene war ihm allerdings nicht entgangen. Was mochte ihr gerade durch den Kopf gehen?

Lias Gesicht hellte sich augenblicklich auf. Sie gestand sich ein, dass sie sich aufrichtig freute, ihn wiederzusehen. „Hallo!" Sie deutete auf ihren überdimensionalen Eisbecher. „Ich habe mir schon etwas bestellt. Schmeckt phantastisch."

Er strahlte sie vergnügt an. „Und reicht vermutlich für die ganze Woche. Aber ich brauche etwas Flüssiges. Ein zünftiges Bier!"

Nachdem er bestellt hatte, saßen sie für einen Moment stumm nebeneinander. Beide spürten eine merkwürdige Befangenheit und überlegten, wie sie ein Gespräch beginnen könnten. Daniel räusperte sich: „Hier sitzt man wirklich nett. Sie sind hier Stammgast?"

Lia nickte. „Ich wohne nicht weit von hier. Dies ist mein Lieblingscafé, ich gehöre schon fast zum Inventar. Von hier aus kann man wunderbar beobachten." Sie wies mit dem Kopf in Richtung Strandpromenade. „Ist oft ganz interessant, was man da zu sehen bekommt. Im Sommer ist da immer was los! Prima Inspiration für Künstler."

Er schmunzelte. „Kann ich mir denken. Ich liebe es

auch, mir die Leute anzusehen. Kann manchmal ganz amüsant sein. Da laufen einige merkwürdige Vögel herum ... Sehen Sie mal dort hinüber, solche Leute meine ich!" Er deutete auf eine sehr sommerlich gekleidete Gruppe Touristen, die Pullover um die Hüften geschlungen, die Füße in bunten Badelatschen. Sie schlappten faul von einem Souvenirstand zum nächsten, während sie sich ausgelassen und überaus laut in einem schwer verständlichen Dialekt unterhielten.

Lia nickte Daniel zu und grinste vergnügt. Kannten sie sich wirklich erst wenige Tage? Sie spürte, wie die Anspannung allmählich von ihr abfiel. Ob er genauso nervös war wie sie? Zumindest ließ er sich nichts anmerken. Ihr kam ein Gedanke: War er womöglich in festen Händen? Sie warf einen, wie sie hoffte, unauffälligen Blick auf seine Hände. Kein Ehering ...

Als sie seinen Blick auffing, errötete sie. Daniel erriet ihre Gedanken: „Seit dem Tod meiner Frau vor fünf Jahren komme ich nicht mehr allzu oft unter Menschen, obwohl ich zwischenzeitlich eine Weile mit einer anderen zusammen war. Aber meist habe ich mich regelrecht zu Hause vergraben. Wenn ich mein Hobby nicht hätte, ich weiß nicht, ob ich nicht eine große Dummheit begangen hätte ... Ich musste mich manchmal geradezu zwingen, wieder am Leben teilzunehmen!" Er schwieg.

Lia sah ihn an. „Das tut mir leid."

„Es war ein Autounfall. Nachts. Bei schlechter Sicht. Marianne ist gegen einen dort liegengebliebenen, unbeleuchteten Pkw geprallt ... Da war nicht mehr viel zu machen. Nach einigen Stunden im Koma war es vorbei."

Er stockte, bevor er leise weitersprach. „Ich bin monatelang wie ein Schlafwandler durchs Leben gegangen. Man funktioniert irgendwie weiter, aber man ist innerlich nicht mehr beteiligt, alles wird völlig egal. Leider konnte ich mich auch auf die Frau, die ich später kennenlernte, nicht richtig einlassen. Sie war lieb und verständnisvoll, aber ... Marianne war noch zu gegenwärtig für mich!" Hörbar stieß er den Atem aus. „Aber was belästige ich Sie mit diesen Problemen! Sorry."

„Nein, ist schon in Ordnung. Erzählen Sie mir ruhig davon. Ich weiß, wie man sich fühlt, wenn einem etwas auf die Seele drückt und man nicht darüber sprechen kann." Geistesabwesend strich sie mit dem Zeigefinger über das kühle Glas des Eisbechers. *Und über gewisse Dinge werde ich niemals sprechen dürfen, nicht einmal mit dem besten Freund.*

Beide saßen eine Weile still nebeneinander und hingen ihren Gedanken nach. Schließlich räusperte er sich: „Was halten Sie davon, wenn wir das förmliche ´Sie´ aufgeben? Ich bin Daniel." Er sah sie fragend an.

Lia war einverstanden. „Julia. Aber alle sagen Lia."

Sie unterhielten sich noch eine Weile über die gelungene Eröffnung von Lias Ausstellung, um dann zu der alten Scheune aufzubrechen, wo er ihr seine bildhauerischen Arbeiten zeigen wollte. Außerdem wären dort vermutlich einige seiner Künstlerfreunde anwesend, die könnte sie bei der Gelegenheit auch kennenlernen!

***

Steffen Crebent sah den beiden versonnen nach; er hatte keine Eile. Er trank genüsslich seinen Kaffee aus und

74

rauchte noch eine weitere Zigarette. Der Bedienung schenkte er ein hinreißendes Lächeln und ein großzügig bemessenes Trinkgeld. Bestens gelaunt erhob er sich schließlich und schlenderte davon, um Lias Haus in aller Ruhe unter die Lupe zu nehmen; es war kaum zu befürchten, dass die Bewohnerin so bald zurückkehren würde. Die war mit Sicherheit noch eine Weile in Begleitung ihrer neuen Bekanntschaft unterwegs!

Steffen war bekannt, dass das Gebäude etwas abseits der Straße lag, umgeben von hohem Gebüsch. Sehr idyllisch und nur schwer einsehbar von den Nachbarn. Steffen wusste das zu schätzen. Er musste es schließlich vermeiden, ungebetene Beobachter zu haben!

Die alte Gartenpforte hing etwas schief und nur angelehnt in den Angeln. Steffen warf einen Blick die Straße entlang und in Richtung der benachbarten Häuser; keine Menschenseele war auszumachen. Er betrat den liebevoll angelegten Garten, schritt den von unzähligen Blumen gesäumten Weg entlang zur Eingangstür.

Dort angekommen, förderte er ein Paar Handschuhe zutage und streifte sie sich über die Hände. Eine Vorsichtsmaßnahme, damit seine Fingerabdrücke nicht im ganzen Hause verteilt würden! Mit geübten Augen begann er, die üblichen Verstecke zu untersuchen, wo seiner Erfahrung nach die meisten Menschen ihren Zweitschlüssel verbargen, um für Notfälle gerüstet zu sein. Man konnte sich ja mal selbst aussperren, und was dann? Oft war nur ein Blumentopf anzuheben. Oder unter die Fußmatte zu schauen. Die Leute waren so unglaublich leichtsinnig, und die Verstecke lächerlich einfallslos.

Steffen hatte häufig leichtes Spiel, in die Häuser hineinzugelangen; er musste nur abwarten, bis die Bewohner zur Arbeit gefahren waren. In einem günstigen Augenblick konnte er sich dann in aller Seelenruhe den Schlüssel greifen und das Haus betreten.

Würde Lia es ihm auch so einfach machen? Fast war er enttäuscht, als er bereits nach wenigen Minuten den Türschlüssel in den Händen hielt. Dieser war mit Draht im Inneren des kleinen Vogelhäuschens neben der Terrasse befestigt gewesen. Es war immer das Gleiche; Steffen schüttelte den Kopf.

Er schloss die Eingangstür auf und verschwand rasch im Hausinneren. Nachdem er die Tür hinter sich zugezogen hatte, blickte er sich um. Er stand in einer geräumigen altmodischen Diele, von der aus mehrere Innentüren in die Räumlichkeiten dahinter führten. Küche und Bad befanden sich gleich links. Steffen spähte flüchtig hinein. Blitzsauber und liebevoll eingerichtet, lediglich in der Spüle stand ein Stapel gebrauchtes Geschirr, noch nicht eingeräumt in die Spülmaschine. *In Alltagsdingen offensichtlich ein wenig bequem, die große Künstlerin ...*

Steffen schüttelte nachsichtig den Kopf und wandte sich ab. Hier gab es für ihn sicherlich nichts zu entdecken, das ihm nützlich sein könnte!

Das nächste Zimmer war Lias Atelier. Nicht sehr geräumig, aber dennoch mit allem ausgestattet, was sie für die Malerei benötigte. Ein großer Arbeitstisch mit unzähligen Farbflecken, eine Staffelei, ein Materialschrank und ein langes Regal stellten die Einrichtung dar. Etliche Farbtuben, Pinsel und sonstige Utensilien lagen wild durcheinander auf jedem freien Fleck. Steffen runzelte die Stirn; ob Lia in diesem „kreativen" Chaos überhaupt noch etwas wiederfand? Die fertigen Kunstwerke bewahrte sie in einer Nische im Flur auf, da es im Atelier zu eng würde.

Steffen warf nur einen kurzen Blick auf die Szenerie. Auch hier würde er bestimmt nichts finden. Also weiter. Die beiden Räume rechts von der Diele waren etwas größer. Der hintere war Lias Schlafzimmer; hier hatte sie als Kind in den Ferien bereits mit Mutter und Schwester gemeinsam übernachtet, während ihre Tante dann im Wohnzimmer auf dem Sofa zu schlafen pflegte.

Steffen ging zu dem kleinen Nachtschränkchen neben dem Bett und zog dessen Schubläden auf. In der oberen lag Schmuck in einer offenen Schachtel, dazu diverser Kleinkram. In der unteren befanden sich lediglich einige zerlesene Zeitschriften und vier CDs sowie ein CD-Player samt Kopfhörer. Steffen schob die Läden wieder zu und wandte sich dem Kleiderschrank gegenüber dem Bett zu. Er tastete flüchtig Lias Garderobe ab; hier und da fiel ihm ein zerknülltes Taschentuch oder ein Lippenstift in die Hände. Er schloss die Schranktüren und verließ das Schlafzimmer, um ins Wohnzimmer zu gehen.

Im selben Moment waren vor der Haustür Schritte zu vernehmen. Steffen zuckte zusammen und hielt unwillkürlich den Atem an. Verdammt; sie würde doch so früh noch nicht zurückkommen? Er sah sich hastig nach einem geeigneten Versteck um und tastete nach dem Messer in seiner Jacke. Dann hörte er jedoch den Postkastendeckel klappern, und die Schritte entfernten sich wieder. Vermutlich ein Student, der einen Werbeprospekt eingeworfen hatte; Steffen atmete auf.

Er betrat das Wohnzimmer. Der in warmen Farben gehaltene Raum wirkte sonnig und fröhlich. Lia liebte den Blick hinaus auf die Terrasse, den sie von ihrem alten Sessel aus hatte. Der Sessel war ein Überbleibsel von ihrer Tante, und Lia mochte sich nicht von ihm trennen. Die Terrasse war umgeben von Blumentöpfen; angrenzend befand sich ein kurzes Stück Wiese, dahinter standen uralte Büsche und Bäume. Ein romantisch gelegenes Fleckchen Erde zum Träumen.

Steffen durchwühlte methodisch den weißen Schrank im Wohnzimmer und achtete darauf, sorgsam alles wieder an seinen Platz zurückzulegen, denn Lia sollte sich so lange wie möglich in Sicherheit wiegen. Irgendwann würde er seine Pläne umsetzen; dann wäre es für sie mit der Ruhe vorbei! Bei dem Gedanken daran verzog sich sein Mund zu einem breiten Lächeln.

Hm – aber bei ihrem offensichtlichen Hang zur Unordnung würde es ihr womöglich gar nicht auffallen, wenn etwas noch mehr durcheinandergeriet, als es ohnehin schon war ... Seine Lippen kräuselten sich abschätzig. Wie konnte man sich in einem solchen Tohuwabohu nur wohlfühlen?

Er durchstöberte Lias Unterlagen, die sie in mehreren dicken Ordnern aufbewahrte. Versicherungspolicen, Kontoauszüge, Rechnungen aus mehreren Jahren, alles zwar abgeheftet, inhaltlich jedoch nicht sortiert. Sie hatte einfach immer das Neueste obendrauf abgelegt; einzelne Belege waren schlampig gelocht worden und hingen halb heraus, und sämtliche Ordner waren lediglich nach

Zeiträumen beschriftet.

„Hast es dir aber wirklich einfach gemacht! Wärst ein Alptraum für jeden Chef", murmelte Steffen amüsiert und richtete einen Ordner wieder auf, der ihm umgefallen war. Auf den Regalen hinter einer Schranktür standen mehrere Fotoalben und ein Schuhkarton mit offensichtlich noch nicht geordneten Fotografien. Steffen besah sich kurz einige der Aufnahmen: Lia als Kind an der Hand ihrer Mutter, Lia auf einem Schnappschuss neben Bernd, ein Hochzeitsbild der beiden, Lia im Urlaub vor einer zerfallenen Ruine.

Er zog mehrere Schubfächer auf. Viel Kleinkram, aber nichts für ihn Verwertbares. Als er jedoch die oberste Lade öffnen wollte, stellte er fest, dass diese im Gegensatz zu allen übrigen abgeschlossen war. Aha! Er wurde neugierig.

Die üppigen Ranken einer Grünlilie hingen von oben herab und verdeckten das Schloss. Steffen schob den Blumentopf etwas beiseite und begann, sich mit seinem Messer gewaltsam an dem Hinderniss zu schaffen zu machen. Eine leichte Übung für ihn; bereits nach wenigen Sekunden war es ihm gelungen, das Schloss aufzubrechen.

Er öffnete das Fach und spähte hinein, verzog jedoch gleich darauf enttäuscht das Gesicht. Nur eine Ansammlung von Schleifchen und Bändern zur Verzierung von Geschenken! Er griff sich dieses bunte Wirrwar und warf es genervt auf den Teppichboden. Dahinter kamen mehrere glattgestrichene und zusammengefaltete alte Geschenkpapiere zum Vorschein, die offenbar nochmal Verwendung finden sollten. Verd...! Steffen fluchte leise vor sich hin. Wollte sie ihn auf den Arm nehmen?

Ärgerlich hob er das Knäuel aus Schleifchen und Bändern wieder auf, pfefferte es zurück in die Lade, schob diese mit heftigem Schwung zu ... und stutzte. Was war das? Ein Geräusch, als sei etwas Schweres gegen die Wand des Schubfaches gerutscht; das leichte Papier oder die Zierschleifen konnten es nicht verursacht haben!

Steffen zog die Lade wieder auf, und als er den Krimskrams hochnahm, wurde ein dunkelgrünes Notizbuch sichtbar, das nach hinten geschliddert war.

Als Steffen es aufschlug, konnte er ein lautes Auflachen nicht unterdrücken. Na bitte! Offenbar war dies das Büchlein, in dem sie am Strand so ausgiebig gelesen hatte. Er überflog einige Passagen, stieß auf die Eintragungen, die Bernds Tod betrafen. Na wunderbar! Das war noch viel besser verwertbar als der geklaute Ehering.

Er schob die Schublade erneut zu. Die Beschädigung, die beim Aufbrechen des Schlosses entstanden war, würde einem aufmerksamen Blick natürlich nicht entgehen. Steffen stellte den Blumentopf wieder an seinen alten Platz, so dass die Lilienranken den Schaden zumindest oberflächlich verdeckten.

Nachdem er mit seiner Beute das Haus verlassen hatte, vergewisserte er sich, dass er keine Zuschauer hatte und befestigte den Türschlüssel wieder im Vogelhäuschen. Dann verschwand er; lediglich das zerstörte Schloss am Wohnzimmerschrank würde die Bewohnerin auf den ungebetenen Besuch hinweisen.

Diese hier ... Ja, das war meine erste Arbeit, mit der ich halbwegs zufrieden war!" Daniel lächelte verlegen. Seine Augen strahlten, als Lia seine Skulpturen ausgiebig von allen Seiten bewunderte; liebevoll gestaltete Figuren, die sein ganzer Stolz waren.

„Doris, unser verrücktes Huhn", stellte er eine kunterbunt gekleidete Frau vor, die Lia herzlich in der fröhlichen Künstlerrunde willkommen hieß. „Theo, Marga, Werner ... Wo steckt denn Knuddel ... äh, eigentlich Hans-Peter. Woher er diesen albernen Spitznamen hat, weiß ich nicht, aber wir nennen ihn eben so ", erklärte Daniel schmunzelnd.

Jeder hockte sich auf der kleinen Terrasse vor dem alten, schon etwas baufälligen Gebäude auf einen Gartenstuhl. Marga hatte Kuchen gebacken und Theo kochte Kaffee für alle. Bei der angeregten Unterhaltung mit Daniels sympathischen Freunden merkte Lia kaum, wie die Zeit verging.

Die Sonne stand bereits tief hinter den Bäumen, als Daniel und Lia sich verabschiedeten. Er begleitete sie zurück zu ihrem Haus und machte nicht einmal den Versuch, sie weiter als bis an den Gartenzaun zu bringen.

„Sehen wir uns wieder?" Daniels Gesicht war im Dunkel der Nacht kaum noch zu erkennen. „Wenn du magst, ruf mich einfach an. Augenblick, ich geb dir am besten meine Telefonnummer." Er holte seine Brieftasche hervor und fand nach einigem Wühlen eine schon etwas zerknautschte Visitenkarte.

„Es war ein netter Abend mit deinen Freunden - und mit dir!" Lia errötete. Glücklicherweise war das im schwindenden Tageslicht nicht zu sehen.

„Bis dann, und schlaf gut!" Daniel reichte ihr die Hand und blickte ihr nach, als sie zum Haus schritt; dann wandte er sich um und trat nachdenklich den Heimweg an.

Lia lag noch eine ganze Weile wach.

***

Sie begannen, sich häufiger zu treffen. Daniel liebte wie Lia ausgedehnte Strandspaziergänge, beide begeisterten sich für Kunst und betrachteten gern alte Filme. Das kleine, altmodische Kino im Nachbarort wurde zu einem häufigen Treffpunkt der beiden.

„Getroffen! Hauptgewinn! Oh Daniel, guck mal, was ich da bekomme!" Lia hüpfte aufgekratzt neben Daniel auf und ab. Sie standen an der Schießbude. Die alljährliche Kirmes war ein beliebter Anziehungspunkt für Einheimische und Touristen; Lia und Daniel genossen ausgelassen das bunte Treiben. Daniel hielt in beiden Händen jeweils eine riesige Zuckerwatte und schmunzelte Lia vergnügt zu; diese nahm lachend einen überdimensionalen schwarzweißen Plüschhund an sich. Unter dem rechten Arm das Stofftier, nahm sie Daniel mit der anderen Hand eine Zuckerwatte ab und schleckte genießerisch daran.

Beide schlenderten weiter zum Getränkestand, um sich mit einem kühlen Bier zu erfrischen. Ausgelassen wie zwei Kinder liefen sie danach, den Plüschhund zwischen sich, über die Wiese in Richtung Strand davon. Daniel hielt den Hund am rechten Ohr fest, Lia am linken; er reichte ihnen bis zur Hüfte.

Lia kicherte. „Der kommt neben die Haustür. Und an die Gartenpforte ein großes Schild „Vorsicht! Äußerst bissiger Hund!"

„Dann vergiss nicht, ihn regelmäßig Gassi zu führen!" Daniel grinste sie an. „Ich begleite euch gern."

„Weißt du, ich nenne ihn ´Herr Meier´. So hieß mein Mathelehrer, das war so ein richtig Gemütlicher, mit einem ähnlichen Gesichtsausdruck." Sie deutet mit dem Kopf auf das Plüschtier.

„Also, Herr Meier, nehmen Sie Platz!" Daniel setzte den Hund zwischen sich und Lia ab und warf ihr einen Blick zu. Sie betrachtete hingerissen den prachtvollen Sonnenuntergang. Glühendes Rot ging in intensives Orange über; das Meer spiegelte die Farben. Das sachte Wellenrauschen machte die zauberhafte Abendstimmung vollkommen.

Keiner sagte etwas, still saßen sie da und genossen den Augenblick. Beide streichelten gedankenverloren den Plüschhund. Als sich ihre Hände berührten, zuckten beide zusammen. Dann spürte Lia, wie seine Finger vorsichtig an ihrer Hand entlangstrichen und diese dann zaghaft umschlossen. Wie zwei Teenager saßen beide still nebeneinander, den Hund zwischen sich.

Irgendwann brachte Daniel Lia heim. Er half ihr, den unförmigen Hund durch die Haustür zu bugsieren.

Sie standen in der Diele. Verlegen hüstelte Daniel. „Tja, dann will ich euch beiden Hübschen mal ´Gute Nacht´ sagen. Hast du morgen schon was vor?" Er blickte Lia lächelnd an.

Sie zögerte. „Magst du noch einen Kaffee?" Daniel spürte, wie ihre Finger die seinen streichelten. „Geh noch nicht ..."

„Wenn du möchtest, bleibe ich gern noch ein wenig." Er drückte ihre Hand. Sie standen für einen Moment schweigend voreinander. Dann zog er sie langsam, gleichsam wie in Zeitlupe, zu sich heran. Zärtlich strich er ihr eine Haarsträhne aus der Stirn. Im nächsten Augenblick fanden sich ihre Lippen. Ein erster sanfter Kuss entfachte leidenschaftliche Zärtlichkeit, auf die beide viel zu lange hatten verzichten müssen.

Sie hätten hinterher nicht mehr sagen können, wie sie es bis zum Schlafzimmer geschafft hatten. Der Weg dorthin war mit zerknüllten Kleidungsstücken übersäht, die sie am nächsten Morgen kichernd wieder einsammelten.

***

Lia goss soeben den Tee auf, als sie das Telefon läuten hörte. Mit nackten Füßen patschte sie über den Boden und lief in die Diele hinaus.

„Ja?"

„Hallo, hier ist Daniel. Wie geht´s?"

Lias Gesicht strahlte. „Bestens! Sehen wir uns nachher?"

„Wie immer?"

„Gerne. Um sechs Uhr?"

„Alles klar; dann noch einen schönen Nachmittag und pass auf beim Radfahren!"

Lia, die sich am Tag zuvor einige Schürfwunden zugezogen hatte, als sie einen dicken Findling übersah, lachte auf. „Keine Angst, heute bin ich vorsichtiger!"

Sie legte den Hörer auf und tappte zurück in die Küche. Der Tee war jetzt gut durchgezogen; sie gab noch Zucker und Milch hinein, eine Angewohnheit, die bei Daniel stets ein vergnügliches Grinsen hervorrief. Er trank stets nur schwarzen Kaffee, ein Gebräu, bei dem sich Lias Gesicht angewidert verzog. „Mit dem Zeug kannst du sogar Mumien wieder zum Leben erwecken", pflegte sie dann scherzhaft zu sagen.

Lia stellte die Teetasse auf ein Tablett, legte noch einen Schokoladenkeks dazu und schlurfte ins Wohnzimmer, um es sich für ein Weilchen auf dem Sofa bequem zu machen. Sie würde wieder mal ihr Tagebuch hervorholen und die Ereignisse der vergangenen Wochen Revue passieren lassen.

Das kleine Tablett wurde behutsam auf den Marmortisch neben dem Sofa gestellt; der Tee schwappte gefährlich, da sie die Tasse wie üblich randvoll gegossen hatte. Lia schimpfte leise vor sich hin, als sich prompt eine kleine Pfütze bildete und den Keks einweichte. Sie steckte ihn rasch in den Mund, bevor er sich völlig auflösen konnte.

Wo war der CD-Player geblieben? Ach richtig, den hatte sie gestern mit zum Strand genommen. Also in der Basttasche wühlen. Genau, da steckte er!

Lia pfiff fröhlich mit, nachdem sie die Schnur auseinandergedröselt und sich den Kopfhörer aufgesetzt hatte. Die Musik ihrer Lieblingsgruppe Queen drang ihr ans Ohr; sie regelte die Lautstärke etwas herunter. Dann ging sie den Schlüsselbund holen, der in der Diele auf dem Wandbord neben dem Telefon lag.

Mit den Schlüsseln in der Hand wandte sie sich vergnügt pfeifend dem Wohnzimmerschrank zu, in dem sie das Tagebuch aufbewahrte. Sie schob den schweren Topf mit dem rankenden Liliengewächs beiseite, um die oberste Schublade zu öffnen, und erstarrte.

Jemand hatte sie aufgebrochen! Lia schloss für einen Moment die Augen, holte tief Atem. Sie riss sich den Kopfhörer herunter und schleuderte ihn auf den Boden. Still verharrte sie fassungslos vor dem Schrank, während ihr in rascher Folge die unterschiedlichsten Gedanken durch den Kopf rasten.

Endlich zog sie zögernd mit bebender Hand die Lade auf. Alles war an seinem Platz. Oder ...? Lia durchwühlte hastig den Haufen Kleinkram, der das Tagebuch verbarg. Doch wie befürchtet war dieses nicht mehr da!

Lia blickte sich hektisch um. Sie lief durch alle Räumlichkeiten, warf einen prüfenden Blick in jeden Schrank, in jedes Fach. Alles schien unberührt, sie konnte keinerlei Unordnung oder etwas Auffälliges feststellen. Nur das Büchlein fehlte; irgendjemand hatte es offenbar gezielt darauf abgesehen!

Lia besah sich die Haustür: keine Einbruchspuren. Die wären ihr im übrigen doch auch längst aufgefallen, als sie die Tür aufgeschlossen hatte. Ihr kam eine Idee. Doch der Zweitschlüssel hing ebenfalls dort, wo sie ihn deponiert hatte. Konnte ihn der Eindringling benutzt haben, um damit ins Haus zu gelangen?

Sie löste den Schlüssel vom Draht und nahm ihn mit hinein. Sie würde ihn zukünftig besser einer Nachbarin zur Verwahrung geben, obwohl ihr dies widerstrebte. Sie schätzte es nicht, wenn fremde Personen leichten Zugang zu ihrer Behausung hatten! Aber unter den gegebenen Umständen war es wahrscheinlich das Klügste.

Lia ließ sich im Wohnzimmer auf das Sofa sinken. Sie nippte lustlos am mittlerweile nur noch lauwarmen Tee und versuchte ihre Gedanken zu ordnen. Wer hatte außer ihr von dem Tagebuch gewusst? Niemand. Selbst wenn irgendwer davon Kenntnis gehabt hätte, woher hätte dieser Jemand von dem brisanten Inhalt wissen sollen? Lia schüttelte den Kopf. Es ergab alles keinen Sinn. War also ein Einbrecher nur zufällig darauf gestoßen?

*Nein.* Lia schüttelte den Kopf: Es war offenbar nichts weiter durchwühlt oder gestohlen worden!

Daniel. Hatte sie ihm gegenüber je etwas erwähnt von ihren Aufzeichnungen? Sie kramte verzweifelt im Gedächtnis, war sich jedoch felsenfest sicher, bisher niemals irgendeinem Menschen von der Existenz dieses Büchleins erzählt zu haben. So leichtsinnig wäre sie doch auf keinen Fall! Oder doch? Sie dachte an den Abend zurück, als sie entgegen ihrer Gewohnheit in ausgelassener Stimmung einige Gläser Wein getrunken hatte. Aber da hatte sie sich doch immer noch unter Kontrolle gehabt!

Du liebe Güte, jetzt begann sie schon Daniel zu verdächtigen. Sie schüttelte energisch den Kopf. Aber ein Gefühl von Misstrauen hatte sich dennoch eingeschlichen; schließlich kannten sie sich noch nicht sehr lange. Man konnte schließlich keinem Menschen hinter die Stirn sehen. Aber wer um Himmels willen konnte es denn gewesen sein?

Sie zermarterte sich das Hirn und kam auf keine Lösung

des Rätsels. Außerdem stellte sie sich die Frage, ob sie jemandem davon berichten sollte. Die Polizei einschalten? Nein, das könnte riskante Fragen zur Folge haben. Daniel? Auch nicht; sie durfte einfach kein Wagnis eingehen. Und was käme als Nächstes? Würde der Unbekannte versuchen, sie zu erpressen? Sie kauerte eine ganze Weile wie betäubt auf dem Sofa, gedankenversunken die Wand anstarrend.

Als das Telefon in der Diele zu schrillen begann, schreckte sie hoch. Geistesabwesend meldete sie sich; es war Daniel. Ob sie das verabredete Treffen vergessen hätte? Fühlte sie sich nicht wohl, sollte er herkommen?

Lia warf einen Blick auf die Uhr. Es war kurz vor halb sieben. Richtig, sie hatten sich für sechs Uhr verabredet!

„Daniel, es tut mir leid, ich bin auf dem Sofa einge-schlafen und habe nicht daran gedacht, dich noch anzuru-fen. Ich habe Kopfschmerzen und bin mit Schmerzmitteln zugedröhnt. Sei mir nicht böse, aber ich fühle mich absolut miserabel. Ich melde mich morgen bei dir!" Die kleine Notlüge rutschte ihr über die Lippen; sie fühlte sich nicht in der Lage, heute noch unbeschwert mit ihm zu plaudern.

Er reagierte voller Verständnis. „Wenn du möchtest, komme ich vorbei und pflege dich. Aber wahrscheinlich brauchst du einfach Ruhe." Er wartete ihre Antwort ab.

Sie schluckte die aufsteigenden Tränen hinunter und zwang sich, so normal wie möglich zu sprechen. Es war einfach zu viel gewesen; sie hatte sich kaum noch in der Gewalt. „Danke, aber es ist tatsächlich besser, wenn du heute nicht herkommst. Morgen fühle ich mich sicherlich wieder wohl. Bis dann!"

Sie schaffte es noch, den Hörer aufzulegen, dann sank sie schluchzend in sich zusammen. Könnte sie sich ihm doch anvertrauen! Das altbekannte Gefühl von Einsamkeit und Hoffnungslosigkeit überkam sie aufs neue. Würde der Alptraum nie enden, der vor zwei Jahren mit Bernds Ermordung begonnen hatte?

Der Husten schüttelte ihn durch. Er schniefte. Verdammte Grippe! Seit fast zwei Wochen litt er unter Fieber und Schüttelfrost, ständig laufender Nase und nun auch noch unter Husten.

Als er sich dann jedoch an den Computer setzte und ihn einschaltete, ging ein zufriedenes Lächeln über sein Gesicht. Endlich würde er seinen Plan in die Tat umsetzen; hätten ihn nicht zunächst einige dringende Besorgungen und dann auch noch die lästige Erkrankung aufgehalten, wäre er schon längst an die Arbeit gegangen. Aber letztendlich kam es ja auch nicht auf ein paar Tage früher oder später an!

Er öffnete das Textverarbeitungsprogramm und tippte einige Zeilen ein. Eine Weile starrte er gedankenverloren auf den Bildschirm, dann korrigierte er einige Wörter, bis der Text schließlich seiner Vorstellung entsprach.

Steffen erhob sich und machte sich an einer Schublade zu schaffen, aus der er eine Klarsichthülle hervorholte. Diese enthielt mehrere Fotokopien, die er zur Hand nahm und überflog. Mit Bedacht wählte er schließlich eine der Seiten und zog sie aus dem Stoß Papier heraus. Er wandte sich wieder dem Computer zu und bückte sich zum Drucker hinunter, um die Fotokopie in das Papierfach zu legen. Dann gab er dem Rechner den Befehl, den soeben verfassten Text auszudrucken. Feixend verfolgte er, wie sich das Papier langsam mit Tinte füllte und aus dem Drucker schob. Steffen nahm das Blatt zur Hand und drehte die Fotokopie um, auf deren Rückseite nun der gerade getippte Brief zu lesen war.

Zufrieden vor sich hinsummend faltete er den Bogen zusammen, schob ihn in den vorbereiteten Umschlag und legte diesen auf den Tisch. Anschließend streifte er sich die Handschuhe ab, die er getragen hatte, um keine DNA-Spuren zu hinterlassen. Morgen würde er einige Autostunden entfernt jemanden besuchen. Dort würde er dann auch die Sendung einwerfen; Poststempel konnten verräterisch sein!

Und dann hieße es abwarten, wie Julia Tiblert darauf reagieren würde.

***

Die für ihr Alter eine Spur zu jugendlich gekleidete Marita spielte gelangweilt mit dem herzförmigen Anhänger an ihrer silbernen Halskette und warf einen ungeduldigen Blick auf die zierliche Uhr an ihrem Handgelenk; die hautenge Jeans und das knappe Top betonten auf unvorteilhafte Weise ihre nicht ganz schlanke Figur.

Als der dunkelhaarige Mann sich ihrem Tisch näherte, überflog ein Lächeln ihr Gesicht. Sie schloss für einen Moment die Augen, als er sich zu ihr herabbeugte, um sie flüchtig zu umarmen. Als er sich auf dem Stuhl auf der anderen Seite des Tisches niederließ, glitt ihr Blick stolz und bewundernd über seinen drahtigen Körper. Erstaunt fragte sie sich zum wiederholten Mal, was er an ihr fand. Wie hatte sie, die naive graue Maus, es bloß geschafft, seine Aufmerksamkeit auf sich zu ziehen?

Steffen beugte sich etwas nach vorn und griff nach

Maritas Hand, dabei blickte er ihr verschwörerisch in die Augen. „Der Brief an Lia ist unterwegs, ich habe mir einen hübschen kleinen Text einfallen lassen. Mal sehen, wie sie reagiert. Wie passend, dass mir ihr Tagebuch zufällig in die Hände geraten ist. Ein unfreiwilliges Abschiedsgeschenk! Ob sie es schon vermisst hat, was meinst du? Ha, wenn ich nur daran denke, wie sie mich angegiftet hat, als ich plötzlich nochmal vor ihrer Tür stand! Wollte doch zuerst nicht mit meiner Kamera herausrücken, als ob ihr die gehören würde. Sie meinte, ich hätte halt Pech gehabt, die bei ihr damals zu vergessen!" Er schnaubte entrüstet und lehnte sich in dem Caféhausstuhl zurück. „Ich kann doch auf dich zählen, oder? Frauen traut man solche Gaunereien weniger zu, weißt du. Du könntest gefahrlos agieren, ohne Verdacht zu erregen!" *Während ich mir nicht die Hände schmutzig mache ... Du bist das Kanonenfutter, das ich in die Schlacht schicke!*

Marita stütze beide Ellbogen auf den Tisch, verschränkte die Finger ineinander und verbarg sekundenlang ihr Kinn dahinter, während sie einen Kaffeefleck auf der Tischplatte betrachtete. Dann setzte sie sich wieder gerade und ließ beide Hände sinken. „Ja ...", kam es erst zögerlich, dann bestimmter: „Natürlich, nachdem dieser Dreckskerl von Einbrecher mir mein Gold geklaut hat, muss ich meine Vorräte doch wieder aufstocken ... Ich bin dabei!" Bestimmt hob sie den Kopf; ihre Augen hatten einen kämpferischen Ausdruck angenommen. „Du brauchst Unterstützung; ich als Frau an deiner Seite stehe zu dir!"

*Ach, wie tapfer! Frau an meiner Seite, pah!* Steffens Gesichtszüge drohten zu entgleisen, doch er bezwang sich und meinte: „Wenn sie sich stur stellt, müssen wir uns weitere Druckmittel überlegen, um sie zu überzeugen. Sie wird ja wohl nicht so dumm sein, alles der Polizei zu beichten ... Was sie wohl vermuten wird, wer der Erpresser ist? Ach richtig, ich hatte ja versprochen, dir noch einiges aus dem Tagebuch zu zeigen! Die interessantesten Seiten habe ich als Kopien zur Verfügung, über eine davon kann sie sich in den nächsten Tagen freuen. Ist doch immer schön, Post zu bekommen." Er lachte hämisch.

Marita nickte zustimmend. „Rache ist süß, sagt man. Du klingst übrigens noch ganz schön erkältet, geht´s dir ein wenig besser?"

„Geht schon, danke. Seit der Brief im Kasten liegt, fühle ich mich schon fast wieder gesund! Wirkt besser als sämtliche Medikamente, glaub´s mir." Steffen feixte.

Sie stießen auf den baldigen Erfolg mit einem guten Tropfen Wein an und schmiedeten angeregt weitere Pläne.

Lia stand wie versteinert in ihrer Küche. Haltsuchend lehnte sie sich an den Kühlschrank, während sie zum wiederholten Mal die Fotokopie mit der ihr wohlbekannten Schrift umdrehte, um den Text auf der Rückseite zu lesen.

*„Vermissen Sie Ihr Tagebuch? Es ist bei mir zur Zeit gut aufgehoben. Allerdings glaube ich nicht, dass Sie damit einverstanden wären, wenn gewisse Ereignisse, bei denen Sie Ihre Finger im Spiel hatten, der Polizei zu Ohren kämen. Aber für eine gewisse Summe garantiere ich Ihnen meine Verschwiegenheit! Sie übergeben mir 50.000 Euro (und zwar 300 Scheine zu je 100 Euro und 400 Scheine zu je 50 Euro). Verpackt in einer unauffälligen Plastiktüte. Ich sende Ihnen daraufhin Ihr Tagebuch zurück, und damit ist die Angelegenheit für mich erledigt.*

*Sollten Sie sich weigern, mit mir zu kooperieren bzw. weitere Personen in die Sache hineinziehen, so hätte das für Sie leider recht unangenehme, möglicherweise lebensgefährliche Konsequenzen.*

*Die Geldübergabe erwarte ich am Freitag nächster Woche (10. September) um Punkt 16 Uhr. Sie fahren zum Hauptbahnhof Hannover, mieten dort ein Schließfach und legen das Geld hinein. Dann deponieren Sie den Schlüssel im Handtuchspender im Vorraum des Damen-WC. Danach verlassen Sie unverzüglich das Bahnhofsgelände.*

*Auf gute Zusammenarbeit!"*

***

Lia kaute auf ihrer Unterlippe herum, während sie überlegte, was sie tun könnte. Sollte sie Daniel ins Vertrauen ziehen? Wie würde er reagieren, wenn er alles über Bernds Tod erführe? Sie hatte nie über Einzelheiten gesprochen, und er hatte nie danach gefragt. Vermutlich wollte er keine alten Wunden bei ihr aufreißen.

Wie würde der unbekannte Erpresser reagieren, wenn er herausfände, dass noch jemand eingeweiht wäre in die Erpressung? „... *so hätte das für Sie leider recht unangenehme, möglicherweise lebensgefährliche Konsequenzen*" stand da. Lia schluckte. Das war eine unmissverständliche und womöglich ernstzunehmende Drohung!

War der Erpresser womöglich eine Frau? Schlüssel auf der Damentoilette deponieren, hm. Dort würde sich ein Mann sicherlich nicht aufhalten, das wäre zu auffällig. Wer um Himmels willen steckte nur dahinter? Lia grübelte versunken vor sich hin, als es an die Tür klopfte.

„Lia, Schatz, bist du da? Ich bin´s, Daniel."

Sie ließ den unheilvollen Brief in der Küchenschublade verschwinden, bevor sie zur Haustür ging und öffnete. Daniel trat ein, durchnässt bis auf die Haut. Ein heftiger Platzregen hatte ihn überrascht. Er küsste Lia flüchtig zur Begrüßung und wand sich aus der triefenden Jacke.

„Ich muss wohl auch den Rest ausziehen, ist alles nass - und hier tropft auch schon alles voll. Tut mir leid, ich helfe dir gleich beim Aufwischen." Er sah Lia zerknirscht an.

Sie nahm ihm die vollgesogene Jacke ab, um sie zum Trocknen im Bad aufzuhängen. Unterdessen schälte er sich aus den übrigen, ebenso klatschnassen

Kleidungsstücken. Diese überreichte er Lia auch, bevor er sich, lediglich in Unterwäsche steckend, mit einem Eimer und Lappen daran machte, den Flur trockenzuwischen.

„Lass mich das doch machen; warte, ich such dir was zum Anziehen raus. Du holst dir sonst noch was weg!" Lia besah mit zweifelndem Blick, was ihr Kleiderschrank zu bieten hätte in Daniels Größe. Sie selbst war zwar auch nicht sehr kurz geraten mit einer Körpergröße von 175 cm, aber Daniel überragte sie noch um Haupteslänge.

Schließlich zog sie die weiteste Jogginghose und das größte Sweatshirt hervor, das sie finden konnte. Daniel zwängte sich hinein und begann, zu kichern. Lia musste ebenfalls losprusten. Daniel sah einfach zu komisch aus in ihren Sachen, die ihm überall zu kurz waren! Er stolzierte vor ihr auf und ab wie eine Laufstegschönheit und wackelte mit den Hüften; beide hielten sich die Seiten vor Lachen.

Lia spürte, wie die Anspannung etwas nachließ, die sich seit dem Erhalt des bedrohlichen Briefes in ihr aufgebaut hatte. Sie beschloss, den heutigen Abend gemeinsam mit Daniel zu genießen und völlig abzuschalten; morgen würde sie weiter über die Angelegenheit nachdenken.

Sie ließ sich zu Daniel auf das Sofa gleiten und kuschelte sich an ihn. Sie fühlte seine Wärme, lehnte ihren Kopf an seine Schulter und schloss die Augen. Sie begann, mit den Fingern zärtlich über seinen Arm zu streichen; die feinen Härchen auf seiner Haut richteten sich auf.

Sie schob die Hände unter das Sweatshirt und strich ihm sanft über die Brust. „Bei dem Wetter kann man eigentlich nur eines machen, findest du nicht?"

„Also ich weiß gar nicht, was du genau meinst", grinste er sie schelmisch an. „Wenn du es mir freundlicherweise zeigen würdest!"

***

Als er sich spätabends wieder auf den Heimweg machte und in immer noch klammen Kleidern auf dem Rad nach Hause strampelte, sah Lia ihm nachdenklich hinterher.

In seinen Armen hatte sie den beunruhigenden Brief für eine Weile vergessen können. Sobald sich die Gedanken daran in den Vordergrund schieben wollten, musste sie alle Mühe aufwenden, um diese zu verdrängen.

Lia verschloss die Haustür und prüfte sorgfältig, ob alle Fenster verschlossen waren; seitdem sie wusste, dass sich jemand offensichtlich mit dem Zweitschlüssel Zutritt in das Haus verschafft hatte, war sie auf der Hut. Sie hatte sich selbst eine dumme Gans gescholten, den Schlüssel dermaßen leichtsinnig aufbewahrt zu haben. Das Versteck hatte sie für clever gehalten; der Diebstahl ihres Tagebuchs hatte sie eines anderen belehrt! Den Zweitschlüssel hatte mittlerweile Frau Müller, ihre Nachbarin, in Verwahrung genommen. Dieser reserviert wirkenden Witwe älteren Semesters traute Lia neugierige Schnüffelei in ihrer Abwesenheit nicht zu. Im Grunde war es Lia nicht recht, den Schlüssel einer fremden Person auszuhändigen, aber nach den Ereignissen der jüngsten Vergangenheit erschien es ihr als das Sicherste.

Eigentlich, überlegte sie, könnte sie den Zweitschlüssel demnächst Daniel geben. Das leise Misstrauen ihm gegenüber, das sich seit dem Verlust ihres Tagebuches eingeschlichen hatte, begann allmählich wieder nachzulassen.

Sie dachte an seine zärtliche, humorvolle Art und daran, wie er unlängst besorgt an ihrem Bett gesessen und ihr Brühe eingeflößt hatte, als sie stark erkältet gewesen war. Er hatte mit der Sache nichts zu tun, das fühlte sie.

\*\*\*

Am nächsten Morgen erwachte Lia wie üblich kurz nach sieben Uhr. Sie streckte sich und gähnte herzhaft. Ach, wenn doch Daniel jetzt neben ihr liegen würde! Aber er fuhr meist noch abends zurück in den Nachbarort, wo er wohnte. Er musste schließlich zeitig seinen Arbeitstag in der örtlichen Grundschule beginnen. Die Tätigkeit als Sportlehrer machte ihm viel Freude, und er war bei seinen Schülern beliebt. Wenn er Lia aus dem Schulalltag erzählte, sah sie seine leuchtenden Augen und spürte seine Begeisterung für die Arbeit. Diese hatte ihm über die schweren Monate nach dem Unfalltod seiner damaligen Frau hinweggeholfen; zu der Zeit hatte er auch begonnen, Skulpturen zu modellieren. Waren die ersten bildhauerischen Erzeugnisse noch recht düster und melancholisch wirkende Fratzen gewesen, so wandelten sie sich nach und nach in versonnen dreinblickende Figuren. Einige von ihnen ließen ein feines, verhaltenes Lächeln erkennen; die jüngst geschaffene Darstellung eines Kopfes zeigte ein lachendes Gesicht, das große Heiterkeit ausstrahlte. Lia wusste, in allen Figuren spiegelte sich deutlich Daniels jeweiliger Gemütszustand; die Arbeit an ihnen tat ihm gut, sie hatte geradezu therapeutische Wirkung.

Ach, Daniel, dachte Lia bedrückt, könnte ich dich nur ins Vertrauen ziehen! Ihr war soeben der Brief in der Küchenschublade wieder eingefallen; sie würde sich darum kümmern müssen.

Stöhnend schwang sie sich aus dem Bett und angelte mit den Füßen nach ihren Hausschlappen, in denen sie dann zum Bad schlurfte. Nach dem morgendlichen Duschen und Lüften begann sie sich in der Küche am Herd zu schaffen zu machen. Erstmal einen Früchtetee zubereiten, das weckte die Lebensgeister! Dabei schielte sie zu der Schublade hinüber, in der sich das beunruhigende Schreiben befand. Sie holte es erneut hervor und las es ein weiteres Mal durch, dann verbarg sie es hinter einem Glas im Schrank.

Fünfzigtausend Euro sollte sie locker machen; eine Zahlung, die sie zwar nicht in Armut stürzen würde, aber die ganze Angelegenheit war trotzdem höchst ärgerlich! Und eine innere Stimme sagte ihr, dass die Person danach womöglich weitere Forderungen stellen würde. Aber welche Wahl hatte sie?

*** 

Lia schloss seufzend die Haustür hinter sich. Sie hockte sich auf ihr Bett und zog bedächtig den Reißverschluss des dunkelblauen Rucksacks auf. Langsam entnahm sie ihm nach und nach mehrere gebündelte und sorgfältig mit Banderolen zusammengehaltene Geldscheine. Sie breitete sie auf der bunten Tagesdecke aus und zählte nach; genau fünfzigtausend Euro.

Sie erhob sich, um in die Küche zum Besenschrank zu gehen. In einer großen Plastiktragetasche, die an einem Nagel im Inneren des Schrankes hing, befand sich eine Sammlung etlicher kleinerer Plastiktüten. Eine davon, dunkelgrün mit weißem Werbeschriftzug, zerrte sie heraus, bevor sie die übrigen an ihren Platz zurückhängte und die Tür wieder zufallen ließ.

Zurück im Schlafzimmer setzte sie sich abermals aufs Bett. Nachdenklich betrachtete sie die Geldscheine einen Augenblick, dann schichtete sie die Bündel übereinander und steckte sie in die Tüte. Diese rollte sie zu einem handlichen Paket zusammen, um das sie zum Schluss ein Gummiband wickelte; das Ganze steckte sie in ihren Rucksack hinein.

Heute war Donnerstag, morgen würde sie mit dem Zug nach Hannover fahren. Daniel ahnte nichts davon ...

\*\*\*

Der Mann lehnte am Geländer, eine Sporttasche geschultert; während er in ein klebriges, sehr süßes Gebäckstück biss, behielt er seine Umgebung aufmerksam im Auge. Nicht weit von ihm entfernt befand sich eine Buchhandlung. Die pummelige Rothaarige, die dort nervös auf- und abstöckelnd die ausgestellten Bücher zu betrachteten schien und sich fahrig eine widerspenstige Strähne ihres kinnlangen Bobs hinter das Ohr strich, warf ihm von Zeit zu Zeit einen schnellen, unsicheren Blick zu. Beide behielten sie eine Uhr in ihrer Nähe im Auge; sie zeigte soeben fünfzehn Uhr vierzig an.

In dem Bahnhofsgebäude herrschte Hochbetrieb. Lautsprecherdurchsagen waren zu vernehmen, gestresste Reisende eilten zu den Bahnsteigen, Gepäck wurde geschleppt und geschoben, Kinder quengelten, Hunde kläfften aufgeregt, es erklang beständiges Stimmengewirr. Man hörte langgezogenes Bremsenquietschen; ein weiterer Zug war eingetroffen. Die Zugtüren öffneten sich, und ein

Schwall Menschen quoll heraus. Die Menge löste sich rasch auf, zerstreute sich in alle Richtungen.

Ein weiblicher Fahrgast sah sich suchend um, ging dann zügig zum Infoschalter. Nachdem sie die gewünschte Auskunft erhalten hatte, machte sich die Frau auf den Weg zu den Schließfächern. Sie warf einen angespannten Blick auf ihre Armbanduhr, bevor sie ihr Portemonnaie zur Hand nahm, einige Münzen daraus hervorkramte und diese in den Münzschlitz eines der Schließfächer steckte. Anschließend nahm sie ihren dunklen Rucksack von der Schulter, um ihn zu öffnen. Sie zögerte einen Augenblick, schob schließlich ihre rechte Hand hinein und zog sie langsam, fast andächtig, wieder heraus. Ihre Finger umschlossen eine unscheinbare Plastiktüte, die sie jetzt in das Schließfach legte. Daraufhin verschloss sie dieses und ließ den Schlüssel in ihre Jackentasche gleiten.

Das alles hatte nur wenige Minuten gedauert. Die Frau wirkte gehetzt, als sie nun raschen Schrittes auf die WC-Räume zuging. Ein erneuter Blick auf die Uhr sagte ihr, dass sie pünktlich dort sein würde. Sie drückte die Tür zum Damen-WC auf und trat in den Vorraum; eine genervt wirkende junge Frau stand dort mit ihrer kleinen Tochter am Waschbecken. Die Kleine heulte Rotz und Wasser, denn sie hatte sich beim Sturz von einer der Treppen das linke Knie aufgeschlagen. Blut lief ihr über das Bein und tropfte auf den Kachelboden. Die Mutter tupfte hektisch die Wunde mit einem Taschentuch sauber, bevor sie ein Stück Pflaster aus ihrer Umhängetasche hervorzauberte und dieses dem Kind aufs Knie drückte.

Sie sah mit einem resignierten Gesichtsausdruck hoch,

als sie die andere Frau bemerkte. Ihr grellrot geschminkter Mund verzog sich zu einem verständnisheischenden Lächeln.

„Man sollte nie ohne Pflaster aus dem Haus gehen, wenn man ein Kind wie meine Tochter bei sich hat! Ich glaube, dafür bekomme ich irgendwann Mengenrabatt, haha." Sie beugte sich zu ihrer Tochter hinunter. Die hatte inzwischen aufgehört zu weinen; sie schniefte nur noch ein wenig, um den Rotz hochzuziehen, dabei sah sie beide Frauen aus großen Augen an. „Nu´ komm, der Zug wartet nicht ewig auf uns!" Mit diesen Worten wurde das Kind zur Tür hinausgeschoben.

Als die Frau endlich alleine im Vorraum stand, atmete sie erleichtert auf. Eilig griff sie nach dem Schlüssel in ihrer Jackentasche, zog ihn heraus und machte sich am Handtuchspender zu schaffen. Sie versuchte, ihn zu öffnen, um den Schlüssel oben auf die Papierhandtücher zu legen; er war verschlossen. Sie überlegte. Unten im Gehäuse befand sich die Öffnung zur Papierentnahme; die Seitenränder dieser Öffnung stellten auf den Innenseiten schmale, vom Papierstapel verdeckte Ablageflächen dar. Dort deponierte sie den Schlüssel, schob ihn vorsichtig bis an den Rand. Sie warf ihrem Gesicht im Spiegel einen kurzen, nachdenklichen Blick zu; dann drehte sie sich um und verließ den Raum. Kurz darauf verlangsamte sie ihre Schritte, um an einem der Fahrkartenautomaten stehenzubleiben. Von diesem halb verborgen, gab sie vor, die Bedienungsanleitung auf dem Automaten zu studieren. Dabei behielt sie die Tür zu den WC-Räumlichkeiten aufmerksam im Auge.

„Tja, ich schätze, an diesem Gerät werden Sie kein Glück haben!"

Lia zuckte zusammen und fuhr herum. Sie starrte in zwei dunkle Augen, die sie durch eine getönte Brille hindurch freundlich ansahen. Ein gepflegt aussehender Mann mit dunklem Vollbart, vermutlich nicht viel älter als sie selbst, stand neben ihr und lächelte ihr zu. Über seiner Schulter hing eine rot und blau gemusterte Sporttasche. *Bürohengst auf dem Weg ins Wochenendvergnügen*, schoss es Lia durch den Kopf; sie musste grinsen. Was hatte er gerade zu ihr gesagt?

„Ich hab´s auch schon versucht, der ist kaputt! Kommen Sie, ich zeige Ihnen, wo Sie eine Karte ziehen können. Da hinten ist noch ein Automat." Er deutete mit einem Nicken in die entgegengesetzte Richtung.

Lia erwiderte rasch: „Nein, das ist nett von Ihnen, aber ... Äh, mein Zug fährt erst in einer halben Stunde, das hat keine Eile. Ich finde den anderen Automaten schon, vielen Dank."

„Darf ich Sie zu einem Kaffee einladen? Mein Zug fährt auch erst in vierzig Minuten. Irgendwie muss man ja schließlich die lästige Wartezeit überbrücken, und die geht viel schneller rum, wenn man einen Gesprächspartner hat!" Er machte eine Pause und sah sie fragend an. „Bitte verstehen Sie mich nicht falsch, ich wollte Ihnen nicht zu nahetreten. Ich dachte nur ..." Das liebenswürdige Lächeln schien sein gesamtes Gesicht einzunehmen.

*Verdammt, der lässt aber auch nicht locker*, dachte Lia genervt und gleichzeitig amüsiert. *Männer! Was sage ich jetzt bloß, ohne ihn vor den Kopf zu stoßen? Was erwarte ich eigentlich zu sehen, wenn ich hier stehenbleibe und die Toilettentür beobachte?* Die Tür ging pausenlos auf und zu, es herrschte eine rege Nutzung des „stillen Örtchens". Es konnte jede Person sein, die dort ein- und ausging. Oder sollte sie besser ein Auge auf die Schließfächer haben? Aber selbst wenn sie wüsste, wer es war, was hätte sie dann davon? Die Person zu verfolgen könnte für sie womöglich unangenehme Folgen haben. Sie dachte an den drohenden Text im Brief. *Na meinetwegen, warum nicht einen Kaffee trinken, den könnte ich jetzt gut gebrauchen.*

„Sie haben mich überzeugt, ein Kaffee würde mir auch guttun", erwiderte sie dem Mann.

Er grinste. „Kommen Sie, es ist nicht weit." Er lotste sie durch das Menschengewimmel zu einem Stehcafé in der Bahnhofshalle und bestellte zwei Tassen Kaffee.

„Ah, der tut gut. Ist nur sehr heiß, verbrennen Sie sich nicht! Ach übrigens, dort ist auch der andere Fahrkartenautomat." Er wies auf das Gerät, das einige Schritte entfernt stand.

„Prima, dann habe ich damit ja sicherlich kein Problem." Lia trank einen Schluck Kaffee; prompt verbrannte sie sich die Zunge an dem heißem Getränk.

Als er sah, wie sie das Gesicht verzog, schmunzelte er. „Sagen Sie nicht, ich hätte Sie nicht gewarnt! Dauert immer recht lange, bis er endlich etwas abkühlt und man ihn gefahrlos trinken kann. Ich verbrenne mir auch dauernd den Mund daran." Er machte eine Pause. „Nehmen Sie zufällig auch den Zug nach Frankfurt?"

„Nein, ich fahre Richtung Bremen, tut mir leid. Aber ich werde mir gleich noch etwas zum Lesen kaufen, dann bin ich während der Fahrt beschäftigt." Lia blies behutsam über die Oberfläche der dampfenden Flüssigkeit und nahm dann vorsichtig einen weiteren Schluck. „Sind Sie oft mit dem Zug unterwegs? Ich eher selten, ich weiß gar nicht, wie lange meine letzte Bahnfahrt zurückliegt. Abgesehen natürlich von der heutigen." Sie stockte; besser nicht zuviel reden!

„Hatten Sie beruflich in Hannover zu tun?"

„Nein, äh, doch, gewissermaßen ... Naja, es ging um ... etwas Geschäftliches." Sie schwieg verlegen.

„Sorry, geht mich ja nichts an. Ich bin auf dem Weg ins Wochenende, ich wohne nämlich in Frankfurt." Er zog eine Grimasse. „Was tut man nicht alles für den Beruf!"

Lia nickte, dann sah sie auf die Uhr. „Vielen Dank für die Einladung. Tja, nun werde ich mir noch schnell irgendeine Lektüre besorgen, und dann muss ich auch schon wieder los. Eine gute Fahrt wünsche ich Ihnen!"

„Ihnen auch, war mir ein Vergnügen." Er sah ihr nach, als sie rasch zum Kiosk hinüberging, ohne den Fahrkartenautomaten überhaupt zu beachten. Er wusste, seine Gesprächspartnerin hatte längst ein Ticket - und er noch etwas zu erledigen!

\*\*\*

Er machte sich auf in den Winkel des Gebäudes, in dem sich die Schließfächer befanden. Auf halbem Wege verlangsamte er jedoch seine Schritte und warf einen prüfenden Blick zurück. Tatsächlich wandte Lia sich dem Aufgang zum Bahnsteig zu, wo bereits der Zug wartete. Gleich darauf verschwand sie aus seinem Blickfeld und tauchte nicht wieder auf; schließlich setzte sich der Zug in

Bewegung.

*Braves Mädchen, fahr nach Hause! Die Schließfächer hättest du lange überwachen können, ich hätte gewartet, bis du endlich gegangen wärst!*

Er konnte sich ein Grinsen nicht verkneifen, als er weiterging.

\*\*\*

Seine Uhr zeigte sechzehn Uhr zwanzig an, als er sich den Schließfächern näherte. Marita wartete bereits auf ihn: „Wo bleibst du denn? Lass mich jetzt bloß nicht alleine hier, ich ..." Ihre Nerven flatterten. Hatte sie gezweifelt, dass er käme?

Allerdings. Der Gedanke, schnell zu verschwinden und das Geld für sich alleine zu behalten, wäre ihr nie in den Sinn gekommen. Ängstlich und unsicher, wie sie war, hätte sie die ganze Sache ohne seine treibende Kraft niemals durchgeführt. Als sie wie vereinbart um kurz nach sechzehn Uhr die Tür zum Damen-WC geöffnet hatte, fühlten sich ihre Knie weich wie Pudding an, und sie hatte das Gefühl, vor Aufregung jeden Moment zusammensacken zu können.

Erleichtert registrierte sie, dass sie alleine in dem Vorraum war. Sie tastete mit zittriger Hand im Staub der Ablagefläche im unteren Teil des Handtuchspenders. Tatsächlich, da lag etwas! Sie zog es hervor; fast wäre es zu Boden gefallen. Ein Schlüssel, klein und unscheinbar. *Der Schlüssel zum Glück*, schoss es ihr durch den Kopf. *Was für ein alberner Gedanke*, schalt sie sich gleich darauf selbst. Sie sollte lieber sehen, dass sie hier rauskäme! Sven würde vermutlich schon ungeduldig am Schließfach auf

106

sie warten ...

Aber er ließ sich Zeit. Marita wusste, dass er sich um Lia kümmerte, die hinter einem Automaten Posten beziehen wollte. Besser, er lenkte sie ab; doch weshalb dauerte das so lange? Panik stieg in ihr auf, schnürte ihr die Kehle zu.

Endlich kam er näher, und sie musste den Impuls unterdrücken, ihm erleichtert um den Hals zu fallen.

Er schüttelte missbilligend den Kopf, als er wahrnahm, wie aufgewühlt sie war: „Du hast doch gesehen, dass ich Lia weggelotst habe! Wolltest du unbedingt von ihr beobachtet werden? Ich habe behauptet, der Fahrkartenautomat sei defekt, denn dahinter wollte sie sich verstecken und auf den unbekannten Bösewicht warten ... Und schon haben wir nett geplaudert bei einem Kaffee, haha." Ein spöttisches Lächeln huschte über sein Gesicht. „Nun reg dich wieder ab, ist doch alles gutgegangen! Gib mir den Schlüssel." Er streckte fordernd die Hand aus.

Marita reichte ihm den Schlüssel und verfolgte, wie er das Fach öffnete und hineingriff. Als er die Hand wieder herauszog, kam eine unscheinbare, zerknitterte Plastiktüte zum Vorschein. Er ratschte den Reißverschluss seiner Sporttasche auf und ließ die Tüte in der Tasche verschwinden.

Als er sich dann umwandte und in Richtung Ausgang marschierte, trippelte Marita neben ihm her.

***

Der gleichmäßige Rhythmus machte sie schläfrig. Sie saß mit geschlossenen Augen zurückgelehnt auf ihrem Sitz. Das Abteil war vollbesetzt; es roch nach Schweiß und

Tabak, die Luft war zum Schneiden dick. Draußen goss es mittlerweile in Strömen, die Scheiben waren beschlagen. Als eine lärmende Gruppe Jugendlicher ungestüm durch die Sitzreihen stürmte, schreckte Lia aus ihrem Halbschlaf auf. Sie rieb sich die Augen und gähnte hinter vorgehaltener Hand herzhaft. Zeit, endlich nach Hause zu kommen!

*Seltsam, als ob ich ihn schon irgendwo gesehen hätte. Aber wo?* Der Fremde aus der Bahnhofshalle tauchte wieder vor ihrem inneren Auge auf. *Eigentlich ganz sympathisch,* dachte Lia. *Aber diese Augen ... Was man davon hinter der getönten Brille hatte erkennen können ...* Lia wurde das eigenartige Gefühl nicht los, ihm nicht das erste Mal begegnet zu sein.

Ehe sie jedoch noch lange darüber nachgrübeln konnte, erfolgte die Fahrkartenkontrolle. Sie suchte ihr Ticket aus der Vortasche ihres Rucksacks heraus und reichte es dem jungen Mann, der einen prüfenden Blick darauf warf. Dann steckte Lia das Ticket wieder ein; abermals musste sie gähnen. Sie lehnte sich wieder zurück in den Sitz und schloss erneut die Augen. Bald müsste sie umsteigen. Der Zug befand sich bereits kurz vor Bremen, wo sie einen kurzen Aufenthalt hätte, bevor es weiterginge nach Bremerhaven. Dort wieder umsteigen in den Zug nach Cuxhaven, dann die letzten Kilometer mit dem Bus zurücklegen und dann - zu Hause endlich einen Tee kochen und die Beine hochlegen.

Sie seufzte. Ob der geheimnisvolle Erpresser ihr wirklich das Tagebuch zurücksenden würde? Sie hatte berechtigte Zweifel daran. Sollte sie sich überwinden und

Daniel doch einweihen? Wie würde er reagieren? Sie hatte jemanden kaltblütig zum Mord angestiftet. Würde Daniel sich von ihr abwenden, vielleicht sogar die Polizei in Kenntnis setzen?

Sie schüttelte den Kopf. *Nein. Sie würde Daniel nichts davon erzählen!*

Als die Durchsage kam, schlug sie die Augen auf. Der Zug fuhr immer langsamer, erreichte schließlich den Hauptbahnhof Bremen und hielt mit quietschenden Bremsen an. Lia griff sich ihren Rucksack und stieg aus; wenige Minuten darauf saß sie bereits im Anschlusszug.

Den Rest der Fahrt verbrachte sie damit, gegen die Müdigkeit anzukämpfen. Zu Hause angekommen, nickte sie alsbald auf dem Sofa ein; irgendwann mitten in der Nacht wurde sie wach, tappte schlaftrunken zur Toilette und fiel dann in ihr Bett.

Er ließ die Tür hinter sich zufallen. Marita hatte bereits das Wohnzimmer betreten. Sie sank in den bequemen weißen Sessel; dies war ihr erklärter Lieblingsplatz, wenn sie bei ihm zu Besuch war. Sie streifte ihre engen Schuhe ab, spreizte die Zehen, schloss die Augen und reckte sich.

„Was für ein Tag heute! Erst schnauzt meine Vorgesetzte mich an, meine Güte, einen blöden Flüchtigkeitsfehler kann doch jeder mal machen, die ist wohl mit dem falschen Fuß zuerst aufgestanden!" Sie machte eine Pause. „Und dann anschließend die Aktion im Bahnhof! Ich kann´s noch nicht glauben, dass das alles so geklappt hat! Wie im Film, findest du nicht auch?" Sie warf den Kopf in den Nacken und strahlte Steffen an.

„Das hast du ganz wunderbar gemacht, ich wusste doch, dass du eine Klassefrau bist!" Er hatte die Sporttasche in dem kleinen Schlafzimmer auf das Bett geworfen; dem Inhalt würde er sich ein wenig später widmen. Jetzt stand er an Maritas linker Seite neben dem Sessel und tätschelte zärtlich ihren Nacken. „Sekt? Darauf müssen wir doch anstoßen!"

Sie sah zu ihm hoch. „Na, aber sicher doch, gern!" Sie gähnte. „Ich glaube, die Aufregung hat mich müde gemacht, ist das nicht albern?" Sie gähnte wieder, schloss die Augen und ließ sich noch ein Stück tiefer im Sessel hinunterrutschen.

„Bin gleich für dich da ... Muss nur noch das Gestrüpp

entfernen", murmelte Steffen und verschwand für einen Moment im Bad, um den künstlichen Bart aus seinem Gesicht zu entfernen. „Wieder glatt wie dein Popo!", kurz steckte er anschließend den Kopf zur Wohnzimmertür herein und strich sich zärtlich mit der Hand über die Wangen, wobei er übertrieben mit den Augen rollte.

„Wie ein *Babypopo*", korrigierte ihn Marita übermütig.

„Sag ich doch ... Gleich kommt der Sekt", verkündete Steffen gut gelaunt und machte sich in der engen Küche zu schaffen; diese war vom Wohnzimmer lediglich durch einen offenen Durchgang abgeteilt. Die Wohnung war eine von knapp hundert Wohnungen eines anonymen Blocks, erbaut vor über drei Jahrzehnten. Ein winziges Schlafzimmer, ein ebenfalls nicht sehr geräumiges Wohnzimmer; die gesamte Einrichtung war recht schlicht. Die Tapeten, bestimmt ein halbes Dutzend Mal von ebenso vielen Vormietern mit weißer Farbe übergestrichen, hatten schon deutlich bessere Tage gesehen. Das innenliegende, fensterlose Bad wies an der Wand über der Wanne Schimmelflecken auf, die Abzugsklappen in Küche und Bad waren speckig; der Blick vom winzigen Balkon fiel auf einen grauen Hinterhof, vollgestellt mit Gerümpel. Kurzum, das Domizil war nicht mit der luxuriösen Penthousewohnung zu vergleichen, die Steffen in Hamburg bewohnte; aber dies hier wäre ja nur vorübergehend! Von seinem Hamburger Wohnsitz hatte er Marita allerdings nichts erzählt. Er hatte sich ihr gegenüber als Versicherungsvertreter ausgegeben und behauptet, sein Gehalt gäbe eben nicht mehr her als diese jämmerliche Unterkunft. Mehr als das könne er sich nicht leisten ... Sie hatte verständnisvoll genickt. Auch das schmucklose Reihenhäuschen, das sie vor einigen Jahren als gebrauchte Immobilie erworben hatte, wirkte mittlerweile recht renovierungsbedürftig. Aber wie üblich fehlten ihr die notwendigen finanziellen Mittel. Sie hatte wirklich keinen Grund, über seine Wohnverhältnisse die Nase zu rümpfen!

Nachdem er die Sektflasche aufgemacht und zwei Gläser eingeschenkt hatte, warf Steffen einen vorsichtigen Blick hinüber ins Wohnzimmer, wo Marita sich nach wie vor auf ihrer Lieblingssitzgelegenheit rekelte. Er öffnete leise die Tür des schäbigen Hängeschrankes. Verborgen hinter einer selten benutzten überdimensionalen Tasse mit Weihnachtsmotiv lag ein Röhrchen Schlaftabletten. Steffen zerteilte sorgsam eine der Tabletten mit einem Kartoffelschälmesser und ließ einen Teil der feinen Brösel in eines der halbvollen Sektgläser gleiten; das würde genügen für ein kleines Nickerchen! Er goss noch etwas Orangensaft dazu. Während sich die Krümel im Getränk auflösten, legte er die übrigen Tabletten an den alten Platz zurück und schloss leise die Schranktür.

Das für Marita bestimmte Sektglas in der linken, das andere in der rechten Hand, betrat er das Wohnzimmer.

„Schatz, hier hast du was zu trinken. Ich habe einen Schuss O-Saft dazugegeben, ich weiß ja, dass du es so am liebsten magst. Also: Auf uns!" Marita erhob sich und nahm das dargebotene Getränk entgegen. Steffen prostete ihr zu. Während sie daraufhin zügig ihr Glas leerte, nippte er an seinem nur.

Marita stellte das Glas auf einem kleinen Glastisch ab.

Überschwenglich breitete sie die Arme aus, tanzte ausgelassen durch das Zimmer und vollführte eine wilde Drehung, was sie beinahe zu Fall brachte. Steffen fing sie noch rechtzeitig auf, wobei sein Sekt überschwappte.

„Oh, tut mir leid, mir war nur gerade danach!" Marita kicherte albern wie ein Teenager. Steffen hatte sein Glas abgesetzt. Er nahm sie in die Arme und hob sie spielerisch ein kleines Stück hoch; beide lachten ausgelassen und ließen sich dann eng umschlungen aufs Sofa fallen.

*Zeit für ein kleines Schäferstündchen?* Steffen überlegte kurz. Ein Weilchen musste Marita noch beschäftigt werden, denn es würde mindestens eine Viertelstunde dauern, bis das Schlafmittel Wirkung zeigte! Durch den Sekt ginge es vielleicht etwas schneller, doch zuviel davon wäre bedenklich gewesen.

Er begann, seine Hand sanft über ihre Wange, ihren Hals und langsam über ihre Schulter wandern zu lassen, bevor sie weiter abwärts glitt, ihre Brüste umkreiste und schließlich auf ihrem Bauch verharrte. Marita schloss vor Behagen die Augen und gab sich seinen Zärtlichkeiten hin. Ihre Finger strichen ebenfalls über seinen Oberkörper, glitten über seine Haut und tauchten allmählich in eindeutiger Absicht immer tiefer ab in gefährliche Regionen. Zugleich sorgte sie dafür, dass ihr ohnehin kurzer Rock noch ein Stück weiter nach oben rutschte.

„Liebes ... *Das* hatte ich eigentlich nicht im Sinn!" *Du pennst sowieso gleich, Herzchen, du weißt es nur noch nicht!* Steffen musste ein hämisches Grinsen unterdrücken und rückte entschlossen ein wenig von ihr ab. Verdammt, er musste einen klaren Kopf behalten! Zwar ließen ihn ihre

Annäherungsversuche bislang noch kalt, doch er wusste, machte sie so weiter, würde er vermutlich doch irgendwann darauf eingehen! Nicht, dass er jemals etwas für sie empfinden würde, aber dennoch war er natürlich nicht unempfänglich für eine Frau, die es ihm so leichtmachte wie Marita. Verstohlen warf er einen Blick auf seine Armbanduhr und runzelte unwillig die Stirn. Die Zeiger krochen förmlich dahin, und Marita war noch immer munter! Erneut bewegten sich ihre Finger an ihm herab und machten sich an seiner Kleidung zu schaffen. Er schob langsam, aber nachdrücklich ihre Hand weg und schluckte mühsam den Ärger hinunter, der in ihm aufstieg.

„Haben wir denn heute nichts Wichtigeres zu bedenken, was meinst du?" Er kraulte sie spielerisch mit dem Zeigefinger im Nacken und schenkte ihr ein Lächeln, doch seine Stimme hatte einen leicht gereizten Tonfall angenommen. Er setzte sich aus der halb liegenden Position auf, in die er gerutscht war, und beugte sich nachdenklich vor, die Ellbogen auf die Knie gestützt. „Was hältst du davon, wenn wir zur Einstimmung auf ... naja, eben auf *alles*", er machte eine Pause und zwinkerte ihr zu, „auf das, was wir heute noch machen wollen ... Wenn wir das Album mit diesen ... ähm ... klassischen Melodien raussuchen?"

Aus denen er sich in Wahrheit nichts machte, aber um sie zu besänftigen, würde er die Musik ertragen. Marita hatte ihre heißgeliebte Schallplatte eines Tages mitgebracht und hörte sie wieder ... und wieder ... und wieder ... und nochmal ... Steffen stöhnte leise auf. Nichts gegen Klassik, doch irgendwann würde er noch Ausschlag bekommen, sollte sie diese vermaledeite Platte erneut abnudeln!

Er wandte sich ab und verzog das Gesicht, als sich die Melodie prompt in seinem Kopf ausbreitete, doch schon nach ein paar Takten wusste sein Gehirn nicht weiter und wiederholte dieselbe Tonfolge unablässig. Vermutlich würde sie noch stundenlang durch seine Gedanken kreisen ... Unwillkürlich begann er die Melodie zu summen, verstummte jedoch, sobald es ihm bewusst wurde.

Marita starrte ihn einige Sekunden an und schmollte, doch dann lehnte sie den Kopf an seine Schulter und schloss die Augen wieder. „Du hast wohl recht ... Große Taten verlangen auch große Musik!" Sie grinste ihn auffordernd an: „Ich könnte übrigens noch ein Glas Saft mit Sekt vertragen! Aber erstmal muss ich mal wohin, mich schön machen ..."

Sie erhob sich, um im Bad zu verschwinden. Als sie nach einigen Minuten wieder herauskam, hatte sie sich mit ihrem Lieblingsduft eingesprüht und die Lippen mit einem Lippenstift nachgezogen, dessen intensive Farbe sich leider nicht besonders gut mit ihrem rötlichen Haar vertrug, doch das bemerkte sie offenbar nicht. Sie zog ihren Rock glatt, schlurfte gemächlich zu seinem Plattenschrank hinüber und begann darin zu suchen. „Du solltest deine Platten mal nach ...", sie überlegte. „Zum Beispiel nach Alphabet sortieren, oder ... nach Musikrichtung!"

„Oder nach Farbe der Plattenhüllen, oder nach Erscheinungsjahr, oder nach ... was auch immer", murmelte Steffen genervt und mixte ihr in der Küche einen neuen Drink. „Soll ich vielleicht auch noch die Rillen zählen?", grummelte er leise und runzelte die Stirn, als er einen Blick ins Wohnzimmer warf und Marita dort mit Kennermiene ausgiebig seine Platten durchstöbern sah. Von Zeit zu Zeit zog sie ein Album hervor und las halblaut den Namen des Interpreten, verzog daraufhin meist geringschätzig das Gesicht und wühlte weiter.

„Alles durcheinander! Du bist vielleicht ein Kunstbanause", rief sie ihm zu und schüttelte den Kopf. „Warum hast du denn das Album von mir nicht einfach ganz nach vorn gestellt? Hier sucht man sich ja dumm und dämlich in deiner nicht vorhandenen Ordnung! Und was für ein Zeugs du so hörst ..." Sie schnalzte missbilligend mit der Zunge und musterte weiter seine Sammlung.

„Soll *ich* vielleicht was *vorsingen*, sind Madame dann zufrieden?" Steffen kam zurück ins Wohnzimmer und verfolgte ihre Suchaktion.

Endlich hatte Marita gefunden, wonach sie gesucht hatte. Sie zog die Platte vorsichtig aus der Hülle hervor, blies ein eingebildetes Staubkörnchen von der Oberfläche, balancierte sie wie ein rohes Ei zwischen den Finger und legte sie behutsam auf den Plattenteller, um anschließend andächtig die Nadel auf die Rille zu senken und den Ton lauter zu stellen.

„Unglaublich", schmeichelte Steffen, reichte ihr das Glas und verfolgte ungläubig, wie sie das Getränk gierig hinunterschluckte, ohne abzusetzen. Sich der riskanten Kombination von Schlafmittel und Sekt bewusst, hatte er diesmal allerdings nur einen winzigen Schuss Sekt ins

Glas gegeben.

Gut gelaunt tänzelte Marita durchs Zimmer, doch ihre Bewegungen wurden bereits langsamer und unsicherer. Sie stieß mit dem Fuß gegen den Glastisch und plumpste wieder aufs Sofa, dann gähnte sie herzhaft. Sie wackelte ein wenig mit dem Kopf, rutschte an der Lehne herunter, gähnte erneut ausgiebig und schloss die Augen für einen Moment. Dann rappelte sie sich wieder etwas auf. „Ich glaube, wir sollten mal nachsehen, ob sie uns tatsächlich nette kleine Scheinchen eingepackt hat oder nur Papierschnipsel, haha!" Sie seufzte. „Warum bin ich nur so müde, mir fallen gleich die Augen zu." Sie kämpfte sichtlich gegen den Schlaf an; Sekt und Schlafmittel begannen zu wirken, und da sie vor Aufregung in der Nacht zuvor kaum ein Auge zugetan hatte, forderte die Müdigkeit ihren Tribut. Außerdem knurrte ihr allmählich der Magen, denn sie hatte auch kaum etwas gegessen.

Er ließ sich von ihrem Gähnen anstecken. „Ich bin auch ziemlich erledigt, was hältst du davon, wenn wir erstmal ein kleines Nickerchen machen? Das Geld wird uns nicht davonlaufen. Ich hab schon kurz nachgeschaut, da liegen wirklich Geldscheine drin! Lass es uns doch nachher genau durchzählen."

Sie nickte schläfrig. „Hm ..." Ihr Kopf fiel zur Seite, ihr Atem wurde ruhig und gleichmäßig. Steffen beobachtete sie einige Minuten lang aufmerksam, bis er sicher war, dass sie fest genug schlief. Behutsam hob er ihre Beine aufs Sofa; sie würde ein Weilchen schlummern.

Er ging ins Schlafzimmer und schloss leise die Tür hinter sich. Dann setzte er sich auf die Bettkante und zog die Sporttasche zu sich heran, um den Reißverschluss zu öffnen und schließlich die Plastiktüte mit dem darin enthaltenen Geld hervorzuholen.

Fünfzigtausend Euro! Offiziell waren es allerdings nur dreißigtausend. Marita schöpfte keinerlei Verdacht, da war er sich sicher. Sie war ein vertrauensseliges Schaf; er empfand tiefe Verachtung für die unbeholfene Frau und ihre Angewohnheit, ihn kritiklos anzubeten.

Es kostete ihn mehr und mehr Überwindung, ihr zärtliche Gefühle vorzutäuschen. Sobald sie ihren Zweck erfüllt hätte, würde er sich ihrer entledigen, ohne mit der Wimper zu zucken. Hätte Lia ihm bei der Geldübergabe wider Erwarten doch die Polizei auf den Hals gehetzt, die hätte lediglich Marita erwischt! Er selbst wäre auf und davon gewesen. Bei der nächsten Geldforderung, die er bereits plante, würde sie abermals als Marionette herhalten. Danach ...

Er begann abzuzählen: Hundert Scheine à hundert Euro, zweihundert Scheine à fünfzig Euro; den Rest zurück in die Tasche. Ergab zwanzigtausend Euro für ihn, von denen Marita nichts wissen musste. Dazu die fünfzehntausend, die er als offiziellen Anteil an sich nehmen würde. Jeder sollte die Hälfte der Beute erhalten, so hatten sie es abgemacht. Er rieb sich die Hände und betrachtete feixend das Geld, das er für sich abgezweigt hatte.

Nachdem er es in einem Stoffbeutel verstaut und diesen im Kleiderschrank hinter einem Stapel Handtücher verborgen hatte, schlich er zurück ins Wohnzimmer, wo Marita noch so auf dem Sofa lag, wie er sie verlassen hatte.

Er betrachtete sie einen Moment, dann legte er sich behutsam neben sie, den linken Arm um ihre Schulter. Sie bewegte sich im Schlaf, schmiegte sich an ihn. Steffen spürte ihren warmen Körper, schloss die Augen und überließ sich seinen Gedanken. Irgendwann döste auch er für ein Weilchen ein. Er schreckte hoch und blinzelte, als Marita sich reckte.

Sie kniff ihn spielerisch leicht in die Wange. „Auch geschlafen? Soll ich uns Kaffee kochen, und dann ... Da war doch noch was; nicht dass wir das womöglich vergessen!" Sie lächelte ihn schelmisch an.

„Na, ich glaube, das vergessen wir nicht. Aber gegen einen Kaffee hätte ich nichts einzuwenden." Er wies mit dem Kopf in Richtung Küche. „Ich wuchte inzwischen schon mal die Truhe mit dem Gold herein, haha." Er erhob sich und ging ins Schlafzimmer. Mit der Sporttasche in der Hand kam er ins Wohnzimmer zurück, ließ sie aufs Sofa fallen, setzte sich daneben und lehnte sich zurück.

Kaffeeduft zog durch die Wohnung. Steffen schloss die Augen und schnüffelte genießerisch. Schon kam Marita ins Zimmer, ein Tablett mit zwei großen, randvollen Tassen balancierend. Vorsichtig stellte sie es auf dem kleinen Tisch ab.

„Hm, das riecht gut. Das haben wir zwei uns auch verdient!" Mit einem breiten Schmunzeln im Gesicht sah Steffen zu ihr hoch. Er griff zu einer der Tassen und schlürfte ein wenig von dem heißen Getränk.

Marita ließ sich ebenfalls auf dem Sofa nieder. Die Tasche stand jetzt zwischen ihnen; Marita streichelte sie zärtlich mit ihrer linken Hand, als liebkose sie ein flauschiges Kätzchen. Fast erwartete Steffen, die Tasche schnurren zu hören, und musste sich ein Lachen verbeißen.

„Unser Schatz! Lass uns endlich reinsehen. Was machen wir, wenn da nur Konfetti drin ist?" Ungeduldig nippte sie an ihrem Kaffee, stellte die Tasse wieder auf das Tablett und sah Steffen an.

„Dann fahre ich zu Lia und drehe ihr persönlich den Hals um", erwiderte er.

Er machte sich an der Sporttasche zu schaffen und förderte die zerknitterte Plastiktüte zutage. Der entnahm er die Geldscheine, die er vor sich auf dem Tisch ausbreitete. Marita hatte inzwischen das Tablett auf den Fußboden hinuntergestellt, um Platz zu schaffen; sie verfolgte nun jede seiner Bewegungen. Steffen wedelte kurz mit dem Notenbündel in der Hand durch die Luft und blinzelte Marita zu, dann begann er zu zählen.

„195, 196, 197, ... 200! Das macht schonmal die ersten zwanzigtausend Euro." Als nächstes griff er sich die Fünfziger, zählte auch sie ab. „Und hier noch zehntausend, dann ist tatsächlich alles komplett. Ach Lia, ich liebe dich!" Er warf eine Kusshand in Richtung Plastiktüte; Marita lehnte sich zu ihm herüber, umarmte ihn und presste ihre Wange überschwenglich an seine.

Sie bemerkte nicht seinen leicht angewiderten Gesichtsausdruck, als er sich nach vorn beugte, um sich von ihr zu befreien.

Er hatte die Geldscheine bereits beim Zählen jeweils zur Hälfte vor Marita und zur Hälfte vor sich selbst aufgeschichtet. Vor beiden lag nun jeweils ein Stapel von fünfzehntausend Euro.

Marita nahm ihren Anteil in beide Hände, streichelte das Papier andächtig.

„Hm. Wir hätten auch mehr verlangen können, hätten wir auch bekommen, was meinst du?" Steffen sah sie an.

„Vielleicht sollten wir es demnächst nochmal versuchen ..." Sie stockte und sah ihn unsicher an.

Er grinste vielsagend, erwiderte jedoch nichts darauf.

Daniel starrte auf den leicht zerknitterten Bogen, den er in seinen Händen hielt. Offenbar eine kopierte Seite aus einem Tagebuch. Er überflog den Text: Er enthielt sonderbare Andeutungen über Lias verstorbenen Mann Bernd. Die Handschrift konnte nur Lias sein. Auf der Rückseite waren Zeilen, die auf Erpressung schließen ließen.

Was ging hier vor? Er las erneut den Brief; er musste erst vor wenigen Tagen eingetroffen sein: *„Hallo, hier bin ich wieder. Ich habe leider noch eine kleine finanzielle Forderung an Sie: die gleiche Summe, Übergabe Freitag nächster Woche (22. Oktober). Gleiche Uhrzeit, gleicher Ort, gleiche Vorgehensweise. Ich warne Sie: ein falscher Schritt Ihrerseits, und ich kann für Ihre Gesundheit nicht mehr garantieren. Wenn Sie sich jedoch kooperativ zeigen, erhalten Sie endlich Ihr Tagebuch zurück, darauf haben Sie mein Wort.*

*Auf eine weitere erfolgreiche Zusammenarbeit!"*

Daniel hatte völlig vergessen, dass er die Küche eigentlich betreten hatte, um sich mit einem Schluck Wasser zu erfrischen. Als er eines der Trinkgläser aus dem Küchenschrank nehmen wollte, war ihm der dahinter verborgene Brief entgegengefallen. Offenbar hatte Lia ihn dort versteckt ... Der Text ließ vermuten, dass es nicht der erste Brief dieser Art war, den sie erhalten hatte. Wie lange ging das schon so? Und von welchem geheimnisvollen Tagebuch war die Rede; was mochte es enthalten, das eine Erpressung möglich machte? Weshalb hatte Lia nie darüber mit ihm gesprochen? Vertraute sie ihm nicht?

Daniel zerbrach sich den Kopf. Lia würde er erst morgen wiedersehen; sie hatten einen romantischen Aufenthalt auf der Nordseeinsel Neuwerk geplant, inklusive Besichtigung des alten Leuchtturms der Insel. Heute war Lia nach Bremen gefahren, um sich mit Künstlermaterialien einzudecken - das hatte sie ihm zumindest gesagt. Verd...? Erzählte sie ihm überhaupt die Wahrheit? Was verheimlichte sie ihm? Seine Gedanken kreisten um den Erpresserbrief. Diese merkwürdigen Andeutungen auf der kopierten Tagebuchseite ... Er würde sie morgen behutsam darauf ansprechen.

Er schüttelte den Kopf, als ob er die zermürbenden Gedanken daraus vertreiben wollte. Es hatte keinen Sinn, weiter zu grübeln! Er drehte den Hahn auf und füllte das Glas zur Hälfte. Nachdem er das kalte Wasser getrunken hatte, spülte er das Glas aus, trocknete es ab und stellte es in den Schrank zurück; den Brief nahm er nach kurzem Überlegen an sich.

Er verließ das Haus, schloss sorgfältig ab. Lia hatte ihm mittlerweile ihren Zweitschlüssel übergeben, nachdem dieser eine Zeitlang von ihrer Nachbarin verwahrt worden war.

Er hatte Lia versprochen, an diesem Nachmittag ihr Fahrrad zu reparieren. Wenige Abende zuvor unterwegs auf der holperigen Straße zum Strand, verlor der hintere Reifen an ihrem Rad zusehends Luft. Sie sah sich gezwungen, abzusteigen und den Rest des Weges ihr Gefährt zu schieben.

Hätte ihn die Reparatur nicht durstig gemacht, er hätte den unheilvollen Brief nicht bemerkt! Daniel hatte das Gefühl, das Stück Papier brenne ihm regelrecht ein Loch in seine Jacke. Wie würde Lia reagieren, wenn er sie morgen damit konfrontierte?

\*\*\*

Sie packte ein paar Kleidungsstücke, ihre kleine Kosmetiktasche sowie das schmale Heftchen mit der Beschreibung Neuwerks in ihren Rucksack. Nur das Nötigste, aber für eine Übernachtung ausreichend! Der Ausflug zur Insel war bereits seit einer Woche geplant, sie mochte Daniel nicht enttäuschen. Ihre Vorfreude auf ein entspanntes Wochenende war jedoch getrübt, da erneut ein Schreiben des Erpressers in der Post gelegen hatte. Sie hatte es gelesen und dann kurzerhand in den Küchenschrank befördert, als sich Besuch an der Tür ankündigte. Sie würde sich am Montag darum kümmern. Sollte es bis dahin im Schrank bleiben; sie zuckte resigniert mit den Achseln. Ihr Tagebuch blieb wie bereits befürchtet verschwunden, der Unbekannte hatte sein Wort nicht gehalten. Ob er es diesmal tun würde? Sie seufzte und zog den Reißverschluss an ihrem Rucksack zu.

\*\*\*

An dem Treffpunkt, von dem aus Lia und Daniel mit dem Pferdefuhrwerk zur Insel hinüberfahren wollten, standen bereits Grüppchen erlebnishungriger Menschen. Urlauber, die eine der letzten Gelegenheiten des Jahres nutzen wollten, an einer Wattwagenfahrt teilzunehmen; der wunderschöne Herbsttag lud dazu ein. Während die meisten von ihnen nach kurzem Aufenthalt die Insel wieder verlassen und zum Festland zurückkehren würden, wollten Lia und Daniel in einem der Gasthäuser übernachten und erst am folgenden Tag mit dem Schiff zurückfahren.

Daniel unterhielt sich soeben mit dem Kutscher. Dieser nickte, und Daniel wandte sich Lia zu, neben der sich die übrigen Fahrgäste ungeduldig am Wagen drängelten.

„Wir können vorn beim Fahrer sitzen, da sind noch zwei Plätze frei!" Er lächelte ihr zu.

Sie blickte ihn liebevoll an. Mit den Gedanken war sie gerade weit weg gewesen; er bemerkte es an ihrem abwesenden Gesichtsausdruck und wusste, woran sie dachte. Könnte er doch die Sorgen von ihr nehmen! Er tastete unwillkürlich nach dem Brief in seiner linken Jackentasche.

„Aufsteigen, bitte!" Der Kutscher, ein in Cordhose und dunklem Anorak steckender älterer Mann, der sich hier seine schmale Rente aufbesserte, half den Gästen hinauf. Als sie alle oben waren, setzte sich die Kolonne in Bewegung. Die Fuhrwerke rollten ein Stück durch den Ort, vorbei an Souvenirläden, Gaststätten und Schaulustigen. Auf dem Watt angekommen zockelten die Pferde, paarweise vor die Wagen gespannt, über den trockengefallenen Meeresgrund. In etwa anderthalb Stunden würden sie Neuwerk erreichen. Der Kutscher gab Anekdoten zum Besten, und die Touristen amüsierten sich, soweit sie seinem heimatlichen Plattdeutsch folgen konnten.

Lia und Daniel saßen neben ihm, eingemummelt in ihre

Jacken, über den Knien eine Decke. Der herrlich sonnige Herbsttag war bereits empfindlich kühl; auf dem weiten Wattengrund war dies deutlicher als im Windschutz der Häuser zu spüren. Lia sog tief die würzige Luft ein, und allmählich begann die Anspannung von ihr abzufallen. Vielleicht könnte sie das Wochenende doch noch genießen! Sie warf Daniel einen Blick zu und bemerkte einen besorgten Ausdruck in seinen Augen, als er ihr den Kopf zuwandte. Sie drückte seine Hand; er erwiderte den Druck und schenkte ihr ein liebevolles Lächeln.

Das Gästezimmer, das ihnen zugewiesen wurde, war blitzsauber und gemütlich eingerichtet. Lia erfrischte sich rasch im Bad, bevor sie Hand in Hand mit Daniel über die Treppe wieder nach unten ging. Die beiden traten aus dem Gebäude und gingen in Richtung Deich. Sie wanderten auf der Deichkrone entlang, bis sie auf ein Restaurant stießen. Es war mittlerweile Mittagszeit, und beiden knurrte heftig der Magen.

Nachdem sie jeweils eine riesige Portion Fisch verschlungen hatten, trotteten sie satt und müde zurück zu ihrer Bleibe. Dort angekommen, fielen sie aufs Bett.

Daniel gähnte herzhaft. „Ich mach mal für´n Moment die Augen zu", nuschelte er. Lia rutschte an ihn heran; eng umschlungen nickten beide für ein knappes Stündchen ein.

***

„Weißt du, *das hier* hatten wir in Dortmund leider nicht!" Daniel lag auf dem Rücken und starrte versonnen an die Decke. „Würde meinem Vater auch gefallen, die frische Luft, die weite Sicht ... Jetzt wohnt er in der Nähe von Hamburg." Er beugte sich über Lia und drückte ihr einen sanften Kuss auf den Mund. „Und *du* würdest ihm sicherlich auch gefallen! Vielleicht lernt ihr euch ja demnächst mal kennen."

Er rollte sich wieder auf den Rücken. Von seiner behüteten Kindheit hatte er Lia berichtet, von seinem brennenden Wunsch, sich als Künstler zu etablieren, von der viel zu früh an Magenkrebs verstorbenen Mutter ... „Tja, und mehr gibt's da nicht zu berichten", schloss er und richtete sich auf, um sich auf den linken Ellbogen zu stützen und Lia neugierig zu mustern. „Und nun würde ich gern etwas über *dich* erfahren ..." Zärtlich strich er ihr eine Haarsträhne aus der Stirn.

„An meinen Paps kann ich mich nicht erinnern ...", begann sie nachdenklich. „Ich war noch ein Kleinkind, als er an einer Lungenentzündung starb. Sandra war drei Jahre älter als ich, die hat ihn noch kennengelernt.

Mama musste uns dann alleine durchbringen, und immer reichte es nur zum Nötigsten. Sandy schleppte ihre Schulbücher in einer *Plastiktüte* zum Unterricht und machte sich natürlich zum Gespött ihrer Mitschüler! Drei Jahre später wurde ich eingeschult und erhielt einen gebrauchten Ranzen vom Flohmarkt; Mama hatte lange darauf gespart. Meine große Schwester platzte fast vor Neid, und eines Morgens zog ich unter dem Gejohle der Klassenkameraden eine tote Maus heraus!

In den Sommerferien durften wir drei meist einige Wochen an der Nordsee bei Mamas alter Tante Heinele verbringen. Eigentlich hieß sie ..." Lia überlegte und zuckte dann ratlos mit den Achseln. „Weiß ich nicht mehr; den Namen haben wir ihr verpasst nach dem

Mischlingshund, den sie bevorzugt an ihre Schulter gelehnt mit sich herumschleppte!" Ein Lächeln huschte über ihre Lippen, verweilte kurz, verschwand wieder.

„Und dann ... Oh, Daniel ..." Die Stimme wurde zu einem Krächzen. Ihr Blick verlor sich in weiter Ferne, sah Bilder, die sich für immer in ihr Gehirn eingebrannt hatten, und in Gedanken erlebte sie das schwere Autounglück noch einmal, das ihr Mutter und Schwester genommen hatte.

Tränen rannen Lia über die Wangen. Sie wurde so leise, dass Daniel mit seinem Kopf beinahe ihre Lippen berühren musste, um ihre Worte noch verstehen zu können. Sie schüttelte leicht den Kopf und schniefte.

„Wäre Tante Heinele damals nicht für mich da gewesen, ich weiß nicht, ob ... wie ..." Sie verstummte und schloss für einen Moment die Augen, dann flüsterte sie: „Sie hat mich bei sich aufgenommen, mich ins Leben zurückgeführt! Aber als ich sechzehn war, erlag sie einem Herzinfarkt, und ich habe mich als Kellnerin durchgeschlagen." Lia bemühte sich um Fassung, atmete tief durch, fing sich wieder. Langsam erschien schließlich ein zaghaftes Lächeln auf ihrem Gesicht und wurde allmählich zu einem breiten Grinsen. Vergnügt blinzelte sie Daniel zu und räusperte sich.

„Fräulein hier und Fräulein da!" Sie hob den Arm und schnippte mit dem Finger. „Könn' se mal, ham' se mal – wo bleibt denn dat Bier! Jede Menge Stress und abends schmerzende Füße, aber immerhin ein winziges Kämmerchen unterm Dach des Ausflugslokals! Die Inhaberin ließ mich dort kostenlos wohnen, und ich gehörte irgendwann fast zur Familie.

Dann folgte eine nicht sehr glückliche Ehe mit ... Bernd." Lia fiel es sichtlich schwer, den Namen auszusprechen, und Daniel ging nicht weiter auf das Thema ein. „Danach noch einige Reinfälle mit Männern, und dann bist du mir endlich über den Weg gelaufen ... Und *das* betrachte ich wirklich als Glücksfall", raunte sie Daniel zu und strahlte ihn an. „Lass uns noch etwas kuscheln, und dann gehen wir raus!"

***

„Sieh mal, da ist eine alte Inschrift!" Lia zeigte begeistert auf die Worte ´Sonja und Thomas 1982´. Das Kupferdach des alten Leuchtturmes war an jeder erreichbaren Stelle bedeckt mit hingekritzelten Inschriften; unzählige Besucher hatten hier Spuren ihrer Anwesenheit hinterlassen.

„Warte, ich habe doch einen Kuli bei mir, lass uns auch was draufschreiben!" Daniel wühlte in seiner Jackentasche herum und zog schließlich einen Stift heraus.

„Jetzt können wir uns hier auch verewigen! Ähm ..." Er kaute unentschlossen auf dem Stift herum. „Sag doch mal, was schreibe ich denn nun eigentlich?" Er sah hoch.

Lia kicherte. „Am besten nichts Versautes!" Ihre alte Fröhlichkeit kehrte allmählich zurück, nachdem sie bisher recht still gewesen war. Er registrierte ihren besorgten Gesichtsausdruck und ihre Anspannung und wusste, was ihr Kummer bereitete. In einem günstigen Augenblick würde er endlich den Brief ansprechen, den er bei sich trug. Unwillkürlich tastete seine Hand nach dem Papier.

Der Aufstieg über die Wendeltreppe an der Außenseite

des Turmes entlang hatte sich gelohnt. Das Erklimmen der hundertachtunddreißig Stufen hatte sie zu einer Aussichtsplattform geführt, von wo aus man einen grandiosen Überblick hatte. Die Luft war klar, das einige Kilometer entfernt liegende Festland deutlich zu erkennen. Lia atmete tief ein. Sie lehnte sich an die dicke Brüstung der Plattform, um nach unten zu schauen. Die Häuser und Menschen wirkten von oben betrachtet klein wie in einem Spielzeugland. Wieder unten angekommen, starteten sie zu einem Rundgang um die Insel mit anschließendem Cafébesuch.

***

„Mensch, sieht denn das nicht schön aus, wie auf Ansichtskarten!" Lia betrachtete fasziniert die allmählich tiefersinkende Sonne; ein leuchtender roter Feuerball, dessen glühende Farben vom Wasser reflektiert wurden.

Daniel hatte seinen Arm um sie gelegt; gemeinsam genossen sie den friedvollen Abend, aneinandergeschmiegt auf einer Bank am Schiffsanleger. Die Stille wurde nur hin und wieder von den Stimmen vorübergleitender Vögel und dem sanften Rauschen der Wellen unterbrochen.

Nach einigen Minuten räusperte sich Daniel und wandte den Kopf, um Lia ins Gesicht zu blicken. Zögernd begann er zu sprechen.

„Ich war gestern in deiner Küche, weil ich einen Schluck Wasser trinken wollte. Mir ist da was aus dem Schrank entgegengefallen ..." Er schwieg und sah sie forschend an. Mit belegter Stimmer fuhr er fort: „Also, ich hab´s mitgenommen." Er nestelte in seiner Jackentasche herum und förderte das Erpresserschreiben zutage.

Sie starrte ihn entgeistert an und hielt für einen Moment den Atem an.

„Du hast ...?" Sie verstummte, wandte den Kopf zur Seite, blickte aufs Wasser hinaus.

„Versteh das bitte nicht falsch, ich will mich da nicht einmischen! Geht mich ja eigentlich nichts an. Ich dachte nur ..." Er hielt inne und beugte sich ein wenig vor, um sie anzusehen.

Sie schluckte, sagte aber kein Wort.

Er streichelte ihre Hand. „Das ist nicht der erste Brief, stimmt´s?"

Sie nickte langsam. Als sie ihm den Kopf wieder zuwandte, sah er Tränen in ihren Augen schimmern.

„Ich wollte dich da raushalten, es reicht doch, wenn ich mir Sorgen mache wegen diesem ... Mist!" Ihre Stimme klang bedrückt; sie schniefte.

„Weißt du denn, wer dahintersteckt?"

Sie antwortete nicht gleich. Er kramte eine Packung Papiertaschentücher hervor, zupfte eines heraus und hielt es ihr hin. „Hier, schnaub dir erstmal die Nase." Er wartete, bis sie sich wieder einigermaßen gefasst hatte. „Du musst es mir nicht erzählen, wenn du nicht möchtest." Er strich zärtlich mit seinen Fingern über ihr Haar. „Aber wenn ich dir irgendwie bei der Sache helfen kann ..."

Sie saßen einen Augenblick wortlos nebeneinander; schließlich begann sie leise zu sprechen. „Es tut mir leid, dass ich mich dir nicht anvertraut habe. Ich habe dich ja sogar verdächtigt." Sie schluchzte erneut auf.

Er ließ ihr Zeit. Als sie sich beruhigt hatte, begann sie

stockend zu erzählen, was sich in der Nacht von Bernds Tod ereignet hatte. Sie berichtete vom gestohlenen Ehering und vom Tagebuchdiebstahl; Daniel hörte ihr aufmerksam zu. Nachdem sie ihm alles gebeichtet hatte, schwiegen beide minutenlang.

Irgendwann räusperte sich Lia und straffte ihren Oberkörper. „Tja. Nun weißt du Bescheid." Sie sah ihn unsicher an. „Was denkst du jetzt von mir; wie geht´s weiter mit uns?"

Er kniff ihr sanft in die Wange. „Ja, glaubst du denn, ich lass dich jetzt im Regen stehen, oder ich laufe zur nächsten Polizeidienststelle?" Er schüttelte seinen Kopf. „Komm, gehen wir zurück, es ist schon dunkel. Und es wird auch ungemütlich hier draußen ... Wärmen wir uns doch erstmal auf und trinken irgendwo was Leckeres!" Er bemerkte ihren zweifelnden Blick. „Und hör auf, dir Sorgen zu machen." Er erhob sich von der Bank und reckte sich. Dann reichte er ihr die Hand, zog sie hoch und drückte sie fest an sich. Sie verharrten einen Moment lang engumschlungen auf dem Schiffsanleger, bevor sie sich zu einer der Gaststätten aufmachten.

Der Grog dort schmeckte vorzüglich und munterte beide wieder auf; der Brief wurde an diesem Abend nicht mehr erwähnt.

*** 

Lia erwachte von fröhlichem Stimmengewirr vor dem Fenster. Sie hatte tief und traumlos geschlafen ... Nein, ein Traumbild nahm vor ihrem inneren Auge Gestalt an. Eine dunkle Gestalt, das Gesicht vermummt ... Lia seufzte. Die Geister der Vergangenheit. Dann fiel ihr schlagartig der vergangene Abend wieder ein. Daniel. Der Erpresserbrief. Er wusste jetzt Bescheid.

Sie drehte sich zu ihm, betrachtete sein entspanntes Gesicht. Eine Haarsträhne war ihm über die Stirn gefallen; Lia strich sie liebevoll zur Seite.

*Ich liebe dich, Daniel. Aber kann ich dir wirklich voll und ganz vertrauen? Enttäusche mich nicht ... Warum bin ich nur so verflixt misstrauisch geworden, ich war doch früher nicht so!* Sie schloss die Augen und lauschte seinen gleichmäßigen Atemzügen. *Du musst mir helfen ... Der Horror muss doch mal ein Ende haben ...*

Daniel rührte sich, schlug blinzelnd die Augen auf und gähnte herzhaft. Die Stimmen draußen entfernten sich allmählich, wurden leiser; ein Hund kläffte.

„Gu´n Morgen, mein Schatz." Daniel gab ihr verschlafen einen Kuss; Lia erwiderte ihn zärtlich. Sie kuschelten einige Minuten, bis Lia ein dringendes Bedürfnis verspürte und im Bad verschwand.

Als sie wieder herauskam, stand Daniel bereits am Fenster. „Was hältst du davon, wollen wir uns den Sonnenaufgang am Deich ansehen? Sieh mal, dort sind schon Leute unterwegs!" Er wies mit der Hand auf einige muntere Wanderer, die über einen nahen Weg stapften.

Lia warf einen Blick auf ihre Uhr. Es war kurz nach sieben; sie nickte zustimmend.

***

Der Morgen war empfindlich kühl. Daniel und Lia bibberten und legten die ersten Minuten schweigend in raschem Schritt zurück, um warm zu werden. Lia spürte, wie ihr Blut schneller durch den Körper zirkulierte. Sie blieb stehen, um tief durchzuatmen. Daniel tat es ihr gleich.

„Ist das herrlich hier, und so unglaublich still!"

Sie waren zur Wattwagenfuhrt gelangt, die sich nicht weit vom Turm befand. Nahezu lautlos glitten einige Möwen durch die Luft; die Sonne erhob sich langsam hinter dem Horizont, ließ das Meer in intensivem Farbspiel aufleuchten. Es waren keine anderen Menschen in der Nähe; kein Auto, kein Flugzeug störte den Augenblick. Lia und Daniel standen Hand in Hand bewegungslos aneinandergeschmiegt und genossen die friedliche Natur. Keiner der beiden sagte ein Wort.

Nach einer Weile fühlten sie, wie die Kälte ihnen allmählich in die Körper kroch; sie schlenderten zum Gasthof zurück. Ein ausgiebiges Frühstück füllte die hungrigen Mägen mit Energie für den bevorstehenden Tag. Nachdem sie die Rechnung beglichen hatten, schulterten sie ihre Rucksäcke, um die Insel vor der Rückfahrt noch ein wenig zu erkunden.

***

Lia ließ sich aufatmend auf den Sitz fallen. Daniel war zum Kiosk unterwegs, um für sie beide Kaffee zu holen. Lia spielte gedankenverloren mit einem Kettenanhänger, den Daniel für sie als Souvenir erstanden hatte.

Sie blickte sich neugierig um: Nahezu sämtliche Plätze waren bereits vergeben. Sie hatten Glück gehabt, noch zwei erwischt zu haben; das Schiff war auf der Rückfahrt zum Festland nahezu voll belegt. Etliche Passagiere befanden sich in den Salons und auf den Gängen. Aus der Sitzgruppe schräg gegenüber schallte lautes Gejohle und

134

kreischendes Lachen. Lia schloss kurz die Augen, atmete tief durch. Ein nicht nur in körperlicher Hinsicht anstrengendes Wochenende neigte sich dem Ende zu. Das Geständnis lange gehüteter Geheimnisse hatte sie Kraft gekostet, und sie war müde.

Daniel kam soeben eine Treppe hinunter, vorsichtig zwei Becher Kaffee balancierend. Er sah sich suchend um, bis er Lia entdeckte und zielstrebig auf sie zusteuerte. Er stellte die Becher auf den Tisch und ließ sich neben Lia nieder.

„Für dich mit viel Milch und Zucker, eine echte Kalorienbombe!" Er lächelte sie liebevoll an, dann lehnte er sich tief in den Sitz zurück. Er konnte sich ein Gähnen nicht verkneifen; es wirkte ansteckend auf Lia. Beide mussten lachen.

„Nur jetzt nicht schlappmachen, wir sind noch nicht zu Hause." Er legte den Arm um sie, zog sie sanft zu sich heran. Den Rest der Fahrt verbrachten beide schläfrig aneinandergelehnt, jeder seinen Gedanken nachhängend.

Steffen öffnete die Tür, nur spärlich bedeckt von einem großen, bunten Badehandtuch, die Haare noch nass. Er war gerade aus dem Bad gekommen, als er die Türklingel vernahm. Ein Klopfen folgte gleich darauf.

„Ja, verdammt, ich komme doch schon!" Er spähte vorsichtshalber durch den Spion. Marita stand draußen; er schüttelte gereizt den Kopf. Konnte dieses Miststück ihn denn nicht in Ruhe lassen? Glücklicherweise besaß sie keinen Schlüssel zu seinem Domizil, sonst würde sie ihn mit Sicherheit noch häufiger aufsuchen! Er knurrte genervt, als er die Tür aufschloss. Bevor er sie öffnete, straffte er seine Schultern und holte tief Atem, um sich nichts anmerken zu lassen.

„Hallo, du kommst aber überraschend." Er rang sich ein Lächeln ab.

Marita betrachtete seinen halbnackten Körper mit anerkennenden Blicken. „Mir scheint, gerade recht ..." Sie grinste anzüglich, als sie die Wohnung betrat. Kaum hatte er die Tür hinter ihr wieder geschlossen, ließ sie ihre Handtasche fallen, um ihn stürmisch zu umarmen. Als sie ihm neckend das Handtuch wegzunehmen versuchte, wehrte er sie ab.

„Lass das, ich bin nicht in der Stimmung für solche Spielchen!" Ungehalten wandte er sich von ihr ab.

Ihr rundliches Gesicht verzog sich zu einer empörten Grimasse. „Was ist eigentlich bloß los mit dir, ich meine, wir haben doch in letzter Zeit kaum noch was miteinander gehabt ... Dauernd maulst du rum ... Hast du eine andere, oder was?" Ihre blaugrauen Augen blitzten ihn wütend an.

„Nun reg dich ab, ich habe dir doch schon erzählt, dass ich Stress im Beruf habe! Ist doch Quatsch, warum sollte ich eine andere haben?" Er machte eine Pause; als er weitersprach, hatte seine Stimme einen schmeichelnden Klang. „Du weißt doch, dass du mir eine Menge bedeutest; nun mach doch nicht so ein Drama daraus, dass ich nicht pausenlos Verlangen danach habe!" Er wies mit einem heftigen Kopfnicken in Richtung Schlafzimmer.

„Na, wenn du meinst ..." Resigniert sah sie ihn an. „Dann werde ich mir mal einen Kaffee machen, möchte der Herr auch einen?"

„Hm ... gerne", brummte Steffen. Er blickte ihr nachdenklich hinterher, als sie in der Küche verschwand.

*** 

„Sieh mal hier, das sieht doch traumhaft aus!" Marita blätterte begeistert in einem der bunten Reiseprospekte, die sie auf dem Tisch vor sich ausgebreitet hatte. Sie seufzte. „Wenn wir die Zitrone erstmal so richtig ausgequetscht haben, Sven, dann könnten wir uns doch auf Mallorca ein kleines Anwesen kaufen und dort hinziehen!" Sie warf ihm einen erwartungsvollen Blick zu. „Ich würde lieber heute als morgen den ekelhaften Job hier aufgeben. Vielleicht könnten wir uns dort was aufbauen, so ein kleines schnuckeliges Bistro vielleicht ... Was hältst du davon, hört sich das nicht gut an?"

Steffen wandte den Kopf zum Fenster und verzog das Gesicht, als ob er in die soeben erwähnte Zitrone gebissen hätte. Er wusste, sie hatte Lia gemeint. Aus der wäre finanziell vermutlich noch einiges herauszuholen, das war beiden klar! Man musste es nur richtig angehen. Maritas Reisepläne und weiteren geistigen Höhenflüge teilte er allerdings nicht. Nach der kommenden Geldübergabe wäre er auf und davon, ohne Spuren zu hinterlassen. Und zwar diesmal mit der kompletten Summe. Pech für die vertrauensselige Marita! Sollte sie versuchen, ihm auf irgendeine Art einen Strich durch die Rechnung zu machen, sie würde es bereuen. Er räusperte sich und lächelte sie an. *Bald muss ich dir nichts mehr vormachen, du dummes kleines Gänschen.*

„Ach Schatz, das ist doch alles noch Zukunftsmusik. Lass uns erstmal überlegen, wie wir die Geldübergabe diesmal durchziehen. Es wäre nicht schlecht, wenn du dein Äußeres vorübergehend etwas änderst!" Er sah ihren fragenden Blick. „Äh, ich meine, nicht dass du mir so nicht gefällst ... Ich halte es nur für klüger, wenn man dich bei der Aktion im Bahnhof nicht sofort erkennen kann." Er machte eine Pause, bevor er weitersprach. „Eine Brille, Baseballkappe ... Dazu deine alte Jeans, ein unscheinbares Oberteil, Turnschuhe ... Und keine Schminke im Gesicht." Er bemerkte ihren ungläubigen Gesichtsausdruck. Sie, die stets wie aus dem Ei gepellt daherkam, sollte auftreten wie eine ...?

„Liebes, nun mach doch kein Drama daraus, dass du mal nicht durchgestylt aus dem Haus gehen sollst! Denk an die netten Scheinchen, die uns erwarten!"

Marita nickte ergeben. „Wenn du meinst ..."

***

*Rumms!* Er zog die Autotür etwas unsanft zu, nachdem er sich auf den Fahrersitz hatte fallen lassen. Während er den Sicherheitsgurt ins Schloss schnappen ließ, warf er noch einen letzten Blick aus dem Seitenfenster die unansehnliche Hausfassade hinauf. Dort oben in der dritten Etage befand sich die schäbige Unterkunft, die er vorübergehend genutzt hatte. Nun war sie leergeräumt, die Schlüssel bereits übergeben; jeglicher Hinweis auf die Existenz des bisherigen Mieters war verschwunden. „Sven Cordler" würde sich am folgenden Tag regelrecht in Luft auflösen, ebenso Maritas Hirngespinste von einer gemeinsamen Zukunft mit ihm! Steffen schmunzelte bei der Vorstellung, wie sie ungläubig vor seiner Wohnungstür stehen würde. Auf ihr Klingeln würde niemand mehr reagieren.

Morgen nach der Geldübergabe würde er zunächst mit ihr gemeinsam in ihren alten, weißen Pkw steigen und vorgeben, zu seiner Wohnung zu fahren. Sie würde ihm wie immer gern das Fahren überlassen und ebenso bereitwillig an einer Tankstelle aussteigen, um ihm etwas zu Knabbern zu holen. Er würde Gas geben, sobald sie im Shop verschwunden wäre. Nur wenige Häuserblocks entfernt würde er dann in ein silberfarbenes Fahrzeug umsteigen, das Marita nie zu Gesicht bekommen hatte; er wäre auf und davon, noch bevor sie auch nur ahnen konnte, wie ihr geschah. Das Geld würde *sie* jedenfalls nur in ihren Träumen zu sehen bekommen!

*\*\*\**

Lia erwachte mit einem kratzenden Gefühl im Hals. Sie schluckte, verspürte einen brennenden Schmerz in der

139

Kehle. Hinzu kamen leichte Gliederschmerzen und Mattigkeit. Oh nein, das nicht auch noch! Heute würde sie ein weiteres Mal nach Hannover fahren, um erneut die unverschämten Forderungen des Unbekannten zu erfüllen. Allerdings - diesmal wäre noch jemand bei ihr.

Sie war sich nicht sicher, ob der Erpresser Kenntnis von Daniels Existenz hatte, vielleicht sogar wusste, wie dieser aussah. Sie hatten beschlossen, vorsichtig zu sein; beide würden aus verschiedenen Zugabteilen steigen und im Bahnhof getrennte Wege einschlagen. Außerdem hatte Daniel sich einen kurzen Bart stehen lassen, der seinem Gesicht vorübergehend ein geringfügig verändertes Aussehen verlieh, und mit seinem kahlrasierten Schädel war er ohnehin kaum noch zu erkennen! Es hatte ihn Überwindung gekostet, den Rasierapparat anzusetzen, aber naja - es würde schnell wieder wachsen.

Er beabsichtigte, die Schließfächer zu überwachen und jeden, der sich ihnen näherte, genau in Augenschein zu nehmen. Sollte sich jemand an dem Fach zu schaffen machen, in dem das von Lia hinterlegte Geld lag, er würde ...

Ja, was würde er dann eigentlich tun? Diese Frage hatten sie sich immer wieder gestellt. Die Person zur Rede stellen, vielleicht festhalten? Sie liefen Gefahr, dass der Unbekannte eine Waffe bei sich trug und davon auch Gebrauch machte! Auf jeden Fall musste Daniel äußerst vorsichtig sein; zwar verfügte er über einen durchtrainierten Körper und konnte sich notfalls zur Wehr setzen, er durfte jedoch kein Risiko eingehen.

Auf jeden Fall würde Daniel sich die Person genau

einprägen, sie nach Möglichkeit sogar mit seinem Handy auf einem Foto festhalten. Und ihr dann unauffällig folgen, sich gegebenenfalls das Autokennzeichen notieren. Die Verfolgung mit einem Taxi aufnehmen. Oder in denselben Bus einsteigen. Vielleicht die Adresse und den Namen herausbekommen, um der Polizei anschließend einen Hinweis zu geben! Sollte die dann Lia unversehens zu viel neugierige Aufmerksamkeit schenken, nun, *sie* hatte *niemals* Tagebuch geschrieben! Das musste jemand gefälscht haben ...

Sie wollten nicht gleich zurückfahren, sondern in einem Hotel in Hannover übernachten. Wenn nötig, sogar eine weitere Nacht dort verbringen; Daniel hatte ein Doppelzimmer gebucht. Dort würden sie sich auch irgendwann treffen. Es war vereinbart, dass Lia sich nach der Deponierung des Schließfachschlüssels auf den Weg dorthin begab. Per Handy würde sie in Kontakt mit Daniel bleiben; sollte die Situation für ihn jedoch brenzlig werden, würde Lia schlimmstenfalls sofort die Polizei alarmieren!

Sie erhob sich mühsam aus dem Bett und warf Daniel, der die Nacht bei ihr verbracht hatte, einen Blick zu. Beide hatten noch lange wachgelegen, bevor Lia in seinen Armen in einen unruhigen, traumlosen Schlaf gesunken war.

Sie löste zwei Tabletten in einem Glas mit kaltem Wasser auf und zwang sich, die Flüssigkeit hinunterzuschlucken. Dann kramte sie die noch von der vorigen Erkältung übriggebliebenen Lutschpastillen hervor und schob sich eine in den Mund. *Hat letztesmal auch nicht geholfen, bin trotzdem krank geworden. Ich sollte mir endlich eine richtige Hausapotheke zulegen,* ging es ihr durch den Kopf.

Schon bald sah sie Daniel hinterher, als dieser das Abteil verließ. In wenigen Minuten würde der Zug im Hauptbahnhof Hannover einlaufen. Lia lehnte müde den Kopf an das Fenster und spürte die Vibration des Glases. Die Krankheitssymptome hatten sich verschlimmert im Laufe der vergangenen Stunden; sie fühlte sich unendlich matt und sehnte sich danach, ausruhen zu können. Aber das musste noch warten.

Als sie den Bahnsteig verließ und den Weg zu den Schließfächern einschlug, warf sie einen möglichst unauffälligen Blick durch die geräumige Bahnhofshalle. Daniel war nirgends zu sehen; vielleicht wäre er schon am verabredeten Zeitungskiosk! Lia bog in den Gang ein, in dem die Schließfächer wie überdimensionale Mosaiksteinchen aneinandergereiht waren. Nachdem sie in einem davon das in eine schmuddelige grüne Plastiktüte eingewickelte Geld deponiert hatte, zog sie den Schlüssel ab und begab sich wie vereinbart zu den Toilettenräumen.

Ohne zu zögern machte sie sich dort am Handtuchspender zu schaffen, um ein weiteres Mal den Schlüssel zu hinterlegen. Kaum hatte sie das erledigt, öffnete sich die Tür, und fünf lebhaft schnatternde ältere Damen stürzten herein, um die WC-Kabinen in Beschlag zu nehmen. Lia stützte sich mit der linken Hand auf eines der Waschbecken und verharrte einen Augenblick; sie betrachtete sich im Spiegel. Wie abgespannt sie aussah! Die dunklen Ringe unter ihren Augen und die fahle

Gesichtsfarbe verhießen nichts Gutes; sie seufzte. *Lieber Gott, lass es gutgehen ...*

***

Daniel hatte wie abgesprochen Posten bezogen am Zeitungskiosk und gab vor, die dort ausgestellten Magazine zu studieren. Aus dem Augenwinkel gewahrte er, wie Lia scheinbar ungezwungen auf ihn zuschlenderte. Wie verkrampft sie tatsächlich war, ließ sich nur erahnen. Er registrierte, wie angeschlagen sie wirkte und fühlte Wut in sich aufsteigen: Wut auf den Unbekannten, der sie beide in diese groteske Situation gebracht hatte.

Lia stoppte unmittelbar neben ihm, zerrte eine Zeitung aus dem Ständer und wandte sich dem Kioskinhaber zu, um zu bezahlen. Sie streifte Daniel mit einem raschen Blick und murmelte mit gedämpfter Stimme „Sieben". Ihre Blicke begegneten sich für die Dauer eines Herzschlags; Daniel nickte fast unmerklich. Gleich darauf verschwand Lia im Getümmel, während sie die soeben erstandene Zeitung bedächtig zusammenrollte. Daniel zupfte eine Fachzeitschrift aus dem Stapel der vor ihm platzierten Magazine. Nachdem er eine Weile darin herumgeblättert und schließlich umständlich sein Kleingeld aus dem Portemonnaie gekramt hatte, nahm er die zwischen seinen Füßen stehende Reisetasche hoch und ging gemächlichen Schrittes zu den Schließfächern. Ein Blick zur Uhr sagte ihm, dass die Beobachtung des Faches mit der Nummer Sieben vermutlich sehr bald einige interessante Erkenntnisse bringen würde; er presste grimmig die Lippen aufeinander. Der unverschämte Erpresser würde diesmal nicht so leicht davonkommen!

143

Als er in den Gang einbog, in dem sich die Schließfächer befanden, stieß er beinahe mit einem jungen Mann zusammen, der es offensichtlich recht eilig hatte. Anfang Zwanzig, schmuddeliges Äußeres. Er roch nach Schweiß und ungewaschener Kleidung.

„Pass doch auf wo du hinläufst, du Blödmann ..." zischte er Daniel gereizt zu. Daniel schüttelte missbilligend den Kopf und sah ihm nach, wie er davonlief; sollte er womöglich ...? Bevor Daniel reagieren konnte, war er bereits in der Menschenmenge verschwunden. Daniel ließ ihn laufen; sein Gefühl sagte ihm, dass es sich nicht lohnen würde, die Verfolgung aufzunehmen.

Er schlenderte den leeren Gang entlang, bis er das Fach Nummer Sieben hinter sich gelassen hatte. Ein Stück weiter blieb er stehen und stellte die Reisetasche neben sich ab; nun hieß es warten. Wer auch immer jetzt hier auftauchen würde, er konnte Daniel nicht entgehen. Eine Mischung aus Ungeduld und Nervosität hatte sich seiner bemächtigt; er spürte seine schweißnassen Handflächen.

Minutenlang rührte sich nichts; schließlich näherten sich Schritte. Daniel ging in die Hocke und gab vor, sich mit seiner Tasche zu beschäftigen.

Die Frau bog in den Gang ein und stoppte unvermittelt, als sie ihn wahrnahm. Daniel registrierte aus dem Augenwinkel, wie sie ihn durch schwach getönte Brillengläser hindurch verstohlen musterte, bevor sie zögernd ihren Weg fortsetzte. Als sie nicht weit von ihm haltmachte, hob er den Kopf und warf ihr einen kurzen Blick zu, bevor er sich wieder scheinbar konzentriert mit dem Inhalt seiner halb geöffneten Reisetasche befasste. Deutlich hörbar murmelte er: „Wenn man was sucht, ist es aber auch immer ganz unten!"

Unsicher von einem Fuß auf den anderen tretend, nestelte die Unbekannte an ihrer Handtasche und zog einen Schlüssel hervor; sie umklammerte ihn so heftig, dass ihre Fingerknöchel weiß hervortraten. Daniel bemerkte ihre offenkundige Unruhe. Ihre Blicke huschten fortgesetzt zwischen ihm und dem Beginn des Ganges hin und her; wartete sie auf jemanden?

Daniel machte keinerlei Anstalten aufzubrechen, sondern stöberte ausgiebig in seiner Tasche herum. Ihr erneuter prüfender Blick entging ihm nicht. *Sollte sie es tatsächlich sein? Mit der werde ich fertig!* Ruckartig richtete er sich auf; sie zuckte unwillkürlich zusammen und wich ein Stück zurück.

„Warten Sie auf jemanden?" Der drohende Unterton in seiner Stimme verfehlte nicht seine Wirkung. Die Frau schüttelte hastig den Kopf und drehte sich um, doch im nächsten Moment spürte sie eine Hand, die recht unsanft ihren Arm packte. Sie versuchte sich zu befreien, aber der feste Griff ließ ihr keine Gelegenheit zu entkommen.

„Was fällt Ihnen ein, lassen Sie mich los!" Kreischend begann sie sich zur Wehr zu setzen. Daniel lockerte seine Finger etwas, achtete aber darauf, dass sie ihm nicht entwischen konnte.

„Den Schlüssel!" Mit heiserer Stimme stieß er die Worte hervor; er würde keinen Widerspruch dulden.

Die Fremde unternahm noch eine letzte vergebliche Anstrengung, sich aus seinem Griff herauszuwinden. Dann sank ihr Körper in sich zusammen; sie schluchzte auf. Der Schlüssel entglitt ihren Fingern und klirrte auf den Boden.

Daniel bückte sich, um ihn aufzuheben, wobei er die Frau jedoch nicht losließ. Er warf einen raschen Blick auf die in das glänzende Metall geprägte Nummer: „7". Ins Schwarze getroffen!

Dem im Durchgang auftauchenden Schatten, der die Szene einen Augenblick lang mit prüfendem Blick betrachtete, schenkte er keine Beachtung; dieser war so schnell verschwunden, wie er erschienen war. Die Frau hatte ihn allerdings wahrgenommen: „Sven ...!" Der hilflose Ruf verhallte zwischen den Wänden.

Daniel sah sie scharf an. „Sven ...? Dann steckt also noch jemand dahinter?" Als Antwort kam ein lautes Schluchzen, das bei Daniel ein ungehaltenes Kopfschütteln auslöste. „Ihr feiner Freund hat sich offensichtlich aus dem Staub gemacht, was? *Sie* laufen mir jedenfalls nicht davon!" Er drückte ihr den Schlüssel in die Hand; sie blickte ihm erstaunt ins Gesicht. Tränen rollten ihr über die Wangen, und sie schniefte vernehmlich.

„Los, dann öffnen Sie mal das Schließfach, das wollten Sie doch!" Während er sie mit einer Hand weiterhin festhielt, suchte er mit der anderen in seiner Jackentasche und förderte ein Papiertaschentuch zutage, das er ihr reichte. „Hier, und nun reißen Sie sich mal ein bisschen zusammen! Uns wochenlang in Atem halten und mir jetzt hier etwas vorheulen; soll ich Sie vielleicht bedauern?" Er wies mit dem Kopf auf das Fach mit der Nummer Sieben. „Öffnen, zum Donnerwetter!"

Die Frau setzte ihre Brille ab, wischte sich über die

verweinten Augen und schneuzte sich geräuschvoll die Nase, bevor sie den Schlüssel in das Schlüsselloch schob und langsam die Tür öffnete. Daniel entging nicht das Zittern ihrer schmalen Hand, und fast empfand er plötzlich Mitleid mit ihr. *Jetzt nicht erweichen lassen, Daniel, diese Person hat Lia schließlich wochenlang zugesetzt ...* Er betrachtete sie erstmals genauer: Eigentlich wirkte sie recht sympathisch und so gar nicht wie eine gewissenlose Erpresserin.

Er langte in das geöffnete Fach und entnahm ihm die Plastiktüte, die Lia ihm vor der Abfahrt gezeigt hatte. Grün und verschnürt mit einem gelben Stück Kräuselband, unzweifelhaft Lias Tüte. Mit grimmiger Miene ließ er sie in seine Reisetasche gleiten; die Unbekannte verfolgte jede seiner Bewegungen.

„Und jetzt kommen Sie mit mir, ohne Aufsehen zu erregen. Anderenfalls sorge ich dafür, dass Sie einen recht unerfreulichen Abend erleben!" Er zögerte kurz. „Moment noch." Er ließ sie endlich los, wobei er ihr allerdings breitbeinig den Fluchtweg versperrte und argwöhnisch jede ihrer Bewegungen verfolgte. Dann griff er zu seinem Handy, um ein kurzes Telefonat zu führen.

„Hallo Lia, ich bin´s, es ist alles okay ... Wir sind auf dem Weg zum Hotel ..." Er lauschte auf die Stimme aus dem Hörer. „Eine Frau ... Bis gleich!"

Die Fremde ließ sich etwas widerwillig von ihm einhaken. Am rechten Arm die Frau, in der linken Hand die Reisetasche, begab sich Daniel zum Ausgang. Sie überquerten den Platz vorm Bahnhofsgebäude und gingen zum Hotel in der Nähe des Bahnhofs.

„Zappeln Sie nicht so herum, oder muss ich Ihnen noch mehr blaue Flecken am Arm verpassen?" Daniel blickte sie gereizt an; sein scharfer Ton verfehlte nicht die Wirkung auf seine Begleiterin. Folgsam trottete sie neben ihm her, als sie das Hotelfoyer durchquerten und zum Fahrstuhl gingen.

\*\*\*

Lia erwartete die beiden bereits im Hotelzimmer. Als Daniel sie angerufen hatte, war sie auf alles Mögliche gefasst gewesen; als er in Begleitung der Fremden eintrat, verschlug es ihr jedoch den Atem.

„Marita?" Ungläubig starrte sie die Frau an. Kein Zweifel, die Schwägerin stand ihr gegenüber; nachlässig, ja schlampig gekleidet, mit rotgeweinten Augen und sehr blassem Gesicht. Lia dachte an die stets gepflegt, wenn auch immer etwas langweilig wirkende Person, als die sie Bernds Schwester in Erinnerung hatte. Sie war Lia meist recht unfreundlich und voller Arroganz begegnet; Bernd hatte nur nachsichtig gelächelt, sobald Lia eine kritische Bemerkung über sie gewagt hatte. Lia musterte die Frau, der erneut Tränen in den Augen standen, und konnte ein Gefühl der Genugtuung nicht unterdrücken.

„Wie war das ... Sag bloß, ihr kennt euch!" Daniel sah verwirrt drein.

„Darf ich vorstellen, Marita Tiblert, meine Schwägerin!" Lia deutete mit einer Geste auf die schniefende Frau, die verlegen zu Boden blickte. „Bernds kleine, hochnäsige Schwester, du weißt schon!"

Daniels schüttelte empört den Kopf. „Ja, genau, von *der* hast du mir erzählt! Ist ja nicht zu fassen!" Er bedachte

Marita mit einem vernichtenden Blick. „Ist mir genau in die Arme gelaufen. Sie lungerte vorm Schließfach herum. Offenbar ist da aber noch jemand an der Sache beteiligt!" Er überlegte kurz, bevor er sich Marita zuwandte. „Wie heißt Ihr feiner Kumpel doch gleich? Jens?" Abwartend blickte er Marita ins Gesicht. „Wollen Sie ihn etwa noch in Schutz nehmen, nachdem er Sie offenbar im Stich gelassen hat?" Sein gereizter Tonfall verursachte einen erneuten Tränenausbruch bei Marita. Sie schniefte vernehmlich. Lia und Daniel sahen sie angewidert an; keiner der beiden machte Anstalten, Marita zu schonen. Diese ließ sich wie ein Häufchen Unglück erschöpft auf den am Fenster stehenden Sessel fallen.

„Sven", krächzte sie verzweifelt. Ihre Stimme klang heiser vom Weinen, und ihre Gesichtsfarbe hatte sich in ein fleckiges Rot verwandelt. Sie bot ein solch jammervolles Bild, dass Lia nun doch einen Anflug von Mitleid verspürte. Spontan hockte sie sich vor den Sessel und drückte ihrer Schwägerin ein Taschentuch in die zitternde Hand.

„Jetzt komm erstmal wieder auf den Teppich, Marita! Wir rufen nicht gleich die Polizei an. Aber wir verlangen, dass du endlich auspackst!" Sie machte eine Pause. „Und dann überlegen wir gemeinsam, wie es weitergeht." Sie strich ihr besänftigend über den Arm und erhob sich.

„Nun ist es aber genug, willst du sie vielleicht auch noch trösten? Wenn dieses Weibsbild nicht umgehend den Mund aufmacht, vergesse ich mich!" Daniel war in Rage.

Marita schüttelte hoffnungslos den Kopf, bevor sie mit schwankender Stimme sagte: „Er heißt Sven Cordler. Du kennst ihn, Lia." Sie sah Lia unsicher in die Augen; diese machte ein verdutztes Gesicht. „Nein ... Den Namen höre ich das erste Mal. Woher sollte ich ihn denn kennen?"

Marita kratzte sich verlegen am Kinn. „Naja, er hat mir doch erzählt, wie er dich kurz nach Bernds Tod getroffen hat ..." Sie stockte, fuhr dann zögernd fort. „Und dass ihr eine Weile zusammenwart!" Ein Gedanke durchzuckte sie. „Warte, ich habe ein Foto von ihm."

Sie suchte in ihrer Brieftasche; die etwas verwackelte Aufnahme war wenige Wochen zuvor entstanden. Marita hatte übermütig die bei einer Verlosung gewonnene Einmalkamera ausprobiert; die Reaktion Steffens auf den spontanen Schnappschuss war jedoch merkwürdig gewesen. Er hatte sofort grimmig die Augenbrauen zusammengezogen und von ihr verlangt, das Bild nach der Entwicklung umgehend zu vernichten. „Warum gönnst du mir nicht mal *ein* Bild von dir, ich habe noch nicht ein einziges, das ist nicht nett!", hatte sie erwidert. Er hatte sie nur mit einem eisigen Blick angesehen, der sie veranlasste, folgsam zu nicken. Seiner Anweisung war sie jedoch nicht gefolgt; das Bild hatte sie in einem Seitenfach ihrer Brieftasche verborgen.

Jetzt hielt sie es Lia entgegen. Diese nahm es ihr ab, um es eingehend zu betrachten. Dann zuckte sie mit den Achseln. „Wer auch immer das ist, den kenne *ich* jedenfalls nicht, Marita. Und zusammen mit ihm war ich ganz sicher auch nicht!" Sie sah ihre Schwägerin ratlos an. „Woher kennst du ihn denn überhaupt, wo wohnt er, was macht er ... Und vor allem, was bringt euch beide dazu, mich erpressen zu wollen?"

„Wer hat nun eigentlich dieses verflixte Tagebuch?", mischte Daniel sich ungeduldig ein. Er hatte Marita die ganze Zeit aufmerksam fixiert. Nun beugte er sich hinunter, um ebenfalls den Mann auf dem Foto zu betrachten.

„Das hat *er*", antwortete Marita kläglich. Dann begann sie mit leiser, brüchiger Stimme zu erzählen, wie er sich ihr als Schulfreund ihres Bruders vorgestellt hatte, wie er von sich und Lia erzählt hatte ... Wie sie gemeinsam den Plan ausgeheckt hatten, diese zu erpressen ...

„Jetzt wird mir einiges klar - das Schlüsselversteck auf dem Damenklo! Oh, Marita, auf was hast du dich bloß eingelassen, hast du das nötig?" Lia sah ihrer Schwägerin direkt in die Augen. „Ich weiß ja, dass ich dir ein Dorn im Auge war, das hast du mir deutlich genug zu verstehen gegeben. Aber diese Geschichte hier geht eindeutig zu weit!" Sie machte eine Pause, dann setzte sie hinzu: „Marita, das Geld aus der ersten Erpressung erwarte ich natürlich zurück! Wieviel hat er dir eigentlich gelassen?" Fragend sah sie Marita an.

„Na, die Hälfte, fünfzehntausend Euro!" Nach einer kurzen Pause fuhr Marita fort: „Selbstverständlich, das zahle ich zurück."

Lia lachte auf. „Fünfzehntausend? Ist ja ein Witz. Weißt du nicht, dass da insgesamt *fünfzigtausend* drin waren? Dann hat er dich wirklich gründlich auf den Arm genommen. Demnach hat *er* fünfunddreißigtausend behalten!"

Auf Maritas Gesicht malte sich fassungsloses Staunen. „Dieses Schwein ..." Ihr fehlten die Worte.

„Ja, dieses Schwein. Der hat dich nur ausgenutzt!" Lia sah sie mitleidig an. „Glaubst du immer noch, dass du ihm was bedeutest? Außer als Werkzeug für seine Zwecke?"

Daniel schaltete sich ein. „Mädels, ich schlage vor, wir fahren zu seiner Wohnung. Ist die hier in Hannover?"

Marita nickte ergeben. „Ja, am Stadtrand, ungefähr zwanzig Minuten mit dem Auto." Sie überlegte. „Mein Wagen steht nicht weit von hier, gleich hinter dem Bahnhof."

„Na dann ... Mein Name ist Daniel." Er streckte ihr versöhnlich die Hand entgegen. „Ich denke, es ist für uns alle besser, wenn wir uns bemühen, miteinander auszukommen! Wenn Sie allerdings faule Tricks versuchen ... Ich kann auch unangenehm werden."

„Ich werde keinen Ärger mehr machen, versprochen." Sie reichte ihm die Hand, während sie ihn verlegen anlächelte.

„Worauf warten wir noch? Der ist bestimmt schon längst auf und davon!" Lia wurde ungeduldig; sie drängte zum Aufbruch.

Als Lia in Maritas Fahrzeug auf den Rücksitz gequetscht saß - den Beifahrersitz hatte Daniel belegt, um seine langen Beine besser unterbringen zu können - und Hannovers Innenstadt am Fenster an ihr vorbeiglitt, kam ihr wieder das Foto in den Sinn. Der Schnappschuss ließ ihr keine Ruhe; dieses unerklärliche Empfinden, den Mann darauf *doch* schon einmal gesehen zu haben ...

*Klick!* Unvermittelt fiel es ihr ein; sie setzte sich abrupt auf. Natürlich, der Fremde in der Bahnhofshalle ... nur ohne Vollbart! Die erste Geldübergabe! Es war kein Zufall gewesen, dass er sie angesprochen hatte.

***

Sie hing ihren Gedanken nach, als das Fahrzeug langsamer wurde und schließlich vor einem schäbigen Wohnblock hielt, dessen ehemals weiße Fassade von unzähligen Schmierereien übersät war. Marita kurbelte hektisch am Lenkrad, um den Kleinwagen in eine schmale Parklücke hineinzumanövrieren, und rote Flecken bildeten sich auf ihrem Gesicht. Als der Wagen endlich stand, japste sie vernehmlich. Dann blickte sie in den Rückspiegel; ihr Blick begegnete dem Lias.

„Wir sind da! Da oben, in der dritten Etage ist es."

Sie standen ratlos vor der Wohnungstür. Wie befürchtet hatte niemand auf ihr wiederholtes Klingeln reagiert. Eine ältere Frau, schwer bepackt mit mehreren Einkaufstüten, kam mühselig den Flur entlang herangeschlurft. Als sie das Trio erreicht hatte, nickte sie den dreien einen kurzen Gruß zu. Sie blieb neben ihnen stehen, setzte die Tüten ab und begann, umständlich nach ihrem Schlüssel zu suchen. Nach einem Augenblick unterbrach sie sich und sah Marita fragend an: „Habe ich Sie nicht schon gesehen? Sind Sie nicht die Bekannte von Herrn ...? Dem netten jungen Mann nebenan?"

Lia hätte sich bei „dem netten jungen Mann" beinahe verschluckt, und sie verkniff sich eine gereizte Antwort. Die alte Dame konnte ja nicht wissen, wer da neben ihr wohnte; liebenswürdig lächelte Lia ihr zu.

„Wir wollten ihn besuchen, aber er scheint leider nicht zu Hause zu sein. Da kann man wohl nichts machen. Sie haben ihn nicht zufällig heute gesehen?"

„Hm ... Nein ... Aber da kommt gerade der Hausverwalter, vielleicht weiß der etwas!" Sie deutete mit dem Kopf auf einen Mann, der sich ihnen vergnügt pfeifend auf dem Flur näherte. Dann verschwand sie in ihrer Wohnung.

Nachdem Marita dem Fremden das Problem erläutert hatte, erklärte der ihr, dass die Wohnung mittlerweile leerstünde. Wenn sie wollten, könne er den Schlüssel holen, aber da sei nicht mehr viel zu sehen. Nein, wo der bisherige Mieter geblieben sei, könne er ihnen auch nicht sagen. Er habe wohl aus beruflichen Gründen wegziehen müssen.

„Wenn Sie mich jetzt entschuldigen wollen, aber ich habe leider noch etwas Dringendes mit einem Mieter zu besprechen." Der Mann wandte sich einer der anderen Wohnungstüren zu, den Blick in seine Unterlagen vertieft.

Lia, Daniel und Marita zogen ab wie begossene Pudel. Wieder am Auto, beratschlagten sie das weitere Vorgehen.

„Fahren wir erstmal zum Hotel zurück. Dann können wir alles in Ruhe besprechen!"

Daniels Vorschlag wurde befolgt; eine knappe halbe Stunde später saßen sie sich im Restaurant des Hotels gegenüber, jeder eine Tasse Kaffee vor sich.

Es wurde eine lange Aussprache, in deren Verlauf Marita immer wieder mit den Tränen zu kämpfen hatte. Schließlich einigte sie sich mit Lia darauf, dass sie dieser die bereits erhaltenen fünfzehntausend Euro in den nächsten Tagen zurückerstatten würde. Mit dem restlichen Geld war Maritas einstiger Gefährte auf und davon; Lia würde es vermutlich niemals wiedersehen.

Ein verkaterter, unrasierter Steffen schälte sich am Samstagmorgen aus seinem Pkw. Die Nacht darin war alles andere als bequem gewesen; durch seine verkrampfte Körperhaltung über mehrere Stunden hinweg schmerzten ihn sämtliche Gliedmaßen. Zudem war es bereits empfindlich kühl zu dieser Jahreszeit; fröstelnd zog er seinen Parka enger um den Körper. Zerschlagen und mürrisch kroch er aus dem Fahrzeug, das, mit dem Vorderteil halb in einen Busch hineingefahren, auf einem Waldweg parkte.

Nachdem Lia am Vortag wie erwartet in den Toilettenräumen des Bahnhofs verschwunden war und kurz darauf wieder auftauchte, war Steffen ihr auf den Fersen geblieben. Er hatte sie nicht aus den Augen gelassen, als sie sich am Kiosk eine Zeitung kaufte. Er war ihr zum Ausgang gefolgt und hatte beobachtet, wie sie über den Bahnhofsvorplatz schritt, die Fahrbahn überquerte und auf der gegenüberliegenden Straßenseite im Hotel verschwand. Offenbar hatte sie nicht die Absicht, die Stadt sofort wieder zu verlassen; hoffte sie, ihm doch noch auf die Schliche zu kommen?

Ihren Freund, diesen ... Daniel, so hieß er doch? Jedenfalls, den hatte er trotz intensiver Ausschau nirgends entdecken können, bis ... Ja, bis er Marita am Schließfach mit ihm ringen sah! Steffen hatte zunächst Zweifel, ob er wirklich Daniel wahrgenommen hatte; als er die beiden

155

dann jedoch ebenfalls das Hotel betreten sah, wusste er, der Bärtige konnte nur Lias Partner sein. Hatte *der* nicht auch schon am Zeitungskiosk gestanden? *Verdammt, Steffen, alter Knabe, du wirst unaufmerksam.* Er schüttelte verdrossen den Kopf.

Tja, diesmal hatte Lia ihn reingelegt. Marita würde mit Sicherheit auspacken; ihm blieb nur, unauffällig das Weite zu suchen! Nachdem er mit der U-Bahn einige Stationen zurückgelegt hatte, um zu seinem Auto zu gelangen, hatte er den Stadtbezirk verlassen und war ziellos über einsame Landstraßen gefahren. Er hatte sich in eine Dorfkneipe gesetzt und, ganz gegen seine Gewohnheit, den Frust in reichlich Alkohol ertränkt. Irgendwann war er zu seinem Auto zurückgewankt, noch ein paar Meter in Schlangenlinien in den nahen Wald hineingefahren und hatte sich dann auf dem Sitz ausgestreckt.

Er gähnte ausgiebig. Die klare, kalte Luft wirkte ernüchternd auf ihn. Er spürte einen unangenehmen Geschmack im Mund und ein Grummeln in der Magengegend; ein glühendes Eisen schien außerdem bei jeder Bewegung seinen Schädel zu durchstoßen.

Er erleichterte sich im nahen Gebüsch. Als er zurücktrat, schnellte ein dünner Zweig mit großer Wucht zurück und hinterließ eine blutige Schramme auf seiner Wange. Er stieß einen lauten Fluch aus, während er mit dem Finger die Wunde betastete. Gleichzeitig merkte er, wie sein Mageninhalt unaufhaltsam in seiner Kehle aufstieg. Er schaffte es noch soeben, seine Jacke beiseite zu halten, bevor er sich vornüberbeugte und würgend übergab. Trotzdem landeten einige unappetitliche Spritzer des Erbrochenen auf dem Parka. Er spürte kalten Schweiß auf der Stirn und musste sich an einem Baum festhalten; um ihn herum schien sich alles zu drehen.

*Oh Junge, so schlecht war mir lange nicht mehr ... Dieses verdammte Weibsbild ist schuld, dass ich mich hab volllaufen lassen ...*

Jetzt stand er hier auf einem verlassenen Waldweg und überdachte die Lage. Er hatte keinerlei Kleidung zum Wechseln bei sich und verspürte überdies das dringende Bedürfnis, eine heiße Dusche zu nehmen. Er fuhr sich über das Kinn und befühlte die Bartstoppeln; er musste abscheulich aussehen!

Lediglich um sich das Geld zu schnappen, war er gestern aus Hamburg hierher gefahren. An einen längeren Aufenthalt in Hannover hatte er keinen Gedanken verschwendet; sobald Marita überlistet wäre, wollte er auf und davon sein.

Nun ja, er war allerdings immer noch hier, statt entspannt in seiner Hamburger Penthousewohnung am Frühstückstisch zu sitzen. Gedankenverloren rieb er sich die Stirn. *Zurück zur Innenstadt, mal sehen, ob ich die beiden irgendwo entdecke, wo sie übernachtet haben, weiß ich ja. Wer weiß, ob sich nicht irgendeine Möglichkeit ergiebt, sich das Geld doch noch zu holen ... und dabei diesem Daniel eins auf die Nase zu geben!*

Steffen stieg wieder in sein Auto und zog die Tür zu. Er startete den Motor, legte den Rückwärtsgang ein und lenkte das Fahrzeug aus dem Brombeergestrüpp heraus, in dem es fast bis zur Windschutzscheibe verschwunden war. *Meine Güte, wie hab ich denn geparkt letzte Nacht, das gibt auch noch Kratzer im Lack.* Er betrachtete grollend die Spuren auf der Kühlerhaube, dann wendete er und steuerte den Wagen in Richtung Straße.

Die graue, etwas schief in den Angeln hängende Tür führte in einen winzigen Raum, dessen ehemals weiße Kacheln im Laufe der Zeit einen Schmutzschleier angenommen hatten. Ein innen bräunlich verfärbtes Klosett verströmte einen unangenehmen Geruch. Steffen rümpfte die Nase, beugte sich dann über das ebenso unansehnliche, mit Dreckspritzern übersähte kleine Waschbecken und drehte den Wasserhahn auf. Er fing das herauströpfelnde Nass mühsam mit den Händen auf, um es sich wieder und wieder ins Gesicht zu spritzen. Mit dem Jackenärmel wischte er Tropfen weg und starrte schließlich missmutig sein Spiegelbild an. Er fuhr sich mit den Fingern durch die wirren Haare; vergeblich, sie ragten widerspenstig in alle Richtungen. Für einen Moment schloss er die Augen und stand mit gesenktem Kopf und herunterhängenden Armen da. Dann straffte er den Oberkörper, holte tief Luft und öffnete die Tür, um ins Freie zu gehen. Er schloss ab und betrat den Verkaufsraum der Tankstelle, um den WC-Schlüssel dort wieder abzugeben. Nachdem er sich noch mit mehreren Schokoriegeln eingedeckt hatte, ließ er sich in sein Auto fallen. Die Süßigkeiten waren im Nu verzerrt; mit einem Becher Kaffee beendete er sein spartanisches Frühstück.

Der silberfarbene Wagen der oberen Mittelklasse setzte sich erneut in Bewegung. Bald wäre er am Hauptbahnhof; dann würde er ... Hm, das bliebe abzuwarten.

\*\*\*

Daniel hörte noch, wie die Tür des Hotelzimmers zuklappte, bevor er im Bad verschwand. Lias Erkältungssymptome hatten sich verschlimmert; er hatte ihr angeboten, zur Apotheke zu gehen, um Medikamente zu besorgen. Da sie jedoch im Gegensatz zu ihm bereits geduscht hatte und bekleidet war, beschloss sie, den Weg selbst zu übernehmen. Ein wenig frische Luft würde wohl nicht schaden. Danach könnten sie gemeinsam frühstücken.

Lia trat aus dem Hotel. Nicht weit davon entfernt war eine Apotheke; Lia spürte, wie angeschlagen sie war, als sie die wenigen Schritte über die Straße zurücklegte. Die Angestellte warf nur einen kurzen Blick auf Lia, bevor sie mit sicherem Griff einige Präparate aus dem Arzneimittelschrank hervorholte und vor ihrer Kundin aufreihte.

Die Medikamente in der Hand, verließ Lia die Apotheke. Sie bemerkte nicht den Mann, der ihr wie ein Schatten folgte, kaum dass sie aus der Tür trat. Nach wenigen Metern hatte er sie eingeholt.

„Entschuldigen Sie, Sie haben da was verloren!" Die Stimme war direkt neben ihr, und Lia fuhr erschrocken zusammen. Im nächsten Augenblick spürte sie einen Arm in ihrem Rücken und eine Hand, die sich um ihre Taille legte. Als sie entsetzt zur Seite wich, sah sie das Messer in seiner anderen Hand und erstarrte; er ließ den Arm sinken, die Waffe unauffällig nach unten haltend. Sie blickte in zwei dunkelbraune Augen, die auf sie gerichtet waren. Eine schwache Alkoholfahne wehte ihr entgegen, als der Mann mit barscher Stimme fortfuhr: „Ich schneide Ihnen die Kehle durch, wenn Sie auch nur einen Laut von sich geben! Los, vorwärts!" Er drängte sie weiter. Lia wollte schreien, aber sie brachte keinen Ton heraus; ihre Beine drohten nachzugeben. Sie schwankte.

„Verdammt, nun reißen Sie sich mal zusammen!" Er schob sie unerbittlich weiter, bis sie vor einem silbergrauen Auto haltmachten. Dort verbarg er das Messer in seiner Jacke und bediente die Zentralverriegelung.

„Los, reinsetzen und rüberrutschen!" Sein Tonfall duldete keinen Widerspruch; er drängte sie auf der Fahrerseite ins Auto hinein. Sie sank hinter das Lenkrad und krabbelte dann mühsam auf den Beifahrersitz. Im Handumdrehen saß er neben ihr auf dem Fahrersitz, zog hastig die Tür hinter sich zu und startete den Wagen. Bevor Lia auch nur den Versuch machen konnte zu fliehen, setzte sich das Fahrzeug bereits in Bewegung. Ihr Entführer trat auf das Gaspedal, und der Pkw schoss vorwärts. Die Limousine glitt rasch durch das Stadtgebiet, wobei sie die meisten Ampeln noch knapp bei Gelb passierte. Als sie an einer großen Kreuzung gezwungen waren zu halten, versuchte Lia das Schwindelgefühl, das sie erfasst hatte, zu bekämpfen. In den vergangenen Minuten hatte sie wie betäubt auf dem Beifahrersitz gehockt, unfähig sich zu rühren. Nun öffnete sie langsam die Augen und dachte angestrengt nach. *Schnell die Tür aufreißen und weglaufen? Weit werde ich vermutlich nicht kommen. Meine Beine fühlen sich an wie Pudding ...* Doch bevor Lia einen Entschluss fassen konnte, setzte sich der Wagen wieder in Bewegung. *Verflixt! Chance vertan.*

Sie wandte den Kopf, um den Mann zum erstenmal genauer zu betrachten. Das war doch ... richtig, etwas zerzaust, aber unverkennbar: der Mann, der auf Maritas Foto zu erkennen gewesen war!

Sie holte tief Atem. Nun wurde ihr klar, was er wollte. Wie hieß er doch gleich ... Sven!

Er spürte ihre Augen auf sich gerichtet und warf ihr einen raschen, eindringlichen Seitenblick zu. Dann konzentrierte er sich wieder auf die Straße. Wortlos steuerte er das Fahrzeug durch den dichter werdenden Verkehr, während Lia sich den Kopf zerbrach, wie sie ihm entkommen könnte. Sie gelangten in die Randbezirke der Großstadt; schließlich stoppte er am Straßenrand.

Als er ihre Hand zum Türgriff zucken sah, schüttelte er nur den Kopf.

„Versuchen Sie´s gar nicht erst, ich hätte Sie doch sofort wieder eingeholt! Brav sein, dann passiert Ihnen nichts."

Er tippte eine Nummer in sein Handy. „Guten Morgen, mein Schatz!" Nach einem Moment der Stille keifte eine Frauenstimme aus dem Hörer; er verzog das Gesicht und hielt das Gerät ein Stück vom Ohr weg.

„Nun reg dich ab! Hör zu ..." Weiter kam er nicht, das wütende Schimpfen vom anderen Ende der Leitung unterbrach ihn. Er setzte erneut an zu sprechen, doch vergeblich. Schließlich trat unvermittelt Ruhe ein; seine Gesprächspartnerin hatte aufgelegt. Er starrte wütend das Handy an, um dann ein weiteres Mal die Nummer zu wählen. Als wieder abgenommen wurde, zwang er sich sichtlich, gelassen zu bleiben.

„Liebes, ich möchte, dass wir uns wenigstens noch

einmal treffen! Gib mir die Chance, dir alles zu erklären!"

Er lauschte auf die Antwort, die aus dem Hörer klang. „Ich bin hier in unserem Stammcafé, du weißt schon ..."

Nur zögernd erklärte seine Gesprächspartnerin sich einverstanden, und er fuhr fort: „Also gegen zehn Uhr. Ich warte auf dich!"

Er warf einen Blick auf die Uhr, als er das Handy wieder verstaute. Dann wandte er sich Lia zu und grinste. „Klappt doch prima. Sie sehen, alles gut organisiert!" Er betrachtete sie aufmerksam: „Sie sehen ein wenig gestresst aus. Hatten Sie gestern etwa eine unerwartete Begegnung mit einer alten Bekannten?"

Lia starrte ihn an und erwiderte nur: „Scheißkerl."

„Na, na, warum denn so unfreundlich? Ihnen ist doch nichts abhanden gekommen. Mir schon! Aber keine Angst, ich hole es mir." Er sah zur Uhr. „Noch ein wenig Geduld. Kann nicht mehr lange dauern." Lias Blick folgte seinem; er beobachtete die beschauliche Wohnstraße, die durch ein Reihenhausviertel verlief. Winzige Gärten, voneinander abgeteilt durch halbhohe Zäune und Büsche, boten dem Auge ein wenig Grün zwischen dem tristen Einerlei der gleichförmigen schmalen Reihenhäuser. Sie standen, zu je fünf Gebäuden aneinandergeschmiegt, in langen Reihen an der Straße entlang. Die fantasielose, lediglich auf Zweckmäßigkeit durchdachte Planung auf dem Reißbrett war ihnen deutlich anzusehen.

Nun öffnete sich eine der schmucklosen Türen. Eine durch die Büsche nur recht undeutlich zu erkennende Person trat aus dem Haus, schloss ab und ging zur nahen Garage. Diese befand sich hier unmittelbar neben dem

Gebäude, da es das Reihenendhaus war. Die Garagentür wurde geöffnet, anschließend verschwand die Person aus Lias Sichtfeld.

„Marita?" Lia setzte sich ruckartig im Sitz auf; im nächsten Augenblick spürte sie eine Hand, die schmerzhaft ihren Arm umklammerte. Dann sah sie, wie erneut das Messer aufblitzte. Die scharfe Klinge berührte ihre Kehle, und Lia sackte langsam wieder in den Sitz zurück.

Der aufheulende Motor verriet ihnen, dass Marita die Auffahrt hinunterfuhr, und gleich darauf sahen sie einen weißen Kleinwagen um die Kurve biegen. Eilig schoss das Fahrzeug davon.

„Auf Frauen ist Verlass!" Der Mann neben ihr lachte höhnisch. „Warten wir lieber noch eine Weile, wer weiß, ob sie nicht was vergessen hat. So schusselig, wie sie ist."

„Was haben Sie vor? Das Geld ist nicht hier, das trage ich nicht in der Jackentasche mit mir herum!" Lia starrte ihm ungehalten ins Gesicht. Er erwiderte ihren Blick, ohne eine Miene zu verziehen. Seine dunklen Augen schienen sie zu durchbohren; Lia spürte, wie sie eine Gänsehaut bekam. Diese Augen ... Und dann, wie in einer Überblendung, stieg wieder die Erinnerung in ihr auf. Der maskierte Einbrecher, wie er damals vor ihr gestanden und sie durch die Sehschlitze hindurch angestarrt hatte. Sie schnappte entsetzt nach Luft, als ihr schlagartig klar wurde, wer da eine Handbreit entfernt neben ihr saß! Ihr trat Schweiß auf die Stirn.

Er nahm die Veränderung in ihrem Gesichtsausdruck wahr und musterte sie forschend. „Ist irgendwas?"

„Der Ring ... Den haben *Sie* damals mitgenommen!" Lia

163

drohte die Stimme zu versagen.

Als ihm der Zusammenhang aufging, verzogen sich seine Lippen zu einem breiten Lächeln, das allerdings rasch wieder verschwand. Er erwiderte nichts. Dann sah er zur Uhr, um anschließend einen prüfenden Blick in die Runde zu werfen. Nichts rührte sich; das Viertel lag da wie ausgestorben.

„Los, aussteigen! Und da Sie jetzt im Bilde sind, was Ihnen blüht, wenn Sie nicht mitspielen ..."

Sie nickte beklommen. „Bitte nicht ..." Sie konnte ein vernehmliches Schniefen nicht unterdrücken.

Mechanisch schlich sie neben ihm entlang zur Haustür; seine Finger umklammerten unsanft ihren Arm. Am Eingang angekommen, förderte er einen Schlüssel zutage und öffnete die Tür.

Rein da!" Lia vorwärtsstoßend, knallte er die Haustür hinter sich zu. Er ließ ihr keine Gelegenheit, sich umzusehen, sondern machte sich nur wenige Schritte entfernt an einer schmalen Innentür zu schaffen. Dahinter knipste er einen Lichtschalter an, mit der Rechten schob er Lia drängend weiter. „Achtung Treppe! Nicht, dass Sie sich noch langlegen, und ich den Krankenpfleger spielen muss."

Lia stolperte vor ihm unsicher die engen Stufen hinunter, ängstlich bemüht, nicht zu fallen. Unten angekommen, dirigierte er sie rechtsherum durch eine nur angelehnte Tür hindurch in einen Kellerraum. Lia bemerkte eine Waschmaschine und einen auseinandergeklappten Wäscheständer sowie eine alte Holztruhe an der Wand. Schon waren sie zu einer weiteren Tür gelangt, die geschlossen war. Ein Bügelbrett lehnte dagegen; Steffen stellte es rasch beiseite und drückte die Klinke hinunter. Die Tür schwang auf und gab den Blick frei auf ein beispielloses Durcheinander: Kartons, Koffer, ein Schirmständer, Reste von Tapeten, Farbeimer samt eingetrockneten Pinseln, zusammengerollte Teppiche, ein defekter Fernseher, eine fleckige Wolldecke - alles zusammen bildete einen Gerümpelhaufen, der den schmalen Raum zu zwei Dritteln ausfüllte. Durch vier Glasbausteine, von denen einer ein Stück weit geöffnet war, fiel spärliche Helligkeit. Steffen betätigte den

Lichtschalter neben der Tür, und eine nackte Glühlampe an der Zimmerdecke beleuchtete das Tohuwabohu. Staub und Spinnweben hatten sich im Laufe der Zeit über alles gelegt; einige dicke, schwarze Spinnen hockten an den Wänden. An der Schmalseite des Raumes, direkt unter den Glasbausteinen, befand sich eine durchgelegene Liege. Auch sie war mit einer dicken Staubschicht bedeckt. Ein Stapel alter Zeitschriften lag am Fußende.

„Na, das ist ja fast so gemütlich wie Ihr Hotelzimmer! Willkommen in Maritas behaglichem Heim. Sie sehen, ich verwöhne Sie, haha!"

Lia starrte ihm entgeistert ins höhnische Gesicht, dann fuhr sie ihn unvermittelt an: „Du eiskaltes Schwein, willst du mich hier verschimmeln lassen? Ich ..." Sie ging auf ihn los; Verzweiflung und Angst, gepaart mit Wut, verliehen ihr ungeahnte Kräfte. Die Hände vor sich ausgestreckt, versetzte sie ihm einen so heftigen Stoß vor die Brust, dass er nach hinten taumelte und fast über einen Koffer gestolpert wäre. Im letzten Moment fing er sich und schnappte dann mit einem Hechtsprung nach ihrem Arm, um sie am Weglaufen zu hindern. Er riss sie zurück; durch den Schwung prallte sie gegen ihn und er mit dem Hinterkopf gegen den Türrahmen. Er stieß einen Schmerzensschrei aus, lockerte aber nicht den Griff um ihr Handgelenk. Sie unternahm einen erneuten Versuch, sich loszureißen, jedoch vergeblich. Unsanft packte er ihre Arme und zwang sie ihr hinter den Rücken, wobei er ihren hilflosen Tritten gegen sein Schienbein geschickt auswich.

„Hinsetzen!" Er stieß sie auf die alte Liege. Staub wirbelte auf, als Lia auf das wacklige, ächzende Gestell knallte. Steffen sah sich suchend um und zog dann grinsend ein meterlanges, zusammengerolltes Seil hervor, das halb vom Gerümpel verdeckt auf dem Betonfußboden lag.

„Das wird wohl reichen, um dich zu einem handlichen Paket zu verschnüren. Und ... Ach ja, das ist auch gut zu gebrauchen!" Er hielt eine halbe Rolle Klebeband hoch, die auf dem Zeitschriftenstapel gelegen hatte.

„Marita sei Dank. Schreien wird dir schwerfallen!" Mit diesen Worten beugte er sich über Lia, um sie zu fesseln.

„Bitte ... Darf ich wenigstens noch vorher zur Toilette? Ich ..." Sie senkte den Kopf und fing leise an, zu weinen.

Steffen betrachtete sie einen Augenblick, dann warf er einen kritischen Blick auf seine Uhr. Marita würde bald zurück sein, nachdem sie vergeblich auf ihn gewartet hätte. Aber er konnte Lias Bitte schlecht abschlagen; sie hockte wie ein Häufchen Elend vor ihm.

„Dann komm mit, aber beeil dich!" Er hielt sie fest, als sie abermals den vorderen Kellerraum durchquerten. Statt zur Treppe schwenkte er nach links ab, wo sie zu einem winzigen Toilettenraum gelangten. Ein altmodisches Klo und ein kleines Waschbecken bildeten die einzige Ausstattung. Während Lia ihr Geschäft verrichtete, bewachte Steffen die Tür. Als er jedoch hörte, wie sie anschließend minutenlang das Wasser laufen ließ, verlor er die Geduld. Er riss die Tür auf.

„Jetzt reicht´s aber allmählich, ich hab nicht den ganzen Tag Zeit!" Ein Blick in ihr vom Weinen gerötetes Gesicht ließ ihn etwas milder fortfahren: „Ist doch alles nur für kurze Zeit, ich hole dich bald wieder hier raus. Aber nun komm endlich." Lia drehte den Wasserhahn zu, schniefte ein paarmal und trottete zurück in das vollgestellte Kellerloch, gefolgt von Steffen. Er achtete sorgsam darauf, ihr keine Fluchtmöglichkeit zu bieten. Sobald sie in dem düsteren Verlies angekommen waren, befahl er ihr, sich mit dem Gesicht zur Wand auf die Liege zu legen; zögernd kam sie seiner Anordnung nach. Er band ihr die Hände auf dem Rücken zusammen und führte dann den Strick zu ihren Füßen hinunter, um diese ebenfalls zu fesseln. Das Aufstehen war ihr nun nicht mehr möglich.

„Hast du Durst? Dann sag es jetzt, in den nächsten Stunden kriegst du nämlich nichts zu trinken!" Er beugte sich über die nahezu bewegungsunfähig auf der Seite liegende Lia, um ihr ins Gesicht zu sehen. Sie schüttelte nur den Kopf; daraufhin riss er einen Streifen Klebeband von der Rolle ab und drückte ihn Lia auf den Mund.

Dann schaute er sich im Keller um und griff zu der Wolldecke, die zusammengefaltet auf dem alten Fernseher lag. Er schüttelte kurz die Staubflocken heraus, bevor er Lias regungslosen Körper damit zudeckte.

„Warm genug so?" Als Antwort vernahm er ein gequältes Husten. Steffen zögerte, dann zog er seine Jacke aus und breitete sie über Lias Oberkörper. Erneut beugte er sich über sie und streichelte spontan ihre Wange. „Keine Angst, ich lass dich hier nicht verrecken ... Ich bin bald wieder da." Damit richtete er sich auf und verließ dann eilends den Raum, nachdem er das Licht ausgeschaltet hatte. Nach einem kurzen Blick über die Schulter zu Lia, die nun im Halbdunkel unter den Glasbausteinen lag, schloss er die Tür hinter sich. Er lehnte das Bügelbrett wieder dagegen und sah sich prüfend um. Nichts deutete auf seinen ungebetenen Besuch hin. Zudem wusste er, dass Marita höchst selten in den hinteren Teil des Kellers ging; die Gefahr, dass sie Lia dort entdeckte, war gering. Steffen verließ den Keller und stieg die Treppe hoch.

Kaum im Flur angekommen, hörte er das Garagentor zuklappen. *Marita! Verdammt, was wollte die denn schon hier? Sie durfte ihn nicht sehen ...* Er überlegte kurz. Er musste sich irgendwo verbergen! Die Räumlichkeiten des Reihenhauses waren ihm alle vertraut, denn er hatte sich des Öfteren hier aufgehalten. Am besten ins Gästezimmer - das lag direkt neben der Haustür; so hatte er die Chance, später unbemerkt zu entwischen. Er war kaum in den Raum hineingeschlüpft, da hörte er Marita bereits am Eingang.

*Ich hab nicht abgeschlossen, sie wird wohl glauben, dass sie selbst es in der Eile vergessen hat ...* Er lauschte den Geräuschen im Korridor. Im nächsten Moment ging die Zimmertür auf; Steffen hatte nicht bedacht, dass Marita ihre Schuhe in diesem Raum aufbewahrte! Nun wollte sie an den Schuhschrank, der in der Ecke stand. Ihre Stiefel in den Händen, marschierte sie zielstrebig herein und blieb wie angewurzelt stehen, als sie unvermittelt Steffen vor sich hatte.

Er wollte die Flucht an ihr vorbei antreten. Jedoch rechnete er nicht damit, dass sie wütend mit den Stiefeln auf ihn einschlug, nachdem sie den ersten Schrecken überwunden hatte. „Du Mistkerl! Ich hasse dich!" Ein spitzer Absatz traf ihn an der Stirn. Er hob schützend die Hände vor das Gesicht. Marita drosch ziellos auf ihn ein, bis er sie schließlich packen konnte. Er schleuderte ihre Stiefel auf den Boden und umschlang ihren Körper mit beiden Armen so fest, dass sie sich kaum noch zu rühren vermochte.

„Jetzt beruhige dich endlich! Kein Grund, mich totzuschlagen mit den spitzen Dingern!" Er spürte, wie sie vor Wut zitterte. Auf einen erneuten Ausbruch gefasst, hob er seine rechte Hand langsam hoch und streichelte behutsam ihre Wange. Allmählich entspannte sich ihr Körper; ihre Wut verflog und ging in haltloses Schluchzen über. Seine Zärtlichkeiten verfehlten nicht die beabsichtigte Wirkung.

Er ließ sie weinen. Irgendwann durchzuckte ein Gedanke ihr Gehirn: „Wie kommst du überhaupt hier rein?" Die Antwort gab sie sich gleich darauf selber: „Ach richtig, der Zweitschlüssel. Den gibst du mir aber bitte zurück!"

„Schatz, daraus schließe ich, dass du die Nase voll hast von mir? Lass mich doch erstmal einiges erklären." Er räusperte sich.

Sie wandte sich zu ihm um. „Ich glaube, da gibt`s nicht mehr viel zu erklären. Du ..." Die Stimme versagte ihr; geräuschvoll schniefte sie.

„Darf ich dir wenigstens noch etwas zeigen? Ist in deinem Keller. Und dann bist du mich los. Versprochen!"

Neugierig blickte sie auf. „Was ... na, meinetwegen."

Auf dem Flur schlüpfte sie zunächst in ihre warmen Tigerfellhausschuhe, was Steffen veranlasste, hinter ihrem Rücken genervt die Augen zu verdrehen. *Oh nein, diese grässlichen Dinger.*

Unten angekommen, lotste er sie zum hinteren

Kellerraum. Fragend sah sie ihn an, als er sie bat, das Bügelbrett zur Seite zu stellen und die Tür zu öffnen.

„Was soll denn da sein?" Arglos wie immer, folgte sie gehorsam seinen Anweisungen.

Als das Licht den Raum erhellte, sah sie die leise wimmernde Gestalt auf der Liege.

„Oh mein Gott ... Lia ...?" Weiter kam sie nicht. Steffen gab ihr einen Stoß, der sie vorwärts strauchern und über einen zusammengerollten Teppich fallen ließ. Sie ging zu Boden. Steffen beugte sich über sie; in der Hand hielt er ein Stück Wäscheleine, um sie ebenfalls zu fesseln. Da schaltete sie blitzschnell und bemühte sich, ihm mit ganzer Kraft zwischen die Beine zu treten. Sie erwischte ihr Ziel nicht mit voller Wucht, da er auszuweichen versuchte. Der Tritt war jedoch schmerzhaft genug, um ihn für einen Moment aufzuhalten. Er verzog das Gesicht, krümmte sich und presste seine Hand auf die getroffene Stelle.

Marita ergriff die Gelegenheit, um aufzuspringen und aus dem Raum zu eilen. Im Laufen warf sie ihm das neben dem Türrahmen lehnende Bügelbrett vor die Füße. Steffen fiel lang auf den Boden, als er darüber stolperte, und fluchte. Marita rannte durch den großen Kellerraum, betätigte im Vorüberhasten den Lichtschalter und verschwand auf der Treppe. Steffen rappelte sich auf und stand fast völlig im Dunkeln; nur das spärliche Licht, das durch den inzwischen beinahe wieder vollständig vom Efeu überwucherten Kellerschacht fiel, erhellte den Raum notdürftig. Tastend bahnte sich Steffen den Weg durch den Keller, wobei er mehrfach irgendwelche Gegenstände anrempelte.

\*\*\*

Marita hatte die Sekunden genutzt, die Steffen benötigte, um die Verfolgung aufnehmen zu können. Sie hatte ihre Jacke vom Garderobenhaken gerissen; in der Jackentasche befanden sich Schlüssel und Handy. Dann war sie aus der Haustür gestürzt, hatte diese mit lautem Krachen hinter sich zugeschlagen und war halb um das Gebäude herum zur Garagentür gelaufen. Die zitternden Finger versagten ihr fast den Dienst, als sie versuchte, die Tür zu öffnen. Endlich gelangte sie in das Innere der Garage, drängte sich an ihrem Fahrzeug vorbei und schwang das Tor auf. Gleich darauf saß sie in ihrem Auto, um umgehend zu starten und mit quietschenden Reifen im Rückwärtsgang schlingernd das Gelände zu verlassen.

Steffen gelangte in dem Augenblick zur Garage, als das Auto vom Grundstück schoss und auf die Straße bog. Er vernahm noch den aufheulenden Motor, als Marita panisch den Vorwärtsgang einlegte und Gas gab. Er spurtete um die Garage herum und die Auffahrt hinunter, um zu seinem eigenen Wagen zu laufen; das weiße Fahrzeug verschwand soeben um eine Hausecke.

Während er den Autoschlüssel aus der Hosentasche zerrte, eilte Steffen seinem in einiger Entfernung geparkten Auto entgegen; dann stoppte er jedoch unvermittelt, um sich langsam umzudrehen und zum Grundstück zurückzuschlendern. Am Zeitungskasten, der am Zaun hing, blieb er stehen und sah scheinbar interessiert hinein. Dabei beobachtete er aus dem Augenwinkel, wie ein Fahrzeug langsam die Straße entlangkam und an ihm vorüberrollte. Die beiden Polizisten darin warfen dem Mann am Zaun einen gelangweilten Blick zu und fuhren weiter. Ein Hausbewohner am Zeitungskasten, eine geöffnete Autogarage; kein Grund, ihren Dienst zu unterbrechen.

Steffen schimpfte leise; die Chance, Marita eventuell noch zu erwischen, war dahin. Prüfend betrachtete er die Umgebung. Doch Maritas wilde Flucht schien keine Aufmerksamkeit erregt zu haben. Nichts rührte sich.

Er ging nachdenklich zurück, schloss das Garagentor und betrat dann wieder das Haus.

Die Idee, die ihm unversehens in den Sinn gekommen war, als er Lia zufällig in der Apotheke hatte verschwinden sehen, war vielleicht doch etwas gewagt. Er hatte spontan gestoppt und sich Lia geschnappt. Nun lag sie gefesselt und offenbar krank im Keller der Frau, die soeben vor ihm geflüchtet war. Was würde Marita jetzt anstellen? Er musste Lia umgehend wieder herausholen und dann sehen, dass sie sich davonmachten. Nur wohin?

Während er die Treppen zum Keller hinabstieg, überlegte er fieberhaft, was er mit Lia beginnen sollte. Er vernahm ihr mühsames Atmen, als er auf die Liege zuging. Sie spürte, wie sich ihr Peiniger erneut näherte und erschauerte. Behutsam nahm er seinen Parka sowie die schmuddelige Wolldecke von ihrem Körper. Dann zog er ihr vorsichtig das Klebeband ab und löste die Fesseln. Ungläubig sah sie ihn an, als er ihr fürsorglich half, sich aufzusetzen. Er bemerkte, wie durchfroren sie aussah und reichte ihr erneut seine Jacke; nur zögernd schlüpfte sie hinein.

„Kannst du aufstehen? Komm, ich helfe dir. Wir müssen hier raus, und zwar schnell ..." Steffens Stimme hatte einen drängenden, gehetzten Ton.

Lia vermutete richtig, dass Marita ihm entwischt war. Sie konnte nur hoffen, dass die ihr helfen würde! Was hatte dieser Irre jetzt mit ihr vor?

Steffen ließ sie vorangehen, während er jede ihrer Bewegungen argwöhnisch beobachtete. Sie kamen an Maritas Vorratsraum vorbei; Steffen veranlasste Lia, hineinzugehen. Er folgte ihr und schaltete die Beleuchtung ein. Wohlgefüllte lange Regale zogen sich an der Wand hin.

„Wir brauchen etwas zu essen. Nimm dir, was du möchtest, sonst musst du eine Weile hungern!" Steffen griff sich so viele Konservenbüchsen, wie er tragen konnte.

Mit gemischten Gefühlen tat Lia es ihm nach; ihre Schwägerin zu bestehlen, widerstrebte ihr.

„Warte." Er beugte sich zu einem halbvollen Kasten mit Mineralwasserflaschen hinunter und legte seine Ausbeute an Konservendosen obendrauf. Lia packte mehrere Gläser mit eingemachtem Obst dazu, und mit vereinten Kräften schleppten beide die schwere Last die Kellertreppe hinauf.

Auf dem Weg zu Steffens Fahrzeug schoss Lia kurz der Gedanke durch den Kopf, den Wasserkasten einfach fallen zu lassen und einen Fluchtversuch zu wagen; sie verwarf den Plan jedoch gleich wieder. *Lieber nicht ... Das macht ihn fuchsteufelswild, und außerdem holt er mich sofort wieder ein ... vielleicht bei einer späteren Gelegenheit ...* Sie konnte ein Seufzen nicht unterdrücken.

Steffen schaute ihr forschend ins Gesicht: „Wir haben´s gleich geschafft!"

Gemeinsam hievten sie die Lebensmittel in seinen Kofferraum. Dort lag auch Steffens Joggingjacke, die er sich jetzt überwarf.

Als sie im Fahrzeug saßen, startete er nicht gleich den Motor, sondern sah Lia einige Sekunden lang mit einem unbestimmbaren Gesichtsausdruck an. Schließlich drehte er den Zündschlüssel, legte den Gang ein und setzte den Wagen in Bewegung, einem ungewissen Schicksal entgegen.

Daniel starrte mit leerem Blick aus dem Fenster. Seit fast einer Stunde war Lia verschwunden! Er war aus dem Bad gekommen, nachdem er sich ausgiebig rasiert und geduscht hatte. Als er den Schlafraum betrat, war Lia noch nicht zurückgekehrt, und ein Gefühl der Besorgtheit überkam ihn, das ihn zunehmend unruhiger werden ließ. Nachdem er in seine Kleidung geschlüpft war, sah er erneut zur Uhr: Lia hätte längst zurück sein müssen, selbst wenn sie nach dem Gang zur Apotheke noch etwas anderes erledigt hätte. Daniel lief wie ein eingesperrtes Raubtier im Hotelzimmer auf und ab. Dann und wann warf er einen nervösen Blick aus dem Fenster auf die Straße vor dem Hotel. So sehr er sich auch bemühte, Lia zwischen den vorübereilenden Menschen zu entdecken, sie war nirgends auszumachen!

Daniels Magen knurrte vernehmlich; in einer halben Stunde wäre der Frühstücksraum geschlossen. *Verdammter Mist! Konnte man denn nicht mal in Ruhe sein Brötchen genießen, musste denn schon wieder irgendetwas dazwischenkommen!* Gereizt und unruhig trabte er zum wiederholten Male am Bett vorbei.

Hatte sie ihr Handy mitgenommen? Nein. Ein Blick auf die Ablage neben dem Bett genügte: Es lag noch da.

Er beschloss nachzuschauen, ob sie sich vielleicht gleich zum Frühstückstisch begeben hatte; das sähe ihr allerdings überhaupt nicht ähnlich, aber ... Als er die

Flügeltüren aufschwang, die in den fast vollbesetzten Frühstücksraum führten, warf er einen prüfenden Blick in die Runde. Von Lia war nichts zu sehen. Unschlüssig stand er vor der reichhaltigen Auswahl an Speisen, und ein verlockender Duft stieg ihm in die Nase. Eilig schnappte er sich einen Teller, häufte Brötchen, Butter und Salami darauf und ließ sich am nächstgelegen noch freien Tisch nieder, um gereizt einen hastigen Bissen zu sich zu nehmen. Er verspürte ein schlechtes Gewissen: Während er hier saß und kaute, befand sich Lia womöglich in einer weitaus unangenehmeren Lage! Die Sorge um sie ließ ihn seine Mahlzeit in Windeseile herunterschlingen und dann zur Hotelrezeption hetzen. Aber auch keiner der Bediensteten hatte Lia ins Hotel zurückkommen sehen.

Daniel spurtete nach oben, wobei er immer zwei Treppenstufen auf einmal nahm. Er holte seine Jacke und war im Nu wieder unten, um die Eingangshalle durch die großzügige Glastür zu verlassen.

Etwas ratlos stand er dann auf der Straße. Er dachte an die Apotheke, zu der Lia hatte gehen wollen, und dorthin setzte er sich nun in Bewegung. Es herrschte starker Andrang, so dass Daniel eine Weile warten musste. Die Angestellte konnte sich entsinnen, Lia bedient zu haben. Wohin diese sich anschließend gewandt hatte, konnte sie jedoch nicht sagen, da bereits weitere Kunden ihre Aufmerksamkeit in Anspruch genommen hatten. Entschuldigend zuckte sie mit den Achseln und wandte sich dann einem älteren Herrn zu, der ungeduldig hinter Daniel drängelte.

„Ach Frollein, ich bräuchte mal ..." Den Rest hörte

Daniel nicht mehr, als die Tür sich automatisch wieder hinter ihm schloss. Er sah sich nachdenklich um. War Lia noch woanders gewesen? Mochte sie noch jemand gesehen haben?

Er begann, in allen umliegenden Geschäften und am nahen Kiosk Nachforschungen anzustellen. Nichts! Entmutigt und besorgt kehrte Daniel nach fast einer halben Stunde zum Hotel zurück. Im Zimmer angekommen, ließ er sich aufs Bett fallen und schloss die Augen. In seinem Kopf überschlugen sich die Gedanken.

Er würde die Polizei endlich verständigen müssen! Alles andere war nicht mehr zu verantworten. Lia konnte wer weiß was zugestoßen sein. Sollte sie gar dem Erpresser in die Hände gefallen sein? Nicht auszudenken, was *der* mit ihr anstellen würde!

Als Daniel sich aufrichtete und nach seinem Handy langte, begann dieses im selben Moment eine Melodie zu spielen. Daniel zuckte zusammen und starrte das Gerät an.

Er ahnte nichts Gutes und meldete sich schließlich zögernd. Die Frauenstimme am anderen Ende war kaum zu verstehen; zusammenhanglose Wortfetzen und lautes Schluchzen drangen an Daniels Ohr. Er spürte, wie es ihm kalt den Rücken hinunterlief.

„Wer ist denn da? Beruhigen Sie sich doch ...“ Hilflos lauschte er dem haltlosen Weinen, das durch den Hörer drang. Schließlich gelang es ihm, den Namen zu verstehen.

„Marita?“ *Wieso ...?* Richtig, er hatte ihr seine Nummer vorsichtshalber aufgeschrieben. Was war passiert, dass sie so aus der Fassung war? Er vermochte nach und nach aus ihr herauszubekommen, dass sie unterwegs zum Hotel war; offenbar wusste sie, wo Lia steckte. Etwas Schreckliches sei geschehen! Doch, Lia sei noch am Leben, aber sie benötige umgehend Hilfe.

„Wann bist du hier? Kannst du überhaupt noch Autofahren in deinem Zustand? Sonst nimm ein Taxi!" Er wartete ihre Antwort ab und nickte dann. „Na gut, dann bis gleich!"

***

Sie traf ein, völlig aufgelöst. Das erste, was Daniel ins Auge stach, war ihre merkwürdige Fußbekleidung. Sie humpelte ins Zimmer, zerzauste Hausschuhe mit Tigerfellmuster an den Füßen. Daniel wäre trotz seiner inneren Anspannung beinahe in Gelächter ausgebrochen, so absurd wirkte Maritas gesamte Erscheinung. Auf den Wangen Spuren zerlaufener Schminke, die Haare wirr abstehend, die Bluse wies am Ärmel einen Riss auf; als er jedoch die Tränen in ihren Augen sah, nahm er sie spontan in die Arme. Minutenlang schluchzte sie, am ganzen Körper zitternd. Daniel strich ihr sanft über den Kopf, und allmählich beruhigte sie sich.

Nach und nach erfuhr er von ihr, was passiert war. Er schnappte nach Luft, als sie schilderte, wie Lia gefesselt auf der Liege gelegen hatte.

„Den mach ich fertig, dieses Schwein!" Vor unterdrückter Wut bebend, stand er mit geballten Fäusten vor Marita und sagte: „Wann war das, wann bist du weggefahren? Wenn wir uns beeilen, erwischen wir sie vielleicht noch!"

Sie sah ihn mit fragendem Blick an; ja, begriff sie denn gar nichts? Daniel fiel es schwer, seine Ungeduld zu verbergen: „Er wird sie schnellstens dort wieder rausholen und dann mit ihr irgendwohin abhauen!" Als er ihr Zögern bemerkte, fuhr er mit entschlossener Stimme fort: „Gib mir deine Autoschlüssel, ich fahre. Komm, los!"

Im Eiltempo warf er sich die Jacke über, als er den verzweifelten Blick bemerkte, mit dem sie auf ihre zerfledderte Fußbekleidung starrte. „Hm ... Ob mir Lias Schuhe passen? In diesen Dingern gehe ich keinen Schritt mehr!"

Daniel zeigte auf den Schrank: „Unten drin. Beeil dich!"

Sie versuchte, sich in Lias blaue Pumps zu zwängen; vergeblich, Lias Füße waren deutlich zierlicher als ihre. Endlich schaffte sie es, sich ein Paar Turnschuhe überzustreifen. Die Zehen in dem zu engen Schuhwerk eingequetscht, humpelte sie hinter Daniel her, der ungeduldig im Treppenhaus stand und auf sie wartete.

Der Pkw war in einer Seitenstraße geparkt. Daniel schwang sich hinter das Lenkrad, Marita ließ sich seufzend auf den Beifahrersitz fallen.

Nach knapp zwanzigminütiger Fahrt in zeitweise deutlich überhöhter Geschwindigkeit gelangten sie zu Maritas Reihenhaus; völlige Ruhe lag über dem gesamten Wohnviertel. Nichts deutete auf die Ereignisse hin, die sich vor kurzem hier abgespielt hatten. Das Garagentor war geschlossen, und Marita registrierte es mit einem überraschten Blick. *Ordentlich ist er ja, mein Sven ...* Gleich darauf trat sie sich im Geiste in den Hintern: *Du trauerst diesem Nichtsnutz wohl immer noch hinterher, du dumme Gans!* Sie schüttelte den Kopf, verletzt und zugleich wütend über sich selbst.

Als sie sich anschickte auszusteigen, hielt Daniel sie zurück: „Ich gehe davon aus, dass sie längst weg sind, aber wir sollten trotzdem vorsichtig sein. Lass mich lieber vorgehen. Rutsch du auf den Fahrersitz und halt den Wagen startklar, falls ich verfolgt werde!" Sie nickte stumm und händigte ihm ihren Hausschlüssel aus.

Daniel schlich um das Gebäude, während er angespannt auf die Umgebung achtete. Nichts rührte sich. Fast geräuschlos öffnete er langsam die Haustür und betrat den Flur. Dort blieb er stehen, um zu horchen. Nichts. Kein Laut drang an sein Ohr.

Nahe der offenstehenden Tür befand sich eine Treppe, die in die Dunkelheit hinunter führte; dort musste der Keller sein. Beklommen tastete Daniel sich hinab. Unten angekommen, lauschte er aufmerksam in die Finsternis hinein. Völlige Stille umgab ihn, er vernahm lediglich den eigenen Atem und sein heftiges Herzklopfen.

Sie waren weg. Daniel suchte mit den Fingern nach dem Lichtschalter und knipste ihn an. Er ließ die Blicke durch den Raum schweifen und fragte sich, wo Lia gewesen sein mochte.

Marita war sehr blass im Gesicht, als sie kurz darauf ihr Heim betrat. Daniel drückte beruhigend ihre eiskalte Hand. Im Keller wandte sie sich zögernd dem Raum zu, in dem Lia gefesselt gelegen hatte. Sie deutete auf die Liege, auf der noch die zerwühlte Wolldecke und Reste des Klebebands lagen, und erneut kämpfte sie mit den Tränen. Daniel stand stumm neben ihr, die Fäuste geballt. In seinem Gesicht mischten sich ungläubige Betroffenheit und aufsteigende Wut.

„Das reicht, ich verständige die Polizei!" Seine Stimme klang entschlossen. Als er Maritas besorgte Miene sah, setzte er beruhigend hinzu: „Reg dich nicht auf, von *dir* wird nicht die Rede sein! Aber ich kann es nicht verantworten, Lia in der Gewalt dieses ..." Ihm fehlten die Worte. „Dieses Verbrechers zu lassen!"

***

„Also da bin ich mir sicher ... Auf seiner Brieftasche sind nämlich die ... Wie sagt man? Ini ... Initialen, genau. Die sind da eingedruckt, also ich meine S und C für Sven Cordler." Maritas Blick ging gedankenverloren ins Leere, denn ihr wurde bewusst, wie wenig sie im Grunde genommen über ihren Ex-Liebhaber wusste. Keine akuelle Adresse, keine Telefonnummer, nicht den Namen der Firma, für die er angeblich tätig war. Ja, sie besaß nicht einmal ein deutliches Foto von ihm! Nur der verwackelte Schnappschuss war ihr geblieben - und die Erinnerungen an einen Mann, dessen Zärtlichkeiten offenbar nur vorgetäuscht gewesen waren. *Das hässliche Entlein wird nie zum stolzen Schwan* ... Bittere Empfindungen wallten erneut in ihr auf; nur nicht schon wieder weinen! Sie biss sich auf die Lippen.

Daniel hatte ihr soeben die Frage gestellt, woher sie denn wisse, ob Sven Cordler überhaupt sein richtiger Name sei? Und was sie sonst noch über ihn sagen könne?

„Mit dem unscharfen Foto allein wird die Polizei vermutlich nicht viel anfangen können. Die brauchen Informationen über ihn. Und was haben wir? Name: nicht sicher. Aktuelle Adresse: nicht bekannt. Für wen arbeitet

er: angeblich als Versicherungsvertreter für eine Wald-
und Wiesenfirma, deren Bezeichnung in keinem
Telefonverzeichnis auftaucht. Besitzt er ein Auto? Du
weißt von keinem." Daniel machte eine Pause. „Ich kann
also nur Lia ausreichend beschreiben. Ich bin mir nicht
mal sicher, welche Klamotten sie anhatte. Lass mich mal
überlegen ..."

Weiter kam er nicht, denn in diesem Moment drang eine
schrille Melodie an sein Ohr. Er zuckte zusammen und sah
Marita fragend an. Diese begann, hastig in ihrer
Jackentasche zu suchen, um ihr Handy zutage zu fördern.

„Hallo? Wer ... Sven?" Sie wurde leichenblass, als sie
die vertraute Stimme hörte; mit aufgerissenen Augen
lauschte sie seinen Worten.

„Gib her, ich will mit ihm sprechen!" Daniel streckte
fordern seine Hand aus und riss ihr schließlich das Gerät
beinahe weg, als sie zögerte.

Er bellte in den Hörer: „Seien Sie sich darüber im
Klaren, dass wir umgehend Maßnahmen in die Wege
leiten werden! Und sollten Sie Lia auch nur ein Haar
krümmen, dann werde ich Ihnen auf den Fersen bleiben,
dann mach ich dich fertig, du verfluchtes Schwein!" Er
spürte, wie er sich immer mehr in Rage redete und musste
sich bremsen, um nicht völlig auszurasten. Doch dann
verstummte er, atmete tief durch und lauschte auf die
Reaktion des anderen.

Der schwieg einige Sekunden, und Daniel vernahm
lediglich ein Rauschen in der Leitung. Es folgte ein
Räuspern. „Sie hören mir jetzt ganz genau zu. Sollten Sie
mich unterbrechen, lege ich sofort auf. Leider sehen Sie

Ihre Freundin dann wohl nicht lebend wieder. Das meine ich ernst!" Als Daniel die schneidende Stimme des Mannes hörte, überlief ihn ein Frösteln. Schlagartig wurde ihm klar, dass Lias Entführer keine Skrupel haben würde, ihr etwas anzutun. Er musste auf seine Bedingungen eingehen.

„Okay, schon gut. Ich höre." Daniel unterdrückte mühsam seine Emotionen.

„Na, geht doch! Also Folgendes: Ich lasse Lia frei gegen das verdammte Geld. Wirklich. Ich habe kein Interesse daran, ihr Schmerzen zuzufügen!" Der Mann machte eine Pause, dann fuhr er mit eindringlicher Stimme fort: „Und keine Polizei, sonst ist das Spiel sofort aus! Ist das klar?"

Daniel nickte langsam. „Ja. Natürlich."

„Also: Sie fahren heute Abend zur Raststätte an der A7 Richtung Hamburg. Um Punkt zwanzig Uhr erwarte ich Sie dort, meinetwegen bringen Sie auch Marita mit. Mir egal." Er machte eine Pause, bevor er fortfuhr: „An der Rückseite des dortigen Gebäudes hängt ein Zigarettenautomat. Direkt daneben befindet sich ein Mülleimer. Und da werfen Sie den Zaster hinein. Gut verpackt, versteht sich. Danach fahrt ihr beiden sofort wieder auf die Autobahn Richtung Hamburg und dann an der nächsten Abfahrt runter; dort wartet ihr! Ich teile euch dann telefonisch mit, wie ihr zu Lia kommt. Verstanden?"

Daniel räusperte sich.

„Kapiert?!" Die eisige Stimme drang schmerzhaft laut durch den Hörer.

„Ja." Daniel wiederholte die Anweisungen kurz. Dann

zögerte er und setzte hinzu: „Ich möchte kurz mit Lia sprechen. Bitte."

Zu seinem Erstaunen war sie tatsächlich im nächsten Augenblick in der Leitung. „Daniel? Mach bitte alles, was er gesagt hat. Und Daniel ..." Der Rest ging in Schluchzen unter. Als sie sich wieder gefasst hatte, flüsterte sie tränenerstickt: „Ich liebe dich."

Der silberne Pkw verließ die Autobahn und bog auf eine verlassene Landstraße ein. Nachdenklich las Steffen das Hinweisschild, das am Straßenrand vor ihnen auftauchte.

„Da ist ein Schnellimbiss ... Ich habe Hunger. Du nicht?" Er warf seiner Begleiterin einen Blick zu.

Lia antwortete mit einem schwachen Nicken. Sie verspürte keinerlei Appetit, aber es wäre vermutlich besser, sich den Magen zu füllen. Wer wusste schon, wann sie die nächste Gelegenheit dazu bekam!

Die Strecke bis zum nächsten Ort schien sich endlos hinzuziehen. Weite Ackerflächen und Wiesen zogen im herbstlichen Nebel an ihnen vorbei. Der Himmel war von einem undurchdringlichen bleiernen Grau; heute würde sich die Sonne vermutlich nicht mehr blicken lassen.

Der Ort tauchte vor ihnen auf: eine Ansammlung trister Gebäude, einige Wohnhäuser, einige Geschäfte. Ein Stück weiter kam das angekündigte Schnellrestaurant in Sicht. Steffen beschloss, nicht hineinzugehen, sondern sich am Drive-In-Schalter alles aushändigen zu lassen. Er kurvte um das Gebäude herum, bis er vor dem Schalter stoppte.

Kurz darauf steuerte er den Wagen auf die Landstraße zurück. Wenige hundert Meter entfernt hielt er auf einem abgelegenen Feldweg an, entledigte sich des Sicherheitsgurtes und griff zu einer der soeben erstandenen Tüten. Er biss ein großes Stück von dem Hamburger ab, den er in der Hand hielt. Hungrig verschlang er den Rest der Mahlzeit, bevor ihm bewusst wurde, dass Lia ihre noch nicht einmal angerührt hatte.

„Hast du denn keinen Hunger? Aber du musst doch was essen!" Beinahe väterlich besorgt beugte er sich zu ihr herüber und musterte sie eindringlich. „Bis heute Abend ist es noch lange hin, denk dran." Er reichte ihr die noch unberührte Tüte. Als sie nicht reagierte, legte er sie ihr resigniert in den Schoß und schüttelte leicht den Kopf.

„Mädel, heute Abend bist du wieder bei deinem Daniel. Und mich siehst und hörst du nie wieder, Ehrenwort!" Ihm fiel noch etwas ein. „Das Tagebuch ist in der Post in den nächsten Tagen. Der Ring auch." Er hob den Arm und strich ihr behutsam eine Strähne ihres langen Haares aus dem Gesicht. Sie blickte auf. In ihren Zügen war eine Mischung aus Hoffnung und Verzweiflung zu erkennen, und sie sah elend aus. Mit müden Bewegungen zog sie ihren Hamburger aus der Tüte hervor und nahm einen Bissen zu sich, dem sie einen Schluck Limonade folgen ließ. Dann ließ schloss sie die Augen und lehnte den Kopf wieder ans Polster.

„Lass mich einfach ein bisschen schlafen, ja?" Sie sah zu ihm herüber. Er half ihr, den Sitz herunterzudrehen; nach wenigen Augenblicken verrieten ihm ihre gleichmäßigen Atemzüge, dass sie eingenickt war. Er betrachtete ihr blasses Gesicht aufmerksam, bevor er sich tiefer in den Fahrersitz sinken ließ und gedankenverloren durch die Windschutzscheibe starrte.

\*\*\*

Eine knappe Stunde später wachte Lia auf; die Kälte kroch

unbarmherzig in ihren Körper. Der Wagen war mittlerweile völlig ausgekühlt. Lia warf einen Blick zu Steffen hinüber, der regungslos mit geschlossenen Augen neben ihr hockte. Ihrer beider Atem formte sich zu kleinen Dampfwolken. Lia rieb sich die eiskalten Finger, um die Durchblutung anzuregen.

Steffen schreckte hoch; er war ebenfalls kurz eingedöst. Er setzte sich auf.

„Was hältst du von etwas Bewegung, den Feldweg entlang? Zum Aufwärmen." Er wartete ihr zustimmendes Nicken ab, dann stieg er aus dem Auto. Die steif gewordenen Glieder ausschüttelnd, setzten die beiden sich schweigend in Trab. Zügig marschierten sie den holprigen Pfad entlang, bis ihnen allmählich warm wurde. Die eisige Luft weckte ihre Lebensgeister. Als sie an einen Zaun gelangten, der ihnen den weiteren Weg versperrte, wandte Steffen sich um und wollte zurückgehen.

Lia blieb stehen und blickte ihm ins Gesicht. Mit brüchiger Stimme sagte sie: „Warum? Verdammt, warum brichst du in mein Leben ein und machst alles kaputt? Was bist du nur für ein Mensch, dass du Bernd einfach so umbringen kannst?"

Er starrte sie verblüfft an. Bevor er etwas erwidern konnte, fuhr sie fort: „Ich weiß, ich habe dich damals darum gebeten. Aber glaub mir, ein zweites Mal würde ich nicht so handeln! Mir ist erst hinterher alles richtig zu Bewusstsein gekommen, der ganze Schlamassel verfolgt mich seitdem. Vermutlich für den Rest meines Lebens ..." Sie hielt inne und sah ihm forschend in die Augen. Hoffte sie, Reue darin zu finden?

Steffen hielt ihrem Blick stand. Achselzuckend wandte er sich schließlich um und begann, den Weg zurückzustapfen. Lia stand noch eine Weile regungslos am selben Fleck, bevor sie sich rührte und hinter ihm herlief. Als sie ihn eingeholt hatte, fasste sie ihn hart an der Schulter und wirbelte ihn herum.

Mit geballten Fäusten stand er vor ihr und holte tief Atem. „Was ...? Was willst du eigentlich? Dass ich mich dafür entschuldige, deinen Typen für dich beseitigt zu haben? *Hinterher* brauchst du mir nichts vorwerfen, *das* hättest du dir vorher überlegen müssen. Du warst doch froh, ihn loszusein!" Er sah ihren fassungslosen Gesichtsausdruck. „Bist du schockiert? Meinetwegen." Missmutig fügte er hinzu: „Und jetzt lass uns endlich zurückgehen, hier friert man sich den Hintern ab!"

Er verharrte noch einen Augenblick, dann packte er sie am Arm. Sie ließ sich widerstandslos zum Auto zurückführen. Kaum, dass sie eingestiegen waren, startete er den Motor. Der Wagen rollte langsam auf die Landstraße, beschleunigte dann und fuhr abermals in die Ortschaft hinein, die sie vorhin hinter sich gelassen hatten.

Steffen war ein Gedanke gekommen, wo sie sich aufwärmen konnten, ohne allzuviel Aufmerksamkeit zu erregen. Als er vor dem altmodischen kleinen Kino parkte, begriff Lia, was er vorhatte. Nun gut, besser als im Auto zu frieren!

Er löste zwei Karten für einen Actionfilm, der in den vergangenen Wochen schon in allen bundesdeutschen Großstädten gespielt worden war, und nun konnte man ihn auch im hiesigen Kleinstadtkino bewundern. Lia und

189

Steffen betraten den bereits abgedunkelten Saal; das Vorprogramm mit Werbespots hatte begonnen. Sie nahmen in der vorletzten Reihe nebeneinander Platz und legten die Jacken auf den freien Sitz neben Lia.

Der Film war laut, temporeich und voller Special Effects. Weder Lia noch Steffen waren jedoch mit ihren Gedanken bei der Handlung auf der Leinwand. Als nach knapp zweistündiger Berieselung endlich das Licht anging, schnappten sie sich ihre Jacken und verließen eilig das Kino.

Steffen sah auf die Uhr. Er musste noch ein wenig Geduld aufbringen und warten, bevor er seinen Plan in die Tat umsetzten konnte. Er würde Lia zu einer einsamen Bushaltestelle an der Landstraße bringen; dort würde er sie gefesselt und geknebelt auf ihren tapferen Ritter warten lassen. Den würde er nach erfolgreicher Geldübergabe dorthin lotsen. Leicht strich er mit dem Zeigefinger über das billige Handy, das er Jahre zuvor als Zusatzgerät gestohlen hatte, und das offenbar nie jemand vermisst hatte. Noch während des Telefonats wäre er dann schon auf dem Weg nach Hamburg, und zwar mit dem Geld in der Tasche selbstverständlich! Diesmal durfte nichts dazwischenkommen ... Grimmig presste er die Lippen zusammen.

Wieder zurück im Auto, fuhr er ziellos ein Stück die Straße entlang, bis er in den nahen Wald einbog und auf einem Parkplatz hielt.

„Magst du David Bowie? Oder ... warte mal, Queen?" Er wartete ihre Antwort nicht ab, sondern schob eine CD in den CD-Player, und die Musik von Lias Lieblingsgruppe drang aus dem Lautsprecher. Er schien den gleichen Musikgeschmack zu haben. Lia warf ihm einen neugierigen Seitenblick zu; er fummelte am Lautstärkeregler herum. Die Musik schwoll an, bis sie den gesamten Innenraum ausfüllte.

Beide gaben sich eine Weile der charismatischen Stimme Freddie Mercurys hin. Lia begann im Takt mit den Fingern zu schnippsen und genoss die Musik so intensiv wie nur selten zuvor. Sie ließ sich geradezu hineinfallen; die Ablenkung tat ihr wohl. Sie warf Steffen einen Blick zu. Er wandte den Kopf und lächelte ihr verhalten zu, dann verschloss sich sein Gesicht wieder. Seine angespannte Miene entging Lia nicht. Nervös zündete er sich eine weitere Zigarette an und nahm einen tiefen Zug.

„Diese Glimmstängel ... Ich versuche seit Wochen, davon loszukommen!" Mit einen schiefen Grinsen sah er sie an und öffnete das Fenster, um den Qualm nach draußen abziehen zu lassen. „Klappt bloß nicht."

Lia registrierte die Blicke, die er in immer kürzeren Zeitabständen seiner Uhr am Handgelenk zuwarf. Als er sich schließlich mit einem Ruck hochsetzte und die Musik abschaltete, zuckte sie zusammen und starrte ihn an, während er den Wagen startete.

***

Der Radfahrer tauchte völlig unvermittelt vor dem Auto aus der Finsternis auf. Steffen hatte keine Chance, das unbeleuchtete Gefährt mit dem dunkel gekleideten Mann darauf rechtzeitig auszumachen. Reflexartig trat er mit ganzer Kraft auf die Bremse; der schwere Wagen schlingerte, dann krachte es. Die Gestalt vollzog im Fliegen einen Salto, dann schlug sie mit voller Wucht auf

191

der Fahrbahn auf. Das Rad schepperte an einen Leitpfosten und blieb dort völlig verbogen liegen.

Steffen brachte das Auto zum Stehen, ließ den Motor laufen und beugte sich mit schreckensbleichem Gesicht und geschlossenen Augen einige Sekunden übers Lenkrad. Schließlich straffte er den Oberkörper und löste den Gurt. Seine Hände zitterten, als er das Handschuhfach öffnete und fahrig darin zu wühlen begann.

Bald hielt er eine Rolle Klebeband in der Hand und frickelte ungeduldig daran herum, bis er endlich den Anfang des Klebebandes fand und ein Stück davon abziehen konnte. Lia saß starr auf dem Sitz, während sie jede seiner Bewegungen argwöhnisch verfolgte. Schon packte Steffen ihre Handgelenke, umwickelte sie mit Klebeband und befestigte sie dann mit einem weiteren Streifen an der Stahlrohrhalterung der Kopfstütze.

„Wenn du jetzt noch Ärger machst, bring ich dich um!" Seine Stimme schrillte ihr ins Ohr. Dann sprang er wie gehetzt aus dem Wagen und lief zu dem Verunglückten. Dieser hatte keinen Helm getragen; sein Kopf war übel zugerichtet. Er lag merkwürdig verdreht, Blutspritzer waren auf seiner Kleidung.

Steffen ging neben dem Mann in die Knie und tastete nach dessen Puls, doch der war kaum noch spürbar. Er wollte sich gerade zu dem Verletzten hinunterbeugen, um ihn näher zu untersuchen, als in der Ferne Scheinwerfer aufleuchteten. Das leise Motorengeräusch kam näher; in wenigen Augenblicken würde der Lichtkegel die Unfallstelle erfassen ...

Steffen fluchte und sprang auf. Er rannte hastig zu

seinem Fahrzeug zurück, warf sich auf den Fahrersitz und legte den Gang ein. Im Losfahren zog er noch die Tür hinter sich zu, dann preschte der Wagen mit Vollgas in die entgegengesetzte Richtung davon. Lia bemerkte, wie Steffen alle paar Sekunden in den Rückspiegel starrte, bevor er sich dann wieder auf die dunkle Landstraße konzentrierte.

Der andere Fahrer wich dem regungslosen Körper im letzten Moment aus. Eine Vollbremsung brachte den Pkw zum Stehen, ein älterer Mann stieg aus; nach einer kurzen Einschätzung der Situation wählte er den Notruf.

Der Radfahrer erlag kurz darauf seinen schweren Kopfverletzungen.

Marita beobachtete den Mann, der wie ein eingesperrtes Raubtier gereizt vor der Kühlerhaube auf und ab lief.

Sie öffnete das Fenster. „Du machst es nur noch schlimmer, glaub's mir! Der wird sich nicht blicken lassen, solange wir noch hier sind."

Daniel hielt Ausschau nach dem Mann, der Lia in seiner Gewalt hatte. Es war bereits fünfzehn Minuten nach dem vereinbarten Zeitpunkt der Übergabe; das Geld lag längst sorgsam verpackt im angegebenen Müllbehälter. Der Typ würde sich natürlich im Hintergrund versteckt halten und nicht vor ihren Augen zum Mülleimer spazieren! Lia musste nur unnötig lange auf ihre Befreiung warten.

Daniel seufzte und ließ sich auf den Beifahrersitz fallen. Der Mietwagen sollte dem Erpresser eigentlich nicht verdächtig erscheinen; Daniel war sich allerdings bewusst, wie gerissen Maritas ehemaliger Liebhaber war. Es würde schwer sein, ihn in eine Falle zu locken.

„Dann fahr los!" Daniel knöpfte seine Jacke auf und schnallte sich an. „Hoffentlich meldet er sich bald bei uns! Sonst werd ich noch wahnsinnig!" Er sah zu Marita. Ihre Blicke trafen sich.

Beruhigend legte sie ihm kurz ihre Hand auf den Arm. „Wird er, da bin ich ganz sicher."

\*\*\*

Nach knapp einer weiteren Stunde war sie sich nicht mehr

so sicher. Daniel schäumte vor Wut. Gleichzeitig empfand er eine Hilflosigkeit, wie er sie lange nicht gespürt hatte; die Angst um Lia schnürte ihm die Kehle zu!

Sie hatten wie gefordert an der nächsten Abfahrt die Autobahn verlassen und waren auf dem nahegelegenen Supermarktparkplatz stehengeblieben, um Svens telefonische Anweisungen abzuwarten. Nur kamen diese nicht; das Handy schwieg beharrlich. War womöglich etwas Unvorhergesehenes geschehen, das Svens Pläne durchkreuzt hatte – schwebte Lia nun in noch größerer Gefahr?

„Jetzt reicht´s mir! Ich verständige die Polizei." Daniels entschlossene Miene erstickte Maritas Widerspruch im Keim. Stumm ließ sie den Motor an und steuerte zunächst abermals die Autobahnraststätte an. Sollte Sven das Geld noch gar nicht geholt haben, so würde Daniel es hoffentlich wieder an sich nehmen können! Und richtig, es lag noch im Mülleimer; glücklicherweise war niemand auf die Idee gekommen, in der Zwischenzeit darin zu wühlen ... Mit grimmiger Miene schwenkte Daniel die zerknitterte Plastiktüte mit den Geldscheinen in der Hand, als er zum Auto zurückkam. Marita wartete, bis er eingestiegen war, dann gab sie Gas und fädelte sich erneut in den Verkehr ein. In einer der umliegenden Ortschaften würde sich hoffentlich eine Polizeidienststelle befinden.

*** 

„Und mehr haben Sie nicht an Informationen über den Gesuchten? Tja, mal sehen, was wir machen können." Der diensthabende Beamte, ein Mann Mitte Fünfzig, erhob sich. „Ich kann Ihnen da nichts versprechen, leider." Er strich sich mit der Hand übers Kinn. „Möglich, dass die

Sache mit dem Unfall zusammenhängt, der uns gemeldet wurde! Ein Radfahrer, ohne Licht auf dunkler Landstraße unterwegs. Totgefahren. Der Unfallfahrer hat Fahrerflucht begangen. Vielleicht ist das unser Mann." Er setzte hinzu: „Aber wenigstens konnten Sie mir eine genaue Beschreibung der vermissten Frau geben! Vermutlich hat er sie weiterhin bei sich. Das dürfte die Suche erleichtern."

Daniel und Marita traten in die kalte Nachtluft hinaus. Unschlüssig standen sie vor der Polizeiwache, und schließlich meinte Marita: „Lass uns nach Hause fahren, du kannst bei mir übernachten!"

Nachdem Daniel sein eigenes und Lias Gepäck aus dem Hotel geholt und die Rechnung dort beglichen hatte, saßen Marita und er noch lange in ihrem Häuschen zusammen und suchten nach einer Möglichkeit, Sven und somit hoffentlich auch Lia aufzuspüren.

Nun, mittlerweile hatte sich ihre böse Ahnung bestätigt, und der Gang zur Polizei hatte sich nicht länger verzögern lassen. Sie konnten nur hoffen, dass Sven keinen Verdacht schöpfte und doch noch Kontakt zu ihnen aufnehmen würde, um die Übergabe des Geldes erneut in die Wege zu leiten!

Bis dahin konnten sie nur warten, und erst dann weitere Schritte unternehmen.

\*\*\*

Die Scheibenwischer ratschten auf höchster Stufe hin und her, ein wahrer Sturzregen ergoss sich vom Himmel. Steffen hatte zunehmend Mühe, die vor ihm fahrenden Wagen durch die aufspritzende Gischt und die immer dichter werdenden Nebelbänke hindurch zu erkennen.

Ein Lkw scherte plötzlich unvermittelt vor ihnen aus und nötigte Steffen zu einer Vollbremsung; Lia schloss entsetzt die Augen. Steffen fluchte und brachte den schlingernden Pkw nach einigen Sekunden wieder auf die Spur. Zähflüssig wie ein glühender Lavastrom wälzte sich die Fahrzeugkolonne in der Dunkelheit über die Autobahn.

Lia hockte mit verdrehtem Oberkörper auf ihrem Sitz, da ihre Handgelenke nach wie vor mit Klebeband an der Halterung der Kopfstütze fixiert waren. Durch die unbequeme Haltung vermochte sie sich kaum zu rühren; ihr Rücken schmerzte, der Nacken tat weh. Sie wagte es allerdings nicht, sich darüber zu beschweren. Steffen reagierte wie ein gereizter Tiger, und sie konnten froh sein, wenn er nicht in weiteren Unfall verwickelt würde! Der Zwischenfall mit dem Radfahrer hatte ihn mehr durcheinandergebracht, als er zugeben würde. Die Nerven lagen bloß, jede weitere Irritation konnte ihn jetzt zum Explodieren bringen; Lia warf ihm von Zeit zu Zeit einen beklommenen Blick zu.

Nach dem Unfall war er wie ein Wahnsinniger über die Landstraße gerast und hatte ein recht waghalsiges Überholmanöver gestartet, das beinahe zu einem Frontalzusammenstoß geführt hätte. Lia hatte einen entsetzten Schrei nicht unterdrücken können; die Antwort war ein brutaler Schlag ins Gesicht gewesen.

„Halt´s Maul!" Unbeherrscht hatte er sie angebrüllt. Sie hatte ihn nur angestarrt.

Ihre Lippe war aufgeplatzt, Blut rann in einem dünnen Rinnsal über das Kinn herunter. Lia spürte eine Welle der Übelkeit in sich aufsteigen. Sie hielt einen Moment lang

197

den Atem an, bemüht, nicht dem aufsteigenden Würgen nachzugeben. Nicht auch das noch! Als das flaue Gefühl im Magen nachließ, schloss sie die Augen und gab sich ihrer Erschöpfung hin. Den Rest der Fahrt verbrachte sie in einem unruhigen Dämmerzustand, aus dem sie erst wieder hochschreckte, als sich Finger an ihren Handgelenken zu schaffen machten und die Fesseln lösten. Sie blinzelte, als sie aus dem Wagen gehoben und durch die kühle Nachtluft getragen wurde. Eine Tür quietschte in den Angeln, Lia wurde hindurchgetragen und fiel gleich darauf wie ein Mehlsack auf ein Sofa. Jemand hatte die Lehne heruntergeklappt, so dass eine Schlafgelegenheit entstanden war, und hastig Bettzeug darauf ausgebreitet. Lia nahm noch wahr, wie sich eine Gestalt über sie beugte, um sie zuzudecken; dann sank sie in einen tiefen, traumlosen Schlaf.

Sie wurde wach, als jemand behutsam an ihrer Schulter rüttelte.

"Du must was essen! Ich hab was zum Frühstück geholt." Die Männerstimme dicht neben ihrem Ohr klang unerwartet sanft. Lia schlug die Augen auf und blickte in Steffens besorgtes Gesicht.

Er half ihr, sich aufzusetzen. Lia schaute sich irritiert um. Sie befanden sich in einer winzigen Holzhütte; eine Seite des Raumes wurde fast vollständig von dem Sofa eingenommen, auf dem Lia die vergangenen Stunden hindurch geschlafen hatte. Am Fußende stand eine alte Truhe, die deutliche Gebrauchsspuren aufwies - wie alle Gegenstände, die sie erkennen konnte in dem dämmerigen Licht, das in der Hütte herrschte.

Von einem schmalen Mittelgang getrennt, befand sich auf der gegenüberliegenden Seite ein von außen vergittertes Fenster. Eine Jalousie, die Lamellen halb geöffnet, verdeckte gnädig die schmuddelige Glasscheibe. Vor dem Fenster stand ein runder Terrassentisch, zu beiden Seiten davon jeweils ein Klappstuhl. Daneben, nicht weit von der Hüttentür entfernt, befand sich ein schmaler, deckenhoher altmodischer Schrank; Geschirr war in der Vitrine aufgestapelt.

Am Ende des Mittelgangs deutete eine schmale Tür auf einen weiteren Raum hin, und Steffen bemerkte Lias nachdenklichen Blick, den sie in diese Richtung warf.

„Das ist nur die Klotür. Durch das Toilettenfenster wirst du nicht passen!" Er grinste, als er mit den Händen eine winzige Öffnung andeutete. „Raus geht´s nur dort. Aber nicht alleine." Er deutete mit einem Kopfnicken zur Eingangstür.

Lia sah ihm in die Augen. Er erwiderte ruhig ihren Blick, ohne mit der Wimper zu zucken. Sie starrten sich eine Weile an; schließlich räusperte sich Lia. „Wo sind wir hier, Sven?"

Der Angesprochene hob kurz die Augenbrauen. „Also zunächst mal: Mein Name ist nicht Sven, sondern Steffen." Er warf ihr einen gleichgültigen Blick zu; was konnte es schaden, wenn sie seinen wahren Vornamen erfuhr, kannte sie doch weder den Nachnamen noch seine Adresse.

„Und wir sind in einer Gartenlaube in einem Kleingartenviertel. Zu dieser Jahreszeit einsam und verlassen! Brauchst also gar nicht erst anfangen, um Hilfe zu rufen."

Lia bemerkte lakonisch: „Steffen. Aha." Nach kurzem Schweigen fuhr sie fort: „Lass Daniel wissen, dass ich noch lebe. Er wird schon völlig außer sich sein vor Sorge. Und ..." Sie überlegte kurz. „Wie lange habe ich eigentlich geschlafen? Ist heute ... hm ... Sonntag?"

Steffen erwiderte: „Ja, Sonntag. Und deinen Typen ruf ich noch an, reg dich ab!"

„War nur eine Bitte. Ich reg mich nicht auf, du ..." Sie verschluckte das Schimpfwort, der ihr auf der Zunge lag und blitzte ihn kampflustig an. Sie spürte, wie Wut in ihr aufstieg und ihre Lebensgeister weckte. Dachte dieser durchgeknallte Kerl eigentlich, sie würde sich klaglos alles gefallen lassen? Sie war nicht Marita!

„Ich ...? Spuck´s ruhig aus." Er warf ihr einen kühlen Blick zu, bevor er in der mitgebrachten Tasche suchte, eine Papiertüte zutage förderte und ihr mit Schwung in den Schoß pfefferte. Dann platzierte er eine Flasche Mineralwasser auf dem Tisch und stellte einen bunten Trinkbecher aus der Vitrine dazu.

Lia zog zwei Brötchen mit Salami und ein Schokoladenhörnchen aus der Tüte; dann kam ihr ein Gedanke. „Was ist eigentlich aus den Vorräten geworden, die wir aus Maritas Keller mitgenommen haben?"

Steffen grinste. „Liegt alles noch im Kofferraum. Scheinen wir nun doch noch zu benötigen. Das Wasser stammt auch daher. Fehlt nur noch eine Kochgelegenheit für das Konservenzeugs." Er überlegte. „Möchtest du ein wenig von dem eingemachten Obst? Dann hol ich eines der Gläser."

Lia schüttelte den Kopf. „Nein danke. Reicht so."

Er verfolgte, wie sie zunächst die Brötchen verschlang, sich dann über das Schokoladenhörnchen hermachte und zum Abschluss einen Becher Mineralwasser in einem Zug leerte.

„Isst du nichts?" Neugierig sah sie zu ihm herüber.

„Hab ich schon unterwegs." Er setzte hinzu: „Nebenan kannst du dich übrigens frischmachen, wenn du willst."

Lia wurde bewusst, wie zerknautscht und verschwitzt sie sich fühlte. Sie erhob sich langsam und verschwand in der angrenzenden Toilette, wo ein schmales Waschbecken an der Wand hing. Nicht sehr komfortabel, aber es musste genügen. Nach einer Viertelstunde betrat sie wieder den Hauptraum der Hütte; Steffen musterte sie aufmerksam. Sie wirkte recht angegriffen. Die lästige Erkältung und die Strapazen der vergangenen Stunden machten sich bemerkbar.

„Ich muss noch etwas erledigen. Versuch gar nicht erst, um Hilfe zu rufen. Hört hier sowieso keiner, du wirst höchstens völlig heiser. Aus der Tür kommst du nicht heraus, dafür sorge ich schon. Also spar dir deine Energie. Wer weiß, wofür du die noch brauchst!" Steffen lächelte höhnisch, als er zur Hüttentür ging. Dann ließ er diese hinter sich zufallen. Gleich darauf nahm Lia ein undefinierbares Geräusch dahinter wahr.

Sie warf sich verzweifelt mit voller Wucht einige Male gegen die Tür. Vergeblich; das brachte ihr lediglich eine schmerzende Schulter ein, und bald würde sie vermutlich blaue Flecken haben. Die Tür ließ sich keinen Spaltbreit aufdrücken! Steffen musste irgendetwas davorgeschoben haben. Nachdem sie sich gründlich in der Hütte und dem angrenzenden Toilettenraum umgesehen hatte und im Geiste alle Fluchtmöglichkeiten durchgegangen war, ließ Lia sich resigniert wieder auf ihren Schlafplatz sinken.

*Kein Ausweg. Besser die Kräfte sparen für das, was noch kommt. Was hat dieser Irre mit mir vor? Daniel ...* Ihr fielen die Augen zu.

\*\*\*

Steffen fluchte ungeniert. Er befand sich nicht weit vom Kleingartenviertel entfernt in einer Telefonzelle, denn der Akku seines Handys war mal wieder leer. Marita käme garantiert nicht auf die Idee, seinen Standort feststellen zu lassen; er vermochte die Frau mittlerweile recht gut einzuschätzen.

Doch alle Versuche, sie zu erreichen, waren bislang gescheitert. Seit einer halben Stunde ertönte nach dem Wählen ihrer Nummer stets das Besetztzeichen.

Genervt gab er endlich auf und knallte den Telefonhörer auf die Gabel. Er würde es später erneut versuchen.

Knapp eine halbe Stunde später betrat er seine großzügige Penthousewohnung. Aufatmend ließ er sich in seinen Lieblingssessel am Fenster sinken, streckte die Beine aus und schloss die Augen; so verharrte er mehrere Minuten lang regungslos.

Schließlich raffte er sich wieder auf, erfrischte sich hastig unter der Dusche, rasierte sich und begann dann eilig einiges in eine Sporttasche zu werfen: Kleidung für sich selbst sowie ein T-Shirt und einen warmen Pullover für Lia, Duschgel und zwei Handtücher. Ein kleiner Handspiegel landete auch in der Tasche. Steffen kannte die Eitelkeit der meisten Frauen; er lächelte amüsiert bei der Erinnerung an Marita, die an keinem Spiegel vorübergehen konnte, ohne einen kritischen Blick auf ihre Erscheinung zu werfen. Nun, Lia würde über ihr derzeitiges Äußeres vermutlich nicht gerade begeistert sein! Steffen war nicht entgangen, wie elend die sonst so attraktive Frau momentan aussah.

Als er schon an der Wohnungstür stand, kam ihm noch ein Gedanke. Er machte wieder kehrt, ging zu seinem Schreibtisch und zog eine Schublade auf. Nachdenklich betrachtete er das unscheinbare Büchlein, das er kurz darauf in der Hand hielt. Er ratschte den Reißverschluss seiner Sporttasche erneut ein Stück auf und ließ das Büchlein hineinfallen. Gedankenversunken starrte er dann den Inhalt einer kleinen Schachtel an, die hinter dem Buch gelegen hatte. Sie folgte diesem in die Sporttasche, die er wieder verschloss. Rasch verließ er jetzt seine Wohnung, eilte die Treppenstufen hinunter und trat aus der Haustür, während er die Umgebung mit wachen Augen musterte.

Dann unternahm er einen weiteren Versuch, Marita zu erreichen; vergeblich. Maritas Anschluss war immer noch - oder schon wieder - besetzt. Ungehalten stapfte er laut schimpfend zu seinem Wagen zurück: „Das gibt`s doch wohl nicht! Verdammtes Weibsstück!"

Steffen zog krachend die Fahrertür hinter sich zu und startete das Fahrzeug erneut. Also erstmal zurück zur Hütte und nach Lia schauen. Später würde er weitersehen ...

***

„Krwumm!" Das schwere Gefährt knallte gegen die Wand, als Steffen es mühsam zur Seite rollte. Er hatte den Aufsitzmäher im angrenzenden Geräteschuppen entdeckt und quer vor die Hüttentür geschoben, um Lia an der Flucht zu hindern; die Tür ließ sich nun von innen nicht aufdrücken.

Als er den Hüttenraum betrat, sah er Lia schlafend auf dem Sofa liegen. Er beugte sich über sie, lauschte ihren regelmäßigen Atemzügen. Leise klappte er die alte Gartenliege auseinander, die er am vergangenen Abend beim Stöbern im Geräteschuppen entdeckt hatte, und auf der er die Nacht verbracht hatte. Das in der Hütte vorhandene Bettzeug hatte er für Lia auf dem Sofa ausgebreitet, so dass er sich mit dem Lederkissen und der alten Wolldecke aus seinem Kofferraum hatte begnügen müssen. An erholsamen Schlaf war unter den Umständen kaum zu denken gewesen, er fühlte sich wie zerschlagen.

Vorsichtig nahm er Platz auf der wackelnden Liege, streckte die Beine aus und schloss die Augen. *Nur für einen Moment ...*

Er schreckte hoch, als er es in der Hütte rumoren hörte. Blitzschnell sprang er auf und war mit einem Satz an der Tür, als er Lia an deren Verschluss hantieren sah. Sie wurde unsanft herumgewirbelt und landete für einen Moment in seinen Armen, bevor sie sich von ihm losreißen konnte. Außer Atem sank sie wieder aufs Bett.

„Du lässt nicht locker, was?" Steffen stand vor ihr, die Hände in die Hüften gestemmt, und schüttelte ungehalten den Kopf. *Verdammt, er hätte nicht einschlafen sollen ...*

Sie starrte ihn mit einem eisigen, vernichtenden Blick an.

„Ich möchte irgendwas essen. Meinetwegen von dem eingemachten Obst! Allmählich hab ich wirklich Hunger." Der fordernde Unterton in ihrer Stimme war nicht zu überhören; *sie* würde sich nicht alles gefallen lassen.

Seine dunklen Augen ruhten für einen Augenblick forschend auf ihr, dann erwiderte er sarkastisch: „Ihr Wunsch ist mir Befehl, Madame! Das Dreigängemenu kommt gleich."

Er wandte sich zur Tür. „Pizza? Ist das okay?"

Lia überlegte kurz und nickte dann. „Mit Salami drauf."

Steffen schloss die Tür hinter sich, um anschließend den Rasenmäher erneut davor zu schieben. Lia müsste schon

Bärenkräfte entwickeln, um die Tür aufzustemmen. Aber es war ein gutes Zeichen, dass sie endlich Appetit zeigte; er konnte nicht auch noch den Krankenpfleger spielen!

„Hallo? Hörst du mich?" Steffen lauschte angestrengt auf eine Antwort. Endlich war eine Verbindung zustandegekommen, Marita war am Apparat. Das Rauschen und Knacken in der Leitung machte eine Verständigung jedoch praktisch unmöglich. Steffen rief in den Hörer: „Lia ist bei mir ... Es geht ihr gut, ihr hört bald von mir. Ich versuche dich morgen wieder anzurufen!" Er legte auf, nicht sicher, ob Marita ihn überhaupt gehört hatte.

***

„*Voilà!* Pizza und ein bisschen Nachtisch." Er stellte die beiden Pappschachteln, die er beim Pizzaservice soeben erstanden hatte, auf den Tisch. Dann holte er Besteck aus einer der Schrankschubladen hervor, legte es ebenfalls auf den Tisch und ließ sich auf einen der Stühle plumpsen.

Sie aßen schweigend, die Blicke gesenkt. Nachdem sie die leeren Pizzaverpackungen in eine Plastiktüte gestopft hatten, öffnete Lia eine der mitgebrachten Obstkonserven und löffelte sie halbleer. Den Rest vertilgte Steffen.

Stumm hockten sie einander gegenüber. Lia starrte abwesend durch das schmutzige Fenster in die Dunkelheit hinaus; es war mittlerweile fast Abend.

Steffen unterbrach ihre Gedanken: „Ich habe versucht, Marita zu erreichen, die Verbindung war leider miserabel. Ich habe ihr gesagt, dir geht es gut und sie hört morgen wieder von mir." Er sah ihr in die Augen. „Also kann dein Daniel sich auch erst einmal beruhigen!"

Lia erwiderte seinen Blick. „Ist ja schön. Und … Wie geht´s weiter? Was hast du jetzt vor?"

„Das lass mal meine Sorge sein!" Unwirsch wandte er sich von ihr ab, zog die mitgebrachte Sporttasche näher zu sich heran und begann, darin herumzukramen. Schließlich förderte er das T-Shirt, den Pullover sowie den Handspiegel für Lia zutage, gefolgt vom Duschgel und einem Handtuch. Alles flog in hohem Bogen auf das zur Schlafstätte umgewandelte Sofa; Lia schaute ihm erstaunt zu.

Steffen wies mit einer Handbewegung auf den Stapel: „Bedien dich! Ich hoffe, meine Klamotten passen dir einigermaßen. Morgen können wir meinetwegen etwas Passendes für dich besorgen."

Eine halbe Stunde später trat Lia ins Zimmer, erfrischt und in Steffens Pullover gehüllt; gähnend ließ sie sich auf das Sofa fallen und streckte die Beine aus, die Arme unter dem Kopf verschränkt. „Da ich ja wohl im Moment keine Chance habe zu türmen, gehe ich am besten schlafen!" Sie sandte Steffen ein schiefes Grinsen zu.

Seine Reaktion bestand aus einem Achselzucken. „Mir fällt auch nichts Besseres ein. Wenn es dir nichts ausmacht, werde ich mich mit aufs Sofa quetschen. Noch eine Nacht verbringe ich nicht auf dem verdammten Ding, da kann ich mich auch auf den Fußboden legen!" Er gähnte ebenfalls und deutete mit einem Kopfnicken auf die Gartenliege, die zusammengeklappt an der Wand lehnte. Lia konnte sich ein Schmunzeln nicht verkneifen: „Sieht nicht sonderlich bequem aus. Also gut, wenn sich´s nicht vermeiden lässt!" Sie rückte ein Stück zur Seite, um für ihn Platz zu machen.

„Ich werde nicht aufdringlich, falls dir das Sorgen bereitet!" Steffen sah sie mit gerunzelter Stirn eindringlich an, bevor er sich neben ihr niederließ. Du lieber Himmel, war er erledigt! Ihre Körper berührten sich auf der schmalen Liegestatt, und Lia spürte seine Wärme. Sie drehte sich zur Seite und schloss die Augen. Nach wenigen Minuten begann sie einzunicken; sie merkte noch, wie sich ein Arm sachte um ihren Oberkörper legte, dann übermannte sie der Schlaf.

\*\*\*

„Du weißt doch gar nicht, was ich da brauche!" Lia funkelte Steffen ungehalten an. Sie bestand darauf, einen Supermarkt aufzusuchen, um einige Hygieneartikel zu besorgen, denn ihre Tage hatten sich angekündigt. „Ohne das Zeug habe ich ein Problem!" Außerdem war ein tollkühner Plan in ihrem Kopf entstanden. Einen Versuch wäre es wert, doch sie hätte nur wenige Sekunden Zeit ...

Steffen gab klein bei, und kurz darauf steuerte er den Pkw in eine Parklücke vorm Supermarkt. Er ließ Lia den Einkaufswagen schieben, während er unmittelbar neben ihr blieb und seine Hand meistens auf ihrer Schulter ruhen ließ. Auch als sie mit den Augen das Regal mit den Tampons absuchte, stand er direkt neben ihr und packte blitzschnell ihr Handgelenk, als sie sich einen Schritt zur Seite bewegen wollte.

„Himmel, Arsch und Zwirn!", schnauzte sie ihn schließlich genervt an. „Möchtest *du* die Sachen vielleicht aussuchen? Dann gib mir den Autoschlüssel, und ich warte draußen auf dich!"

„Red keinen Stuss, such dir lieber deinen Kram zusammen ... Und pass auf, wie du mit mir redest!", zischte er und gab ihr Handgelenk wieder frei.

Lia presste die Lippen zusammen und nickte reumütig; nur noch ein Weilchen brav sein, dann ... Sie dachte an den Bleistiftstummel, den sie am Vortag zufällig im Toilettenraum der Hütte entdeckt hatte, eingeklemmt in einem Astloch einer der Holzbohlen. Mittlerweile steckte er in der Gesäßtasche ihrer Jeans, gut verborgen von Steffens Pullover darüber. Dummerweise hatte sich kein noch so winziges Stück Papier in der Hütte angefunden, nicht einmal eine leere Klorolle aus Pappe, aber die noch auf dem Halter hängende abzuwickeln – das wäre einfach zu auffällig gewesen! So musste sie eben auf ihr Glück vertrauen.

Verstohlen musterte sie die Umgebung, während sie gehorsam noch etwas Unterwäsche und einige Kleidungsstücke auswählte. Dann rollte sie brav den Wagen zur Kasse, Steffen wie einen Wachhund neben sich.

„Geh du am besten schon durch und packe alles wieder in den Wagen zurück. Ich bleibe dahinter stehen und lege die Sachen aufs Fließband. So kann ich dir schließlich auch schlecht davonlaufen", köderte sie ihn. *Wenn sie ihn richtig einschätzte, würde er anbeißen ...*

„Endlich mal ein vernünftiger Vorschlag!", stimmte er zu und schenkte ihr ein übertriebenes Lächeln.

*Warte nur ab, du Mistkerl ...* Lia ließ ihn durch und räumte alle Artikel aufs Band.

Mit geübten Griffen zog die Kassiererin die Waren so rasch vorbei, dass Steffen mit dem Einpacken kaum nachkam. Lia wartete einen Moment ab, in dem Steffen sich nach unten beugte und umgefallene Saftflaschen im Wagen wieder aufrichtete. Da schnappte sie sich den noch auf dem Laufband verbliebenen Milchkarton, zog den Bleistiftrest aus ihrer Hosentasche und kritzelte eilig auf den Karton: *Bitte Hilfe wurde entführt! Polizei! IST ERNST GEM ...*

Doch weiter kam sie nicht, und natürlich konnte sie die Milchpackung auch nicht mehr der Kassiererin in die Hand drücken mit der Behauptung, das Haltbarkeitsdatum wäre doch längst abgelaufen, *das würde sie nun nicht mehr kaufen!* Mit etwas Glück hätte die Frau ihren Hilferuf gelesen und hoffentlich geschaltet.

Doch dummerweise hatte Steffen wieder den Kopf gehoben und prüfend zu ihr hinübergesehen. Mit ungeahnter Geschwindigkeit zerrte er den Wagen aus dem Kassenbereich heraus, war in der nächsten Sekunde bei Lia und riss ihr Milchkarton und Bleistiftstummel aus der Hand.

„Also, das ist ja schon fanatisch mit deinen ständigen Notizen ..." Sein Gesicht verzog sich zu einer verlegenen Grimasse, als er der verblüfften Kassiererin erklärte: „Wissen Sie, wenn diese Frau einen ihrer Geistesblitze hat, dann macht sie sich wirklich *überall* ihre Notizen ... *Künstler!*" Geschickt machte er Lias Buchstaben unleserlich und stellte den Karton zurück aufs Band.

„Müssen Sie noch abziehen ... Ich hoffe, Sie verzeihen ihr die verrückte Idee!" Sein Augenzwinkern veranlasste die junge Frau an der Kasse, ihm einen hingerissenen Blick zu schenken, während sie Lia ansah und leicht den Kopf schüttelte.

Steffen bezahlte, nahm Lia am Arm und bugsierte sie

mitsamt dem Einkaufswagen hinaus. *Ich könnte ganz laut schreien,* überlegte sie verzweifelt. *Aber er würde alles abstreiten und sie als Verrückte bezeichnen, und vermutlich würden die Leute es ihm abnehmen ...* Lia wusste, wie überzeugend er auf andere Menschen wirken konnte, wie selbstsicher und gewandt er zu reden vermochte. *Ihr* würde sicherlich keiner glauben!

„Rein mit dem Zeug!", kommandierte er und begann mit der linken Hand die Waren in den Kofferraum zu werfen, während er mit der rechten Lia schmerzhaft am Oberarm festhielt. „Hinsetzen!", knurrte er anschließend und drückte sie auf den Beifahrersitz, ließ sich gleich darauf auf den Fahrersitz fallen und startete den Motor, fuhr jedoch noch nicht gleich los.

Sein eisiger Blick verursachte bei Lia unwillkürlich eine Gänsehaut, doch sie schwieg und starrte wütend zurück. Da kam er ihr langsam näher, strich ihr mit der Hand eine Haarsträhne aus dem Gesicht und raunte in ihr Ohr: „Machst du nochmal solch einen Mist, dann kann ich für nichts mehr garantieren!" Sekundenlang knabberte er spielerisch an ihrem Ohrläppchen und setzte dann mit gefährlich leiser Stimme hinzu: „Du willst doch nicht als Leiche zu deinem Lover zurückkehren, oder? Lebendig habt ihr sicherlich mehr Spaß miteinander."

\*\*\*

Nach insgesamt zwei Stunden waren sie zurück in der Hütte, nachdem sie noch einen Zwischenstopp in einer Apotheke eingelegt hatten, um weitere Medikamente zu holen. Lias Erkältung war noch nicht auskuriert.

„Ich fahre nochmal kurz weg. Sei brav!" Er warf ihr

einen warnenden Blick zu, als er die Hütte verließ. Lia vernahm das übliche Rumpeln vor der Tür, das ihr andeutete, dass jeder Fluchtversuch zwecklos wäre. Sie hatte den schweren Rasenmäher draußen gesehen und wusste, dass er die Tür versperrte.

Sie beobachtete durchs Fenster, wie Steffen davonging. Sie wusste, er wollte mit Daniel telefonieren, um weitere Bedingungen zu stellen. Lia seufzte. Wann würde dieser Alptraum enden?

Schlechtgelaunt kehrte Steffen kurz darauf zurück. „Wenn da endlich mal jemand ranginge, wärst du bald wieder bei deinem blöden Macker und mich los! Verfluchter Mist." Er ballte die Fäuste und stiefelte wortlos wieder hinaus, um sich eine Zigarette anzuzünden und einen tiefen Lungenzug zu nehmen.

F rau Tiblert, ich muss doch bitten!" Die Stimme ihrer Vorgesetzten schnarrte ungehalten in Maritas Ohr. Adriana Mehrtens sah sie einige Sekunden lang scharf an, den Mund zu einem schmalen Spalt zusammengepresst.

Sie fuhr fort: „Was ist eigentlich mit Ihnen los, fühlen Sie sich nicht wohl? Dann suchen Sie einen Arzt auf. Andernfalls ..." Sie machte eine Pause. „Andernfalls verlange ich volle Konzentration auf diese Angelegenheit!"

Sie tippte ungeduldig mit dem Zeigefinger auf das Blatt Papier, das vor Marita auf dem Schreibtisch lag. Die nickte unterwürfig mit dem Kopf.

„Bis vierzehn Uhr liegt die Liste auf meinem Schreibtisch. Und sehen Sie bitte zu, dass Sie nicht noch so einen Bock schießen!" Sie warf Marita noch einen Blick zu, dann machte sie auf dem Absatz kehrt und verließ das Büro.

Zurück blieb eine Frau, die bemüht war, nicht in Tränen auszubrechen. Sie schluckte, starrte dann müde auf die Uhr über der Tür. Kurz vor zwölf ... Eigentlich Zeit, in die Mittagspause zu gehen. Nun, das würde heute wohl nichts werden! Hektisch begann sie, sich aufs Neue mit der vertrackten Aufgabe zu beschäftigen, fegte dabei beinahe einen Stapel Rechnungen vom Schreibtisch und stieß einen lauten Fluch aus.

*Die Sechzehnjährige, endlich der verhassten Schule*

*entronnen und nun inmitten einer Ausbildung, um eines Tages finanziell auf eigenen Beinen stehen zu können, pfefferte das Lehrbuch frustriert an die Wand, so dass es aufgeklappt und mit zum Teil verknickten Seiten auf dem Fußboden liegenblieb. Dem Werk „Kaufmännische Buchführung Teil 1" folgte gleich darauf der Füllfederhalter und hinterließ eine hässliche Schliere auf der Tapete, bevor auch er herunterfiel. Das Mädchen schnappte nach Luft und starrte mit großen Augen auf den blauen Tintenfleck, der sich auf dem hellen Teppich ausbreitete. Wie sollte sie das ihrer Mutter erklären?*

Die Vierunddreißigjährige kickte wütend den Papierkorb mit dem Fuß durchs Büro, so dass er gegen einen Schrank prallte, umkippte und der gesamte Inhalt über den Teppich verstreut wurde. Marita fuhr zusammen und warf einen panischen Blick zur Tür. Dann ging sie rasch in die Knie, um Papierschnipsel, eine matschige Bananenschale und einen leeren Joghurtbecher zurück in den Plastikeimer zu befördern. Wenn das die Mehrtens mitbekommen hätte ... Sie erhob sich, atmete tief durch, wischte sich die schwitzenden Hände völlig undamenhaft am Hinterteil ab und trank einen Schluck Kaffee. Pfui, inzwischen kalt, die Brühe. Egal, konzentrieren, weiterarbeiten, jetzt nur nicht noch einen Fehler machen ... Sie musste sich zusammenreißen! Konzentriert beugte sie sich erneut über die Unterlagen, bemüht, alles andere auszublenden.

Nur nicht wieder über die vergangenen Tage nachdenken! Seit Samstag wohnte Daniel nun vorübergehend bei ihr. Es beruhigte sie zu wissen, dass nebenan auf der Wohnzimmercouch jemand schlief, dem sie - hoffentlich - vertrauen konnte. Sie hatten stundenlang zusammengesessen und wieder und wieder alle Möglichkeiten durchgesprochen, die ihnen einfielen. Und waren jedesmal zu dem Schluss gelangt, dass ihnen nichts übrigblieb, als zu warten. Zu warten auf ein weiteres Lebenszeichen von Lia und Sven ...

Mittlerweile war es Montag, und am Nachmittag zuvor war ein merkwürdiger Anruf bei ihr eingegangen. Zunächst herrschten lediglich Knacken und Rauschen in der Leitung, dann drangen Wortfetzen an ihr Ohr: „... geht ... gut ... ihr hört bald ..." Marita meinte, Svens Stimme zu erkannt zu haben; dann wurde die Verbindung jedoch jäh unterbrochen. Sie hatte daraufhin noch eine ganze Weile das Telefon angestarrt und gehofft, es würde erneut klingeln. Nichts. Daniel hatte nur resigniert mit den Achseln gezuckt, als sie ihm davon berichtete.

Er hatte Maritas Auto geliehen, um sich in der Stadt umzusehen und mit Kleidung zum Wechseln einzudecken. Wie es aussah, würde er noch ein Weilchen hierbleiben; sein Vorgesetzter hatte sich glücklicherweise bereit erklärt, ihm einige freie Tage zu gewähren. Am Nachmittag wollte er Marita von ihrer Arbeitsstelle abholen.

***

Geschafft! Marita fuhr den Computer herunter, räumte ihre Tasse in den Geschirrspüler, schichtete mit einem Seufzer einen weiteren Stoß Unterlagen auf den bereits recht hohen Stapel auf ihrem Schreibtisch und zog ihre Umhängetasche aus der Schublade hervor. Während sie die Treppe hinunterstöckelte, ging sie in Gedanken noch einmal den

Tag durch; der Fehler, der sich am Vormittag in die Liste für die Chefin eingeschlichen hatte, war ausgebügelt. Hoffte sie zumindest; ganz sicher war sie sich nicht, wie bei vielen Aufgaben, durch sie sich mehr schlecht als recht hindurchkämpfte.

Nach einigen beruflichen Umwegen war sie schließlich in der Buchhaltung geblieben, obwohl ihr die Tätigkeit dort nicht lag und keinerlei Freude machte. Sie empfand eine tiefe Verachtung für ihre Arbeit. Lediglich die Notwendigkeit, ihren Lebensunterhalt zu bestreiten, ließ sie Tag für Tag zähneknirschend durchhalten.

In ihren Tagträumen sah sie sich im Liegestuhl in der Sonne rekeln, irgendwo im Süden. Vielleicht Spanien? Oder Griechenland? Und dort würde sie sich eine Existenz aufbauen, vielleicht ein Bistro betreiben, oder einen kleines Geschäft mit Modeschmuck aufbauen, oder ... Das Geld von Lia hätte Startkapital sein können. Hätte ...

Am Ausgang angekommen, sah sie zu ihrem Erstaunen Daniel offenbar angeregt ins Gespräch vertieft mit – Adriana Mehrtens! Marita näherte sich den beiden neugierig; sie wirkten merkwürdig vertraut miteinander.

Erst als sie neben ihm stoppte, bemerkte Daniel sie. Lächelnd wandte er sich ihr zu: „Hallo Marita! Ich habe soeben eine alte Bekannte getroffen - eine Kollegin von dir!" Er deutete mit einer Geste auf Adriana Mehrtens, die ihrerseits Marita einen aufmerksamen Blick zuwarf.

„Wir waren mal eine Zeitlang zusammen. Ist schon eine ganze Weile her. Als wir noch jung und schön waren, haha." Er grinste verschmitzt, dann wurde er ernst. „Tja, ist leider eine unangenehme Sache, weshalb ich mich in Hannover aufhalte." Er sah Marita an. „Ich habe Adriana erzählt, dass dein ... hm, ehemaliger Bekannter meine Partnerin entführt hat." Als er Maritas alarmierten Gesichtsausdruck sah, beeilte er sich, leise hinzuzufügen: „Mehr nicht." Er tätschelte Marita flüchtig beruhigend die Hand.

Für einen Augenblick herrschte verlegenes Schweigen, bevor Daniel erneut das Wort ergriff: „Was haltet ihr davon, einen guten Happen irgendwo gemeinsam zu essen? Ich lade euch ein." Er blickte die beiden Frauen fragend an.

Adriana räusperte sich. „Ja ... Warum nicht? Wir haben uns lange nicht gesehen." An Marita gewandt fuhr sie fort: „Wenn es Ihnen nichts ausmacht?"

Die Angesprochene nickte zögernd. „Natürlich, warum nicht?"

*** 

Daniel tupfte sich mit der Serviette zufrieden die Lippen ab. „Einfach wunderbar!" Das Essen in dem von Adriana vorgeschlagenen Chinarestaurant war vorzüglich gewesen.

„Da kann ich nur zustimmen." Adriana lächelte ihm zu. Dann sah sie Marita an, die neben Daniel saß. „Ich hoffe, diese unerfreuliche Angelegenheit lässt sich bald aufklären. Muss recht belastend sein!" Nach einer Pause setzte sie zweifelnd hinzu: „Und Sie haben nur wenige Informationen über den Mann? Gibt es denn irgendwelche Anhaltspunkte, wo er sich jetzt aufhalten könnte? Oder tappen Sie ganz und gar im Dunkeln?"

Marita schluckte. Nein, sie wusste bemerkenswert wenig über den Mann, dem sie ihr Vertrauen geschenkt hatte. Ein Fehler, wie sich leider herausgestellt hatte!

Beschämt senkte sie den Kopf. Was würde Frau Mehrtens über sie denken? Sie räusperte sich: „Ich habe ein Foto von ihm, das ist so ziemlich alles, was mir geblieben ist." Verlegen nestelte sie ihre Brieftasche hervor und zupfte das Foto von Sven heraus - das einzige Foto, das sie von ihm besaß. Sie reichte es zögernd Adriana Mehrtens über den Tisch.

Deren Reaktion auf die verwackelte Aufnahme war überraschend. Sie hob unvermittelt ihre Hand, um das Bild mit zusammengekniffenen Augen genauer zu betrachten. Dann sah sie Marita seltsam durchdringend an.

„Heißt er zufällig Steffen Crebent?" Sie setzte erklärend hinzu: „So heißt mein Exfreund. Und ... Der Mann auf dem Foto sieht ihm verblüffend ähnlich!" Sie machte eine Pause, dann fiel ihr noch etwas ein: „Oder hat er sich vielleicht `Benno`genannt? Unter dem Namen kannte ich nämlich ihn zunächst. Das war während seiner Schulzeit sein Spitzname, weil er eine Theaterrolle in der Schule gespielt hat, und die Figur hieß so. Er hat den Namen eigentlich gehasst, aber er wurde ihn lange nicht mehr los, und so hat er ihn schließlich selbst benutzt!" Sie zog die Stirn kraus. „Na egal, jedenfall wusste ich weder seinen richtigen Namen noch seine Adresse. Wir trafen uns nur in Cafés oder in meiner Wohnung, seine war angeblich zu weit draußen gelegen. Und dann fiel eines Tages sein Führerschein aus seiner Jackentasche, ich hatte ihn kaum aufgehoben und einen neugierigen Blick drauf geworfen, da riss er ihn mir regelrecht aus der Hand. Er hat mich vielleicht angeschnauzt, was mir einfiele! Am nächsten Tag brachte er mir einen großen Rosenstrauß mit und entschuldigte sich, aber es zog einen Knacks in unserer Beziehung nach sich. Und einmal habe ich noch versucht, ihn `Steffen` zu nennen, aber da wäre ihm beinahe die Hand ausgerutscht. Ich hab`s nie wieder drauf ankommen lassen." Adriana presste die Lippen zusammen und erzählte weiter: „Benno ... Ich meine, Steffen kann ausgesprochen charmant sein, ist aber als Freund nicht zu empfehlen. Zu egoistisch, zu unberechenbar. Ich war kurzzeitig mit ihm liiert, nachdem das mit Daniel in die Brüche gegangen war." Sie warf diesem einen Blick zu und wandte sich dann an Marita: „Vermutlich hat er Ihnen einen weiteren Namen genannt, oder?"

Diese schüttelte irritiert den Kopf. „Sein Name ist Sven Cordler." Sie schluckte. „Jedenfalls hat er mir *den* genannt, aber nach dem, was ich gerade erfahren habe, hat er mich ja auch angelogen!"

Adriana musterte sie nachdenklich. „Soweit ich mich entsinne, hat er eine ziemlich auffällige Narbe am Unterarm. Warten Sie ... ich glaube, am rechten Unterarm. Stammt von einem Unfall während einer Fahrradtour, die wir mal unternommen haben, da wollte er einem Auto ausweichen und ist dann ausgerechnet auf einem Schotterstreifen gelandet. Und ..." Sie stockte, als sie Maritas Gesicht sah.

Mit aufgerissenen Augen hatte diese ihren Worten gelauscht, und nickte nun langsam. Dann fiel auch ihr etwas ein: „Am Oberarm hat er eine Tätowierung ... so abstrakte Schnörkel, eigentlich ganz hübsch, ich hatte mir ja auch schon überlegt, ob ..." Verlegen brach sie ab. Musste ja keiner von ihrer verrückten Idee erfahren! Wohl besser, dass sie sie nie verwirklicht hatte.

„Stimmt, ich erinnere mich", bestätigte Adriana und setzte hinzu: „Und der Mittelfinger an der einen Hand, ich glaube auch rechts, den hat er sich wohl als Kind mal angeknackst, der ist etwas schief wieder zusammengewachsen. Ist kaum zu sehen, fiel mir aber doch auf." Erwartungsvoll blickte sie Marita an. Die bestätigte ihre Angaben mit einem Kopfnicken.

Daniel schaltete sich ein. „Jetzt schlägt´s jawohl dreizehn! Dieser Nichtsnutz Sven Cordler ... oder Benno ... oder wie immer er eigentlich heißt, jedenfalls, deine tolle Eroberung ..." Er unterbrach sich verlegen. „Entschuldige, Adriana, ist mir so rausgerutscht."

„Schon in Ordnung. Du wolltest sagen, der Mann, den ihr sucht, das *könnte* mein Ex sein. Zumindest deutet einiges darauf hin." Adriana war sichtlich erschüttert. Langsam, wie zu sich selbst, sprach sie weiter: „Daniel, ehrlich gesagt schäme ich mich dafür, dass ich auf den windigen Typen reingefallen bin, du hättest wirklich einen besseren Nachfolger verdient gehabt! Aber wenigstens kann ich mich an seinen echten Namen und seine Adresse in Hamburg erinnern. Die konnte ich mir leicht merken, da eine alte Freundin gar nicht weit von ihm entfernt in derselben Straße wohnt, nur zwei Häuser weiter. Hin und wieder schreibe ich ihr nämlich eine Ansichtskarte aus dem Urlaub, daher ist der Straßenname hier oben drin." Sie tippte sich lächelnd an den Kopf. "Versucht es, vielleicht kommt ihr so irgendwie an ihn heran."

***

„Tja, wir melden uns, sobald wir etwas herausfinden." Der Beamte wandte seine Aufmerksamkeit wieder dem

Formular zu, das vor ihm auf dem Schreibtisch lag. Daniel und Marita verließen das Dienstgebäude, unschlüssig, wie sie weiter vorgehen sollten. Sie kamen zu dem Schluss, alles in ihrer Macht Stehende getan zu haben.

Sie hatten sämtliche Informationen weitergegeben, die sie von Adriana über Steffen Crebent erhalten hatten. Sie hatte seine Adresse preisgegeben. Und ein etwa zwei Jahre altes Foto aus ihrer Wohnung geholt. „Ein aktuelleres besitze ich leider nicht, und natürlich besteht kein Kontakt mehr. Dieses Bild wollte ich eigentlich auch schon lange entsorgen." Marita hatte ihr jedoch versichert, Steffen sei gut getroffen auf der Aufnahme. „Fast unverändert, nur etwas jünger." Für einen Moment hatte sich ein wehmütiger Ausdruck in ihre Augen geschlichen, der allerdings rasch wieder verschwunden war bei dem Gedanken an die jüngsten Ereignisse.

„Wir hören voneinander, Adriana." Daniel hatte ihre Handynummer auf eine Serviette gekritzelt; Marita würde ihr ohnehin im Büro täglich begegnen. Mit dem Versprechen, sie auf dem Laufenden zu halten, hatten sie sich von Adriana Mehrtens verabschiedet.

Die hatte sich gefühlt, als ob sie soeben ihren Ex dem Henker anvertraut hätte! Aber es war doch ihre Pflicht gewesen, zu helfen, und die einstigen Gefühle für ihn waren sowieso schon lange erkaltet. Wenn sie überhaupt je vorhanden gewesen waren. Ihr hatte der Kopf geschwirrt.

Den Montagnachmittag verbrachten Lia und Steffen damit, die Zeit totzuschlagen. Noch immer verärgert darüber, dass es nach wie vor keine Kommunikation mit Daniel gegeben hatte, polterte Steffen eine Weile missmutig herum. Schließlich schlug Lia einen ausgedehnten Spaziergang im nahen Waldgebiet vor, der Steffen allmählich beruhigte, Lia jedoch ihre körperliche Angeschlagenheit deutlich vor Augen führte. Anschließend fiel sie wie ein Stein auf das Sofa, um über zwei Stunden zu schlafen, während Steffen in einer mitgebrachten Zeitschrift schmökerte.

„Und ... schon wieder schmachmatt!" Triumphierend sah er Lia an. Beim Stöbern in dem altmodischen Schrank war er auf ein hölzernes Schachbrett samt Figuren gestoßen. Lia hatte bereits die eine oder andere Partie Schach gespielt, nachdem Bernd ihr vor vielen Jahren die Grundzüge dieses Spieles beigebracht hatte. Leider hatte Daniel so gar kein Interesse daran, so dass ihr nur selten ein Schachpartner zur Verfügung stand.

Es stellte sich heraus, dass Steffen ein passabler Schachspieler war. Ärgerlicherweise hatte er drei der vier Partien gewonnen, nachdem Lia sich auf seinen Vorschlag eingelassen hatte, sich damit beim trüben Licht der altersschwachen Hängelampe die Zeit zu vertreiben. Aber es tat Lia gut, für eine Weile der Realität entfliehen zu können; als es ihr gelang, Steffen auszutricksen, war ein übermütiges Kichern von ihr die Folge. Als sie daraufhin hochblickte, erstaunt über sich selbst, sah er sie schmunzelnd an.

Lia erhob sich: „Ich geh nur mal eben wohin. Danach machen wir weiter ..." Siegesgewiss griente sie ihm zu.

Steffen blickte auf seine Uhr: „Nein, genug für heute. Ich habe noch etwas mit dir vor." Als er ihren alarmierten Blick sah, beeilte er sich, hinzuzusetzen: „Nichts Schlimmes. Geh erstmal dahin!" Er wies mit einem Kopfnicken auf die Tür zur Toilette.

Als Lia zurückkam, stellte sie fest, dass Steffen bereits das Bettzeug verstaut und die Hütte oberflächlich aufgeräumt hatte. Lediglich der Becher mit einem Rest ihres geliebten Früchtetees stand noch auf dem Tisch. Diesen nahm er jetzt hoch und hielt ihn ihr entgegen. Lia sah Steffen fragend an.

„Trink aus! Übrigens habe ich dir vorhin ein leichtes Schlafmittel hineingemischt. Das wird dich bald müde machen", erklärte er und besänftigte sie sogleich, als sie aufbrausen wollte: „Keine Angst, ich vergifte dich nicht!" Er registrierte ihre hilflos geballten Fäuste, ihre wütend blitzenden Augen und zuckte nur mit den Achseln. Da ließ sie resigniert den Kopf hängen.

„Komm ... Setz dich ins Auto, da kannst du ein Weilchen schlafen." Gemeinsam verließen sie die Hütte, wobei er mit eisernem Griff ihren Arm festhielt. Lia hatte kaum auf dem Beifahrersitz Platz genommen und sich angeschnallt, da spürte sie auch schon die Müdigkeit in sich aufsteigen. Sie schloss die Augen und überließ sich Steffens undurchschaubaren Plänen. Dieser lenkte den

Wagen vom Parkplatz hinter dem Kleingartenviertel, dann trat er aufs Gaspedal. Kleine Kieselsteinchen flogen zur Seite, als das Fahrzeug unsanft durch eine Biegung schlingerte, sich wieder fing und schließlich davonpreschte.

Kopfschüttelnd sah ein älterer Mann ihnen nach. Auf seinem abendlichen Spaziergang über das nahegelegene Gelände mit seinen gepflegten kleinen Hütten begegnete er zu dieser unwirtlichen Jahreszeit nur selten Hobbygärtnern. Was hatten denn die beiden Gestalten, die er undeutlich in dem vorbeihuschenden Auto wahrgenommen hatte, hier zu suchen gehabt?

Eine Vermutung stieg in ihm auf und ließ ihn seine Schritte beschleunigen, als er den Weg entlangging, während seine Augen aufmerksam die Hütten zu beiden Seiten betrachteten. Nicht lange, dann blieb er stehen. Was hatte der Aufsitzmäher direkt neben der lediglich angelehnten Tür verloren? Er sah genauer hin, bemerkte das aufgebrochene Schloss. Außerdem stand die Tür des Geräteschuppens weit offen ...

Joachim Wempert fuhr mit der Hand in die Jackentasche. Nur gut, dass er neuerdings ein Handy bei sich hatte; heute würde das selten genutzte Gerät endlich einmal zum Einsatz kommen! Kurz zögerte er und blickte sich misstrauisch um, doch er war allein. Niemand würde ihm gefährlich werden. „Längst über alle Berge", murmelte er und schüttelte den Kopf.

Er versuchte darauf zu kommen, was für ein Fahrzeugtyp es gewesen war, aber er hatte nur noch einen silbrigen Schatten in Erinnerung, der verdächtig eilig die

Kurve genommen hatte! Aufs Kennzeichen hatte er nicht geachtet. Aber er war sich sicher, hinter der Windschutzscheibe einen Mann und eine Frau wahrgenommen zu haben. Zu rasch waren sie an ihm vorbeigefahren, als dass er Einzelheiten hatte erkennen können. Die Beifahrerseite war ihm zugewandt gewesen. Die Person auf dem Beifahrersitz hatte den Kopf nach vorn gebeugt, ihr recht langes Haar hatte das Gesicht verborgen. Offenbar eine Frau.

Das war nicht viel, aber … Er überlegte kurz und entschied dann, der Polizei doch besser seine Beobachtungen mitzuteilen. Seine Finger begannen, auf die Tastatur zu tippen.

\*\*\*

Der Wagen bog in die Straße ein und rollte fast lautlos einige Meter, als der Fahrer unvermittelt auf die Bremse trat, hastig in eine Parklücke zurücksetzte und das Fahrzeug dann denselben Weg zurücklenkte, den es soeben gekommen war. In einer nahegelegenen Seitenstraße kam der Wagen zum Stehen. Die Scheinwerfer wurden ausgeschaltet, die Fahrertür geöffnet.

Steffen sah sich wachsam um, bevor er ausstieg. Was er da direkt vor seiner Wohnung erblickt hatte, gefiel ihm überhaupt nicht! Galt die Aufmerksamkeit der Polizei vor dem Haus womöglich ihm? Er schlich vorsichtig näher, immer darauf bedacht, sich im Dunkeln aufzuhalten. Verborgen von einer Litfaßsäule, beobachtete er ungläubig, wie mehrere Beamte sich Zugang zum Haus verschafften, die Treppen hinaufstiegen und dann … richtig, an seiner Wohnungstür klingelten und klopften. Er konnte alles deutlich verfolgen, da das Treppenhaus hellerleuchtet war.

Zum Henker, wie hatten sie seine Identität herausgefunden? Leise fluchend verließ er den Beobachtungsposten und kehrte eilig zu seinem Auto zurück. Er warf einen prüfenden Blick auf Lia, die schlafend auf dem Beifahrersitz hockte.

Tja, aus seinen Plänen wurde nun offenbar nichts. Er hatte beabsichtigt, Lia aus der Tiefgarage in den Fahrstuhl und von dort ungesehen in seine Wohnung zu bringen. Dort hätten sie eine heiße Dusche nehmen können und eine weitaus bequemere Nacht verbracht als in der Hütte!

Aber wie die Dinge nun lagen, blieb ihm nichts anderes übrig als die Flucht. Ihn durchzuckte ein Gedanke: Sie konnten nun auch sein Autokennzeichen feststellen, und die Spuren vom Unfall mit dem Radfahrer waren ebenfalls nicht zu übersehen! Er musste sich einen anderen fahrbaren Untersatz besorgen. Zumindest erstmal ein anderes Kennzeichen anbringen als vorübergehende Lösung!

Er erreichte die Autobahn und jagte gen Süden. Unterwegs legte er einen Zwischenstopp in einem kleinen Ort ein. Dort schlich er mit ausgeschalteten Scheinwerfern durch die menschenleeren Straßen, um schließlich kurz anzuhalten. Mit geschickten Fingern entfernte er die Nummernschilder von seinem Fahrzeug und warf sie in den Kofferraum, befestigte anschließend die Autokennzeichen eines fremden Wagens an seinem eigenen und fuhr dann zurück zur Autobahn.

Lia rührte sich neben ihm und murmelte undeutlich

etwas.

„Schlaf weiter, wir sind bald da." Beruhigend strich er ihr kurz über die Wange. Sie würden sich eine Bleibe für die Nacht suchen müssen, denn er konnte nicht noch stundenlang ziellos ins Nirgendwo fahren!

Er verließ die Autobahn wieder und fuhr einige Kilometer über eine einsame Landstraße, bis er an einem Ortseingangsschild vorüberkam. Langsam weiterrollend, hielt er Ausschau nach einer Übernachtungsmöglichkeit.

***

Der stämmige Grauhaarige in dem Gasthof des kleinen Dorfes warf Lia einen misstrauischen Blick zu, als sie schlaftrunken neben Steffen zum Tresen wankte.

„War ein bisschen zuviel für dich, nicht wahr? Gleich kannst du ins Bett gehen." Dem Wirt zugewandt, fuhr Steffen fort: „Wir haben einen turbulenten Tag hinter uns. Nach Stuttgart zurück schaffen wir´s heute nicht mehr! Wir haben uns deshalb für einen Zwischenstopp entschieden." Er zögerte einen Augenblick, um dann hinzuzusetzen: „Leider müssen wir recht früh weiter, also ohne Frühstück. Sie verstehen, dringende berufliche Termine. Ich möchte deshalb gleich bezahlen."

Sein Gegenüber musterte ihn, dann nickte er zustimmend. Er kassierte für ein Doppelzimmer und verfolgte, wie sein Gast eine unleserliche Unterschrift auf den Meldezettel kritzelte und kurz zu seiner Begleiterin sah.

„Ach, Liebes, du hast deine Brille vergessen! Ich mach das schon, brauchst dann nur noch zu unterschreiben!" Er widmete sich erneut dem Zettel und füllte die Felder aus, wobei er entschuldigend murmelte: „Oh, diese fürchterliche Sauklaue, die ich mir angewöhnt habe." Dann wandte er sich Lia zu und drückte ihr den Kugelschreiber in die Hand. Sie setzte ebenfalls nur einen flüchtigen Schnörkel aufs Papier; Steffens warnender Blick war ihr nicht verborgen geblieben.

Der Wirt überflog kurz das Geschmiere und händigte Steffen den Schlüssel aus. „Treppe rauf, links, Nummer Drei. Den Schlüssel morgen früh einfach in der Tür stecken lassen. Angenehme Nachtruhe!" Er wandte sich der halb geöffneten Tür zur Gaststube zu, wo etliche Dorfbewohner eine fröhlich lärmende Runde bildeten.

Oben angekommen, verschwand Lia umgehend im Bad, duschte rasch. Zurück im Schlafzimmer, schlüpfte sie umgehend ins Bett. Steffen starrte sie nachdenklich an, um dann zielstrebig zur Zimmertür zu marschieren, den Schlüssel abzuziehen und diesen in seine Hosentasche zu stecken.

Trotz ihrer Müdigkeit musste Lia kichern. „Meinst du, ich renne mitten in der Nacht nur in Slip und T-Shirt nach draußen?"

„Nach draußen? Weiß ich nicht. Aber vielleicht zum Gastwirt."

„Ach, geh duschen und dann lass uns endlich schlafen. Ich bin viel zu erledigt, um abzuhauen." Lia drehte sich zur Seite und schloss die Augen. Gleich darauf war sie eingeschlafen.

\*\*\*

*PiepPiepPiep ... PiepPiepPiep ... PiepPiepPiep ...* Das Geräusch verstummte, als die Gestalt neben ihr sich regte und die Weckfunktion an der Armbanduhr ausschaltete. Lia kuschelte sich tiefer ins Kissen. Im Halbschlaf spürte sie eine Hand, die sich auf ihre Schulter legte und sie leicht rüttelte. „Daniel ... noch fünf Minuten ..." nuschelte sie unwillig.

Der Mann beugte sich über sie, und sie spürte, wie er behutsam seinen Arm um sie schlang. Für die Dauer einiger Herzschläge lagen sie eng aneinandergeschmiegt; sein Atem streifte ihren Nacken. *Daniel* ... Lia schreckte hoch und wurde sich schlagartig der Situation bewusst. *Nein, das war nicht Daniel!*

Steffen hatte dem spontanen Bedürfnis, sie zu umarmen, für einen Moment nicht widerstehen können. Die heftige Reaktion seines Körpers auf ihre unmittelbare Nähe überraschte ihn; verdammt, sie war seine Geisel! Rasch ließ er sie wieder los und rückte von ihr ab. Einen etwas verlegenen Ausdruck im Gesicht, sprang er aus dem Bett. Dann suchte er seine Kleidung zusammen und machte, dass er ins Bad kam. Lia starrte ihm ungläubig hinterher.

Kurz darauf waren sie bereits unterwegs zu seinem Auto, das er vorsichtshalber ein Stück entfernt abgestellt hatte. Die Fahrt ins Ungewisse wurde fortgesetzt.

\*\*\*

„Frau Tiblert ..." Die Angesprochene stoppte, als sie die Stimme ihrer Vorgesetzten durch die offenstehende Bürotür vernahm. Mit fragendem Gesichtsausdruck blieb sie in der Türöffnung stehen, einen Stapel soeben erstellter Fotokopien in der Hand. Adriana Mehrtens winkte sie heran und bedeutete ihr, die Tür zu schließen und sich gegenüber am Schreibtisch niederzulassen.

Sie sah Marita an und räusperte sich: „Und, waren Sie gestern noch zur Polizei?"

Diese bestätigte mit einem Kopfnicken. „Hm, ja, waren wir. Die melden sich, wenn sie etwas herausfinden." Marita stockte. „Und ... Nochmals vielen Dank, dass Sie uns behilflich sind!"

„Es fällt mir noch schwer, mir Benno ... also Steffen als berechnendes Ungeheuer vorzustellen, trotz der unschönen Erlebnisse, die ich mit ihm hatte. Aber ich empfinde es als meine Pflicht, zur Aufklärung der Angelegenheit beizutragen, wenn ich kann. Und ..." Adriana Mehrtens machte eine Pause, bevor sie fortsetzte: „Frau Tiblert, ich muss ja wohl nicht erwähnen, dass die Sache die Kollegen nichts angeht, das bleibt hoffentlich unter uns!" Sie warf ihrem Gegenüber einen prüfenden Blick zu und erhob sich; Marita stand ebenfalls auf.

„Bestellen Sie Daniel einen schönen Gruß!" Marita nickte folgsam und verließ dann das Büro, um sich wieder an ihren Arbeitsplatz zu begeben.

„Guten Hunger, Mädel!" Steffen machte sich über das verlockende Schnitzel her, während Lia einige Tomatenscheiben aus ihrem gemischten Salat auf die Gabel spießte und vertilgte.

„Lecker! Besonders das Dressing ist ein Gedicht!" Sie schloss für einen Moment genießerisch die Augen und leckte sich über die Lippen.

„Magst du auch Pommes? Dann greif ruhig zu", bot Steffen großzügig an und schlug die Zähne wie ein hungriger Wolf in das Fleisch. „Dass ihr Frauen euch immer an dem bisschen Grünzeug sattessen könnt", meinte er, nachdem er den Bissen hinuntergeschluckt hatte. „Genügsam wie Kaninchen." Seine Augen funkelten amüsiert, als er verfolgte, wie sie sich erneut geraspelte Möhren einverleibte.

„Probier doch mal, sonst verpasst du wirklich was!" Lia tippte auffordernd mit der Gabel in die Salatsauce. Verschmitzt grinste sie ihn an, als sie sich eine Pommes von seinem Teller stibitzte, in das Dressing tunkte und sich mit sichtlichem Behagen in den Mund steckte.

Doch er schüttelte ablehnend den Kopf. „Besser nicht, sonst wachsen mir noch lange Ohren!" *Und ich bin gleich genauso erledigt wie du durch die K.O.-Tropfen, die ich dir hineingemischt habe, als du dich unbedingt noch um die fehlenden Servietten und das fehlende Besteck kümmern wolltest – was ich natürlich „vergessen" hatte ...*

„Genug gefuttert? Dann können wir ja weiterfahren", meinte er und beobachtete mit zusammengekniffenen Augen ihre Reaktion. Nicht, dass sie schon auf dem Weg zum Auto schlappmachte! Nein, für eine Weile schlafen sollte sie erst auf dem Beifahrersitz; dann hätte er freie Bahn, um seine Pläne in die Tat umzusetzen. Wie genau, das würde sich zeigen. Es würde sich kurzfristig ergeben ...

Er nickte der Bedienung der Imbissbude beim Hinausgehen kurz zu, als diese sich mit einem vollen Tablett geschickt an ihm vorbeischlängelte, dann wandte er sich nach Lia um, legte seinen Arm um ihre Schulter und bugsierte sie zum Parkplatz.

***

Daniel streckte die Beine aus. Das Zugabteil war fast leer; er hing seinen Gedanken nach. Gedanken an Adriana, die sich auf einen undurchschaubaren Verrückten eingelassen hatte. Aber immerhin hatte sie selbstkritisch dazu gestanden, hatte eingesehen, dass sie offenbar auf einen Windhund hereingefallen war! Genau wie Marita hatte Steffen sie offenbar um den Finger gewickelt. Und nun hatte er Lia bei sich ... Daniel schnaubte wie ein wütender Stier, als er sich ausmalte, was der Irre alles mit ihr anstellen mochte!

Neben ihm stand seine Reisetasche, vollgestopft mit genug Kleidung für die nächsten Tage. Zur Zeit waren Herbstferien, und er hatte einige Tage frei. Also würde er bis Sonntag bei Marita wohnen; ab kommendem Montag hatte er dann wieder als Sportlehrer zur Verfügung zu stehen. Ob er vielleicht ausnahmsweise noch einige Tage mehr frei bekäme? Ob er mal mit der Schuldirektion sprechen sollte? Andererseits - was konnte er denn ausrichten, wenn er noch länger in Hannover blieb?

Von Steffen war kein Lebenszeichen mehr gekommen; der erhoffte Anruf von ihm blieb bislang aus. Die Angelegenheit lag nun in den erfahrenen Händen der Polizei. Die tappte allerdings bisher auch noch im Dunkeln, wie Daniel wusste. Nachdem Daniel heute Morgen mit dem Zug nach Hause gefahren war, um Lias Gepäck zu ihrem Haus zu bringen und ihre geliebten Grünpflanzen zu versorgen, war er zu seiner Behausung weitergefahren, um das Nötigste für sich einzupacken.

Er dachte an den Anruf zurück, der ihn dort erreicht hatte, kaum dass er die Eingangstür aufgeschlossen hatte. Etwas genervt hatte er das Gespräch angenommen.

„Wo steckst du eigentlich, immer geht nur dein Blechmaxe dran", war die vertraute Stimme seine Vaters an sein Ohr gedrungen. Ob es ihm recht sei, wenn er ihn in den nächsten Tagen mal besuchen käme? Er wolle sich nämlich mit einem alten Bekannten aus gemeinsamen Grundschultagen treffen. Sie würden gemeinsam an einer Skatmeisterschaft teilnehmen und über alte Zeiten klönen. „Wenn ich ein halbes Schwein gewinne, bekommst du was davon ab, haha!"

Einen Augenblick lang war nur ein leises Rauschen in der Leitung zu vernehmen, dann räusperte sich Daniel: „Tja, naja ..."

Joachim Wempert kannte seinen Sohn gut genug, dass er dessen Zögern sofort zu deuten verstand: „Sturmfreie Bude, ich verstehe dich ja, mein Junge. Aber vielleicht

233

darf ich deiner Liebsten und dir wenigstens kurz `Hallo`sagen, dann verschwinde ich auch schon wieder!" Daniel hatte ihm das amüsierte Lächeln förmlich anhören können.

„Ach Paps ..." Wenn es doch so einfach gewesen wäre! „Weißt du, es ist ..." Er war ins Stocken geraten, hatte noch einmal ansetzten müssen: „Nun ja ..." Dann endlich hatte er von Lia berichtet, von der Entführung, hatte nichts ausgelassen.

„Ja, also ... Und deshalb bin ich auf dem Sprung zurück nach Hannover", hatte er geschlossen und die Reaktion abgewartet.

Stille in der Leitung, dann ein Hüsteln. Danach Joachims versonnenes Murmeln: „Könnte womöglich damit zusammenhängen ..." Daniel erfuhr von dem Vorfall im Kleingartenviertel. „Ich glaube, da saßen zwei Leute im Auto, ein Mann, eine Frau. Aber beschwören kann ich`s nicht, dazu ging alles zu schnell. Der Typ fuhr in einem Höllentempo davon. Aber du sagst, der Entführer hat einen Wohnsitz in Hamburg – das würde ja passen!"

Joachim hatte laut zu denken begonnen, welche Möglichkeiten es wohl gäbe, die scheußliche Angelegenheit in Ordnung zu bringen. Doch auch minutenlanges gemeinsames Überlegen hatte die Männer zu keinem Ergebnis geführt, und so hatte Daniel versprochen, seinen Vater auf dem Laufenden zu halten und sich schließlich verabschiedet.

Bald darauf war er in den nächsten Zug gestiegen, der ihn erneut nach Hannover brachte. Marita erwartete ihn dort abends zurück. Er wollte sie nicht unnötig warten lassen, denn die Frau war ohnehin ein Nervenbündel; da konnte es ihr nicht schaden, einen Gesprächspartner zu haben in dieser belastenden Situation, sich mit ihm auszutauschen, den Kopf freizubekommen. Bloß nicht grübeln ... Ihnen blieb nur, abzuwarten.

Ilse Menke war soeben damit beschäftigt, das gespülte Besteck in den Besteckkasten einzuräumen, als sie ein unterdrücktes Stöhnen vernahm. Sie drehte den Kopf zur Seite und erstarrte: Das Gesicht verzerrt, stand ihr Mann im Eingang. Unmittelbar hinter ihm befand sich eine Gestalt, die ihn unsanft in den Wohnwagen hineindrängte. Den linken Arm um seine Kehle gelegt, mit der rechten Hand eine Schusswaffe an seine Schläfe pressend, hielt der Fremde Karl Menke in Schach. Dieser wagte nicht, sich zu rühren; mit entsetzten Augen verfolgte er, wie seine Frau nach Luft rang, einen Schritt zurücktaumelte und dann in sich zusammensackte. Mit dem Schädel knallte sie auf die Tischkante, dann ging sie zu Boden und blieb regungslos liegen.

Karl Menke spürte eine nie gekannte Wut in sich aufsteigen. Mit einem heftigen Ruck riss er sich los, wirbelte herum und rammte dem Übeltäter mit aller Gewalt sein Knie in den Magen. Der Fremde krümmte sich und hatte Mühe, den Schlägen des kräftigen Mannes auszuweichen. Die Verzweiflung ließ Karl Menke blindlings auf den Mann eindreschen; dieser hob die Waffe. Ein Schuss hallte durch das Wohnmobil. Mit einem erstickten Schrei fiel Karl Menke rückwärts, um auf dem weichen Waldboden zu landen.

Keuchend richtete sich der Eindringling auf und starrte dann sekundenlang betroffen auf die Waffe in seiner Hand.

Dann ließ er den Arm langsam sinken. Die Augen geschlossen, rang er um Fassung; schließlich holte er tief Atem und schlug die Augen wieder auf. Zögernd beugte er sich dann über die leblosen Körper. Zunächst untersuchte er die Frau, die offenbar einer Herzattacke erlegen war. Ihr Mann blutete aus einer Wunde am Oberkörper: Eine Hauptschlagader musste getroffen worden sein. Sein Atem begann allmählich zu versiegen, sein Körper wurde schlaff. Die fröhliche Reise des Rentnerpaares ins Feriengebiet hatte soeben auf schreckliche Weise ein abruptes Ende gefunden.

Steffen schüttelte den Kopf, bestürzt über die Entwicklung der Situation. Er hatte lediglich beabsichtigt, das Wohnmobil in seine Gewalt zu bringen! Nachdem er die beiden alten Leutchen eine Weile beobachtet hatte, sagte er sich, das betagte Ehepaar würde keine Gegenwehr leisten. Sie wären sicherlich von seiner Waffe genug eingeschüchtert, um ihm ohne weiteres das Fahrzeug zu überlassen. Nun war jedoch alles außer Kontrolle geraten ... Er betrachtete die beiden Leichen und überlegte nervös sein weiteres Vorgehen.

Sollte er den Mann besser zurück in den Wagen hieven? Nein ... Entschlossen überquerte er mit raschen Schritten die einsame Lichtung mit dem wunderschönen Ausblick auf den nahen See. Dieser idyllische Platz hatte die Menkes spontan begeistert. Und so hatten sie das Fahrzeug - schon älter, innen nach eigenen Wünschen ausgebaut und liebevoll eingerichtet - hier abgestellt. Karl Menke hatte die Bedenken seiner Frau, es sei doch eine beunruhigend menschenleere Gegend, unbekümmert in den Wind geschlagen mit den Worten: „Was du auch immer hast, sei doch nicht ständig so verflixt überängstlich!"

Steffens Wagen parkte auf einem nahen Waldweg. Im Wageninneren lag Lia auf der Rückbank, die Beine angewinkelt. In ihren abermals vom Betäubungsmittel umnebelten Verstand war das Geräusch des Schusses nicht vorgedrungen. Auch die holprige Fahrt über den schmalen Pfad, der zur Lichtung führte, vermochte sie nicht zu wecken. Sie tauchte nur kurz aus den Tiefen des Schlafes auf, als Steffen sie vorsichtig in das Wohnmobil trug und auf die Sitzbank gleiten ließ. Ihr Oberkörper rutschte zur Seite, zusammengesunken kauerte sie in der Nische; regelmäßige Atemzüge verrieten Steffen, dass sie weiterschlief. Sie würde nichts von dem mitbekommen, was er nun zu erledigen hatte.

Er öffnete den Kofferraum des neben dem Wohnmobil geparkten Autos, entnahm ihm seine persönlichen Sachen. Diese trug er ins Wohnmobil, wo er sie in einer Ecke achtlos fallen ließ. Dann hob er die tote Ilse Menke hoch und trug die zierliche Frau zu seinem Auto. Er setzte sie auf den Beifahrersitz und schloss die Tür. Anschließend wandte er sich ihrem wesentlich stämmigeren Mann zu, den er über den Waldboden schleifte und dann ächzend auf den Fahrersitz des Fahrzeugs wuchtete.

Nach Atem ringend, richtete Steffen sich auf und schätzte die Entfernung zum steil abfallenden Seeufer. Vielleicht zwanzig Meter. Er hatte keine Ahnung, wie tief das Gewässer war; womöglich würde das Fahrzeug darin nicht völlig verschwinden! Er hatte jedoch keine andere Wahl.

Über den leblosen Körper Karl Menkes gebeugt, löste Steffen die Handbremse seines Autos und kuppelte den Gang aus. Eine Hand am Lenkrad, mit der anderen schiebend, rangierte er das schwere Gefährt mühsam über den unebenen Boden in Richtung Seeufer. Es ging nur langsam voran; schwitzend und fluchend erreichte er schließlich die Uferböschung. Steffen blieb stehen und schnappte nach Luft. Als sich sein Atem beruhigt hatte, nahm er die letzte Etappe in Angriff: Er schloss die Fahrertür, stemmte sich mit aller Kraft gegen das Heck des Autos und schob es den meterhohen Steilhang hinunter.

Das Fahrzeug kippte vornüber, als die Räder keinen Halt mehr fanden. Es vollführte im Fallen eine halbe Drehung und krachte mit der Schnauze voran in den See, wo es für einen Moment aufrecht stehenblieb. Die hintere Stoßstange ragte in die Höhe. Steffen gefror das Blut in den Adern, dann entfuhr ihm ein Seufzer der Erleichterung, als das Fahrzeug sich allmählich neigte und im Wasser verschwand. Dort lag es nun auf dem Dach, etwa anderthalb Meter unter der trüben Wasseroberfläche vor neugierigen Blicken verborgen. Und mit ihm die unfreiwilligen Insassen.

***

*Wie praktisch, dass inzwischen auch schon Rentner mit einem Handy umgehen konnten!* Steffen drehte das Gerät um, das Karl Menke aus der Hosentasche gerutscht war und konnte sich ein Lächeln nicht verkneifen. „Ich kann mir meine eigene Nummer auch schlecht merken", murmelte er angesichts des Aufklebers, der die Rückseite des altmodischen Modells zierte.

„Rot ... nee, Braun, also ... Wie heißt das doch gleich ... Genau, Kastanienfarben, hing ihr runter bis auf die Pobacken, pralle Dinger, genauso wie ihre Möp ...“, bremste er sich. „Is' mir in die Quere gekommen, als ich zum Tisch gehen wollte, hab ihr leider den Kaffee über die Bluse gekippt! Ich wollt's ja ersetzen, aber sie hat's abgelehnt ... War irgendwie von der Rolle, dauernd hat sie sich umgesehen ... Und dann meinte sie, ich soll möglichst schnell die Polizei anrufen, sie ist entführt worden! Fühlte mich natürlich erstmal verarscht von der Braut, was glauben Sie! Aber dann hat se mir ihren Namen genannt, den hab ich auf 'ne Serviette geschrieben, Moment ... *Liane Tibbert* hab ich verstanden, sie hat immer leiser gesprochen und dann so getan, als hätten wir kein Wort miteinander gewechselt!“

Steffen schnaubte empört und sprach bewusst schnodderig weiter, wobei er deutlich hörbar ein Kaugummi schmatzte: „Gleich darauf hab ich ja kapiert warum, denn da kam plötzlich ihr Macker an, und der hat mich angesehen, als ob er mich aufspießen wollte! Hat die Kleine einfach am Arm gepackt und wie ein Hündchen hinter sich hergezerrt, da fehlte bloß noch 'ne Leine! War offenbar der Drecksack, der sie gekidnappt hat ... Jedenfalls hab ich mich schnell umgedreht und nicht mehr drum gekümmert, will ja nicht noch von dem zusammengeschlagen werden! Nur ...“

Er verstummte und nickte. „Ja genau, ich bin sofort zu meiner Karre gelaufen, um Sie anzurufen! Unterwegs bin ich hier gerade in Kiel, und ...“ Steffen legte ein Pause ein, dann hielt er das Handy vom Mund weg und fluchte:

„Kann ... kaum noch hören, verdammte Tech ... Verbin ... Funkloch ... Mist ...“ Er beendete das Gespräch und befreite das Mobiltelefon aus dem Taschentuch, in dem er es eingewickelt hatte, um seine Stimme zu verzerren.

Steffen schaltete das Gerät aus und steuerte das Wohnmobil aus dem Gewerbegebiet, auf dem er gehalten hatte, zur Autobahn. *Kiel, ha!* Sollten sie doch der falschen Fährte folgen.

Nach etlichen Kilometern machte er erneut Halt auf einem einsamen Parkplatz, schmetterte das Handy zunächst mehrmals mit voller Wucht auf den harten Untergrund und warf es anschließend in einen nahen Steinbruch, wo es an einem Felsvorsprung zerschellte; die Einzelteile flogen in alle Richtungen. Dann zog er seine Lederhandschuhe aus und klemmte sich wieder hinters Lenkrad, um weiterzufahren.

L ia wurde wach, als sie bereits hinter Dortmund waren. Sie schlug die Augen auf und sah ein blaues Hinweisschild, das im nächsten Moment auch schon an ihnen vorbeigehuscht war.

Sie setzte sich auf, gähnte ausgiebig und blickte sich dann irritiert um.

„Wieso ..." Benommen richtete sie die Augen auf Steffen. „Ist das etwa ein Wohnmobil?" Sie sah ihn verwirrt an.

„Ja, na logisch." Er wandte seine Aufmerksamkeit wieder der Fahrbahn zu, nachdem er sie mit einem raschen Seitenblick gestreift hatte.

„Und ... Äh, warum sitzen wir darin?"

„Weil ich es gegen das Auto getauscht habe. Oder hast du etwas dagegen?" Steffen klang gereizt.

Eine Weile saß Lia stumm neben ihm, dann setzte sie erneut an: „Die rechtmäßigen Besitzer hast du vermutlich mit drastischen Mitteln überredet?"

Betretenes Schweigen war die Antwort. Dann räusperte er sich: „Hm ... Ich habe ihnen mein Auto sozusagen ... überlassen!" Sein Tonfall ließ keinen Zweifel daran, dass er sich nicht weiter dazu äußern würde.

Ein leises Miauen veranlasste Lia dazu, sich umzuwenden. Suchend spähte sie umher und entdeckte einen Katzenkorb! Halb stand er in der Sitzgruppe, halb auf dem Gang unterm Tisch. Durch die Gitterstäbe der verschlossenen Klappe lugte ein dunkles Katzengesicht. Die bernsteinfarbenen Augen furchtsam auf Lia gerichtet, ließ das Tier ein verängstigtes Maunzen hören.

Steffen hatte es ebenfalls wahrgenommen. Er steuerte soeben das Fahrzeug die Abfahrt Bochum-Wattenscheid hinunter; dichter Feierabendverkehr ließ ihn nur langsam vorankommen. Als sie an einer Ampel halten mussten, wandte er sich Lia zu.

„Tja, die Mieze ist leider aus Versehen mitgefahren. Was machen wir nun damit, rauswerfen?"

Der empörte Blick seiner Begleiterin ließ ihn schnell den Kopf abwenden, und er beeilte sich, besänftigend fortzufahren: „Natürlich nicht. Müssen wir sie eben mit durchfüttern!"

„Du magst keine Tiere, oder?" Der verächtliche Unterton in Lias Stimme war nicht zu überhören.

„So war das doch nicht gemeint, ich würde das arme Viech schon nicht rauswerfen! Hoffentlich ist hier irgendwo Katzenfutter. Die werden doch bestimmt Vorräte gebunkert haben, auch was für uns zu essen. Du kannst eigentlich gleich mal nachsehen, da sind ja mehrere Schränke." Steffen steuerte ein Gewerbegebiet an. Nachdem sie einige schmucklose Firmengebäude hinter sich gelassen hatten, rollte das Wohnmobil langsam über einen der geteerten Wege, die sich wie Äderchen durch das abgelegene Gelände zogen. Weit und breit war kein Mensch auszumachen.

Steffen fuhr auf den Parkstreifen, der sich neben der Fahrbahn hinzog. Dort stellte er den Motor aus und lehnte sich im Sitz zurück. „Endstation für heute. Hier stört uns keiner. Und wenn du unbedingt in die Wallachei abhauen willst, viel Vergnügen!" Er bedachte Lia mit einem eindringlichen Blick. Ohne eine Erwiderung abzuwarten, löste er den Sicherheitsgurt und stand auf, um sich durch den schmalen Gang hinter dem Fahrerhaus zu winden und im Bad zu verschwinden.

Lia folgte seinem Vorschlag, die Lebensmittelvorräte zu erkunden, obwohl sie kaum Appetit verspürte. So selten sie sonst unter Kopfschmerzen litt, so heftig dröhnte ihr momentan der Schädel; vielleicht ginge es ihr nach einer warmen Mahlzeit etwas besser! Neugierig spähte sie in den Kühlschrank und war beruhigt, denn dort befand sich genug für mehrere Tage. In einem der Oberschränke lagerten Nudeln, Reis, Gewürze und Fertiggerichte, auch Kaffee und etliche Flaschen Mineralwasser fehlten nicht.

Lia stellte einen mit Wasser gefüllten Topf auf den Herd, schaltete diesen ein und riss die noch ungeöffnete Nudelpackung auf. Sie hatte sich für Nudeln in Käsesahnesoße entschieden, das ließ sich ohne großen Aufwand rasch zubereiten.

Steffen kehrte aus dem Bad zurück; Lia drückte ihm kommentarlos Geschirr und Besteck in die Hände. Wortlos begann er, den Tisch zu decken. Anschließend bückte er sich zum Katzenkorb hinunter und hob ihn behutsam auf den Sitz.

„Hast du für sie auch schon irgendwas aufgetrieben?" Er warf Lia einen fragenden Blick zu.

Sie deutete auf die Packung Trockenfutter, die auf dem Schrank stand. „Versuch´s damit. Gib ihr erstmal was zu trinken!" Lia suchte im Geschirrschrank, während sie

murmelte: „Ich hab doch einen Katzennapf gesehen ..."
Schließlich hielt sie das Gesuchte in der Hand; sie knallte
den Napf auf den Tisch.

Steffen fuhr zusammen und starrte sie ungehalten an.
Kopfschüttelnd machte er sich daran, das Gefäß mit
frischem Wasser zu füllen. Er stellte es auf den Fußboden
vor die Tür zum Bad und legte eine Handvoll
Trockenfutter daneben. Dann hockte er sich neben den
Korb und öffnete vorsichtig die Klappe.

Das Tier, völlig verstört durch die Ereignisse der
vergangenen Stunden, rührte sich nicht. Steffen versuchte
das scheue Geschöpft herauszulocken. Mit sanfter Stimme
redete er beruhigend auf die Katze ein; diese zog sich nur
noch tiefer in ihre schützende Höhle zurück und fauchte
leise, die Ohren nach hinten gelegt. Als er vorsichtig seine
Hand in den Korb schob, quittierte die Katze dies mit
einem schmerzhaften Hieb. Ihre Krallen hinterließen eine
blutige Schramme auf seiner Haut. Unwillkürlich zuckte er
zurück und fluchte leise.

Lia hatte seine Bemühungen aus dem Augenwinkel
verfolgt und konnte sich ein spöttisches Feixen nicht
verkneifen, als sie sich wieder dem Herd zuwandte. Sie
schüttete die Nudeln in eine Schüssel, gab die Soße dazu
und stellte alles auf den Tisch. Dann ließ sie sich auf die
Bank gleiten und häufte sich eine Portion auf ihren Teller.
Ohne auf Steffen zu warten, begann sie sich über die
Mahlzeit herzumachen, schaffte allerdings kaum die Hälfte
und schob den Teller beinahe angewidert von sich. Stumm
ließ sie sich gegen das Polster sinken und atmete tief
durch; in ihrem Kopf hämmerte immer noch unbarmherzig

der Schmerz.

Ihr Gegenüber hatte die verletzte Hand an die Lippen gehoben, um sich das Blut abzulecken; jetzt widmete auch er sich dem Essen. „Hm ... Schmeckt phantastisch!" Er blickte hoch und sah Lia in die Augen. Diese starrte ihm einige Sekunden kalt ins Gesicht. Schweigend verdrückte er den Rest Nudeln. Dann erhob sich Lia, um Teller und Besteck zu spülen. Steffen sprang auf, schnappte sich ein Geschirrhandtuch und begann, alles abzutrocknen und in den Schrank zu räumen.

Er räusperte sich: „Ich werde gleich nochmal kurz draußen sein ... Muss ich dich dazu einsperren, oder machst du mir keine Schwierigkeiten mehr?" Nach kurzem Zögern setzte er hinzu: „Ich habe vor, Marita oder Daniel anzurufen. Ich habe nicht die Absicht, dich noch länger als nötig festzuhalten, spätestens übermorgen bist du frei ... Ich gebe dir mein Wort darauf! Obwohl du mir vermutlich nicht glauben wirst."

Lia schaute ihn gleichgültig an. Dann zuckte sie resigniert mit den Achseln: „Stimmt, glauben kann ich dir nichts mehr. Also mach, was du willst. Schließ die Tür ab oder lass es!" Sie wandte sich um und marschierte ins Bad.

*** 

Als Steffen nach gut einer Viertelstunde zum Wohnmobil zurückkehrte, empfing ihn leises Kichern. Lia kniete mit dem Rücken zu ihm im Gang zwischen Küchenzeile und Sitzgruppe. Sie hörte ihn nicht eintreten, so vertieft war sie in ihr Spiel mit dem vierbeinigen Fellknäuel: „Miez, Miez ..." Die Ablenkung half, allmählich ihre grässlichen Kopfschmerzen zu bekämpfen!

Die Katze hatte sich endlich aus der sicheren Korbhöhle herausgewagt, nachdem Lia sie geduldig gelockt hatte; ein noch junges Tier mit kurzem, dunkelgrau schimmerndem Fell und wachem Blick. Nun war es damit beschäftigt, einem Bindfaden hinterher zu jagen, den Lia spielerisch zwischen den Tischbeinen hindurch über den Fußboden zog.

„Hat sie sich also doch noch rausgetraut?" Seine Stimme ließ Lia zusammenfahren. Sie sah auf, und ihr fröhlicher Gesichtsausdruck wich der verschlossenen Miene, die er nur zu gut kannte. *Was konnte er auch erwarten ... nach allem, was er mit ihr angestellt hatte?*

Er runzelte die Stirn, zwängte sich behutsam an ihr vorbei und ging ihr gegenüber in die Hocke; stumm fixierten sie einander. Die Katze schien die Spannung zwischen ihnen zu spüren. Sie hatte aufgehört, zu spielen und sah sie mit großen Augen an. Nach einer Weile streckte Steffen langsam seine Hand in ihre Richtung aus und schnalzte leise mit der Zunge. Unendlich vorsichtig näherte sich das Tier endlich seinen Fingern und ließ sich dann sanft von ihnen über den Kopf streichen. Steffen kraulte sie unterm Kinn. Da begann sie genüsslich zu schnurren; das Eis zwischen ihnen war gebrochen.

Als er sie schließlich sachte anhob und auf den Arm nahm, fiel Lia vor Staunen fast die Kinnlade herunter. Er richtete sich auf und nahm dann auf der Sitzbank Platz.

„Hat sie eigentlich schon was gefressen?" Ihm fiel noch etwas ein: „Und ... Gibt`s hier auch ein Katzenklo oder sowas?"

„Beides schon erledigt. So ein Kasten mit Streu steht in

der Duschkabine. Und gefressen hat sie auch. Hatte mächtig Appetit!" Lia machte eine Pause, bevor sie weitersprach: „Sag mal, die bisherigen Besitzer der Katze ... Was sind das eigentlich für Leute?" Als sie Steffens Gesichtsausdruck bemerkte, beeilte sie sich, hinzuzusetzen: „Was aus ihnen geworden ist, wirst du ja sowieso nicht zugeben. Mich interessiert einfach, was für ein Frauchen die Mieze hat. Außerdem müssen wir uns darum kümmern, dass sie versorgt wird, wenn du deine Pläne durchziehst ... Ich werde nicht zulassen, dass das arme Tier auf der Strecke bleibt, verlass dich drauf!"

„Dann nimm sie mit, wenn ich dich freilasse. Dass ihre Besitzer zurückkommen, halte ich leider für ... hm, unwahrscheinlich." Seine Stimme klang belegt. Er setzte die Katze neben sich auf die Bank.

„Sie sind tot, stimmt´s?" Lia versuchte, ihm in die Augen zu sehen. Er hielt den Blick auf seine Zigarettenpackung gesenkt. Sein Feuerzeug flammte auf; er steckte sich einen Glimmstängel an und nahm hastig einige tiefe Züge. Lia registrierte, dass seine Hand zitterte.

Sie wagte sich weiter vor: „Sind dir eigentlich schon die Blutspritzer aufgefallen? Was meinst du, wo kommen die wohl her?" Lias Tonfall ließ keinen Zweifel daran, was sie vermutete.

Steffens Miene war undurchdringlich, als er schließlich erwiderte: „Glaub doch, was du willst. Ich habe ihnen das Wohnmobil weggenommen. Mehr gibt`s dazu nicht zu sagen. Thema beendet!"

Die Katze drängte zurück auf seinen Schoß, und er drückte die Zigarette auf einem Teller aus. Dann nahm er das Tier erneut hoch. Verschmust schmiegte es sich an den Mann, der es geistesabwesend streichelte; sein Blick ging ins Leere. Lia erhob sich: „Wo sind die Klamotten geblieben?"

Die Antwort war ein kurzes Kopfnicken zur Sporttasche auf der Sitzbank. Lia suchte sich saubere Kleidung zusammen und verschwand in der engen Nasszelle, um zu duschen.

***

Als sie nach ausgiebiger Körperpflege aus dem Bad zurückkehrte, bot sich ihr ein ungewöhnliches Bild: Steffen lag der Länge nach mit angewinkelten Beinen im Gang, unter dem Kopf seine zusammengerollte Jacke, die Augen geschlossen. Auf seiner Brust thronte die Katze und schnurrte aus Leibeskräften, während er sie liebevoll streichelte.

Lia betrachtete die beiden eine Weile und verspürte plötzlich den Drang, zu lachen. Als das Tier mit einem fragenden Miauen zu ihr hochsah, musste sie losprusten. Steffen schlug die Augen auf; ein verlegenes Grinsen huschte über sein Gesicht. Er setzte sich langsam auf und kam auf die Beine, während er die Katze festhielt. Sie machte keinerlei Anstalten, herunterzuspringen. Als er sich auf der Sitzbank niederließ, lehnte sie sich an seinen Oberkörper, die Vorderpfötchen auf seine Schulter gelegt. Sie schaute Lia aus großen Augen an. Steffen wandte seinen Kopf ebenfalls in ihre Richtung, und seine Miene zeigte eine Mischung aus Amüsiertheit und Befangenheit. Er senkte den Blick und begann, die Katze zwischen den Ohren zu kraulen.

Lia nahm ihm gegenüber auf der Bank Platz. Nach einer Weile brach sie das Schweigen: „Sie ist ja ganz schön verschmust. Wie sie wohl heißt?"

Steffen schmunzelte: „Frag sie doch einfach ... Vielleicht ist es ja auch ein *er*, wer weiß."

„Ich nenne sie *Miezi*, passt doch ... Sie hört sogar darauf, vielleicht hieß sie früher so ähnlich."

„Hm ..." war seine Antwort. Dann nahm er das Tier vorsichtig von seiner Schulter und setzte es auf den Tisch. „Guck mal Miezi, da ist noch jemand, der dich streicheln möchte."

*\*\*\**

Munter und verspielt, sorgte das Tier dafür, dass die Zeit rasch verstrich. Lia knotete ein Stofftier aus dem Katzenkorb in die Mitte eines Bindfadens. Sie zog an der einen Seite daran, Steffen danach an der anderen. So schoss das Stofftier blitzschnell über den Tisch hin und her, und die Katze jagte es mit wendigen Bewegungen.

Bis irgendwann Steffen aus Versehen im selben Moment am Band zog, als Lia am anderen Ende ebenfalls zugriff. Der Faden zerriss, das Stofftier flog der Katze um die Ohren. Sie packte ihre Beute und vergrub spielerisch die Zähne darin; Lia kicherte. Als sie Steffen ansah, konnte auch der sich das Lachen nicht mehr verbeißen. Die Grimasse, die er dabei zog, ließ Lia endgültig losplatzen; beide lachten, bis sie Tränen in den Augen hatten.

Lia hielt sich die Seiten vor Lachen. Steffen japste erschöpft nach Luft: „Puh ... Ich bin völlig erledigt!" Er wischte sich mit dem Handrücken die Tränen weg. „Guck mal ..." Er berührte flüchtig Lias Hand. Sie blickte hoch und musste abermals losprusten.

Die Katze hatte aufgehört, sich mit dem Spielzeug zu beschäftigen und sah die beiden Menschen mit schiefgelegtem Köpfchen an. Lia hätte schwören können, dass sie überlegte, was sie von dem Gelächter zu halten hatte. Der Gesichtsausdruck des Tieres wirkte zu komisch.

„Ich bin zwar mit einem Hund aufgewachsen, aber Katzen sind auch ganz unterhaltsam." Steffen forschte in seinem Gedächtnis nach dem Namen des Hundes, der während seiner Kindheit zum Haushalt gehört hatte. „Wolf ... Ja, so hieß er. Ein Schäferhundmischling war das. Als der gestorben ist ..." Er schluckte. „Da war ich glaub ich so ungefähr zwölf. Ich hab ihn noch monatelang vermisst." Seine zusammengepressten Lippen verrieten, dass es ihm immer noch schwerfiel, darüber zu sprechen; er hielt seinen Blick auf die Katze gerichtet.

„Altersschwäche?"

„Nein. Ein Auto hat ihn angefahren. Er musste eingeschläfert werden. Wäre sonst nur noch Quälerei gewesen für ihn!"

„Du hast sehr an ihm gehangen, stimmt´s?"

Er nickte mit dem Kopf. „Hm ... Kann man wohl so sagen."

„Hast du Geschwister?"

Er drehte den Kopf und sah Lia an: „Ja." Er machte eine Pause, dann setzte er knapp hinzu: „Einen Bruder. Wenig Kontakt. Seit Jahren kaum gesehen."

„Ich hatte mal eine große Schwester, Sandra. Ist schon lange tot. Auffahrunfall. Meine Mutter ist auch dabei ums

Leben gekommen. An meinen Vater kann ich mich gar nicht erinnern, der ist gestorben, als ich noch ganz klein war." *Warum erzähle ich diesem Mann eigentlich soviel von mir?* Lia schüttelte irritiert den Kopf.

Für einen Augenblick herrschte Stille, und beide hingen ihren Gedanken nach. Dann sagte Steffen mit leiser Stimme: „Ich wünschte, es wäre einiges anders gelaufen! Ich habe eine Menge Mist gebaut. Aber jetzt kann ich die Uhr nicht mehr zurückdrehen, irgendwie muss ich da durch. Tut mir leid, dass ich dir solche Scherereien bereite."

Lia wusste nicht, wie sie darauf reagieren sollte; irgendetwas an der Art, wie er es sagte, berührte sie. Gegen ihren Willen empfand sie plötzlich Mitleid mit dem Mann, der ihr mit gesenktem Kopf am Tisch gegenübersaß. Die unterschiedlichsten Empfindungen tobten in ihrem Inneren, und sie verspürte den Impuls, seine Hand zu streicheln. Zugleich drängte es sie, ihn zu verletzen nach allem, was er ihr und Marita - und Daniel - zugemutet hatte.

Sie konnte sich nicht verkneifen, zu sagen: „Ach komm, hör doch auf. Das tut dir doch nicht wirklich leid! Dich haben andere Menschen noch nie interessiert, stimmt´s? Marita hast du auch nur ausgenutzt und wie ein Stück Abfall fallengelassen. Ich weiß ja, dass sie einem auf die Nerven gehen kann, aber was du mit ihr gemacht hast, hat sie nicht verdient!" Sie hielt inne. Als er empört nach Luft schnappte und gerade zu einer Erwiderung ansetzen wollte, sprach sie weiter: „Hast du überhaupt schonmal eine ernstgemeinte Beziehung gehabt, oder hast du sie alle nur an der Nase herumgeführt, du gefühlloses Ekel?"

Sie beobachtete ihn und registrierte mit Genugtuung, dass ihn die Bemerkung nicht kaltgelassen hatte.

Seine dunklen Augen blitzten sie wütend an; er öffnete den Mund, um sich zu verteidigen. Dann schüttelte er jedoch nur den Kopf und erhob sich. Als er Anstalten machte, im Bad zu verschwinden, rief sie ihm hinterher: „Bloß nicht drüber nachdenken, nicht wahr?" Er fuhr herum und kam langsam auf sie zu. Unmittelbar vor ihr machte er Halt und starrte sie durchdringend an. Sie hielt seinem drohenden Blick stand, den Kopf in den Nacken gelegt, und so fixierten sie einander wortlos eine ganze Weile. Schließlich schlug er die Augen nieder und atmete hörbar aus; sein Gesicht drückte von einem Moment zum anderen tiefe Resignation und Erschöpfung aus. Mit heiserer Stimme sagte er nur: „Treffer versenkt." Dann marschierte er ins Bad, ließ aber die Tür offen.

Gleich darauf hörte Lia seinen Rasierapparat surren, dann ertönte ein leises Fluchen: „Ein Benehmen wie eine Wildsau, diese Frau!"

Der Rasierer verstummte, und Steffens Gesicht erschien in der Türöffnung. „Wenn der Abfluss demnächst verstopft ist, saubermachen kannst du ihn dann! Wie wär's, wenn du mal deine Haare aus dem Becken entfernst?" Grollend verzog er sich wieder ins Bad und knallte diesmal die Tür hinter sich zu.

„Ist ja schon gut, du Ordnungsfanatiker!", war Lias Kommentar. Sie wusste, er würde das Bad gründlich gereinigt hinterlassen, im Gegensatz zu ihr ... Nun, sie war eben unkomplizierter, *kreativer* als andere, beschönigte sie ihren Hang zur Bequemlichkeit vor sich selbst!

Schon wurde die Tür zur Nasszelle mit Schwung wieder aufgerissen; heraus flog ein blaues T-Shirt und landete auf dem Fußboden, begleitet von einem wütenden Brüllen: „Häng deinen Feudel doch in den Schrank, wie anständige Menschen das machen, du ... Schlampe!" Wütend streckte Steffen erneut seinen Kopf aus der Tür und schimpfte: „Wirfst das Ding einfach in die Dusche. Möchtest du es nass wieder anziehen, oder wie? Das kann doch hier alles nicht mehr wahr sein! Bin ich jetzt deine Putze?"

Hinter der offenen Tür hörte Lia ihn noch eine Weile rumoren, dann erschien er wieder im Wohnbereich und schüttelte leicht den Kopf, sagte aber nichts weiter.

Lia empfing ihn mit den Worten: „Wie baut man bloß das Bett in so einem Wohnmobil zusammen? Ich bin müde." Sie betrachtete fragend den Tisch zwischen den Sitzbänken.

Die Stirn unwillig gekraust, begann er an dem Bett herumzubasteln, und kurz darauf war es bezugsfertig zusammengefügt; die Liegefläche bot genug Platz für zwei Personen. Lia hatte inzwischen Bettzeug hervorgekramt, das sie achtlos auf die Schlafstelle warf. Dann schlüpfte sie aus ihren Schuhen, pellte sich aus Jeans und Pullover und machte es sich auf dem Bett bequem.

Steffen stand unterdessen in der kühlen Nachtluft, um noch eine Zigarette zu rauchen. Dann kehrte er ins Wohnmobil zurück, um ebenfalls ins Bett zu klettern und sich neben Lia auszustrecken.

Diese rückte von ihm ab, soweit es ihr auf der schmalen Fläche möglich war. Er deutete die Bewegung richtig und fauchte: „Ich vergreif mich nicht an dir! Oder soll ich lieber gleich auf dem Fußboden übernachten?"

„Am besten draußen!"

„Blöde Ziege!"

Nach kurzer Zeit murmelte sie undeutlich: „Schlaf gut, du Monster."

Er lauschte ihren Atemzügen, die ihm bald verrieten, dass sie schlief. Er lag noch eine ganze Weile wach neben ihr und dachte nach.

Das Gespräch mit Daniel war recht hitzig verlaufen; sie hatten sich lautstark angebrüllt. Steffen hatte ein deutlich erhöhtes Lösegeld verlangt. Ihm war klar, dass er untertauchen musste, und dazu brauchte er finanzielle Mittel. An einen Bankautomaten zu gehen war zu riskant. Also war erstmal ein hübscher Batzen Bargeld notwendig, um eine Weile über die Runden zu kommen! Mit gefälschten Papieren ein neues Konto eröffnen, das konnte er später noch.

Er hatte nicht nur die fünfzigtausend Euro verlangt, die er ohnehin haben wollte. Nein, er hatte darauf bestanden, auch die fünfzehntausend aus der ersten Geldübergabe zu erhalten, die er damals Marita überlassen hatte. Machte zusammen mit dem bereits erhaltenen Geld hunderttausend Euro! Damit würde er sich irgendwo ein neues Leben unter anderem Namen aufbauen.

Heute war Dienstag. Als Zeitpunkt für die folgende Übergabe und Freilassung Lias hatte er Donnerstagmittag ins Auge gefasst. Zeit genug für Daniel und Marita, das Geld zu beschaffen! Genauere Anweisungen wolle er ihnen kurzfristig erteilen. Was er mit Lia machen würde, sollte die Polizei auftauchen - nun, dazu hatte er sich unmissverständlich geäußert. Daniel hatte verstanden ...

Steffen drehte sich auf die Seite, und seine Gedanken schweiften zu der chaotischen, aber wunderschönen Frau an seiner Seite. Unbändiges Verlangen, sie zu berühren, überkam ihn. Er streckte langsam den Arm aus, berührte sachte ihren Nacken; sie regte sich ein wenig und schlummerte weiter. Er hatte Mühe, seine wachsende Erregung zu zügeln. Hastig zog er seine Hand zurück und wandte sich von ihr ab.

Mehrere Autostunden entfernt schaltete Petra Menke den Ton des Fernsehgerätes auf „Stumm" und platzierte die Fernbedienung auf der Sofalehne. Zum wiederholten Male nahm sie das Telefon zur Hand, um die einprogrammierte Nummer zu wählen. Mit beunruhigter Miene legte sie schließlich das Gerät zurück auf den Tisch und schüttelte den Kopf.

„Nichts zu machen ... Warum melden die sich nicht?" Sie blickte ihren Mann besorgt an. Das sah ihren Schwiegereltern so gar nicht ähnlich, denn normalerweise riefen sie pünktlich zum verabredeten Zeitpunkt an! Das wäre bereits am frühen Nachmittag gewesen, gleich nach dem Mittagessen. Michael Menke war ebenso in Sorge um seine Eltern wie sie, doch er versuchte, sich nichts anmerken zu lassen.

„Schatz, versuchen wir es gleich morgen früh nochmal." Er sah zur Uhr; es war bereits kurz vor elf. „Lass uns jetzt ins Bett gehen, ich hatte heute einen anstrengenden Tag!" Er erhob sich vom Sofa und gähnte.

Die Augen gerötet vom fehlenden Schlaf, stiefelte Petra Menke am folgenden Vormittag hinter ihrem Mann her zum Auto und ließ sich auf den Beifahrersitz sinken. Michael Menke hatte sich einen halben Tag freigenommen, um gemeinsam mit seiner Frau zur nächsten Polizeidienststelle zu fahren und eine Vermisstenmeldung zu machen. Der Beamte hatte versprochen, dass eine umgehende Suchaktion eingeleitet würde. Michael Menke hatte darauf gedrungen; seine Unruhe hatte erheblich zugenommen.

Der ungefähre Aufenthaltsort seiner Eltern war ihnen bekannt. Sie hatten mit dem Wohnmobil eine gemächliche Reise durchs ganze Land geplant. Hier und da ein Zwischenstopp, um die Landschaft zu genießen. Am Montagnachmittag hatten sie ihrer Schwiegertochter den derzeitigen Standort mitgeteilt, und dass sie nun ins wunderschöne Bad Pyrmont aufbrechen würden ...

***

„Du bist doch nicht ganz dicht! Wenn du *dich* unbedingt totfahren möchtest, ich habe nichts dagegen. Aber dann lass *uns* vorher aussteigen!" Lia hatte ihre Lautstärke mit jedem Wort gesteigert. Ein riskantes Überholmanöver von Steffen war der Auslöser des Streits gewesen. Sie hatte ihn erschrocken angeblafft, er solle nicht wie ein Irrer fahren!

Steffen lief rot an vor Wut und brüllte zurück: „Kannst du haben!"

Er trat heftig auf die Bremse und steuerte das Wohnmobil im letzten Augenblick auf die Spur zu einem Rastplatz, der am Rande der Autobahn auftauchte. Mit quietschenden Reifen hielt er dort an. Lia hörte, wie hinten im Wagen etwas durch die Luft flog und zu Boden polterte.

Steffen riss die Tür auf und schrie sie an: „Nimm dein Vieh und hau ab!"

Lia sprang hoch, drängte sich durch den Gang zur Sitzgruppe und wollte den Korb mit der Katze darin hochnehmen, doch der war nicht sorgfältig genug verschlossen worden. Das Tier, verstört durch die lautstarke Auseinandersetzung, entwischte durch die Öffnung und rannte durch den Wagen. Schon war es hinausgeflitzt; Steffen reagierte zu spät, um die Katze noch festhalten zu können. Im nächsten Moment war sie im nahen Gebüsch verschwunden.

Lia kletterte langsam aus dem Wohnmobil heraus. Steffen trat mit geballten Fäusten auf sie zu.

Sie schleuderte ihm entgegen: „Na prima, du hast es geschafft, jetzt ist sie weg!"

Er kam noch einen Schritt näher und holte aus. Sein stechender Blick schien sie zu durchbohren.

„Na los, schlag mich doch, du Ungeheuer!" Lia starrte ihn aufgebracht an.

Er ließ den Arm langsam sinken und atmete tief aus. „Sorry ..."

Eine Weile standen sie sich schweigend gegenüber. Dann ergriff er das Wort: „Ich gehe sie suchen, sie muss ja noch in der Nähe sein!" Er wandte sich dem Gebüsch zu, wo er das Tier zum letztenmal gesehen hatte.

„Ich helfe dir. Schließ den Wagen lieber ab." Lia deutete mit dem Kopf auf die weit geöffnete Tür. Sie waren bislang allein auf dem Rastplatz, aber ein Auto näherte sich auf der Einfahrt.

Hoffnungsvoll nahmen sie die Suche auf, blieben dabei immer in Sichtweite des anderen, wechselten manchmal kurz ratlose Blicke miteinander, durchkämmten dann weiter die Gegend ...

***

„Schön, dich mal wieder zu sehen, Kalle!" Joachim hob

das Bierglas und prostete dem bulligen Mann an seinem Tisch zu. Seinen Sohn würde er nun bedauerlicherweise nicht besuchen können, der war verständlicherweise anderweitig beschäftigt, aber die Skatmeisterschaft wollte er sich nicht entgehen lassen! Und vorher ein leckeres Fischmenü genießen und Neuigkeiten mit seinem alten Kumpel aus Kindertagen austauschen.

„Tja, man darf eigentlich gar nicht mehr das Haus verlassen, wenn man zurückkommt, ist womöglich schon die Tür aufgebrochen." Joachim presste die Lippen zusammen, denn ihm fiel gerade etwas wieder ein: „Sogar vor Lauben im Kleingartenviertel machen diese Ganoven ja nicht Halt!" Kurz erzählte er von seinem Erlebnis. „Sind davongerast wie der Blitz, ich dachte, die fahren noch jemanden über den Haufen, wenn da einer das Pech hat, gerade im Wege zu stehen!" Empört schüttelte er den Kopf.

Sein Tischnachbar fuhr sich durch den Stoppelbart. „Vielleicht wollte die Kleine nicht mitfahren, und er hat sie auf seine Weise überzeugt." Plötzlich ging ein leichter Ruck durch seinen massigen Körper. „Mensch, wenn das mal nicht die beiden waren, die an dem Abend hereinkamen, um bei mir zu übernachten! Weißt du, Joachim, mit der Zeit bekommt man als Gastwirt einen Blick für die Menschen, und die beiden kamen mir sofort merkwürdig vor. Sie konnte sich kaum auf den Beinen halten, und er hat gleich bezahlt, weil sie am nächsten Morgen früh weiterfahren wollten. Angeblich sollte es nach Stuttgart gehen. Jedenfalls, ein seltsames Pärchen war das, sag ich dir! Und sie hatte so einen merkwürdigen

Ausdruck in den Augen, so ... Hm, wie soll ich sagen?" Er überlegte. „Irgendwie verschreckt. Langes Haar hatte die Kleine auch, hing ihr runter bis auf die Hüften. Hübsches Mädel, das er sich da aufgegabelt hat! Aber er gefiel mir nicht. Seltsamer Bursche."

Versonnen malte Joachim mit dem Zeigefinger in einer Bierpfütze auf dem Holztisch. Kreis um Kreis entstand auf der Tischplatte, bis er unvermittelt fragte: „Könntest du die beiden noch beschreiben, Kalle? Ich habe zwar gleich die Polizei informiert, doch viele Details konnte ich ja leider nicht angeben!"

Kalle verfolgte, wie sich eine dicke Fliege seinem Glas näherte, dann verscheuchte er sie und meinte nachdenklich: „Tja ... Ich habe meine Zweifel über die Richtigkeit der Angaben, die er auf dem Meldezettel gemacht hat. Ein unglaubliches Geschmiere; der Typ hat sich alle Mühe gegeben, völlig unleserlich zu schreiben! Viel lässt sich damit nicht anfangen."

„Hm ... Diese schriftliche Anmeldung hast du aber noch, die kannst du vorlegen, oder?" Joachim nahm einen Schluck aus dem Bierglas und wischte sich den Schaum von den Lippen.

Sein Kumpel nickte bedächtig: „Such ich raus, sobald ich wieder zu Hause bin. Und dann zockel ich damit zur Polizeistation bei mir um die Ecke!" Er zuckte mit den Achseln. „Wird wohl nix bringen. Doch wenn's der Teufel will, hilft denen womöglich auch so 'ne winzige Info irgendwie weiter."

\*\*\*

Nach einer Stunde gaben Lia und Steffen die Suche nach

dem Tier auf, denn „Miezi" war nirgends aufzufinden. Bedrückt zogen sie sich ins Wohnmobil zurück.

„Und was schlägst du jetzt vor?" Lia sah Steffen herausfordernd an.

Dieser saß ihr mit schuldbewusster Miene am Tisch gegenüber. Zögernd machte er den Mund auf, um ihn dann jedoch wortlos wieder zu schließen. Er zuckte mit den Achseln. „Sag du was." Von ihr kam keine Antwort, und er überlegte. „Wie wär´s mit Mittagessen? Und danach versuchen wir´s nochmal! Am besten stellen wir eine Schale mit Fressen nach draußen, vielleicht kommt sie dann her." Er kratzte sich am Kopf. „Die Tür sollten wir vielleicht offen lassen, falls sie versucht, hereinzukommen."

Zu seiner Verwunderung hatte Lia keine Einwände. Sie stand auf, um die Vorräte durchzusehen. „Wie wär´s mit Reis? Mal sehen, was es dazu gibt." Sie stöberte im Schrank.

*** 

Das Essen war schnell zubereitet und im Nu verschlungen. Keiner sprach während der Mahlzeit, beide hingen ihren Gedanken nach. Kaum war der Abwasch erledigt, stürzte Steffen nach draußen, um Ausschau nach der Katze zu halten. Das Futter, das neben dem Wohnmobil stand, war nicht angerührt worden.

Lia trat neben ihn, und ratlos sahen sie sich an. Sollten sie weiterfahren und das Tier seinem Schicksal überlassen?

„Nein, wir warten noch", entschied sie schließlich.

Er nickte zustimmend: „Hab ich mir auch gedacht." Er

zündete sich eine Zigarette an und lehnte sich ans Wohnmobil. Nachdenklich, und wie zu sich selbst, sagte er dann: „Ich möchte mir nicht ausmalen, was ihr passiert sein könnte. Irgendwie hänge ich an dem Tier!" Er räusperte sich. „Tut mir leid ..."

Lia stand neben ihm, die Hände in den Hosentaschen vergraben. Sie presste die Lippen zusammen und musterte ihn.

„Du versinkst immer tiefer im Schlamassel, stimmt´s?" Nach einer Weile setzte sie leise hinzu: „Eigentlich schade um dich. Unter anderen Umständen hätte womöglich ein durchaus sympathischer Mann aus dir werden können ..." Sie brach ab.

Eine leichte Röte überzog sein Gesicht. Er starrte sie ungläubig an und wandte sich dann verlegen zur Seite.

\*\*\*

Nach einer weiteren Stunde erfolglosen Wartens und Suchens sahen beide ein, dass es keinen Sinn hatte, noch länger zu verweilen. Niedergeschlagen setzten sie sich wieder ins Wohnmobil und verließen den Rastplatz.

Sie hatten kaum einen Kilometer zurückgelegt, als Lia aufschrie: „Da liegt sie!"

Steffen fuhr mit eingeschaltetem Warnblinklicht auf die Standspur und brachte das Gefährt unmittelbar vor dem Tier zum Stehen. Beide sprangen eilig aus dem Wagen und liefen zur Katze; betroffen starrten sie auf die Überreste von „Miezi".

Sie musste frontal von einem Auto erwischt und auf den Seitenstreifen geschleudert worden sein. Verkrümmt, die gebrochenen Augen weit aufgerissen, lag sie vor ihnen.

Steffen ging langsam in die Knie und berührte behutsam ihre Flanke. Versunken hockte er einige Sekunden vor dem toten Tier, bis Lia ihm ihre Hand auf die Schulter legte. Als er aufstand, sah sie Tränen in seinen Augen, die er mühsam zu verbergen suchte.

Mit belegter Stimme sagte er: „Bin gleich wieder da." Er ging zum Wohnmobil und kehrte bald darauf mit einem Handtuch zurück. Dann beugte er sich zur Katze hinunter, um sie mit dem Tuch zu bedecken und hochzuheben. Er legte sie hinter einem Busch neben der Autobahn nieder. Lia stand neben ihm und warf einen letzten Blick auf das einst niedliche Katzengesicht, da hörte sie ihn flüstern: „Sorry, Kleines ..." Sie schluckte und kämpfte gegen das Weinen an, doch vergebens.

Stillschweigend stiegen sie schließlich wieder ins Wohnmobil und setzten die Fahrt fort.

*** 

Essengerüche hingen in der Luft, Geschirr klapperte. Die Mittagspause hatte begonnen. Wie üblich um diese Zeit, herrschte rege Betriebsamkeit in der Firmenkantine. Marita verharrte hungrig in der Schlange vor der Essenausgabe; ungeduldig wippte sie mit den Füßen auf und ab und zog Grimassen. In den Händen hielt sie das noch leere Tablett und ließ spielerisch das Besteck darauf klirrend hin und her rutschen. *Mein Gott, ging das wieder langsam voran heute!*

„Hallo!" Die muntere Stimme schreckte sie auf. Hinter ihr studierte Adriana Mehrtens gerade die Speisekarte. „Gulasch mit Nudeln. Klingt gut." Sie nickte Marita zu. Mit gedämpfter Stimme fuhr sie fort: „Und ...

Irgendwelche Neuigkeiten?"

Marita schüttelte den Kopf. „Noch nichts. Das heißt ..." Sie räusperte sich. „Gestern hat er angerufen. Daniel hat mit ihm gesprochen. Er wollte ..." Sie verstummte, da sich Kollegen näherten. Die beiden Frauen nickten einander in stummem Einverständnis zu; überall neugierige Ohren, kein geeigneter Ort für vertrauliche Gespräche.

Tobias?" Die Stimme hallte durch den Wald. Der Zwölfjährige stand an der Abbruchkante eines hohen Steilhanges und hob den Kopf, als er seinen Namen hörte. Vor ihm erstreckte sich der See, an dessen Ufern er mit seinem jüngeren Bruder Jan und dem gleichaltrigen Nachbarsjungen Niklas schon manchesmal geangelt, geraucht oder gebadet hatte. Die Eltern hatten ihnen untersagt, sich so weit in das einsame Gelände hineinzuwagen; sie setzten sich natürlich über das Verbot hinweg und radelten trotzdem hin. Wie so oft, begleitete sie auch diesmal „Jerry", Niklas´ Terrier.

Tobias blickte hoch. Über das Ufer hinaus ragte der Ast einer uralten Eiche. Es galt als Mutprobe, sich dort hinaufzuhangeln und darauf zu sitzen. Niemand wusste, wann er abbrechen und ins Wasser stürzen würde! Vor einigen Jahren war ein Teil des Erdreiches in den See gerutscht, und nun stand der Baum unmittelbar an der Kante.

Der Junge sah wieder aufs Wasser. Etwas trieb dort, und er versuchte zu erkennen, was es war. Ein Stück Stoff. Rosafarben. Es schlängelte sich im Takt der Wellen, verschwand kurz, tauchte wieder an der Oberfläche auf. Schließlich blieb es an einem Zweig hängen, der im Wasser auf und ab schaukelte.

Tobias hörte, wie Niklas rief: „Sieh mal, hier sind ja Reifenspuren!"

Er wandte sich um und bemerkte die beiden anderen. Sie betrachten neugierig den Waldboden, auf dem sich deutlich die Abdrücke eines Fahrzeuges abzeichneten. Tobias lief zu ihnen: „Ja, die hab ich auch schon gesehen! Die gehen bis zur Abbruchkante. Und im Wasser schwimmt was ..." Er sah Jan und Niklas bedeutungsvoll an.

Die folgten ihm und warfen einen Blick auf das Stück Stoff, das einige Meter unter ihnen deutlich zu erkennen war. Dann musterten sie die Reifenabdrücke und die Abbruchkante.

Niklas ging in die Hocke. „Frisch abgebröckelt, sieht man doch." Wichtigtuerisch deutete er mit dem Finger auf den Boden.

„Pass bloß auf, dass *du* nicht da runterbröckelst!" Jans Stimme klang warnend.

Niklas erhob sich und trat einen Schritt zurück. Die drei Spielgefährten sahen sich nachdenklich an. Dann ergriff Tobias das Wort: „Sieht fast so aus, als ob da ein Auto runtergestürzt ist. Was glaubt ihr?"

Jan zuckte mit den Achseln. „Vielleicht ist das da unten ein Schal oder so was? Da liegen bestimmt ein paar Leichen im See!" Grinsend beobachtete er die Reaktion der beiden anderen.

Sein Bruder ergriff das Wort: „Dahinten haben wir übrigens eine Mütze gefunden. Lag auf dem Boden. Und Jerry schnüffelt schon die ganze Zeit da herum."

Die Jungen gingen zu der Stelle, wo die Mütze lag. Tobias betrachtete sie neugierig. Dann zeigte er auf einen dunklen Fleck, der sich auf der Kopfbedeckung abzeichnete.

„Ob das Blut ist? Jerry, geh da weg!" Der Hund hatte nun ebenfalls die Mütze entdeckt.

Weitere Reifenabdrücke, die jedoch ein anderes Profil aufwiesen, ließen ein weiteres Fahrzeug vermuten. Außerdem waren Schleifspuren auf dem Boden zu sehen.

„Meint ihr nicht, wir sollten das irgendwo melden?", ließ Niklas sich mit aufgeregter Stimme vernehmen.

„Damit unsere Eltern wissen, dass wir hier waren? Nee, lieber nicht." Tobias klang allerdings unsicher.

***

Schließlich machten sie sich auf den Heimweg, und dabei übertrafen sie einander in abenteuerlichen Vermutungen. Zu Hause angekommen, standen sie unschlüssig in der Einfahrt; Niklas´ Vater sah sie die Köpfe zusammenstecken und tuscheln. Er trat näher.

„Na, was habt ihr denn ausgefressen?" Sie fuhren zusammen und sahen auf.

„Wir haben nichts ausgefressen ... Da schwimmt ´ne Leiche im See, wirklich ... Au!" Jan rieb sich das Schienbein und schnitt eine Grimasse.

„Was erzählt ihr da wieder? Wo wart ihr überhaupt?" Der Mann musterte die Jungen. „Mal wieder am See, aha. Und was schwimmt da nun drin?" Fragend blickte er seinem Sohn in die Augen. Als dieser den Kopf senkte, setzte er hinzu: „Eine Leiche? Hat sie wenigstens „Hallo" gesagt?" Er lachte amüsiert. Als er jedoch den Gesichtsausdruck seines Sohnes sah, wurde er ernst.

„Jetzt mal ohne Spaß - habt ihr da wirklich etwas Ungewöhnliches gesehen?" Er sah ihnen der Reihe nach eindringlich ins Gesicht.

Langsam, stockend begannen sie abwechselnd zu erzählen, was ihnen aufgefallen war.

„Jerry war auch ganz aufgeregt!" Niklas blickte seinen Vater an.

Dieser war nachdenklich geworden. Er rieb sich die Stirn und überlegte. Dann fasste er einen Entschluss: „Ich rufe Kurt an, meinen Tischtenniskumpel. Der ist bei der Polizei. Sollen die sich drum kümmern! Vielleicht ist ja was dran, dass da was passiert ist." Er machte eine Pause, dann fuhr er fort: „Aber sollte sich herausstellen, dass ihr euch nur irgendwelchen Blödsinn ausgedacht habt, dann ..." Es war nicht nötig, den Satz zu vollenden. Die Jungen bekräftigten eifrig, dass die Geschichte nicht erfunden sei.

Nicht lange darauf waren mehrere Beamte zum See unterwegs. Sollte dort etwas auf ein Verbrechen hinweisen, ihrem prüfenden Blick würde nichts entgehen.

\*\*\*

Stumm ließ sich Michael Menke auf den Fahrersitz seines Autos sinken. Petra Menke warf ihm einen besorgten Seitenblick zu: „Soll ich nicht lieber fahren?"

Er schüttelte nur den Kopf und startete den Motor. Eine schreckliche Aufgabe stand ihm bevor: Er würde seine toten Eltern identifizieren müssen. Der Gedanke daran drohte ihm die Luft abzuschnüren.

Die Nachricht vom Fund der Leichen hatte seine Frau genauso erschüttert wie ihn. *In einem See ... In einem fremden Auto ...* Es war vermutlich keine Verwechslung möglich, denn die Brieftasche mit dem Ausweis ihres

Schwiegervaters war in dessen Jackentasche gefunden worden. Offenbar waren sie ertrunken; das Seitenfenster auf der Fahrerseite des Fahrzeugs war ein Stück weit geöffnet gewesen, das Wasser musste rasch in den Innenraum des Fahrzeugs eingedrungen sein. Beide hatten keine Chance gehabt ... Falls sie nicht schon vorher tot gewesen waren! Das würde die Obduktion ergeben.

An dem Pkw waren gestohlene Nummernschilder angebracht. Im Kofferraum des Wagens hatte man jedoch ein Paar weiterer Kennzeichen gefunden, und nach den Ermittlungen der Polizei war der Wagen darunter angemeldet. Die Schilder waren unter einen alten Teppichrest gerutscht. In ein Kapitalverbrechen verstrickt und verzweifelt bemüht, das Fahrzeug verschwinden zu lassen, hatte der Täter daran offenbar nicht mehr gedacht!

Die Spur führte zu einem Vierunddreißigjährigen aus Hamburg, nach dem bereits wegen der Entführung einer Frau gefahndet wurde. Mit hoher Wahrscheinlichkeit war er nun mit dem Wohnmobil der Menkes unterwegs.

Der Wein aus dem Tankstellenshop zeigte Wirkung; Lia musste sich am Tisch festhalten, als sie aufstand. Sie kicherte: „Ich glaube, ich habe einen ... Schwitz ... äh, Schwips ..." Sie stolperte und prallte an die Küchenzeile, stützte sich mit ausgestreckten Armen daran ab und landete rückwärts auf Steffens Schoß. Der hatte sie geistesgegenwärtig aufgefangen.

„Hoppla. Du hast wohl ein bisschen zuviel getankt von dem Zeug!" Er grinste sie frech an und hielt sie fest, die Arme um ihren Körper geschlungen. Sie spürte seinen Atem, als er sanft ihren Nacken küsste und mit der Zunge ihr Ohrläppchen liebkoste. Völlig nüchtern war er ebenfalls nicht mehr. Gemeinsam waren sie zwei Flaschen Wein zu Leibe gerückt und hatten dabei zunehmend albern herumgeblödelt. Über „Miezi" hatte keiner der beiden mehr ein Wort verloren; mit ihren Gedanken waren beide jedoch noch lange bei dem unschuldigen Tier gewesen, für dessen Tod sie sich verantwortlich fühlten.

Sie hatten einen menschenleeren Rastplatz an einer abgelegenen Landstraße zum Übernachten ausgewählt, nachdem sie sich an einer Tankstelle mit Süßigkeiten und Alkohol eingedeckt hatten. Lia hatte den Katzenkorb in den Schrank gestellt; Steffen hatte sie nur angesehen und dann das Wohnmobil verlassen. Lia sah ihn draußen stehen, eine Zigarette zwischen den Fingern, den Blick ins Leere gerichtet. Sie hatte ihn in Ruhe gelassen. *Menschen bedeuten ihm offenbar nichts, aber das mit der Katze geht ihm richtig nahe ...* Nachdenklich hatte sie auf der Sitzbank gesessen und ihn verstohlen beobachtet.

Schließlich hatte sie gelangweilt begonnen, das Kreuzworträtsel in einer Zeitschrift auszufüllen, die im Schrank gelegen hatte. Nach einer Weile war Steffen in den Wagen zurückgekehrt und hatte sich ebenfalls auf die Bank fallen lassen. Froh über die Ablenkung, beteiligte er sich am Rätseln.

Fehlende Buchstaben im Rätsel wurden in recht kreativer Weise eingesetzt, und heraus kamen erstaunliche Wortschöpfungen, über die beide schmunzeln mussten. Der Wein trug dazu bei, die Stimmung weiter aufzuhellen; ausgelassenes Gelächter erfüllte schließlich das Wohnmobil. Kindheitserlebnisse wurden hervorgekramt, und als Steffen begann, seine ehemaligen Lehrer nachzuahmen, hielt Lia sich die Seiten vor Lachen. Er erzählte ihr, dass er als Jugendlicher an Theateraufführungen teilgenommen hatte. Es hatte den eher stillen Jungen zwar jedesmal erst Überwindung gekostet, auf die Bühne hinauszugehen, doch dort war er dann in seinem Element gewesen! „Mein Bruder hat mich mitgezogen", überlegte er laut. „Der hüpft wie ein Flummi über jede Bühne, und mir hat es geholfen, etwas mehr aus mir rauszugehen. Ist sonst nicht so meine Art", setzte er grübelnd hinzu.

„Vielleicht hättest du Schauspieler werden sollen", meinte Lia.

Er zuckte mit den Achseln: „Mein Bruder Thorben hat´s versucht. Jetzt schlägt er sich mit Gelegenheitsjobs durchs

Leben." Für einen Moment blickte er nachdenklich ins Leere. Dann jedoch stieg die Erinnerung an einen Theaterauftritt voller Pannen in ihm auf; schmunzelnd gab er zum Besten, was damals vorgefallen war. Lia prustete erneut los.

Als sie schließlich ein dringendes Bedürfnis verspürte, befreite sie sich sachte aus Steffens Umarmung und stand auf. Etwas unsicher auf den Beinen, sah sie gähnend zur Uhr. Der Abend war wie im Flug vergangen. Zeit, schlafen zu gehen.

***

Lia lag auf dem Rücken und starrte gedankenverloren in die Dunkelheit, als sie einen unterdrückten Laut neben sich vernahm. Sie lauschte. Wieder hörte sie den Mann neben sich leise schniefen. Sie flüsterte fragend: „Steffen?"

Die Antwort war ein Räuspern und erneutes Schniefen. Sie richtete den Oberkörper auf und stützte sich auf den Ellenbogen. „Die Katze?"

„Hm ..." Er räusperte sich wieder. „Ja ..."

Lia strich ihm sanft übers Gesicht und spürte, dass er geweint hatte. Einem plötzlichen Impuls folgend, beugte sie sich über ihn und berührte flüchtig seine Wange mit den Lippen. „Du kannst es nicht ungeschehen machen. Denk nicht mehr darüber nach."

„Lia." Sie spürte, wie er seine Hand behutsam auf ihre Schulter legte. Dann zog er sie mit sanftem Druck zu sich heran und schlang den Arm um sie. Sein Atem streifte ihre Stirn, als er ihr vorsichtig einen Kuss gab und zärtlich ihr Gesicht mit dem Mund erkundete. Ihre Lippen trafen sich, lösten sich voneinander, tasteten nach dem anderen und fanden sich erneut zu immer leidenschaftlicheren Liebkosungen ... Lia genoss seine Zärtlichkeiten, und ein Zittern lief durch ihren Körper.

Überrascht von ihrer Reaktion, schob er seine Hand langsam unter ihr T-Shirt und streichelte ihre Haut, strich über ihre Brustwarzen. Lia stieß einen leisen, verzückten Laut aus. Seine Hand wanderte allmählich abwärts, kreiste um ihren Bauchnabel, tastete schließlich sachte zwischen ihren Schenkeln. Er spürte, wie ihre Erregung unter seinen forschenden Fingern wuchs. Sie keuchte selbstvergessen, als er sie sanft streichelte.

„Hm ... Du riechst so gut!" Seine Stimme neben ihrem Ohr klang heiser vor Begierde. Er nahm begierig den Duft ihrer Haut wahr, schnupperte mit geschlossenen Augen. Liebevoll hauchte er Küsse auf ihren Hals, berührte ihre Brüste mit den Lippen, fuhr mit der Zunge über ihre Haut. Lia wand sich unter seiner Berührung. Tastend bewegten sich ihre Finger über seinen Körper, umfassten ihn. Er stöhnte auf und sog scharf den Atem ein.

Zunehmend drängender entledigten sich beide nach und nach ihrer Kleidung. Eng aneinandergepresst, spürten beide die Hitze des anderen. Ihr Atem beschleunigte sich; als Lia schließlich auf ihn glitt, war es um seine Beherrschung nahezu geschehen. Er sah sie fragend an: „Bist du dir sicher?" Als sie wortlos nickte, gab er ihrem fordernden Körper nach.

Leidenschaftlich begannen sie, sich zu lieben, ihre Körper immer heftiger im übereinstimmenden Takt zu bewegen. Lia gab sich mit einer Hemmungslosigkeit hin, von der sie selbst überrascht war. Berauscht von seinen

Liebkosungen, nahm sie sein wildes Stöhnen wahr, seine intensiven, tiefen Stöße, und eine bisher nie gekannte Sinnlichkeit nahm von ihr Besitz. Alles um sie herum begann zu verschwimmen, verlor seine Bedeutung, nur der Mann unter ihr war noch in ihrem Bewusstsein und raubte ihr vor Verlangen schier den Atem. Jede seiner Bewegungen brachte sie dem ersehnten Gipfel etwas näher, und schließlich entrang sich ihr ein langgezogener Seufzer. Wenige Augenblicke später spürte sie, wie sich sein Körper ebenfalls in höchster Ekstase aufbäumte, bevor er erlöst zurücksank.

Erschöpft ließ sie sich auf seine Brust sinken und schloss die Augen; kaum war sie jedoch wieder zu Atem gekommen, entfachte er erneut die Glut in ihr. Noch einmal ließ sie sich von seinen Zärtlichkeiten davontragen, um schließlich entspannt in seinen Armen zu liegen. Kurz darauf schlief sie bereits, und Steffen lauschte ihren Atemzügen. Es dauerte nicht lange, und er glitt ebenfalls in tiefen, traumlosen Schlaf.

Steffen drehte gedankenverloren den schweren Platinring zwischen seinen Fingern; einst hatte er Lias Ehemann gehört. Die unscheinbare kleine Schachtel mit dem Schmuckstück darin war ihm soeben wieder in die Hände gefallen, als er seine Sporttasche auf der Suche nach einem Päckchen Zigaretten durchwühlt hatte.

Weshalb hatte Lia ihren Ex eigentlich geheiratet? *Hat sie ihn geliebt? Hat sie ...* Die Erinnerung an die vergangene Nacht drängte sich in seine Überlegungen hinein. Er schloss die Augen und meinte, wieder ihre Hände auf seinem Körper zu spüren. *Hat sie sich ihm auch so hingegeben ...?* Er lächelte über sich selbst, als ihm bewusst wurde, dass er einen Anflug von Eifersucht verspürte. Es war grotesk.

Als er hörte, dass sich die Tür zum Bad öffnete, ließ er den Ring hastig in seiner Hosentasche verschwinden, dann schwang er sich auf die Sitzbank. Zeit zu frühstücken! Frische Brötchen sowie eine aktuelle Tageszeitung hatte er kurzerhand an der Tankstelle besorgt, als Lia sich ausgiebig im Bad gepflegt hatte. *Wie ein treusorgender Ehemann, ich verdammter Trottel.* Er runzelte missmutig die Stirn.

\*\*\*

Lia faltete geräuschvoll die Zeitung so zusammen, dass ein bestimmter Artikel oben prangte. Dann knallte sie sie Steffen auf den Teller, so dass die Brötchenkrümel darauf in alle Richtungen flogen. Anschließend sprang sie auf, zwängte sich aus der Bank heraus, schnappte sich ihre Jacke und verließ wortlos das Wohnmobil.

Steffen sah ihr völlig verdutzt nach, ein angebissenes Marmeladenbrötchen in der Hand. Als er dann langsam den Kopf senkte und den Zeitungsbericht überflog, weiteten sich seine Augen. Er kaute den Bissen hastig zu Ende und schluckte ihn hinunter, um dann die Zeilen abermals zu lesen.

*„Vermisstes Rentnerpaar tot aus See geborgen: Ein seit Dienstag vermisstes Ehepaar aus Frankfurt ist tot aus einem See im Waldgebiet bei Bad Pyrmont geborgen worden. Bei der Frau wurde eine Wunde am Kopf festgestellt, der Mann wies eine Schussverletzung am Oberkörper auf. Eine Tatwaffe wurde bislang nicht gefunden. Die Leichen des 69 Jahre alten pensionierten Lehrers und seiner 65-jährigen Ehefrau befanden sich in einem Pkw, der auf dem Grund des Sees lag. Als Eigentümer des Fahrzeugs wurde der 34-jährige Steffen C. aus Hamburg ermittelt, nach dem wegen Entführung gefahndet wird. Die Hintergründe der Tat seien noch völlig unklar, sagte gestern ein Polizeisprecher.*

*Der Sohn des Paares hatte sich Sorgen gemacht, da seine Eltern sich nicht wie vereinbart gemeldet hatten. Gestern entdeckten spielende Kinder verdächtige Spuren im Waldgebiet und berichteten ihrem Vater davon. Dieser verständigte die Polizei.*

*Das Rentnerpaar war mit einem weißen Wohnmobil mit Frankfurter Kennzeichen unterwegs, von dem jede Spur fehlt. Die Polizei geht davon aus, dass es sich zur Zeit im*

*Besitz des mutmaßlichen Täters Steffen C. befindet. Dieser ist ca. 180 cm groß und schlank. Er hat kurze dunkle Haare und braune Augen.*

*In seiner Begleitung befindet sich vermutlich die entführte 27-jährige Julia T. Sie ist 175 cm groß und schlank. Sie hat hüftlange braune Haare und braune Augen. Bekleidet war sie am Tag der Entführung mit einer blauen Jeans, einem weißen Pullover und einer dunkelblauen Windjacke.*

*Die Polizei bittet um Hinweise unter Tel. ...“*

***

Steffen tastete nach seinen Zigaretten, zündete sich eine an. Er nahm einen tiefen Zug und warf Lia einen Blick zu. Sie stand einige Schritte vom Fahrzeug entfernt, die Arme wie zum Schutz um den Körper geschlungen.

Als er aus dem Wohnmobil stieg und sich ihr näherte, trat sie demonstrativ zurück. Ihre Augen drückten tiefe Verachtung für ihn aus.

„Komm mir bloß nicht zu nahe!“ Sie machte eine abwehrende Geste. Ihr Blick schien ihn aufspießen zu wollen.

Steffen blieb stehen: „Letzte Nacht konnte ich dir wohl nicht nahe genug kommen!“

Sie schluckte und presste die Lippen zusammen. *Wie konnte ich nur so blöde sein ... Der Wein!* Sie schüttelte leicht den Kopf, verärgert über sich selbst.

Er betrachtete sie aufmerksam, las ihre Gedanken. Sie empfand nur noch Abscheu, und es war ihr nicht zu verdenken! Er hatte diese wunderschöne Frau verloren. Sofern sie ihm überhaupt jemals Sympathie entgegengebracht hatte. *Ich habe ihr sowieso nicht das Geringste bedeutet ... Sie hat immer Angst vor mir gehabt und mich zugleich gehasst ... Sie hatte nie die Absicht, sich auf mich einzulassen!*

Gefühle der Traurigkeit und Verbitterung überwältigten ihn. Er richtete nur Unheil an, fügte anderen Menschen nur Leid zu! Alles in seinem Leben begann, zusehends aus dem Ruder zu laufen. Abrupt wandte er sich um und verschwand wieder im Wohnmobil. Er ließ sich auf die Sitzbank fallen, verschränkte die Arme hinter dem Kopf und schloss die Augen.

Ihre Stimme ließ ihn hochfahren: „Na, tust du dir jetzt selbst leid?" Sie sah ihn kalt an. Dann begann sie, das Frühstücksgeschirr abzuräumen. Steffen blieb sitzen und starrte abwesend den Tisch an. Schließlich stand er ruckartig auf.

„Beeil dich. Wir fahren gleich weiter!"

Lia ignorierte den Befehl. Die Hände in die Hüften gestützt, blieb sie mit schiefgelegtem Kopf vor ihm stehen und musterte ihn abschätzig. Das ließ ihn explodieren. Er schoss auf sie zu, packte sie an den Schultern und rüttelte sie heftig. Seine Stimme schnappte fast über, als er sie unbeherrscht anschrie: „Du Flittchen, du machst was ich dir sage, sonst ..."

Lia blaffte zurück: „Was sonst, du Psychopath?" Sie riss sich von ihm los und blitzte ihn wütend an.

Da schlug er zu. Lia taumelte rückwärts und hielt sich die brennende Wange. Ungläubig öffnete sie den Mund und starrte ihm sekundenlang in die Augen. Dann griff sie nach ihrer noch fast vollen Kaffeetasse, um ihm den Rest des heißen Getränks ins Gesicht zu schleudern. Aber ihre Wut machte sie für einen Moment unachtsam und ließ sie stolpern, so dass sich die Flüssigkeit über seinen Oberkörper ergoss.

Steffen stieß einen heiseren Schrei aus. Vor Schmerzen riss er den Mund auf und schnappte nach Luft, während er unwillkürlich eine Hand auf die verbrühte Stelle presste. Mit verzerrtem Gesicht stand er vor Lia, kurzzeitig unfähig, sich zu rühren.

Dann stieß er hörbar den Atem aus und begann, an seinem Jeanshemd zur zerren, doch es haftete an einer Stelle, und er riss es gewaltsam von der Haut. Sein Gesicht wurde aschfahl; er schloss die Augen.

Lia nutzte seine Schwäche und rammte ihm ihr Knie in den Unterleib. Er stöhnte auf und krümmte sich, und schon versetzte sie ihm einen unbarmherzigen Tritt, der ihn aus der geöffneten Tür des Wohnmobils hinauskatapultierte.

Sie bekam den Autoschlüssel zu fassen, den Steffen auf den Tisch gelegt hatte, und zwängte sich hastig durch den schmalen Gang hindurch nach vorn. Sie saß jedoch kaum auf dem Fahrersitz und hatte es endlich geschafft, nach mehreren vergeblichen Versuchen den Motor anzulassen, da hechtete Steffen ins Wohnmobil zurück und drückte ihr mit seinem Arm die Kehle zu.

„Wenn du noch eine Weile leben willst, lässt du sofort den Schlüssel los!" Er verstärkte brutal seinen Würgegriff.

Lias Finger gaben den Zündschlüssel frei. Steffen ergriff ihn mit der anderen Hand und schob ihn in seine Hosentasche, dann ließ er Lia los. Sie keuchte und sog die Luft ein.

„Aufstehen!", zischte er gefährlich leise direkt neben ihrem Ohr. „Ins Bad!" Lia befolgte seine Befehle und bekam von ihm die Tür vor der Nase zugeknallt. Sie hörte, wie er gleich darauf den Wasserhahn in der Küche betätigte, dann rührte sich eine Weile nichts mehr. Sie lauschte angestrengt und fragte sich schon, ob Steffen überhaupt noch im Wohnmobil war, da wurde die Tür unvermittelt aufgerissen, und er kommandierte: "Rauskommen! Auf den Beifahrersitz!"

Langsam bewegte sie sich nach vorn, Steffen unmittelbar hinter sich, ließ sich auf den Beifahrersitz fallen und legte den Sicherheitsgurt an. Stumm sah sie aus dem Fenster. Kurz darauf ließ Steffen sich auf dem Fahrersitz nieder. Sein Oberkörper war unbekleidet, die verbrühte Haut etwas angeschwollen und gerötet. Gereizt warf er den wassergetränkten Lappen, mit dem er die verletzte Stelle gekühlt hatte, achtlos in den Fußraum. Sie spürte, wie er sie unschlüssig von der Seite musterte. Als sie nicht reagierte, startete er den Motor.

\*\*\*

Nur etwa eine Autostunde entfernt fiel Marita fast die Kinnlade herunter, als Daniel ihr die Morgenzeitung hinüberschob und vielsagend mit dem Zeigefinger auf eine bestimmte Meldung tippte. Während sie las, studierte er ihren Gesichtsausdruck. Eine Weile sagte sie nichts, und ihre Miene drückte Fassungslosigkeit aus. Als sie den Kopf hob, sah er Tränen in ihren Augen.

„Tja, ziemlich eindeutig, würde ich sagen." Daniel räusperte sich. „Man sollte sich eben nicht gleich *jedem* an den Hals werfen ..."

Die Anspielung saß. Marita stand überstürzt auf, drehte sich um und verließ schniefend das Zimmer. Daniel blickte ihr kopfschüttelnd nach.

In der vergangenen Nacht war er aufgewacht, als eine Hand seinen Körper streichelte. Schlaftrunken hatte er es sich zunächst gefallen lassen. Dann jedoch schob sich eine Gestalt neben ihn auf die Wohnzimmercouch und versuchte, den Arm um ihn zu legen. Er fuhr hoch, schlagartig wach.

„Marita? Was soll das?"

Die Angesprochene drängte sich enger an ihn und bemühte sich, ihn zu küssen. Er wich ihr aus. „Hör auf damit, lass das bleiben!" Seine Stimme klang irritiert. Er setzte sich auf und knipste die Stehlampe nahe der Couch an.

Marita rekelte sich in aufreizender Pose neben ihm und sah ihn erwartungsvoll an. Daniel wusste nicht, wie er reagieren sollte. Sein Körper sprach eine eindeutige Sprache, aber sein Verstand warnte ihn. *Lass bloß die Finger davon ... Wie kann sie mich nur in solch eine bescheuerte Situation bringen ...* Er spürte Ärger in sich aufsteigen.

„Würdest du wohl die Güte haben, dich in dein Schlafzimmer zurückzuziehen, und mich hier in Ruhe schlafen zu lassen?"

Der sarkastische Tonfall verfehlte nicht die beabsichtigte Wirkung. Marita erhob sich langsam, bedeckte ihre Oberweite mit den Armen und musterte Daniel.

„Wenn ich dir nicht gut genug bin ... Wohl zu alt, was?"

Eingeschnappt drehte sie sich um und verließ erhobenen Hauptes den Raum. Wie verletzt sie tatsächlich war, konnte Daniel nur erahnen. Ein unterdrücktes Schluchzen vom Flur machte es ihm allerdings rasch klar. Unwillig folgte er Marita. „Hör zu, du bist weder hässlich noch zu alt. Aber die Frau, die ich liebe, ist nunmal Lia. Und ich habe nicht die Absicht, ihr untreu zu werden, versteh das doch!" Er machte eine Pause, sah sie forschend an. Dann fuhr er fort: „Marita, hast du sowas nötig?" Als sie keine Antwort gab, wandte er sich achselzuckend ab: „Ich hoffe, dass damit alles klargestellt ist. Schlaf gut!" Dann ließ er sie stehen und verschwand im Wohnzimmer.

Am Morgen hatte zunächst keiner der beiden das Thema angeschnitten. Bis Daniel dann doch die bissige Bemerkung fallen ließ ... Nun hockte Marita auf der Bettkante und kämpfte mit den Tränen. Weinte um ihre Liebe zu Steffen, die dieser mit den Füßen getreten hatte. Weinte, weil sie sich unendlich einsam fühlte. Würde ihre Sehnsucht nach einem liebevollen Partner jemals in Erfüllung gehen, oder würde sie sich immer nur zum Gespött anderer machen?

Beschämt biss sie sich auf die Lippen und schluckte krampfhaft die Tränen hinunter, als Daniel zögernd zur Tür hereinkam. Er setzte sich neben sie und nahm ihre Hände in die seinen, während er sie eindringlich betrachtete.

Dann sprach er mit ihr wie mit einem Kind: „Sieh mal, Marita, es tut mir leid, ich wollte dich nicht verletzen! Aber dir ist doch wohl klar, dass ich keinerlei Interesse daran habe, mit dir was anzufangen. Ich liebe Lia. Und es ist schade, wenn du dich derart erniedrigst wie vergangene Nacht. Das hast du doch nicht nötig!" Er überlegte, suchte nach den passenden Worten. „Du bist eine attraktive, sensible Frau. Und du wirst dem Richtigen irgendwann begegnen, du musst nur Geduld haben. Wirf dich nicht gleich jedem an den Hals, das kann gründlich danebengehen, wie du ja leider erfahren musstest." Er strich ihr aufmunternd über die Wange und erhob sich dann.

„Bist du mir böse?" Ihre Stimme klang zittrig und nervös. Mit großen Augen blickte sie zu ihm auf.

Er schüttelte den Kopf. „Nein. Schon vergessen. Aber du hast dir ja aus gutem Grund einen Tag Urlaub genommen – also lass uns bald aufbrechen!"

„Die Übergabe ... dieses verflixte Geld! Ich würde es Steffen am liebsten in den Rachen stopfen, soll er doch dran ersticken!" Marita verdrehte die Augen. „Hoffentlich steht er zu seinem Wort und lässt Lia endlich frei. Wenn nicht ..." Sie verstummte und sah Daniel hilflos an.

„Was meinst du, hätten wir vielleicht doch die Polizei informieren sollen?" Daniel schloss die Augen, senkte den Kopf und ließ die Schultern hängen. Der sonst so entschlossene Mann bot ein Bild der Ratlosigkeit. „Ich bin mir nicht mehr sicher, wie wir am besten auf seine unverschämten Anrufe reagieren sollen, Marita. Denn ich traue diesem Mistkerl *alles* zu! Der murkst Lia doch eiskalt ab, wenn er keinen Ausweg mehr sieht!"

Kurz darauf waren sie auf dem Weg zum angegebenen Parkplatz an einer Bundesstraße nahe Bielefeld, das Geld in einer Sporttasche bei sich und die verzweifelte

Hoffnung im Sinn, es möge sich doch noch alles zum Guten wenden.

***

„Bald liegst du wieder in Dannys starken Armen, Darling!" Steffen feixte. „Dann ist der böse Mordbube für dich Geschichte!"

Lia zog die Stirn kraus, sagte aber nichts.

„Hat's dir etwa vor Freude die Sprache verschlagen?" Steffen grinste hämisch. „Oder vor Entsetzen? Immerhin könnte auch *ich* dich weiterhin verwöhnen! Du wirst mich vermissen, gib's zu!"

Lia gab ein verächtliches Schnauben von sich und starrte demonstrativ aus dem Fenster. Als das Wohnmobil langsamer wurde und schließlich auf einem einsamen Parkplatz an der Bundesstraße hielt, warf sie Steffen mit zusammengekniffenen Augen einen irritierten Seitenblick zu, wandte jedoch rasch wieder den Kopf ab, als er zurückstarrte, während er den Sicherheitsgurt löste.

„Raus aus dem Fahrzeug!" Sein Ton war schneidend. „Und versuch bloß nicht wieder irgendwelche Spielchen! Dann verreckst du da drüben im Gebüsch, und in frühestens zwei Jahren findet ein Pilzesammler deine abgenagten Knochen!" Er wies mit dem Kopf auf das recht undurchdringliche Dickicht am Rande des Parkplatzes. Dann beugte er sich näher zu ihr herüber und drückte ihr einen Kuss auf die Wange, bevor sie sich wehren konnte. Kurz ließ er seine Hand über ihren Oberkörper wandern und strich aufreizend langsam über ihre Brüste. „Wäre doch schade, wenn das alles im Gestrüpp verwest, nicht wahr? Du kannst damit schließlich noch viel Freude haben." Er ließ von ihr ab und erhob sich.

Lia, die während seiner Annäherung stocksteif geworden war, stieß den Atem aus, den sie unwillkürlich angehalten hatte. Dann befreite sie sich aus dem Gurt, blieb aber sitzen.

Steffen packte sie am Arm. „Bist du taub? Raus hier!"

Da stand sie auf. Als sie aussteigen wollte, fiel ihr Blick auf ein kleines Schälmesser, das in ihrer Reichweite neben dem Spülbecken lag. Ein rascher Blick zu Steffen: Er sah für einige Sekunden abgelenkt zur Seite ... Lia ergriff das Messer und versenkte es mit dem Griff nach oben unauffällig in ihrer Jackentasche, dann stieg sie aus und blieb neben dem Wohnmobil stehen. *Was hatte dieser Irre hier mit ihr vor? Konnte ihr eine Flucht gelingen?*

Misstrauisch verfolgte sie, wie Steffen einen Streifen Stoff zusammenrollte und dem Handschuhfach eine Rolle schwarzes Isolierband entnahm. Er friemelte den Anfang davon ab und nahm ihn zwischen die Zähne, so dass die Rolle griffbereit herunterhing.

Bevor Lia allerdings noch lange über seine finsteren Pläne nachsinnen konnte, packte er sie unversehens, drehte sie schwungvoll herum und hielt sie mit dem rechten Arm fest, während er ihr mit seiner linken Hand gewaltsam den Wulst aus zusammengerolltem Stoff in den Mund stopfte.

Als er anschließend die Rolle Klebeband ergreifen wollte, um Lia zu knebeln, und dabei seinen eisernen Griff um Lias Körper unabsichtlich etwas lockerte, schaltete sie blitzschnell. Sie warf sich mit aller Kraft nach vorn und wandte sich zu ihm um. Blitzschnell fuhr sie mit Hand in ihre Jackentasche, umklammerte im nächsten Augenblick das Schälmesser und stach auf Steffen ein, als er sie mit einem Hechtsprung einholte.

Die gebogene Klinge bohrte sich mehrere Zentimeter tief ins Fleisch an seinem linken Oberarm. Lia zog das Messer heraus und stach erneut zu, führte die Waffe mit all ihrer Angst, all ihrer Wut mit unbändiger Kraft und fügte ihm eine weitere Verletzung zu, ein Stück unterhalb der ersten.

Steffen jaulte auf und hielt sich den Arm. Als Lia jedoch herumwirbelte und weglief, spürte sie ihn gleich darauf hinter sich. Ihre Flucht misslang; kaum schaffte sie es noch, sich den lästigen Knebel aus dem Mund zu zerren und wegzuwerfen, da hatte er sie bereits eingeholt und warf sie zu Boden.

„Du elendes Miststück, dich mach ich fertig!", stieß er wütend hervor. Er holte aus und verpasste ihr einen unbarmherzigen Schlag auf den Kopf, so dass sie das Bewusstsein verlor.

Sie kam in der Nasszelle des Wohnmobils wieder zu sich, wo sie mit angewinkelten Beinen an die Wand gelehnt auf dem Boden saß. Steffen hatte ihre Handgelenke mit Ilse Menkes Wäscheleine - *„Damit ich auch mal zwischen den Bäumen unsere saubere Kleidung aufhängen kann, im Wind trocknet sie doch am natürlichsten, Karl!"* - sorgsam vor ihrem Bauch gefesselt.

Die Stoffrolle steckte wieder in ihrem Mund, und das Klebeband um ihren Kopf fixierte den Knebel zuverlässig in ihrem Mund. Sie ignorierte das Brummen in ihrem Schädel, rollte sich auf die Seite, kam auf die Knie und stand dann mühsam auf. Doch Steffen hatte sie in der

Nasszelle eingesperrt, und der Knebel im Mund verhinderte ihre Schreie.

*Hätte ich eine Schusswaffe gehabt, ich hätte ihn erledigt!* Erschrocken über sich selbst sog Lia gleich darauf tief den Atem ein. War sie nun auch schon so tief gesunken wie der Mann ... *das Monster* auf der anderen Seite der Tür? Kaum mochte sie noch an ihn als menschliches Wesen denken; zu viel Elend hatte er ihr zugefügt!

Als sie ein leises Geräusch hinter der Tür vernahm, schöpfte sie kurz Hoffnung, bis sie Steffens schimpfen hörte. Etwas fiel zu Boden, schlidderte den Gang des Wohnmobils entlang und landete mit einem heftigen Poltern direkt vor der Tür zur Nasszelle.

Lia hörte, wie Steffen den Gegenstand aufhob und sich aus dem Wohnmobil entfernte. Dann war es still hinter der Tür; Lia lauschte angestrengt, konnte aber nur ein leises Motorgeräusch ausmachen, das allmählich näherkam. Angespannt presste sie ein Ohr an die Tür.

Das fremde Fahrzeug, offenbar ein Truck, hielt in der Nähe des Wohnmobils. Der Motor brummte im Leerlauf weiter, eine Tür wurde zugeschlagen. Schritte näherten sich, und eine tiefe Männerstimme fragte: „Alles klar bei Ihnen? Brauchen Sie Hilfe?"

„Hm", brummte Steffen zunächst abweisend, dann etwas freundlicher: „War wohl zu unvorsichtig mit dem verflixten Messer, ist abgerutscht! Nicht weiter schlimm, hab mir schon Verbandszeug rausgesucht."

„In den *Oberarm* abgerutscht?" Der Fremde klang skeptisch. „Wie auch immer ... Kommen Sie schon, ich verbinde die Wunde, das schafft man doch mit einer Hand schlecht!"

Lia versuchte sich bemerkbar zu machen, indem sie gegen die Tür trat. Einmal, zweimal, dreimal ... Niemand reagierte. Dann hörte sie Steffen von draußen rufen: „Blöder Köter, gib Ruhe! Hab ihn noch nicht gefüttert, nun tobt er im Bad herum und wirft alles durcheinander!"

Kurze Stille, nur das Brummen des Trucks drang an Lias Ohren. Verzweifelt unternahm sie einen letzten Versuch, den Fahrer auf sich aufmerksam zu machen, doch da hörte sie, wie er bereits aus einiger Entfernung Steffen zurief: „Seien Sie vorsichtig, hier kommt nicht immer ein hilfsbereiter Trucker vorbei! Nicht, dass Sie noch dem gesuchten Gangster in die Hände fallen, der Typ soll sogar eine Geisel bei sich haben." Er hustete. „Um den sollten Sie besser einen großen Bogen machen!"

Es dauerte nicht mehr lange, und der Truck fuhr davon; mit ihm verschwand Lias letzte Hoffnung auf Rettung.

*Wäre der verdammte Kerl doch einfach Pinkeln gegangen und hätte sich nicht um mich gekümmert!* Steffen betrachtete den fachmännisch angelegten Verband, der beide Wunden bedeckte. Dennoch konnte er dem Zufall dankbar sein, denn so gut wäre ihm die Wundversorgung nur mit einer Hand tatsächlich nicht gelungen, das musste er zugeben!

Doch argwöhnisch, wie der Trucker zuerst ihn und dann das Wohnmobil betrachtet hatte, würde er sicherlich sehr bald die Polizei über seine Beobachtungen informieren. Dazu seine Warnung vor dem 'Gangster mit der Geisel' ... Der Typ hatte garantiert Verdacht geschöpft!

Steffen knurrte genervt und sah zur Uhr: Die Geldübergabe konnte er vergessen! Seinen Plan, Lia geknebelt im Gebüsch zu verbergen, dann das Geld aus dem Mülleimer herauszufischen, sobald Daniel es dort hinterlegt hatte und zum angeblichen Treffpunkt in Bielefeld unterwegs war - nicht ahnend, dass seine Liebste nur wenige Meter von ihm entfernt sehnsüchtig auf ihren Retter gewartet hatte -, Lias Lover dann telefonisch von unterwegs zurück zum Parkplatz zu dirigieren, wo er sie gut verschnürt im Dickicht vorfinden würde; nun, dieses Vorhaben hatte Lia vereitelt, und so würde er Daniel rasch zurückpfeifen und dann von hier verschwinden!

Einige Minuten darauf bog das Wohnmobil zurück auf die Straße. Lia blieb zunächst noch in der Nasszelle gefangen, da mochte sie gegen die Tür treten, so oft sie wollte.

Nun sag mal ... Was beginnen wir denn nun mit deinem restlichen freien Tag?", überlegte Daniel, nachdem Steffen die Übergabe soeben hatte platzen lassen. Er spürte, ein wenig Ablenkung hatte nicht nur Marita nötig – und was blieb ihnen schließlich anderes übrig, als erneut auf ein Lebenszeichen von Lias Peiniger zu warten? Und damit war Steffens Äußerungen zufolge heute ohnehin nicht mehr zu rechnen.

Marita grübelte, dann schlug sie zögernd vor: „Und wenn wir mal gemeinsam nach Hamburg fahren?" Sie biss verlegen auf ihrer Unterlippe herum. „Oder vielleicht doch besser nicht? Wird ja inzwischen auch zeitlich ein wenig eng", fügte sie dann mit einem Blick zur Uhr hinzu.

In Hamburg wohne schließlich Steffen, wie sie dann erklärte. Sollten sie nicht mal zu seiner Adresse fahren und sich dort umsehen? Nicht, dass sie der Polizei irgendwie behilflich sein könnten bei der Suche nach ihm. Nein, Marita wolle sich einfach ein Bild davon machen, in welcher Umgebung Steffen zuhause sei.

Doch dann schwieg sie und ging einen Moment in sich, und ihr wurde klar: Sie verspürte nicht mehr die geringste Lust, die Idee in die Tat umzusetzen! Sie erinnerte sich an die Zeitungsmeldung und wusste, dass die Gefühle, die sie immer noch für Steffen gehegt hatte, endgültig erloschen waren.

Mit einem Male fühlte sie sich unglaublich befreit. Sie

richtete sich auf, straffte die Schultern und sagte mit fester Stimme: „Also, ich hab's mir überlegt. Nach Hamburg fahre ich nicht! Hat sich erledigt. Der Typ auch." Sie strahlte Daniel an. Dieser musste kurz nachdenken, bevor ihm klar wurde, was sie damit meinte.

„Schön ... Was hältst du dann davon, wenn wir den herrlichen Sonnenschein ausnutzen und einen ausgiebigen Spaziergang machen? Es gibt doch bestimmt irgendwo einen Park?" Er sah sie fragend an.

Sie war einverstanden.

\*\*\*

In Gedanken versunken verharrte Marita vor der Grabstelle. Nachdem Daniel mit ihr durch die Parkanlage gewandert war, hatte sie vorgeschlagen, noch dem nahegelegenen Friedhof einen Besuch abzustatten. Hier ruhten ihr Bruder Bernd und ihr Vater Werner Tiblert Seite an Seite. Wie sein Sohn wurde auch Werner Tiblert viel zu früh aus dem Leben gerissen; kurz nach seinem achtundvierzigsten Geburtstag war er einer Krebserkrankung erlegen.

Daniel warf Marita einen Blick zu und deutete mit einen Kopfnicken auf den Grabstein von Werner Tiblert. „Euer Papa?"

Sie nickte. „Hm ... Auch schon dreizehn Jahre tot." Sie schluckte. „Ich vermisse die beiden!"

Leise setzte sie hinzu: „Er war nicht mein leiblicher Vater, aber das hat er mich nie spüren lassen. Für ihn war ich sein Kind genauso wie Bernd."

Als Daniel sie fragend ansah, erklärte sie: „Ich bin das Ergebnis eines ... hm, naja, Seitensprungs. Da gab´s wohl mal einen heftigen Ehekrach zwischen den beiden, und meine Mutter hatte kurzzeitig eine Affäre mit einem anderen. Das habe ich am Sterbebett meines Vaters erfahren. Einundzwanzig Jahre lang habe ich ihn für meinen Vater gehalten. Und das wird er auch immer sein, auch wenn mich ein anderer gezeugt hat!" Sie blinzelte ein paar Tränen weg. „Mein Vater hat meiner Mutter die Sache verziehen und mich offiziell als seine Tochter angenommen."

„Dann war Bernd dein Halbbruder", stellte Daniel fest. „Und, weißt du etwas über deinen leiblichen Vater? Kennst du seinen Namen, habt ihr euch schonmal getroffen?"

Sie schüttelte verneinend den Kopf. „Den Namen weiß ich. Er heißt ... äh ..." Sie grübelte. Plötzlich ging ein Ruck durch ihren Körper. Sie straffte die Schultern und sah Daniel mit großen Augen an. „Ja, natürlich! Er heißt Wempert, genau wie du! Joachim Wempert."

Daniel staunte: „*Joachim* Wempert? So heißt mein Vater auch ..." Er überlegte kurz. „Er ist jetzt vierundsechzig ... Wie alt ist deiner?"

Nachdenklich starrte Marita ihn an, während sie sich mit der Hand durchs Haar fuhr. „Hm ... Ja, ich glaube, das kommt auch bei meinem Vater hin. Geburtstag hat er jedenfalls am vierzehnten Juli, das weiß ich genau. Nämlich zwei Tage vor mir!"

„Tja, meiner hat auch am vierzehnten Juli ..."

Die beiden sahen sich fragend an. Zaghaft brachte Marita dann ihre Gedanken zum Ausdruck: „Haben wir etwa *denselben* Vater?"

Daniel zog seine Brieftasche aus der Jacke. Nach kurzer Suche hielt er ein altes Foto in der Hand. Ein Schnappschuss, fleckig und zerknittert. Ein Junge hockte auf dem Schoß einer Frau, während ein Mann sich von hinten über die beiden beugte und in die Kamera griente. Daniel deutete mit dem Zeigefinger auf die Personen: „Das bin ich als Schulkind ... meine Mutter, mein Vater." Gespannt beobachtete er Maritas Reaktion.

Diese musterte eingehend den Mann auf dem Bild, um dann mit andächtiger Stimme zu sagen: „Ja ... Ich habe ihn zwar nie persönlich gesehen, ich kenne ihn nur von zwei Fotos, aber das ist er!" Sie sah hoch, blickte in Daniels Gesicht; sprachlos standen sie sich gegenüber. Dann trat er auf sie zu und nahm sie herzlich in die Arme. „Hallo, große Schwester", raunte er sichtlich bewegt.

Sie erwiderte die Umarmung und drückte ihn ebenso innig an sich. „Hallo, kleiner Bruder!"

Sie lösten sich voneinander und betrachteten den anderen, als ob sie sich noch nie begegnet wären.

Dann ergriff Marita schließlich das Wort: „Was hältst du davon, wenn wir heute Nachmittag mal meine Mutter besuchen? Die kann sich noch gut an deinen Vater erinnern, ich glaube, sie war damals ganz schön verknallt in ihn. Ich weiß, dass sie immer noch die beiden Erinnerungsfotos in ihrer Brieftasche aufbewahrt! Sie hat sie mir gezeigt."

„Gute Idee." Daniel nickte zustimmend. Sie blieben noch einen Augenblick am Grab stehen, jeder mit seinen Gedanken beschäftigt. Dann machten sie sich auf den Heimweg.

O h, mein Gott!" Lia hob unwillkürlich beide Hände vors Gesicht und presste sie an die Wangen. Den Mund weit aufgesperrt, starrte sie Steffen mit aufgerissenen Augen ungläubig an, als er aus dem Bad trat, frisch geduscht und leicht nach Rasierwasser riechend. Außerdem trug er eine saubere Jeans, da die andere Blutspritzer abbekommen hatte, als Lia mit dem Messer auf ihn losgegangen war.

Er strich sich mit einer Hand über die glatten Wangen und den außerdem kahlrasierten Schädel, dann meinte er: "Tja, pflegeleicht und sexy!"

Lia hatte es für einen Moment die Sprache verschlagen, dann meinte sie lakonisch: "Wurde ja auch Zeit, die Bartstoppeln zu entfernen." Sie zuckte gleichgültig mit den Achseln und wandte sich ab. Steffen meinte sie leise *Eierkopf* murmeln zu hören und schnappte: "Auch auf *dich* wartet jetzt ein Haarstyling, und das bekommst du gratis von mir persönlich, *dem Friseur deines Vertrauens!*"

Er knallte ihr eine gelbe Plastikschüssel auf den Schoß und befahl: "Auf der Sitzbank bleiben, nach vorne beugen, Augen zu, aufhören zu denken und zu nölen!"

Entsetzt verfolgte sie, wie sich seine Hand mit einer Schere zwischen den Fingern ihrem Kopf näherte. Als er sich dann an ihrem wunderschönen langen Haar zu schaffen machte, nachdem er die zu einem Pferdeschwanz gebundene Mähne aus dem Haargummi befreit hatte, fuhr sie so ruckartig hoch, dass die Schüssel zu Boden fiel. In letzter Sekunde konnte er noch die Hand wegziehen und blaffte sie an: „Halt endlich still! Oder willst du unbedingt, dass ich dich auch noch schneide? Und mach die Augen zu, verdammt!" Er drückte sie zurück auf den Sitz und reichte ihr die Plastikschüssel. „Zur Erinnerung an alte Zeiten!" Feixend streifte er das bunte Haargummi über ihr Handgelenk und widmete sich wieder seiner grausamen Beschäftigung.

Als aller Widerstand nichts nutzte, folgte sie schließlich seinem Befehl. Strähne für Strähne fiel der kleinen, spitzen Schere aus Ilse Menkes Besteckschublade zum Opfer und landete in der Schüssel.

Lia wäre aufgrund der Personenbeschreibung leicht zu erkennen, wie Steffen wusste! Er selbst würde das Wohnmobil selten ohne eine schwarze Baseballkappe verlassen, die er sich tief herunter ins Gesicht zog; zudem trug er meist eine dunkle Sonnenbrille. Aber Lias auffälliges Äußeres stellte für ihn ein Risiko dar. Da musste Abhilfe geschaffen werden ...

Während er ihr eine stoppelige Kurzhaarfrisur verpasste, empfand er eine gewisse Genugtuung. Lia hatte ihn angefleht, sie hatte ihn angeschrien, sie hatte sich versucht zur Wehr zu setzen - es hatte ihr nichts geholfen. Schließlich war sie wie ein Häufchen Elend auf dem Sitz zusammengesunken und hatte sich dem Unvermeidlichen gefügt. Steffen war sich durchaus bewusst, was er ihr damit antat. *Du verachtest mich, okay, dann gebe ich dir noch einen Grund mehr dafür.* Kurz berührte er vorsichtig die empfindliche Haut an seinem Oberkörper, über die sie ihm den Kaffee geschüttet hatte, und den Verband um seinen linken Oberarm. Nun gut, da er Rechtshänder war, beeinträchtigte ihn diese Verletzung nicht über die Maßen, aber dennoch würde er sich nun rächen!

Mit jeder Haarsträhne, die in die Plastikschüssel fiel, hob sich seine Stimmung. Fast hätte er begonnen, vor sich hin zu pfeifen. Schließlich trat er einen Schritt zurück, um sein Werk kritisch zu begutachten. „Dreh dich mal um!" Langsam kam sie der Aufforderung nach. Als sie dann den Kopf hob und er den Ausdruck in ihren Augen sah, meldete sich doch sein schlechtes Gewissen. Sie sah aus wie gerupftes Huhn ... Ihm fehlte eindeutig das Talent zum Friseur, obwohl er sich alle Mühe gegeben hatte. Nun gut, ein breites Stirnband würde einen Teil verdecken. Es war nun einmal nicht zu vermeiden gewesen, redete er sich ein. Und es wäre noch nicht alles!

Er sammelte die Strähnen in einen Müllbeutel und stellte die Plastikschüssel zurück in den Schrank. Dann wühlte er in seiner Sporttasche herum, förderte schließlich eine Schachtel zutage und knallte diese vor Lia auf den Tisch. Ungläubig starrte sie die Schachtel an. Eine Coloration! Der Inhalt würde sie in einen stacheligen Rotschopf verwandeln, und sie würde aussehen wie ... wie eine Punkerin!

„Oh nein! Das kannst du nicht auch noch verlangen!" Sie sah ihn verzweifelt an. Seine entschlossene Miene zeigte ihr jedoch, dass er darauf bestehen würde. Zögernd griff sie zur Schachtel und las die Gebrauchsanleitung durch. Dann sah sie Steffen an; sein Gesichtsausdruck war unerbittlich. Die Situation war ausweglos. Lia erhob sich und schlurfte schleppend zur Badezimmertür, in den Händen die Packung.

Als sie wieder zum Vorschein kam, schnappte Steffen überrascht nach Luft. Seine unfreiwillige Begleiterin war kaum wiederzuerkennen! Befriedigt nickte er dann mit dem Kopf. Er durfte es ihren Verfolgern eben nicht zu einfach machen! Er zog einen schmalen Gegenstand aus der Brusttasche seines Hemds und fuchtelte spielerisch damit vor Lias Gesicht herum.

„Und sieh mal, was ich außerdem noch für dich habe! Ich denke eben an alles, Mädel. Musst du aber nur aufsetzen, wenn wir uns nach draußen wagen! Nicht, dass du noch zu schielen beginnst." Er reichte ihr eine altmodische Lesebrille. „Hat schon die brave Ilse Menke verschönert! Setz das verdammte Ding auf", knurrte er, als Lia die Sehhilfe unschlüssig hin und her drehte.

„Alles verschwommen, vergiss es!" Sie kniff die Augen zusammen und riss sich die Brille wieder von der Nase.

Unter Steffens grimmigem Blick lenkte sie schließlich ein: „Na gut. Wenigstens sehe ich dich dadurch auch unscharf, und das ist ja wirklich eine Erleichterung!", schloss sie mit schiefem Grinsen und hockte sich resigniert auf die Sitzbank.

Ihr war hundeelend zumute. Was würde Daniel sagen, wenn er sie so zu sehen bekäme? *Daniel* ... Scham und Schuldgefühle überwältigten sie; sie fühlte sich unendlich schäbig. *Daniel wird sich von mir abwenden. Wie konnte ich nur mit einem Mann wie Steffen schlafen? Der mich verschleppt und erniedrigt, der mich schlägt ... Der mehrere Menschenleben auf dem Gewissen hat ...*

Unvermittelt hob sie den Kopf, betrachtete ihn kalt. „Wie viele Leute hast du eigentlich umgebracht?"

Er fuhr zusammen und starrte sie irritiert an. Dann stieß er hörbar den angehaltenen Atem aus und kniff die Lippen zu einem schmalen Strich zusammen. Schließlich entgegnete er sarkastisch: „Tja, da muss ich direkt mal durchzählen! Also damals das frischverliebte Paar, die waren so scharf aufeinander, dass ich schon vorm Bett stand und bei der Nummer zusehen konnte, bis die mich überhaupt bemerkt haben. Und als der Typ dann auf mich zugesprungen ist und sie anfing zu kreischen, blieb mir leider nichts anderes übrig, als beide ruhigzustellen. Dann war da die Sache mit deinem Ex, dazu muss ich jawohl nichts sagen. Und dann ..." Er stockte. *Und dann das ältere Ehepaar, in dessen Wohnmobil wir jetzt sitzen* ... Er sah wieder vor seinem inneren Auge, wie sein Wagen ins Wasser rauschte, für einen scheinbar endlosen Moment herausragte und dann unter der Oberfläche verschwand.

„Und dann?", bohrte Lia nach. Sie hatte nicht die Absicht, ihn zu schonen.

Steffen wurde ungehalten: „Willst du´s wirklich wissen?" Als sie langsam nickte, fuhr er fort: „Tja, dann waren da die alten Leutchen, denen Wohnmobil und Katze mal gehört haben. Wo sie geblieben sind, hast du ja gelesen." Er machte eine Pause, bevor er mit belegter Stimme weitersprach: „Es war ein Unfall. Ich hab das nicht gewollt, verdammt!"

Als Lia ihn scharf musterte, gab er eine knappe Zusammenfassung der Geschehnisse. „Ich wollte sie nicht umbringen, Lia!"

Lia erwiderte nur: „Hast du aber. Brauchst dich hier nicht herauszureden. Selbst wenn alles nicht gewollt war." Sie nagte an ihrer Unterlippe. „Den Radfahrer hast du übrigens vergessen, der geht auch auf dein Konto." Nach einer Pause setzte sie noch hinzu: „Und der Schlag, den du mir verpasst hast, war wohl auch nicht beabsichtigt, was?" Sie sah ihn nachdenklich an und sagte dann verächtlich: „Du bist der letzte Dreck!"

Er wusste nichts darauf zu sagen; schweigend fixierte er mit leerem Blick einen Punkt auf dem Fußboden. Dann stand er abrupt auf und nahm seine Jacke hoch, die auf der Sitzbank lag. Er zog die Rolle Isolierband aus der Tasche, womit er sie unlängst geknebelt hatte. Lia verfolgte seine Bewegungen. Was hatte das nun wieder zu bedeuten?

Als er dann zu der Schere griff, mit der er zuvor ihrer Haarpracht zu Leibe gerückt war, und das Wohnmobil verließ, sah sie ihm ratlos nach. Er verschwand aus ihrem Blickfeld.

Eine Weile blieb sie noch sitzen, dann trieb sie die Neugier ebenfalls zur Tür hinaus. Sie ging zur Frontseite des Fahrzeugs; dort hockte Steffen, neben sich auf dem Boden die Rolle Isolierband und die Schere. Von seinem Finger baumelte ein Streifen des Klebebandes herab. Nun packte er den Streifen mit beiden Händen jeweils zwischen Daumen und Zeigefinger und näherte sich damit dem Nummernschild. Sorgfältig klebte er das schmale Stück Isolierband dann waagerecht unten ans „F" - schon war ein „E" daraus geworden. Die gleiche Behandlung erfuhr einer der beiden Buchstaben hinter dem Strich, denn aus einem „P" wurde ein „R". Auch vor den vier Ziffern machte

Steffen nicht Halt und zauberte mit Hilfe der Isolierrolle aus einer „1" eine „4". Einer genauen Musterung aus nächster Nähe würde die Fälschung nicht standhalten. Aber aus einiger Entfernung betrachtet wirkte es echt.

Lia hatte seine Aktivitäten kopfschüttelnd beobachtet. Nach einigen Minuten hatte Steffen die Kennzeichen auf beiden Nummernschildern geändert. Er erhob sich und sah Lia grinsend an: „Na bitte, nun sind wir nicht mehr aus Frankfurt, sondern aus Essen. Und mit einer rothaarigen Hexe an meiner Seite bin ich schon fast unsichtbar!" Nach einer Pause setzte er nachdenklich hinzu: „Zumindest noch eine Weile ..."

Bei der „rothaarigen Hexe" war Lia zusammengefahren. Er hatte es registriert; um seine Mundwinkel zuckte es amüsiert.

***

„Soll ich dir einen Besen organisieren, dann kannst du über mir herfliegen? Da oben musst du höchstens mit den Spatzen sprechen", stichelte Steffen eine halbe Stunde später. Eine halbe Stunde, die sie in völligem Schweigen nebeneinander verbracht hatten.

Lia verzog unwillig das Gesicht. Offenbar hatte das Scheusal gute Laune, nachdem es eine Witzfigur aus ihr gemacht hatte!

Sie gab ein genervtes Grunzen von sich und wandte den Kopf demonstrativ zum Fenster, wobei sie gleichzeitig einen Schluck Limonade aus dem Becher in ihrer Hand nehmen wollte. Jedoch, Kopf- und Handbewegung klappten nicht wie beabsichtigt gemeinsam, und unversehens ergoss sich das Getränk über den Schalthebel, tropfte auf die Manschette und auf Steffens Hand, die auf dem Knüppel ruhte.

Reflexartig riss er seine Hand hoch und blaffte Lia an: „Verdammte Sauerei!" Er versuchte, die Tropfen abzuschütteln und wischte sich mit der Hand übers Hosenbein, dann warf er einen raschen Blick auf den besudelten Schalthebel samt Manschette und fluchte: „Du verwandelst aber auch *alles* in einen Schweinestall! Der Mann, der dich mal heiratet, sollte gleich eine Putzfrau mit engagieren, die kann dir den ganzen Tag hinterherräumen ... Allein schon, wie du deine Klamotten überall verteilst, offenbar noch nie was von Kleiderbügeln und Schränken gehört! *Oh man*, warst du eigentlich immer schon so schlampig?" Genervt schnalzte er mit der Zunge und schüttelte den Kopf.

„Fertig mit deinem Vortrag?" Lias Stimme klang eisig. „Hier ist noch ein Rest im Becher, den kannst du gern noch ins Gesicht kriegen! Was denn, willst du ihn etwa nicht? Ich auch nicht mehr!" Sie starrte ihn grimmig an und ließ den Becher absichtlich zu Boden fallen; eine kleine Pfütze entstand. „Und jetzt möchtest du am liebsten wieder einmal zuschlagen, stimmt's?"

Steffen konzentrierte sich auf die Fahrbahn, die Lippen zusammengepresst, das Gesicht vor Wut gerötet, und enthielt sich jeden Kommentars.

Barbara Tiblert stellte die Kaffeetasse zurück und räusperte sich. Neugierig warf sie erst ihrer Tochter einen Blick zu, dann betrachtete sie deren Begleiter verstohlen. Sollte *der* Maritas neuer Freund sein? Einen sympathischen Eindruck machte er ja, aber er entsprach so gar nicht den Männern, die Marita bisher angeschleppt hatte! Wenn sie da an die letzte Eroberung ihrer Tochter dachte ... Wie hieß er doch gleich ... Sven? Attraktiv, aber irgendwie undurchschaubar.

Marita hatte ihre Mutter mit den Worten begrüßt: „Mama, ich habe eine Überraschung mitgebracht. Das ist Daniel." Sie hatte nicht weitergesprochen, aber Barbara Tiblert kannte ihre Tochter gut genug. Sie spürte, dass diese noch etwas auf dem Herzen hatte. Sie hatte sich doch nicht etwa verlobt ... na gut, warum eigentlich nicht. Gleich würde sie es erfahren, das war offensichtlich!

„Sag mal, Mama, erinnert Daniel dich vielleicht an jemanden?" Marita beobachtete gespannt die Reaktion ihrer Mutter. Diese blickte sie zunächst irritiert an und musterte Daniel dann abermals. Dann schüttelte sie den Kopf. „Nein, weshalb sollte er? An wen denn?"

Daniel, der bislang still zugehört hatte, ergriff das Wort: „Mein Nachname ist Wempert ... Mein Vater heißt Joachim Wempert."

Barbara Tiblert setzte sich vor Schreck kerzengerade auf, und für einen Moment verschlug es ihr die Sprache.

„Joachim Wempert", flüsterte sie dann versonnen. Sie sah Daniel fasziniert an. „Die Augen ... diese grünen Augen ... Ja, die hatte er auch."

Dann fasste sie sich und war wieder ganz die reservierte Dame, die sie immer war. Sie hüstelte verlegen, griff zur Kaffeekanne und fragte: „Möchte noch jemand?" Zustimmendes Nicken. Während sie mit der Kanne hantierte, spürte sie, wie sich ihre Nerven allmählich beruhigten.

Einen Augenblick herrschte Schweigen, und jeder starrte ein wenig verlegen in seine Kaffeetasse. Schließlich griff Daniel zu seiner Brieftasche und zog das alte Foto heraus, auf dem sein Vater zu sehen war. Er reichte es Marita über den Tisch zu; diese warf einen kurzen Blick darauf, bevor sie es ihrer Mutter in die Hand drückte.

Barbara Tiblert betrachtete den Schnappschuss eindringlich. „Ja ... Das ist er", sagte sie dann leise. Schließlich stand sie auf: „Ich habe auch zwei Bilder von ihm ... Ich bin gleich zurück!" Sie verschwand im Flur.

Marita nickte Daniel zu: „Hm, ich glaube, das hat sie doch mehr umgehauen, als sie nach außen hin zugibt. Sie ..." Marita stockte, als Barbara wieder das Wohnzimmer betrat.

Sie hielt die erwähnten Fotografien in der Hand. „Hier sind wir beide drauf zu sehen. Und auf dem hier ist ein Ehepaar, das wir im Hotel kennengelernt hatten." Sie wies mit dem Finger auf die abgebildeten Personen. „Die dachten, wir sind auch miteinander verheiratet!" Ein verschmitztes Lächeln huschte über ihr Gesicht bei der Erinnerung an den längst vergangenen Sommer.

„Hat Marita Ihnen Näheres erzählt, Daniel?" Sie sah beide fragend an.

Marita wurde rot. „Hm, ja ... Naja, ich hab ihm erzählt, dass da mal was mit seinem Vater gewesen ist. Genaueres nicht, ich weiß ja selbst nicht so viel darüber."

Barbara nickte: „Stimmt schon, ich habe dir auch nur das Nötigste mitgeteilt." Dann, als wolle sie sich verteidigen, setzte sie hinzu: „Aber du hast ja auch nicht weiter nachgehakt!" Sie machte eine Pause. Dann räusperte sie sich, trank einen Schluck Kaffee und begann: „Also, Werner ... Das war mein Mann", fügte sie, an Daniel gewandt, erklärend hinzu. „Werner nahm es mit der Treue nicht immer so genau - ich will ihn jetzt nicht schlechtmachen, ich war ja auch nicht besser. Jedenfalls, Werner hatte eine Affäre mit so einem jungen Ding! Das lief schon eine ganze Weile, bis ich dahinter kam. Es gab einen Riesenkrach ..." Sie stockte. „Ich habe Hals über Kopf eine Reisetasche gepackt und bin noch am selben Tag zur Ostsee hochgefahren. Einfach irgendwohin, wo, war mir völlig egal. Dort habe ich mich in einem kleinen Hotel eingemietet. Und dann am zweiten Tag ...“

Sie hielt inne, dachte an das Ereignis zurück, das sie Joachim Wempert buchstäblich in die Arme getrieben hatte. „Am zweiten Tag, einem wunderschönen Sommertag, lief ich ziellos einen Feldweg entlang, um nachzudenken. Ich glaube, es hätte auch ebensogut regnen können, ich war völlig in Gedanken vertieft und habe nichts wirklich wahrgenommen! Irgendwann wollte ich dann zum Hotel zurück. Neben dem Weg war eine umzäunte Weide, und gleich dahinter konnte ich meine

Unterkunft sehen." Sie sah hoch und blickte ihren Zuhörern etwas verlegen ins Gesicht.

„Naja, im Zaun war ein schmales Loch, durch das ich mich hindurchgequetscht habe, um die Abkürzung über die Weide zu nehmen. Und dort standen ein paar recht neurotische Rindviecher, die mich feindseelig anglotzten. Ich habe noch versucht, einen Bogen zu schlagen, aber die kamen schnurstracks auf mich zugelaufen. Ich ..." Sie unterbrach sich irritiert, als sie ein unterdrücktes Glucksen von ihrer Tochter vernahm. Marita hob die Hand vor den Mund und bemühte sich, ernst zu bleiben. Auch Daniel konnte sich ein Feixen nicht verkneifen bei dem Bild, das vor seinem inneren Auge entstand. Die würdevolle Barbara Tiblert auf der Flucht vor gereizten Rindern!

Maritas Mutter fuhr fort mit ihrer Schilderung: „Ich war regelrecht in Panik! Erst habe ich überlegt, zurückzulaufen und mich wieder durch die Zaunlücke zu quetschen. Aber ich hatte ja das Gelände bereits halb überquert ... Ich bin dann weitergerannt, auf den Zaun vorm Hotel zu. Tja, und da stand ich dann, da war nämlich keine Lücke. Und die Rindviecher kamen immer näher." Sie machte eine Pause und nippte erneut an ihrem Kaffee.

„Hinter dem Zaun stand ein anderer Urlauber und beobachtete das Schauspiel. Als ich ein paar Meter von ihm entfernt war, sprang der Mann mit einem olympiareifen Satz zu mir herüber, packte mich wie eine Puppe und hob mich über den obersten Draht auf die andere Seite. Dort fiel ich ins Gras, während er Anlauf nahm und dann nach einem weiteren Hechtsprung neben mir landete." Barbara schmunzelte. „Tja, so haben wir uns

306

kennengelernt. Danach waren wir eine Woche lang unzertrennlich." Sie schluckte. „Und dabei bist du entstanden, Marita!" Sie sah ihre Tochter an; diese erwiderte ihren Blick.

Nach kurzem Schweigen fragte Marita: „Und danach habt ihr euch nie wiedergesehen?"

Barbara nickte. „Genau. Der Kontakt ist nach dem Urlaub abgebrochen. Dass ich schwanger war, habe ich erst Wochen später gemerkt. Wobei mir gleich klar war, dass das Kind nicht von Werner sein konnte." Sie machte eine kurze Pause, bevor sie fortfuhr: „Und dann habe ich mir ein Herz gefasst und ihm alles gebeichtet. Er hat es ganz ruhig aufgenommen. Ich glaube, er hatte wegen seiner Affäre ein dermaßen schlechtes Gewissen ... Er war ja froh, dass ich zu ihm zurückgekehrt bin! Seinetwegen bin ich schließlich weggelaufen, das hat ihm einen gehörigen Schrecken eingejagt." Nachdenklich setzte sie hinzu: „Er hat dich geliebt wie ein eigenes Kind, Marita. Ich glaube sogar, er hat dich mehr verwöhnt als Bernd. Er hatte wohl das Gefühl, etwas wiedergutmachen zu müssen."

Sie sahen sich einen Augenblick schweigend an, dann sagte Daniel: „Demnach weiß mein Vater nichts von Maritas Existenz?" Fragend blickte er Barbara Tiblert an.

„Ich hielt es für das Beste so ... Zumal sich die Wogen in meiner Ehe wieder geglättet hatten."

Sie überlegte einen Moment, dann erkundigte sie sich: „Wie geht es Joachim?" Sie stockte. „Er ... Er lebt doch noch?" Gespannt sah sie Daniel ins Gesicht. Als dieser bestätigend nickte, stieß sie unwillkürlich den Atem aus.

„Ihm geht´s gut - mittlerweile wieder. Nachdem meine Mutter vor fünf Jahren gestorben ist, war er erstmal völlig fertig. Aber sein Job hat ihn abgelenkt, und seit einiger Zeit ist er Rentner. Und beschäftigt sich mit seinen Hobbys."

„Und ..." Barbara Tiblert zögerte. „Wie seid *ihr* euch denn eigentlich begegnet?" Fragend blickte sie von einem zum anderen.

Marita sah Daniel an: „Willst du erzählen ... oder ..."

Daniel unterbrach sie: „Ich mach das schon, Marita." Beruhigend zwinkerte er ihr zu. Dann gab er ihrer Mutter eine kurze Zusammenfassung der jüngsten Ereignisse. Die für Marita peinlichsten Details ließ er aus; er bemerkte, wie ihre besorgte Miene sich allmählich entspannte. Auch über den Inhalt des gestohlenen Tagebuches hüllte er sich in Schweigen, und Barbara hakte nicht nach. Sie folgte mit wachsender Fassungslosigkeit seiner Schilderung. Nachdem Daniel fertig war, herrschte für einen Moment Stille.

Schließlich ergriff sie das Wort: „Ich habe wohl nie verheimlicht, dass ich mit Bernds Wahl nie so ganz glücklich war. Ich fürchte, ich habe Lia oft ganz schön zugesetzt." Ihre Stimme klang unsicher, und sie wirkte plötzlich befangen.

Daniel erwiderte: „Lia hat mir erzählt, dass sie offensichtlich nicht sehr herzlich aufgenommen worden ist von Bernds Familie. Nun, darüber kann ich mir kein Urteil erlauben ... Ich liebe Lia" - dabei warf er Marita einen kurzen Blick zu, den diese sofort richtig deutete, denn sie lief rot an. Daniel fuhr fort: „Aber ebenso freue ich mich, eine Schwester gefunden zu haben, und ich hoffe, dass wir alle in Zukunft miteinander klarkommen. Denn ich möchte, dass wir in Kontakt bleiben, Marita!" An Barbara Tiblert gewandt setzte er hinzu: „Und falls Sie den Wunsch haben, meinen Vater mal anzurufen ... Ich glaube, er würde sich freuen!"

Sie überlegte einen Moment, dann meinte sie: „Vielleicht könnten wir einander sogar mal besuchen. Ich finde auch, ich sollte ihm seine Tochter nicht länger vorenthalten. Natürlich nur, wenn du nichts dagegen hast!" Sie sah ihre Tochter neugierig an.

Marita lächelte zustimmend: „Okay! Einverstanden."

Die Sirene ließ Steffen aufschrecken. Er nahm das Gas weg und steuerte dann das Wohnmobil im Schneckentempo in eine Parklücke am Straßenrand, wobei er alle paar Sekunden einen hektischen Blick in den Rückspiegel warf. Lia nahm den Schweiß auf seiner Stirn wahr und sah, dass seine Hände zitterten; er umklammerte das Lenkrad, bis seine Fingerknöchel weiß hervortraten.

Blaulicht durchschnitt die trübe morgendliche Herbstluft und näherte sich rasch. Nieselregen besprühte gleichmäßig die Windschutzscheibe, unzählige winzige Tropfen brachen sich im flackernden Licht und schufen immer neue Gemälde auf dem Glas, bevor die Scheibenwischer sie wieder beseitigten.

Steffen saß regungslos im Fahrersitz, die Augen geschlossen, das Gesicht ungewöhnlich blass. Mehrmals sog er tief den Atem ein und stieß ihn dann hörbar wieder aus.

Nachdem der Einsatzwagen vorbeigefahren war, öffnete er die Augen wieder. Sie waren blutunterlaufen. Er wandte seinen Kopf langsam Lia zu und sah sie mit einer solchen Intensität an, dass sie nicht wegzusehen vermochte. Sein Gesicht zeigte eine Müdigkeit, wie Lia sie noch niemals zuvor bei ihm bemerkt hatte; die tiefen Augenringe sprachen für sich, und er wirkte um Jahre gealtert.

„Du siehst fertig aus", stellte sie nur fest.

„Na, dann kannst du dich ja freuen!" Er senkte den

310

Kopf und murmelte: „Nur noch eine Frage der Zeit, bis ...“ Er verstummte und biss sich auf die Unterlippe.

„Bis sie dich kriegen“, vollendete Lia den Satz und fügte hinzu: „Gib auf! Aus der Nummer kommst du doch kaum noch raus.“ Er verzog den Mund zu einem gequälten Lächeln, legte erneut den Gang ein und setzte wortlos die Fahrt fort.

***

„Autsch! Können Sie nicht aufpassen?“ Lia drehte sich verärgert um - und starrte verblüfft Steffens Ebenbild ins Gesicht. Allerdings einem Steffen ohne Glatze! Der Mann murmelte eine Entschuldigung und wollte rasch den Einkaufswagen weiterschieben, den er ihr soeben in die Hacken gerammt hatte. Als er jedoch den fassungslosen Ausdruck bemerkte, mit dem sie ihn anstarrte, hielt er verwirrt inne.

„Haben Sie sich verletzt?“ Als er keine Antwort bekam, schüttelte er irritiert den Kopf. Weibsbilder!

Lia vermochte kaum den Blick von ihm abzuwenden. „Steffen!“ Nachdrücklich knuffte sie diesen in die Seite.

Ein unwilliges Grunzen kam zurück; er beugte sich gerade über die Tiefkühltruhe, um die Fertiggerichte zu inspizieren. „Was ist denn?“

„Steffen?“ Jetzt war es der Fremde, der erstaunt war. Beim Klang der männlichen Stimme richtete sich der Angesprochene endlich auf und sah hoch. Lia stand zwischen den beiden und sah von einem zum anderen.

Steffens Miene hellte sich auf. „Thorben ... Was machst du denn hier?“ An Lia gewandt, setzte er hinzu: „Mein Bruder. Ich hab dir mal von ihm erzählt.“

311

Lia nickte. „Wenn du Haare auf dem Kopf hättest, könnte man euch glatt verwechseln!"

Steffen kniff nachdenklich die Augen zusammen, sagte aber nichts.

Thorben meldete sich zu Wort: „Willst du sie mir eigentlich nicht vorstellen?" Fragend sah er seinen älteren Bruder an. Eine Bemerkung zu dessen kahlrasiertem Schädel lag ihm sichtlich auf der Zunge, doch er schwieg und verzog lediglich die Lippen zu einem amüsierten Schmunzeln. Den Verband um Steffens Oberarm konnte er natürlich nicht entdecken, da er vom Jackenärmel verdeckt wurde.

Steffen räusperte sich: „Lia. Meine ... äh ... Lebensgefährtin." Er wies mit der Hand auf Lia; diese verschluckte sich fast angesichts der dreisten Behauptung und schoss ihm einen wütenden Blick zu. Er ignorierte sie und wandte sich seinem Bruder zu: „Hm ... Wir sind auf der Durchreise. Mit einem Wohnmobil einige Tage Urlaub machen. Wenn du nichts weiter zu erledigen hast, steig doch einfach bei uns ein und fahr ein Stück mit. Dann machen wir irgendwo Rast und klönen ein bisschen!" Er lächelte Thorben zu. „Such dir auch eine Pizza aus, geht auf meine Rechnung. Ich weiß ja, du bist meist knapp bei Kasse! Oder hat sich daran inzwischen was geändert?"

Thorben gab grinsend zurück: „Nein, war ja auch nicht ernsthaft zu erwarten, richtig? Ich bin eben kein Versicherungsfritze mit dickem Einkommen wie du."

Lia gluckste vernehmlich. „Versicherungsfritze. *Aha!*"

Thorben lachte auf: „Was hat er dir denn bloß erzählt?" Prüfend betrachtete er seinen Bruder. Steffen funkelte Lia

an: „Ich glaube, das steht jetzt nicht zur Debatte." Sie
hörte den warnenden Unterton in seiner Stimme.

***

Die leeren Teller mit Pizzaresten standen vor ihnen auf
dem Tisch. Lia saß stumm neben Steffen. Am Gespräch
zwischen den beiden Männern beteiligte sie sich nicht,
lauschte jedoch neugierig Thorbens Erinnerungen, die er
mit lebhaften Gesten untermalte.

„Naja, und wo wir schon beim Sport sind: Den Fußball
hast du ja häufiger in das Tor der *eigenen Mannschaft*
geballert als sonst wohin, du Sportass! *Tor!*", brüllte er
vergnügt und warf die Arme hoch. „Und weißt du noch,
deine    unfreiwillige    Bühnenshow    mit    diesem
widerspenstigen Hut? Machte sich dauernd selbständig auf
deinem Kopf, du konntest nix mehr sehen, dafür hatten wir
eine Menge Spaß bei dem Anblick! Musstest das verflixte
Ding mit einer Hand die gesamte Zeit festhalten!" Thorben
warf den Kopf in den Nacken und lachte schallend. „Das
war bei einer Aufführung auf der Schulbühne, da bist du
als Tattergreis mit Handstock aufgetreten, *Benno!*" Mit
übertriebenen Bewegungen schob er sich mit der Hand
eine imaginäre Kopfbedeckung wieder und wieder aus der
Stirn und wischte sich eingebildeten Schweiß ab.

Sein Bruder zuckte zusammen und sog hörbar die Luft
ein. Eine feine Röte überzog seine Wangen: „Du hast dich
prima amüsiert auf meine Kosten, als *ich* mich zum Depp
der ganzen Schule gemacht habe, herzlichen Dank!" Er
verzog das Gesicht und schnippte mit dem Finger einige
Krümel unwillig über den Tisch. „*Und nenn mich nie
wieder bei diesem idiotischen Namen!*"

313

„Über dich lachen konntest du noch nie, ich weiß. Benno ... Verzeihung, *Steffen*, der humorlose Bücherwurm, der einsame Wolf in seinem Zimmer!" Thorben zwinkerte Lia zu: „Glaub ja nicht, dass er sich aus seinem mit Büchern vollgestopften Mauseloch locken ließ, wenn da mehr als zwei meiner Freunde vor der Tür standen und wir etwas gemeinsam unternehmen wollten! Nein, immer vornehm zurückhalten, und nutzloses Wissen im Schädel sammeln! Unser verhinderter Gelehrter", meinte er ironisch.

„Kann eben nicht jeder wie ein Clown durchs Leben tänzeln", schnappte Steffen zurück. Dann raunte er, während er Thorben fixierte: „Hast du wohl von unserer so überaus *verantwortungsbewussten* Mutter geerbt." Ein gehässiger Klang hatte sich in seine Stimme geschlichen.

Thorben setzte sich ruckartig auf und starrte ihm in die Augen, dann entgegnete er langsam: „Ja, sie hat uns wehgetan, aber ... Mir hat sie Jahre später mal einen Brief geschrieben, damals lebte sie in Los Angeles. Sie hatte ihr Gründe für alles, weißt du!" Er presste die Lippen zusammen. „Gründe, die ich mittlerweile nachvollziehen kann. Sie war einfach nicht glücklich. Vater hat sie auf Händen getragen, aber er hat sie nie wirklich verstanden! Sie hat sich eingezwängt gefühlt ..." Er stockte, suchte nach Worten. „Der andere hat ihr die Freiheit zurückgegeben, an seiner Seite konnte sie wieder aufblühen! Sie wollte dir auch schreiben, aber ihr fehlte die Adresse!"

„Ach ja?", meinte Steffen gedehnt. „Und diesen Schmarrn glaubst du, *Brüderchen?* Träum weiter."

Er wandte sich ab; das Thema war für ihn damit offensichtlich beendet. Dann zündete er sich eine Zigarette an, nahm einen tiefen Zug und legte seinen Arm um Lias Schulter, um sie näher an sich heranzuziehen: „Schatz, nun rück doch mal zu mir!" Widerstrebend ließ sich Lia seine Umarmung gefallen. Als er jedoch versuchte, sie zu küssen, wandte sie demonstrativ ihren Kopf zur Seite. „Also, heute bist du aber wirklich eine Hexe! Lass dich besser nie mit Rothaarigen ein, Thorben!"

Sein Bruder fing einen Blick Lias auf, der ihn nachdenklich stimmte. *Da stimmte irgendetwas ganz und gar nicht zwischen den beiden ...*

„Wie lange kennt ihr euch eigentlich schon?" Er richtete die Frage an Lia, blickte ihr dabei forschend ins Gesicht. Seine braunen Augen drückten Mitgefühl aus; Lia schluckte, sagte jedoch nichts. An ihrer Stelle antwortete Steffen: „Also, kennengelernt haben wir uns, als ich sie eigentlich nur mal nach dem Weg fragen wollte. Da ist sie freundlicherweise gleich eingestiegen und hat mir persönlich gezeigt, wo´s langgeht. Manche Frauen fallen einem sozusagen in den Schoß!" Das unverschämte Grinsen, das seine Worte begleitete, war zuviel. Lia riss sich mit einem Ruck von ihm los, sprang auf und verschwand polternd im Bad.

Kopfschüttelnd sah Steffen ihr hinterher. „Hast du deine Tage, oder was? Letzte Nacht wolltest du ja auch nicht ... Du weißt einen richtigen Kerl eben nicht zu schätzen!" An seinen Bruder gewandt, setzte er mit grimmiger Miene hinzu: „Ich kann noch froh sein, dass ich nicht auf dem Fußboden übernachten musste!"

Thorben betrachtete Steffen mit einer Mischung aus Ungläubigkeit und Abscheu. War dieser Mann noch sein großer Bruder, von dessen feinfühliger Art und Intelligenz er als Kind beeindruckt gewesen war? Er erkannte Steffen kaum wieder; was fand Lia nur an ihm? Liebte sie ihn?

In diesem Moment wurde die Tür zum Badezimmer aufgerissen. Lia hatte Steffens Worte mitangehört. Nun platzte ihr der Kragen: „Du Scheusal, noch *ein* Wort, und ich werde mal auspacken, was hier alles nicht in Ordnung ist!" Das schleuderte sie ihm mit solchem Hass entgegen, dass Steffen zusammenzuckte.

Thorben ließ ein Räuspern vernehmen: „Hm. Ich glaube, ich verschwinde lieber. Offenbar ist da noch etwas zu klären zwischen euch. Ich störe nicht länger ... War schön, dich mal wiedergesehen zu haben." Den Blick auf Lia gerichtet, fuhr er fort: „Und war schön, *dich* kennengelernt zu haben!" Er zwinkerte ihr mitfühlend zu. Dann stand er auf, um sich zwischen Sitzbank und Tisch herauszuzwängen.

Doch Steffen hielt ihn auf: „Bleib sitzen, verdammt nochmal!" An Lia gewandt, sagte er: „Das war nicht so gemeint ... Nun reg dich bitte wieder ab. Du willst doch unseren Gast nicht vergraulen, oder? Nimm dich etwas zusammen, mich anschreien kannst du nachher meinetwegen noch!" In seinen Augen stand eine deutliche Warnung.

Zögernd ließ Thorben sich in die Polster zurücksinken. Lia nahm wieder Platz neben Steffen, rückte allerdings nachdrücklich möglichst weit von ihm ab. Er warf ihr einen unfreundlichen Blick zu.

Eine Weile herrschte betretenes Schweigen. Dann ergriff Steffen das Wort: „Und, versuchst du dein Glück immer noch als Schauspieler?" Er sah seinen Bruder lächelnd an, sichtlich darum bemüht, die Stimmung wieder zu heben.

Thorben erwiderte: „Naja, eigentlich schon. Aber du kannst dir denken, dass ich davon alleine schlecht leben kann. Also jobbe ich nebenbei stundenweise. Zur Zeit als Wachmann im Museum. Da sind wir vorhin übrigens dran vorbeigekommen!" Als er Steffens fragenden Blick bemerkte, setzte er hinzu: „Links von der Brücke, wo wir an der Ampel warten mussten. Da hast du dich noch aufgeregt über den Radfahrer, kannst du dich erinnern?"

Steffen dachte einen Augenblick nach, dann fiel es ihm wieder ein. „Stimmt, ja, jetzt weiß ich ... Und da arbeitest du als Aufsichtskraft, soso." Lauernd fügte er hinzu: „Nachmittags, oder wann? Musst du heute noch los?"

Thorben nickte. „Jeden Tag von vierzehn bis achtzehn Uhr. Außer Mittwochs, da hat der Laden zu." Er sah zur Uhr. „Oh, schon kurz vor eins. Ich muss bald los! Erstmal nachhause, mich umziehen." Er lächelte. „Uniform, weißt du. Und dann wieder los, im Museum meine Runden drehen."

„Keine Hektik, ich bring dich zu deiner Wohnung", beruhigte Steffen ihn. „Ein paar Minuten kannst du doch wohl noch bleiben. Magst du noch einen Früchtetee?", wandte er sich dann unvermittelt an Lia. „Und du noch einen Kaffee, Thorben? Ich brauche jedenfalls einen!"

Sollte das eine Entschuldigung sein? Lia zuckte mit den Achseln und nickte. Dann erinnerte sie ihn: „Aber vergiss den Würfelzucker nicht, drei Stück mindestens!"

Steffen stand auf und machte sich am Herd zu schaffen. Er schnappte sich Lias Becher, stellte ihn auf die Arbeitsplatte in der Küche, hängte einen Teebeutel hinein und goss kochendes Wasser dazu. Durch ihre Unterhaltung abgelenkt, bemerkten weder Lia noch Thorben, dass er nun verstohlen etwas auf der Platte vorbereitete, es schließlich von dort in eine Handfläche zusammenkehrte und dann sorgsam in den Becher gleiten ließ. Mit raschen Bewegungen schnappte er sich dann ein Stück Küchenkrepp, wischte damit gründlich die Arbeitsplatte sauber und ließ es im Mülleimer verschwinden.

Anschließend hantierte er mit der Kaffeekanne und goss für Thorben und sich schwungvoll die dampfende Flüssigkeit in die Becher auf dem Tisch. Inzwischen war der Tee durchgezogen; Steffen gab genug Zucker hinein, angelte sich aus dem Besteckkasten einen Löffel, lehnte ihn in den Becher und stellte diesen vor Lia. „Etwas Süßes für meine Süße!" Er ließ sich erneut neben ihr nieder und lächelte. Heimtückisch, wie sie fand ...

Lias Augen blitzten ihn wütend an, als sie den Becher näher zu sich heranzog, doch sie enthielt sich einer Antwort, ergriff stumm den Löffel und rührte damit eifrig eine Weile in ihrem Becher herum. Fast andächtig nahm sie ihn dann zwischen beide Hände und blies sachte über die heiße Flüssigkeit, bevor sie vorsichtig daran nippte. „Hm ... noch sehr heiß." Wie auf Kommando erhob sich Steffen und gab etwas kaltes Wasser dazu, stellte den Becher vor sie und setzte sich wieder. Das Getränk kühlte sofort ein wenig ab. Lia trank den Becher in einem Zug aus und murmelte: „Mit Zucker durchaus genießbar, obwohl ... Wenn ich ihn zubereite, schmeckt er irgendwie besser!"

Sie verbrachten noch einige Minuten zusammen, dann setzte Steffen das Wohnmobil in Bewegung, um seinen Bruder zu dessen Unterkunft zu bringen. Vor dem angegebenen Wohnblock stoppte er, und Thorben verabschiedete sich von ihnen. Als er Lia kurz umarmte, flüsterte er ihr zu: „Lass dich nicht unterkriegen!" Er löste sich von ihr und nickte ihr fast unmerklich zu. Seinem Bruder gab er die Hand und musterte ihn dabei eindringlich. „Eine Frau wie Lia sollte man gut behandeln, sonst hat man sie nicht verdient. Schreib dir das hinter die Ohren, Bruderherz!"

Steffen öffnete empört den Mund und wollte zu einer Erwiderung ansetzen, verzichtete dann jedoch darauf. Er presste die Lippen zusammen und nickte ergeben. „Schon verstanden, spar dir deine Moralpredigt. Werd mich bessern!" Er blickte seinem Bruder nach, als dieser zum Hauseingang ging, und Lia registrierte ein unheilvolles Glitzern in seinen Augen. *Irgendwas brütet er schon wieder aus ...* Sie wandte den Blick ab, lehnte ihren Kopf ans Polster und schloss die Augen. Sie war es leid, darüber nachzugrübeln!

Steffen steuerte das Wohnmobil zu dem Parkplatz zurück, auf dem sie Rast gemacht hatten. Dort hielt er an und stellte den Motor aus. „Gehen wir nach hinten", schlug er vor, doch in seiner Stimme lag ein fordernder Tonfall. Es klang nicht wie ein Vorschlag, sondern wie ein Befehl!

Lia sah hinaus. „Und dann?" Keine Reaktion. Zögernd folgte sie ihm und ließ sich nachdenklich auf die Sitzbank fallen, beobachtete ihn, wie er ihr nahezu regungslos gegenübersaß, verkniff sich jedoch die Bemerkung, die ihr auf den Lippen lag. Wartete er auf etwas? Doch worauf? Wollte er sie aus der Reserve locken, bis sie ihm eine knallte oder einen sinnlosen Fluchtversuch unternahm? Irritiert und genervt von seinem Verhalten, schnitt sie eine Grimasse und warf Steffen einen fragenden Blick zu, erkannte jedoch an seiner Miene, dass sie keine Auskunft über seine Pläne von ihm zu erwarten hatte.

„Wozu sitzen wir jetzt hier herum?" Missmutig starrte sie ihm in die Augen.

„Wir können auch *stehen*, wenn dir das besser gefällt", erwiderte er ungerührt und starrte zurück, ohne mit der Wimper zu zucken. Sekundenlang hielt sie seinem intensiven Blick stand; endlich senkte sie den Kopf.

Sie tat ein paar heftige Atemzüge, dann sprang sie unvermittelt auf und schrie: "Gut, und *rumlaufen* darf ich vermutlich auch noch, oder legst du mir dann Handschellen an?" Hasserfüllt blitzte sie ihn an, beide Arme erhoben, die Fäuste geballt.

Er reagierte schneller, als sie erwartet hatte. Es kostete ihn nur Bruchteile von Sekunden, dann war er aufgesprungen und hatte ihr die Arme hinter den Rücken gedreht. Seine kräftigen Finger hielten ihre zarten Handgelenke in einem eisernen Griff gefangen; die Wunde an seinem Oberarm schien ihn nicht zu hindern. Ganz langsam näherte er seinen Mund ihrem linken Ohr und flüsterte drohend hinein: „Noch eine falsche Bewegung, und ich drehe dir den Hals um! Du setzt dich brav wieder hin und wartest geduldig ab, was der nette Onkel Steffen mit dir vorhat! Handschellen habe ich übrigens leider nicht bei mir, wäre vielleicht ein gute Idee gewesen bei deinem Temperament." Dann gab er ihre Hände wieder frei und drückte sie unsanft zurück auf die Sitzbank, bevor er sich abermals ihr gegenüber niederließ und mit zusammengepressten Lippen den Kopf schüttelte, als könne er ihre Dummheit nicht fassen.

„Verdammter Mistkerl!", zischte sie voller Abscheu, doch er grinste nur wortlos und steckte sich eine Zigarette an. Lässig hielt er sie zwischen den Fingern, während er mit verschränkten Armen ans Polster gelehnt saß und Lia mit unergründlicher Miene fixierte; sie gab einen kühlen Blick zurück. Schweigend starrten sie einander eine Weile an, dann senkte Lia die Augen. Sie begann zu gähnen. Diese plötzliche Müdigkeit ... Was war nur mit ihr los?

Steffen beobachtete ihre Reaktion, sah, wie ihr die Augen zufielen. Gleich wäre sie eingeschlafen, Ilse Menkes Schlafmittel sei Dank. Er hatte es beim Stöbern in deren Kosmetiktäschchen entdeckt und an sich genommen. Ilse Menke würde es nichts mehr nützen. Er hingegen hätte noch Verwendung dafür! Die Dosis, er die Lia verabreicht hatte, war sorgsam bemessen. Lediglich ein Stück einer zerteilten Tablette, kaum mehr als ein winziger Krümel; gerade genug, um mindestens eine halbe Stunde zu schlummern. Es wäre allerdings besser für Lia, dann rechtzeitig aufzuwachen. Mehr konnte er nicht für sie tun.

Lia kippte langsam zur Seite, und zwei Arme fingen sie auf. Sie wurde behutsam auf die Sitzbank gebettet, unter dem Kopf ein Sofakissen. Dann nahm sie nichts mehr wahr.

Steffen sah zur Uhr; in zwanzig Minuten würde Thorben seinen Dienst antreten. Er startete das Wohnmobil und schlug den Weg zum Museum ein. In einer Seitenstraße hielt er mit laufendem Motor am Straßenrand. Wenige Meter von ihm entfernt mündete die Gasse in die Hauptstraße, wo Thorben jeden Augenblick auftauchen musste.

Steffen hatte nicht lange zu warten. Bereits nach knapp einer Minute passierte sein Bruder die Einmündung, und Steffen betätigte kurz die Hupe. Thorben schreckte auf und bemerkte das Wohnmobil mit seinem Bruder am Steuer. Steffen winkte ihn heran und deutete durch die Windschutzscheibe auf die Beifahrertür. „Mach auf, ich muss dir noch was sagen!"

Thorben öffnete die Tür. Er warf einen hektischen Blick auf seine Uhr: „Ich muss gleich zum Dienst ... Was ist denn?"

„Steig ein. Dauert auch nicht lange." Steffen nickte seinem Bruder beruhigend zu, und dieser kletterte schließlich zögernd ins Fahrzeug. Mit fragendem Gesichtsausdruck nahm er auf dem Beifahrersitz Platz und zog die Tür ins Schloss. „Wo ist denn Lia?"

Weiter kam er nicht. Die leere Limonadenflasche krachte mit dem Flaschenboden voran auf seinen Hinterkopf. Steffen ließ die blutbespritzte Flasche achtlos fallen und fing seinen Bruder auf, der in sich zusammensackte. Er zog Thorbens Beine nach vorne und lehnte seinen Oberkörper schräg in den Sitz, so dass er nicht herunterrutschen konnte. Dann legte Steffen den Gang ein, steuerte das Wohnmobil auf die Hauptstraße und preschte zur nächsten Kreuzung. Das Glück war auf seiner Seite: Sämtliche Ampeln zeigten grünes Licht, so dass er rasch den Stadtverkehr hinter sich ließ. Die Landstraßen wurden zunehmend abgelegener und einsamer, die Ansiedlungen spärlicher.

Als Thorben sich stöhnend regte, verpasste Steffen ihm abermals einen unbarmherzigen Schlag über den Schädel. Sein Bruder sank zurück in den Sitz. Steffen warf Lia einen prüfenden Blick zu; sie schlief noch. Gut so.

***

Das Wohnmobil hielt zum wiederholten Male auf dem einsamen Parkplatz. Steffen wandte sich seinem reglosen Bruder zu und musterte besorgt das Blut, mit dem das Polster des Beifahrersitzes getränkt war. Sollten davon später noch Reste festgestellt werden ... Sein Plan wäre vermutlich zunichtegemacht! Verdammt, warum hatte er nicht daran gedacht? Mit zusammengekniffenen Augen suchte er das Fahrerhaus nach weiteren Blutspritzern ab. Nichts zu sehen. Allerdings musste die Limonadenflasche verschwinden; auch sie hatte dort winzige dunkle Flecken hinterlassen, wo sie zu Boden gefallen war. Steffen presste verärgert über seine eigene Nachlässigkeit die Lippen zusammen. Dann nahm er die Flasche, stieg aus dem Fahrzeug und schleuderte sie mit aller Kraft möglichst tief in den Wald hinein.

Zurück im Wohnmobil, packte er Thorben unter den Achseln und zog ihn vom Sitz herunter, dann schleppte er ihn ächzend zur Sitzgruppe. Dort hievte er seinen Bruder auf die Bank gegenüber von Lia und platzierte ihn mühsam in der Ecke, so dass er nicht zu Boden gleiten konnte. Dann hielt er einen Moment inne und betrachtete ihn. Thorben atmete schwerfällig, und sein Gesicht war kalkweiß. Steffen zögerte. Dann beugte er sich schließlich über den Bewusstlosen und streifte ihm den Parka sowie die Weste ab, die Thorben als Teil der Dienstuniform bereits über seinem Hemd trug. Gleich darauf entledigte er sich seiner eigenen schwarzen Lederjacke. Darin befand sich die Brieftasche mit seinem Ausweis, Führerschein, Kreditkarten und diversen Notizen. Steffen warf die Jacke über die Lehne des Fahrersitzes, griff dann nach Thorbens Weste und Parka und schlüpfte hinein. Von ähnlicher Statur wie sein Bruder, passten ihm dessen Kleidungsstücke nahezu perfekt.

Nachdenklich sah er an sich herunter und griff schließlich tastend in die Jackentasche. Erleichtert atmete er auf, als sich seine Finger um das dicke, ausgebeulte Portemonnaie seines Bruders schlossen. Er zog es hervor und betrachtete es. Als er es aufklappte, fielen ein Paar Münzen heraus und rollten unter den Tisch. Er ließ sie liegen und widmete sich dem übrigen Inhalt. Thorbens Personalausweis, mehrere zerknitterte Visitenkarten, ein fleckiger Zettel mit einer Telefonnummer und dem Namen „Simone" darauf. Nun, diese würde in Zukunft auf ihren Lover verzichten müssen! „Tut mir leid, kleiner Bruder ... Ich tue dir das nicht gerne an, wirklich nicht. Aber ich weiß nicht mehr weiter ..." Steffen schluckte krampfhaft.

In diesem Augenblick war von der gegenüberliegen

Bank ein leises Geräusch zu vernehmen. Lia murmelte undeutlich etwas und bewegte den Kopf; sie würde bald zu sich kommen! Steffen straffte die Schultern, wandte sich ihr zu und nahm sie hoch, um sie dann unmittelbar neben dem Ausstieg auf dem Fußboden niederzulassen. Sie kauerte zusammengesunken neben der Tür. Er würde dafür sorgen, dass diese sich leicht wieder öffnen ließe. Lia bekäme ihre Chance ... Kurz kam ihm das Tagebuch in den Sinn, doch eine erneute Bewegung ihres Kopfes machte ihm klar, dass er jetzt keine Zeit mehr hatte, es hervorzusuchen. Sollte das dumme Ding doch in Flammen aufgehen! An Lias Ring, der noch immer in der Hosentasche seiner anderen, blutbespritzten Jeans steckte, verschwendete er keinen Gedanken mehr. Sanft strich Steffen Lia über die Wange, dann richtete er sich auf.

Zunächst öffnete er einen der Vorratsschränke. Eine noch fast volle Wodkaflasche stand darin; er hatte sie zufällig in einer Werkzeugkiste entdeckt. Offenbar Karl Menkes gut gehütetes kleines Geheimnis! Steffen nahm ein Glas und goss einen reichlichen Schuss des Alkohols hinein. Hochprozentig und leicht entzündlich ...

Er nahm einen winzigen Schluck und spürte die Flüssigkeit brennend seine Kehle hinunterrinnen. Dann beugte er sich über die schlaffe Gestalt seines Bruders, der mit leicht geöffnetem Mund in die Ecke gelehnt auf der Bank saß.

Steffen neigte Thorbens Kopf nach hinten, hielt ihm das Glas an die Lippen und ließ ein wenig Wodka in seinen Mund rinnen. Reflexartig schluckte sein Bruder, und Steffen verabreichte ihm mehr. Sollte es später noch möglich sein, Reste seines Mageninhaltes festzustellen, nun, Spuren des Alkohols wären vorhanden.

Steffen wischte vorsorglich zunächst den Glasrand sauber und berührte ihn dann abermals mit dem Mund, um DNA-Spuren von sich selbst darauf zu hinterlassen. Dann zerschmetterte er das Glas auf dem Fußboden. Er nahm die Flasche zur Hand und verteilte den restlichen Inhalt sorgfältig über seinen Bruder und das Polster. Die Blutspuren auf dem Beifahrersitz wurden mit dem Rest versehen, bevor er die Flasche neben dem zerbrochenen Trinkglas zu Boden fallen ließ.

Er breitete die Zeitung vom Vortag großzügig auf dem Tisch aus. Eine Seite rollte er jedoch zusammen und drückte sie in Thorbens Hand, die in dessen Schoß ruhte. Nun traf er die letzten Vorbereitungen: Er stellte einen Kochtopf auf den eingeschalteten Herd und entnahm dem Kühlschrank das Rindfleisch, das einmal für Ilse Menkes Rinderschmorbraten vorgesehen war. Es landete im Topf; ohne Wasser darin würde sich bald ein zusätzlicher Brandherd daraus entwickeln.

Anschließend zündete Steffen sich eine Zigarette an und paffte einige Züge. Die Kippe in der Hand, näherte er sich seinem Bruder. Einen Moment zögerte er, sah ihm noch einmal ins Gesicht.

Mit entschlossener Miene warf er dann die glimmende Zigarette Thorben in den Schoß und trat hastig zurück. Die Glut fiel auf das Zeitungspapier. Eine Flamme züngelte daran hoch, und Steffen beobachte, wie sie sich rasch ausbreitete. Das geöffnete Seitenfenster würde dafür sorgen, dass die Flammen genug Nahrung bekämen. Sie würden das Wohnmobil hoffentlich in Schutt und Asche legen und Thorben vermutlich zur Unkenntlichkeit verbrennen ... Tragisch für seinen Bruder, doch gut für ihn selbst!

Steffen warf der Gestalt in der Sitzecke einen letzten gehetzten Blick zu. Dann stieg er über Lias Körper hinweg, schob die Tür wieder fast zu und machte, dass er wegkam.

Sein neues Leben als Thorben Crebent hatte soeben begonnen; von nun an war er ein unbescholtener Bürger, der alles richtigmachte.

Übermütiges Kichern schallte aus dem Kleinwagen. Die achtzehnjährige Laura malte mit dem Zeigefinger ein großes Herz auf die beschlagene Frontscheibe und schrieb „L + F" hinein. Laura und Florian.

Frisch verliebt, hatten sie sich zu dem abseits gelegenen Parkplatz davongestohlen. Dort konnten sie sich endlich ungestört vergnügen, was ihnen in den beengten Mietwohnungen ihrer Eltern meist verwehrt blieb! Der schlaksige Neunzehnjährige lachte, als er den Wagen startete und dann absichtlich durch mehrere Schlaglöcher steuerte. Laura kreischte in gespieltem Entsetzen, als das Fahrzeug eine halbe Umdrehung vollführte. Einen Augenblick später stand es wieder in Fahrtrichtung. Verwegen kurvte der junge Mann über den Waldweg, während er abwechselnd aufs Gaspedal trat und dann wieder abrupt bremste.

„Hör auf, mir wird schlecht!" Laura griff spielerisch ins Lenkrad, aber Florian setzte die wilde Fahrt fort. Bald hätten sie die Straße erreicht ... Da begann Laura zu schnuppern. Sie ließ die Seitenscheibe ein Stück herunter und sog konzentriert die Luft ein. „Riechst du das auch?" Fragend sah sie ihren Freund an.

„Nee, was soll ich denn riechen?" Er warf ihr einen verständnislosen Blick zu.

„Na, da brennt doch was. Sieh mal, da kommt Rauch hoch!" Aufgeregt wies sie mit dem Finger auf das

Buschwerk in einiger Entfernung. Nun nahm auch Florian den Qualm wahr, der dichter wurde.

„Tatsache, du hast recht!" Sie näherten sich dem Feuer und bemerkten den hellen Schein hinter den Büschen.

„Florian, da brennt ein Wohnmobil!" Wie gebannt starrte Laura auf das grausige Schauspiel vor ihren Augen. „Mein Gott ... Wenn da noch Leute drin sind!" Hilflos wandte sie den Kopf zur Seite und warf ihrem Freund einen entsetzten Blick zu. Florian schrie sie an: „Da läuft jemand! Nimm mein Handy, wähl den Notruf ... Schnell, beeil dich!" Er stoppte den Wagen, riss die Fahrertür auf und eilte der Person entgegen, die orientierungslos auf ihn zutaumelte. Eine Frau. Fast hatte sie ihn erreicht, als ihr die Beine den Dienst versagten. Florian fing sie gerade noch rechtzeitig auf.

„Da ist ..." Ihre Stimme war nur noch ein Flüstern.

„Ist da noch jemand drin?" Eindringlich sah Florian der Frau in die Augen. Sie nickte benommen. „Sitzecke ..."

„Verdammt!" Florian ließ die Fremde behutsam zu Boden gleiten. Dann stürmte er zum Wohnmobil und zwängte sich durch die halb geöffnete Tür in das Gefährt hinein. Sofort schlug ihm dichter Qualm entgegen und nahm ihm den Atem. Er hustete. Dann ließ er sich auf die Knie fallen und kroch mühsam ins Innere der Flammenhölle. „Hallo! Hören Sie mich?"

Ein Stöhnen kam aus der Nische nicht weit von ihm entfernt. Florian robbte weiter, ertaste einen Fuß. Er umklammerte die Beine der vor ihm liegenden Gestalt und schleifte sie über den Gang. Der kurze Weg zurück zur Tür erschien ihm endlos, und ein Schwindelgefühl erfasste ihn.

Mit letzter Kraft gelangte er endlich ins Freie und rang nach Atem. Er richtete sich auf und zerrte den leblosen Körper aus dem Wohnmobil.

Plötzlich stand Laura neben ihm. „Nimm seinen Arm." Sie hielt den anderen Arm fest. Gemeinsam schleppten sie den Mann zu einer Stelle in sicherer Entfernung zu den lodernden Flammen.

„Die Feuerwehr ist unterwegs!" Laura betrachtete ihren Freund mit besorgtem Blick. „Bist du in Ordnung?"

Er nickte: „Etwas schwummerig, aber ansonsten okay. Ich bleibe bei ihm." Er deutete auf den Mann. „Du weißt doch, wo die Rettungsdecke ist, oder? Das ist die mit einer goldenen und einer silbernen Seite. Ich glaube, damit sollten wir ihn besser zudecken!"

Laura nickte, wandte sich um und sprintete zu Florians Pkw zurück. Sie nahm den Autoschlüssel und machte sich am Kofferraum zu schaffen. Einen Moment darauf kehrte sie zu ihrem Freund und dem Bewusstlosen zurück, in der Hand die verlangte Rettungsdecke, über dem Arm ihren Parka. Sie reichte Florian die Folie und eilte dann zu der Frau, die in einiger Entfernung im Gras lag. Sie wirkte äußerlich unversehrt; allerdings hatte sie offenkundig einen Schock und vermutlich eine Rauchvergiftung. Tränen rannen ihr über das Gesicht.

Laura breitete vorsichtig ihre Jacke über die Fremde, dann nahm sie deren Hand und drückte sie leicht. „Er ist draußen, er lebt. Mein Freund kümmert sich um ihn. Die Rettungskräfte werden auch jeden Moment hier sein. Es wird alles wieder gut! Beruhigen Sie sich ..." Ihre sanfte Stimme schien eine tröstliche Wirkung auf die Frau zu haben, und Laura strich ihr mitfühlend über die Wange.

„Daniel ..." Flüsternd kamen die Worte. Dann sank ihr Kopf zur Seite.

***

Der aufgemotzte schwarze Sportwagen älterer Bauart hielt mit quietschenden Reifen neben ihm. Steffen ließ langsam den Arm sinken und warf dem Fahrer einen kritischen Blick zu. Dieser winkte ungeduldig und deutete auf die Beifahrertür. „Ist doch offen, Mensch! Willst du nun mitfahren, oder soll ich dich stehenlassen?"

Zögernd näherte sich Steffen dem Fahrzeug. Der Fahrer, soweit er ihn erkennen konnte, machte einen ungepflegten Eindruck. Die zerrissene Jeansjacke wirkte schmuddelig, die zottigen Haare kräuselten sich über dem speckigen Kragen, an mehreren Fingern prangten klobige Ringe. Steffen spürte Unbehagen; er tastete nach seiner Waffe. Wie gut, dass er im letzten Augenblick noch daran gedacht hatte, sie mitzunehmen!

Dann gab er sich einen Ruck und stieg ein. Er konnte jetzt nicht wählerisch sein. Außerdem mochte der erste Eindruck auch täuschen!

„Hi, ich bin Ron!" Der Mann, etwa Mitte zwanzig, nickte Steffen zu. Dann trat er aufs Gaspedal. „Panne gehabt?" Er musterte Steffen mit verschlagenem Blick.

„Hm ... ja. Ein Stück von hier entfernt. Ich bin schon eine Weile zu Fuß unterwegs." Er machte eine Pause. „Mein Name ist übrigens Thorben."

„Bis zur nächsten Stadt? Oder wo willst du raus?" Ron wartete eine Antwort auf seine Frage nicht ab, sondern fummelte am Regler der Stereoanlage herum, und Heavy

Metal in der Lautstärke eines Düsenjets dröhnte gleich darauf durchs Fahrzeug. Steffen verzog unwillkürlich das Gesicht.

Ron grinste und brüllte ihm über die Musik hinweg zu: „Nicht dein Geschmack, was?" Er drehte sie leiser. „Besser so?" Steffen grunzte genervt und wandte den Kopf zum Fenster.

„Tja, man kann sich seinen Fahrer eben nicht immer aussuchen! Ich nehme normalerweise auch keine Anhalter mit, aber du siehst so seriös aus. Was bist du, Staubsaugervertreter, Banker oder so?" Feixend beobachtete Ron seine Reaktion.

„Sag mal, kannst du auch mal nach vorne gucken beim Fahren?" Nervös warf Steffen ihm einen Blick zu, als Ron im letzten Moment einen Schlenker nach links machte und einem Radfahrer auswich.

„Kriegst du´s mit der Angst? Dabei fahre ich heute doch besonders vorsichtig, mit solch einer kostbaren Fracht an Bord!" Ron bleckte die schadhaften Zähne, und das Plastikskelett am Innenspiegel wackelte wie zur Bestätigung seiner Worte bei jeder Bewegung des Autos. Steffen holte tief Atem und schloss für einige Sekunden die Augen. *Dieser Freak hatte ihm gerade noch gefehlt!*

„Is nicht mehr weit bis zum nächsten Kaff. Aber vorher ..." - dabei warf Ron seinem Beifahrer einen hinterhältigen Blick zu - „... machen wir einen kleinen Abstecher!" Er riss das Steuer herum; der Wagen schlidderte in einen schmalen Waldweg, nahm eine scharfe Kurve und kam einige Meter weiter zum Stehen. Im nächsten Moment blitzte eine Messerklinge auf.

„Und jetzt rück deine Brieftasche raus, Alter!" Ron fuchtelte spielerisch mit dem Messer in der Luft herum, offenbar sicher, sein Beifahrer würde keinen Versuch unternehmen, sich zu wehren.

Unversehens blickte er jedoch in die Mündung einer Schusswaffe. Sein hageres Gesicht nahm einen ungläubigen Ausdruck an. „Scheiße!"

„Du bist an den Falschen geraten, Freundchen." Die Hand mit der Waffe näherte sich Rons Stirn.

Er wich entsetzt zurück, und das Messer glitt ihm aus der Hand. Dann wandte er sich blitzschnell um, öffnete die Tür und sprang aus dem Fahrzeug. Im nächsten Moment war er aus Steffens Blickfeld verschwunden.

Dieser rutschte auf den Fahrersitz herüber, legte den Rückwärtsgang ein und gab Gas, um auf dem Pfad zurückzusetzen. Ein dumpfer Schlag ließ ihn auf die Bremse treten. Er zögerte kurz, stieg dann aus und ging um das Fahrzeug herum, die Schusswaffe im Anschlag.

Auf dem Boden liegend fand er Ron vor, am Kopf eine klaffende Wunde. Er stöhnte leise. Steffen fluchte: „Verdammter Idiot!" Verdrossen starrte er auf den Verletzten hinunter; er überlegte hastig. *Was mache ich mit ihm? Wenn er überlebt, kann er mich beschreiben und weiß, dass ich eine Waffe habe!*

Entschlossen packte er Ron unter den Armen und schleifte ihn vom Weg herunter ins Gebüsch. Dann lief er zum Auto zurück und bückte sich, um vorsichtig mit den Fingern den Boden abzutasten.

Rons Messer war halb unter den Fahrersitz gerutscht, und schließlich bekam er es zu fassen. Die einzigen

Fingerabdrücke auf dem Messer wären die von Ron, denn er selbst trug Handschuhe.

Er richtete sich wieder auf und trat zu Ron. Der war inzwischen zu sich gekommen und verfolgte mit weit aufgerissenen Augen Steffens Bewegungen. Ein gurgelnder Laut entrang sich seiner Kehle. Er versuchte, sich verständlich zu machen: „... nicht, bitte ..." Der Rest ging in Schluchzen unter.

Verächtlich blickte Steffen ihn an und hob den Arm, um ihm das Messer ins Fleisch zu stoßen. Ron bemühte sich verzweifelt, ihm auszuweichen, indem er sich zur Seite rollte.

Es gab kein Entrinnen. Steffen stach zu; die aufgestaute Anspannung der vergangenen Stunden entlud sich nun mit aller Macht. Wütend traktierte er den Sterbenden noch mit mehreren Fußtritten, nachdem er ihm die Klinge tief ins Herz gerammt hatte.

Endlich ließ er von ihm ab. Es war, als erwache er aus einem Rausch ... Einige Sekunden verharrte er wie erstarrt vor seinem Opfer, beinahe unfähig sich zu rühren. Das Blut dröhnte in seinen Ohren, und er fühlte sich plötzlich völlig erschöpft. Mit gesenktem Kopf und geschlossenen Lidern holte er tief Atem; ein Schwindelgefühl erfasste ihn. Er öffnete die Augen wieder und betrachtete den blutigen Leichnam, der in in verdrehter Körperhaltung zu seinen Füßen im Gestrüpp lag.

Schließlich wandte er sich abrupt um und lief zum Auto zurück. Kurz darauf bog der Wagen bereits auf die Straße und beschleunigte. Kaum noch in der Lage, klar zu denken, lenkte Steffen das Fahrzeug über den Asphalt, versuchte vergebens, sich zu orientierten. Die Landstraße zog sich kilometerweit hin, ohne ihm einen Anhaltspunkt zu geben, wo er sich befand. *Egal. Es spielte keine Rolle mehr. Nur weiter. Weg von hier.*

Er würde sich der blutbespritzten Kleidung entledigen müssen. Er würde ...

Die Gedanken rasten durch sein Gehirn, drehten sich im Kreise. Zunächst musste er sehen, dass er die Gegend hinter sich ließ! Seine Hände zitterten unkontrolliert, als er sich eine Zigarette anzündete.

***

Der Zug war nahezu vollbesetzt, wie meist freitagnachmittags; jetzt näherte er sich einem Bahnübergang. Die Sicht war eingeschränkt, da es wieder zu regnen begonnen hatte.

„Typisches Wochenendwetter!" Der Lokführer schimpfte leise. Er hätte morgen frei, denn die Hochzeit seiner einzigen Tochter war für elf Uhr angesetzt. Gott, was freute sich das Kind - in Gedanken nannte er sie immer noch so - auf diesen Tag! Und als sie ihnen das pompöse Kleid vorgeführt hatte, war seine Frau vor Stolz fast geplatzt! Janina hatte sich wie eine Ballerina gedreht in ihrem cremefarbenen Traum aus Seide und Tüll.

„Aber Oliver darf es natürlich erst am Tag aller Tage sehen!" Naja, sein zukünftiger Schwiegersohn entsprach eigentlich so gar nicht seiner Vorstellung. Ein „Studierter", wie er sich verächtlich auszudrücken pflegte. Seine Frau schüttelte dann jedesmal den Kopf und erwiderte: „Freu dich doch einfach für Janina. Ich finde ihn sehr sympathisch und überhaupt nicht eingebildet!"

336

Tja, vielleicht hatte sie recht und er war einfach nur eifersüchtig. „Wie Väter eben so sind, wenn sie ihre Tochter an einen anderen Mann abgeben müssen!" Auch diese Feststellung stammte von seiner Frau.

War es denn wirklich schon vierundzwanzig Jahre her, dass er seine „Kleine" als strampelndes Baby in den Armen gehalten hatte? Und dann die Schulzeit ... Das Lernen fiel ihr leicht, aber als sie in die Pubertät kam, bereitete sie ihren Eltern eine Menge Sorgen. Trieb sich mit merkwürdigen, schrägen Gestalten herum, war nächtelang auf Partys verschwunden. Die unreifen Knaben, die ihnen allmählich die Bude einrannten, fanden keine Gnade vor seinen väterlichen Augen. Einer flegelhafter und unbeholfener als der andere! Ein „Katastrophenbengel" jagte den nächsten.

Na gut, und nun würde sie Oliver zum Ehemann nehmen. Ihre Wahl hätte tatsächlich schlechter ausfallen können!

Unvermittelt zuckte er zusammen. Soeben war ein Bahnübergang aus dem Dunst aufgetaucht; ein dunkles Fahrzeug stand mitten auf den Gleisen! Er reagierte blitzartig und leitete eine Notbremsung ein, registrierte jedoch, dass der Zug dem liegengebliebenen Auto schon viel zu nahe war ...

*\*\**

Steffen fluchte. Bereits kilometerweit auf endlosen Landstraßen unterwegs, hatte er endlich ein Schild entdeckt, das auf die nächstgelegene Autobahnauffahrt hinwies. Er war der Ausschilderung gefolgt.

Als er sich jetzt einem Bahnübergang näherte, begann

das rote Warnsignal davor zu blinken. *Mist ... Das schaffe ich noch!* Er trat aufs Gaspedal. Der Wagen schoss an der ersten Halbschranke vorbei, die sich gleichzeitig mit der gegenüberliegenden bereits herabzusenken begann.

Steffen lenkte den Pkw rasch auf die Lücke neben der anderen Schranke zu, als diese mit einem lautem Krachen die Motorhaube des Autos streifte; er war ihr nicht weit genug ausgewichen. Der Schreck saß ihm in den Gliedern, als er eilig den Rückwärtsgang einlegte und wieder Gas gab. Der Wagen machte einen Satz zurück, kam auf den Gleisen zu stehen und - ging aus. Steffen drehte den Schlüssel im Zündschloss, versuchte den Wagen zu starten. Keine Reaktion. Der Motor gab ein gurgelndes Geräusch von sich. Mehr nicht. Verzweifelt bemühte sich er erneut, den Wagen anzulassen. Nichts tat sich.

Steffen warf den inzwischen heruntergelassenen Schranken einen hastigen Blick zu. Sehr bald würde sich ein Zug nähern, und dann ... Ihm bliebe nicht mehr viel Zeit, die Gleise zu verlassen. Er unternahm einen letzten Versuch, den Motor zu starten. Es war hoffnungslos. *Ich muss raus hier!*

Ein leises Summen näherte sich draußen. Steffen fingerte hektisch am Sicherheitsgurt herum, den er gewohnheitsgemäß angelegt hatte. Nun wollte sich das vertrackte Gurtschloss nicht öffnen lassen! Panik stieg in ihm auf. Er verspürte Übelkeit, war schweißgebadet. Das Summen wurde lauter; gehetzt sah er hoch, sah den Zug auf sich zurasen ...

„Nein ...“ Ein langgezogener Schrei entrang sich seiner Kehle.

Sekunden darauf raste der Zug in den Pkw, schob ihn vorwärts, zerfetzte das Fahrzeug. Glas splitterte, Einzelteile der Karosserie lösten sich, flogen meterweit, landeten in Büschen oder blieben wie bizarre Kunstwerke im Geäst der Bäume hängen. Der stechende Geruch brennender Reifen und schwelender Kunststoffelemente breitete sich aus, Qualm stieg auf.

Der Körper auf dem Fahrersitz hing regungslos über dem deformierten Lenkrad, gefangen im Gurt. Flammen schlugen aus dem Wageninneren; es begann nach verkohltem Fleisch zu riechen.

Anwohner liefen zur Unfallstelle, blieben stehen, verharrten unschlüssig. Sie hatten mit Entsetzen verfolgt, wie das Fahrzeug zwischen den Schranken stehenblieb, und umgehend die Polizei verständigt.

Zögernd näherten sich zwei Männer dem brennenden Wrack, sahen sich ratlos an. Einer der beiden wagte sich schließlich näher an das Fahrzeug heran, da er beabsichtigte, die Beifahrertür zu öffnen. Die Hitze ließ ihn jedoch rasch zurückweichen. Das Grauen stand ihm ins Gesicht geschrieben, als er wieder zu dem anderen Mann trat. Resigniert zuckte er mit den Achseln. „Ich schätze, dem ist nicht mehr zu helfen!" Der Bärtige neben ihm machte eine Bewegung, als ob er auch einen Versuch unternehmen wollte. Er hielt ihn zurück: „Der ist längst hinüber ... Dem kann keiner mehr helfen. Erspar dir den Anblick." Ihn schüttelte es, als er an das Bild zurückdachte, das sich ihm im Wageninneren geboten hatte.

„Lass uns lieber versuchen, denen im Zug zu helfen."

Sie nickten einander zu, rannten auf den nächsten Waggon zu.

Menschen traten aus ihren Häusern, beladen mit Decken, Verbandszeug, manche mit Thermoskannen; sie rafften eilig zusammen, was hilfreich sein mochte.

In den Abteilen herrschte völliges Chaos. Etliche Passagiere hatten bei der Vollbremsung den Halt verloren, einige waren durch den Gang geschleudert worden. Gepäckstücke hatte sich zu Wurfgeschossen entwickelt. Fenster, Wände und Polster wiesen Blutspritzer auf.

Verängstigte Rufe mischten sich mit dem Stöhnen der Verletzten. Diejenigen, die unversehrt waren, halfen ihnen auf, suchten hektisch nach Taschentüchern oder opferten den Streifen eines T-Shirts, um die Wunden notdürftig versorgen zu können. Einige hatten einen Schock erlitten, waren kaum ansprechbar. Handys wurden hervorgeholt, Notrufe abgesetzt, einige benachrichtigten ihren Lieben daheim von dem Unglück, beruhigten den Partner. Nein, ihnen sei nichts passiert, eine Platzwunde am Kopf, ein paar blaue Flecken, aber kein Grund sich aufzuregen!

Keiner der Insassen wusste, was eigentlich geschehen war. Rauchschwaden zogen am Fenster vorbei. In der Ferne waren Sirenen zu hören, wurden lauter. Blaulicht näherte sich dem Zug. Die unvermeidlichen Gaffer drängten sich mittlerweile wie Schmeißfliegen auf dem Gelände, jeder darum bemüht, den besten Blick zu erhaschen. Fotohandys wurden bedient, Wichtigtuer mischten sich unter die Helfer, mussten zurückgedrängt werden.

Die Stimme der adretten Sprecherin klang sachlich, als sie in die Fernsehkamera blickte und ohne sichtbare Gefühlsregung ablas:

„Ein Toter und mehrere Verletzte bei Unfall: Beim Zusammenstoß eines Autos mit einem Zug ist am Nachmittag ein Mensch ums Leben gekommen, mehrere wurden zum Teil schwer verletzt. Das Unglück auf einem Bahnübergang ereignete sich nach Polizeiangaben, als der Fahrer des Unglückswagens trotz roten Blinklichts und sich schließender Schranken versucht hatte, die Gleise zu queren. Dabei war der Pkw aus noch ungeklärter Ursache auf dem Bahnübergang liegengeblieben. Er wurde von dem Zug erfasst und mehrere hundert Meter mitgeschleift. Der Fahrer verbrannte bis zur Unkenntlichkeit. Fünf Reisende und der Lokführer wurden schwer verletzt, elf weitere Insassen leicht ...“

„Armer Teufel“, murmelte Marita, als sie zur Fernbedienung griff und den Ton am Fernsehgerät herunterregelte. Sie saß auf einem Stuhl neben dem Krankenbett und verfolgte mit mäßigem Interesse die abendliche Nachrichtensendung. Der Mann auf der anderen Seite des Bettes hatte allerdings nur Augen für die Frau, die bleich und erschöpft vor ihm lag. Ihre Hand lag in seiner, warm und geborgen. Er strich fürsorglich über ihre Stirn, entlockte ihr ein leichtes Lächeln. Ihre Lider zuckten und hoben sich dann langsam; sie blinzelte und

341

sah ihn an.

Dann sagte sie mit leiser Stimme: „Daniel ... Sag mal, sitzt du eigentlich wirklich neben mir? Oder träume ich schon wieder wirres Zeug?"

„Soll ich dich mal kräftig kneifen?" Er schmunzelte vergnügt.

„Nicht nötig, ein Kuss wäre mir lieber!" Verschmitzt lächelte sie ihm zu, um dann einen raschen Blick zu Marita zu werfen. Diese war jedoch damit beschäftigt, sich durch die verschiedenen Fernsehkanäle hindurchzuzappen, auf der Suche nach einer interessanten Sendung. Die andere Patientin des Dreibettzimmers machte soeben einen Gang über den Krankenhausflur, das dritte Bett stand leer. Sie hatten das Zimmer für sich.

Die Rauchvergiftung sei bald auskuriert, der Schock rasch überwunden, und Lia könne in Kürze nach Hause entlassen werden, hatte man Daniel und Marita beruhigend erklärt.

Dem Mann, den man aus dem brennenden Wohnmobil herausgeholt hatte, ging es dagegen wesentlich schlechter. Zur Zeit lag er noch auf der Intensivstation. Er hatte Verbrennungen und eine schwere Rauchvergiftung erlitten und würde noch eine Weile in der Klinik verbringen müssen. Bisher war er nicht ansprechbar; Lia konnte sich noch entsinnen, gemeinsam mit Steffen im Wohnmobil gesessen zu haben. Er musste eingeschlafen sein, die Zigarette in der Hand ...

Marita schüttelte betroffen den Kopf, als sie an ihn dachte. Sie würde ihn besuchen, denn ihr Mitleid mit dem hilflos in seinem Krankenbett liegenden Mann war stärker als alle negativen Gefühle, die sie Steffen entgegenbrachte. Wenigstens dieses eine Mal würde sie nach ihm sehen, seine Hand halten, ihm tröstend zureden ... Das war sie ihm schuldig, trotz allem, was er ihr angetan hatte!

Daniel unterbrach ihre Gedanken: „Marita, ich glaube wir lassen Lia jetzt schlafen, was meinst du?" Sie warf Lia einen Blick zu; dieser fielen die Augen zu. Marita nickte und erhob sich. „Wir sind morgen wieder hier, also schlaf gut. Hier kann dir nichts mehr passieren!" Sie tätschelte aufmunternd Lias Hand und wandte sich der Tür zu. Daniel drückte Lia einen liebevollen Kuss auf die Stirn und folgte Marita auf den Korridor hinaus. „Lass uns gehen."

Marita hatte ihn noch nie so beschwingt gesehen wie jetzt, da er neben ihr den nüchternen Krankenhausflur entlangging.

***

„Schade um den Menschen, der er hätte sein können. Er hat unsere Mutter sehr vermisst, dann das Drama mit Vater ... Er war früher nicht so ... naja, so kalt, weißt du." Thorben sah Marita an, und in seinen Augen stand der Schmerz um den Bruder. Das Wissen um Steffens grausames Spiel hatte ihn fassungslos gemacht, doch zugleich verspürte er eine tiefe Traurigkeit.

„Ich bin mir nicht sicher, was er mir nur vorgespielt hat und was echt war - falls er überhaupt echte Gefühle für mich hatte." Nachdenklich presste Marita die Lippen zusammen. „Ich weiß nur, dass ich selbst ihm nicht *solch* ein Ende gewünscht habe ..." Sie verstummte.

„Wer war alles da?"

Marita überlegte kurz. Ihre Stimme klang rau, als sie erwiderte: „Hm ... Nur ich, der Kirchenmann ... äh, also der Geistliche, die Friedhofsangestellten, wie sagt man, Sargträger ... Und im letzten Augenblick bog Lia um die Ecke, was sagst du dazu?" Sie sah Thorben an. „Daniel weiß davon allerdings nichts. Lia hat mich um Stillschweigen gebeten, er wäre sonst fürchterlich sauer! Nach all dem Ärger, den wir mit Steffen hatten ..." Sie wiegte den Kopf. „Aber Lia hatte genauso wie ich das Gefühl, ihm wenigstens einen Abschied schuldig zu sein. Wir haben uns anschließend noch lange unterhalten ... eigentlich das erste Mal, seit wir uns kennen! Und das sind ja schon einige Jahre. Ich habe mich ihr gegenüber früher nicht immer fair benommen. Ich glaube, wir werden in Zukunft besser miteinander auskommen." Sie grinste. „Immerhin bin ich ja auch mit *diesem* Zukünftigen von ihr verwandt. Somit wird sie wieder meine Schwägerin!"

„Haben sich eigentlich deine Mutter und sein Vater mittlerweile getroffen?" Thorben sah sie fragend an.

Marita bejahte. „Und nicht nur einmal. Die verstehen sich offensichtlich blendend. Vielleicht gibt es noch irgendwann eine Doppelhochzeit!" Sie schmunzelte und fuhr fort: „Sein ... also *unser* Vater ist total sympathisch, meine Mutter ist ganz hingerissen ... Ich kann gut verstehen, warum sie sich damals auf ihn eingelassen hat! Ich war natürlich sehr aufgeregt, als wir uns endlich kennengelernt haben. Er auch. Aber wir haben uns gleich prima miteinander verstanden; er ist genauso attraktiv wie Daniel!"

Thorben rollte mit den Augen: „Das lass Lia besser

nicht hören! Außerdem gibt's da noch einen Mann, der dich verdammt gern hat." Er blickte ihr zärtlich ins Gesicht. Ihre täglichen Besuche am Krankenbett taten ihm wohl; er musste sich eingestehen, dass sie ihm schon längst nicht mehr gleichgültig war.

Marita glühte vor Verlegenheit. Auch sie freute sich jeden Tag auf das Wiedersehen mit Thorben. Aber es war nicht nur die frappierende äußere Ähnlichkeit mit dem früheren Liebhaber, die sie faszinierte. Im Gegensatz zu Steffen strahlte Thorben eine Herzlichkeit aus, die echt war. Sie hatte ihm nur *einen* Besuch abstatten wollen, um ihn danach nie, *niemals* wiederzusehen ... Und dann hatte sich herausgestellt, wer da tatsächlich lag!

Mit Bestürzung hatte sie die Nachricht von Steffens schrecklichem Tod aufgenommen, doch zugleich empfand sie eine Erleichterung, die sie zutiefst beschämte. Er würde niemandem mehr wehtun ... niemanden mehr ermorden. Es fiel ihr immer noch schwer zu glauben, was sie über Steffens Vergangenheit erfahren hatte. Sie hatte ein Verhältnis mit einem mehrfachen Mörder gehabt! „Du kannst keinem Menschen hinter die Stirn gucken." Der Satz ihrer Mutter hatte sich als verdammt wahr erwiesen.

Nun saß sie am Krankenbett seines Bruders, der sein Ebenbild und doch so ganz anders war. Sie strich Thorben mit der Hand über die Stirn, ließ die Finger über seine Wange gleiten, bis sie zu seinen Lippen kam. Mit geschlossenen Augen ließ er sich ihre Liebkosungen gefallen, öffnete leicht den Mund, berührte mit der Zungenspitze ihren Zeigefinger und stöhnte leise auf. „Mach nur so weiter ..."

Sie registrierte verlegen die Erhebung, die sich unter der Bettdecke abzuzeichnen begann. „Können Männer eigentlich nur an *eines* denken?", fragte sie mit gespielter Entrüstung.

Als er nickte, zog sie den Finger weg. „*Dafür* bist du aber noch lange nicht gesund genug! Erstmal ruhig liegenbleiben und keinen Unsinn treiben ..."

„Selbstverständlich, Frau Doktor", kam die Antwort. Er grinste schelmisch und deutete dann mit den Lippen einen Kuss an.

Köstlich!" Barbara Tiblert führte mit sichtlichem Genuss die Gabel zum Mund. „Daniel, deine zukünftige Braut ist eine wahre Künstlerin in der Küche!" Sie setzte hinzu: „In der Malerei sowieso, wie ich festgestellt habe!"

Lia strahlte. Ihre Schwiegermutter zeigte sich erfahrungsgemäß sehr zurückhaltend, wenn es darum ging, ein Lob auszusprechen. Im Gegenteil, Lia konnte sich fast ausschließlich an boshafte Sticheleien erinnern, mit denen Barbara ihr früher jahrelang zugesetzt hatte! Nun, ihr Verhältnis zueinander begann sich zu bessern.

Wenn sie ehrlich war, musste Barbara Tiblert zugeben, Lia dankbar zu sein. Dankbar für ein erneutes Zusammentreffen mit Joachim Wempert, zu dem es ohne dessen Sohn und Lia nicht gekommen wäre. Welches wohl auch nicht stattgefunden hätte, wäre Lia nicht entführt worden ... Barbara Tiblert kannte zwar nicht alle Zusammenhänge, aber sie wusste, dass Lia eine recht unangenehme Zeit durchlebt hatte!

Sie prostete ihrer Schwiegertochter zu: „Auf euch beide!" Sie setzte das Glas auf dem festlich gedeckten Tisch ab und beäugte Lia mit nachdenklichem Blick, um dann fortzufahren: „Und, darf man dich schon beglückwünschen?" Als sie Lias irritierten Blick bemerkte, wurde sie deutlicher: „Eine zweifache Mutter weiß die Anzeichen zu deuten, Lia. Ist doch kein Grund, sich zu schämen, Mädchen!", beeilte sie hinzuzusetzen, als Lia blass wurde. Dann wurde sie sich ihrer Taktlosigkeit bewusst und verstummte beschämt.

Unvermittelt stieß Lia den Stuhl zurück, sprang auf und verließ hastig den Raum. Daniel, sein Vater und Barbara Tiblert sahen sich ratlos an, dann machte Daniel Anstalten, ebenfalls aufzustehen. Barbara hielt ihn zurück: „Bleib sitzen, ich kümmere mich um sie." Zögernd setzte sie hinzu: „Ich glaube, ich bin soeben mächtig ins Fettnäpfchen getreten. Hoffentlich verzeiht sie mir das!" Mit diesen Worten verschwand sie im Flur, um Lia zu suchen.

Diese stand im Bad, die Hände aufs Waschbecken gestützt. Ihre Augen starrten das Spiegelbild an. Mit ungläubigem Gesichtsausdruck wandte sie sich Barbara zu, als diese zaghaft die nur angelehnte Tür öffnete. Die Frauen sahen sich sekundenlang schweigend an.

Dann trat Barbara zu Lia und nahm sie in die Arme. „Lia ... Ich hoffe, ich habe kein Geheimnis ausgeplaudert!" Sie löste sich von ihr, hielt sie an den Schultern fest und blickte ihr eindringlich in die Augen. „Ich bin manchmal solch ein taktloser Esel. Entschuldige bitte!"

Lia sagte zunächst nichts. Als sie schließlich zum Sprechen ansetzte, klang ihre Stimme gepresst: „Tut mir leid, Barbara. Ich weiß auch nicht, weshalb ich so gereizt reagiere." Sie machte eine Pause. „Du meinst, dass ich ... schwanger sein könnte?" Ängstlich sah sie die Ältere an.

Diese wiegte den Kopf. „Hm. Vielleicht irre ich mich auch. Mir fiel nur bereits mehrfach auf, wie du schmerzhaft das Gesicht verziehst, sobald du unabsichtlich deine Brüste berührst. Ich kenne dieses unangenehme Spannungsgefühl auch von meinen Schwangerschaften. Und Daniel verriet mir vorhin im Gespräch, dass du die letzten Tage morgens ins Bad gerannt bist, als ob der Teufel hinter dir her wäre ... Er hat sich schon gefragt, ob du ständig an Durchfall leidest, haha!" Sie wurde wieder ernst, als sie Lias entsetzte Miene bemerkte. Sanft fragte sie: „Ja, möchtest du denn kein Kind?"

Lia schwirrte der Kopf. Sie versuchte sich zu erinnern, wann sie zuletzt ihre Tage gehabt hatte. Das war ... Verdammt, das war schon eine ganze Weile her! Hatte Barbara womöglich recht? Bilder tauchten vor ihrem inneren Auge auf. Bilder einer Liebesnacht in einem Wohnmobil ... Oh Gott, lass das Kind nicht von *ihm* sein! Lia begann zu zittern; da spürte sie eine Hand, die sie behutsam am Arm fasste. „Komm ... Ich bringe dich zum Schlafzimmer, du legst dich besser erstmal hin!" Die besorgte Stimme drang wie durch Watte an ihr Ohr. Alles um sie herum schien sich plötzlich zu drehen. Sie schaffte es noch bis zum Bett, um sich dort schweißgebadet und kalkweiß im Gesicht niedersinken zu lassen. Barbara zog ihr die Schuhe aus und schlang ihr die Tagesdecke notdürftig um den Körper.

„Kind ... Soll ich dir ein Glas Wasser bringen?" Sie wartete die Antwort nicht ab, sondern eilte in die Küche. Gleich darauf kam sie mit dem Wasser zurück und setzte sich neben Lia auf die Bettkante. „Trink einen Schluck." Sie hielt Lia das Glas an die Lippen, aber diese nippte nur und schüttelte dann den Kopf.

Bestürzt betrachtete Barbara Tiblert die junge Frau, die

bleich vor ihr lag. Sie hörte, wie sich zwei Stimmen der Zimmertür näherten, wandte sich um und machte den beiden Männern ein Zeichen, sich zu entfernen. „Keine Angst, ihr geht´s gleich wieder besser! Kleiner Schwächeanfall, nichts Schlimmes. Wir sind in ein paar Minuten wieder da."

Sie tätschelte Lias Hand. „Weißt du, als ich das erstemal schwanger war, hat mich das auch völlig überrascht. Aber es ist ein überwältigendes Erlebnis. Und ..." Sie streichelte Lias Stirn. „Daniel wird bestimmt ein guter Vater. Er ist ein liebevoller Mann, der dich auf Händen trägt. Er freut sich mit Sicherheit über die Neuigkeit!"

Lia nickte schwach. Ja, Daniel würde sich über ein Baby freuen. Bis er herausfände, dass es vielleicht nicht von ihm war! Sie würde ihm den Seitensprung beichten müssen. Ihr schlechtes Gewissen würde ihr sonst niemals Ruhe lassen. Und sollte er ihr dann den Rücken kehren ... Oder sollte das Kind tatsächlich von Steffen sein ... *Er wird mich verlassen!* Mühsam unterdrückte sie ein Aufschluchzen.

***

Sie sollte sich täuschen. Daniel hörte ihr schweigend zu, als sie ihm gestand, mit Steffen geschlafen zu haben. Stockend erzählte sie von den gemeinsam im Wohnmobil verbrachten Stunden, von der Katze, von Steffens Niedergeschlagenheit nach dem Tod des Tieres. Von der anschließend gemeinsam verbrachten Nacht. Sie versuchte nicht, ihr Verhalten zu rechtfertigen. Versuchte nur, ihm alles so schonend wie möglich beizubringen, ohne ihn mit Details zu quälen.

„Jetzt weißt du alles! Ich habe nichts verschwiegen. Daniel ..." Ihr fehlten die Worte, und sie verstummte.

Er wirkte äußerlich ruhig, als er sich vom Sofa erhob, auf dem er neben ihr gesessen hatte. Einen Moment lang stand er still neben ihr, den Blick auf den Teppich gerichtet. Dann straffte er sich unvermittelt. „Lia ..." Er atmete schwer. „Lia ... Ich mache einen Spaziergang." Als er ihre Bewegung registrierte, hob er die Hand: „Bleib sitzen. Lass mich einfach eine Weile allein da draußen!" Er starrte in ihre verzweifelten Augen. „Ich bin bald zurück ... Ich muss das erstmal verdauen." Seine Stimme klang brüchig.

Die folgende Dreiviertelstunde verbrachte Lia damit zu grübeln. Allmählich ließ ihre Angst nach, des beauftragten Verbrechens an Bernd bezichtigt zu werden, denn Daniel würde schweigen, wie er ihr hoch und heilig versichert hatte. Thorben waren keine näheren Einzelheiten bekannt, und Marita, die niemals eine der kopierten Tagebuchseiten zu sehen bekommen hatte, glaubte immer noch Steffens Erklärung, Lia zu erpressen, da diese einst einen Diebstahl begangen habe.

*Mord!* Marita hätte sofort die Polizei alarmiert, wie Steffen ganz richtig befürchtet hatte. So gelassen sie auch zunächst auf seine Andeutungen reagiert hatte, so unmissverständlich hatte sie jedoch schon bald durchblicken lassen, Lia bei entsprechenden Hinweisen natürlich umgehend dem Gesetz auszuliefern!

Doch wie hätte Steffen diese dann noch erpressen können? So rasch wollte er die wohlgenährte Melkkuh schließlich nicht verlieren - mittlerweile konnte Lia ihn gut genug einschätzen, um sich seine Gedankengänge vorzustellen. Also hatte er behauptet, im Tagebuch lediglich Hinweise auf einen Diebstahl entdeckt zu haben, das würde für eine Erpressung genügen! Lia schüttelte den Kopf und schloss für einen Moment die Augen, als sie daran dachte, was Marita ihr in einem Gespräch anvertraut hatte. Sie hatte es nicht korrigiert; sollte Marita doch weiterhin die Geschichte mit dem Diebstahl für die Wahrheit halten.

Lias Ehering hatte sich nirgends mehr angefunden, und auch das Tagebuch war nur noch eine ferne Erinnerung, beim Brand des Wohnmobils zu Staub zerfallen! Denn dass es sich dort befand, hatte Steffen erwähnt, unmittelbar bevor Lia das Bewusstsein verlor. Und hatte er das Büchlein noch mitgenommen, so war es in Flammen aufgegangen, als ... Lia musste schlucken, als sie an Steffens qualvolles Ende dachte.

Und nun das! Behutsam strich sie mit der Hand über ihren Leib und stellte sich das Wesen vor, das darin heranwuchs, unschuldig und von ihrer Fürsorge abhängig. Sie hockte mit angezogenen Knien auf dem Sofa und fixierte einen imaginären Punkt an der Wand. Bei jedem Geräusch fuhr sie zusammen und hielt den Atem an. Kam Daniel zurück? Drehte sich endlich der Schlüssel im Schloss?

Nichts. Stille.

Als sie sich schließlich entschied, in die Küche zu gehen und ein Glas Wasser zu trinken, hörte sie Daniel hereinkommen. Sie wandte sich um.

Langsam schritt er auf sie zu, bis sie voreinander

standen. Beklommen sah sie ihm in die Augen; sie waren gerötet vom Weinen. Sie wagte kaum zu atmen, als sie zögernd ihre Hand hob und leicht über seine Brust strich. Da löste er sich aus der Erstarrung und zog sie an sich.

„Tu mir das nie wieder an! Ich ..." Er konnte nicht weitersprechen. Vergeblich bemühte er sich, seine Tränen zurückzuhalten. Er räusperte sich. „Ich liebe dich doch ..."

Sichtlich um Fassung ringend, sprach er weiter: „Und was das Kind betrifft ... Dem werde ich ein möglichst guter Vater sein, egal, von wem es nun eigentlich ist. Es kann ja nichts dafür. Du kannst meinetwegen einen Vaterschaftstest durchführen lassen, wenn du möchtest. Ich bestehe nicht darauf. Es wird so oder so *mein* - nein, *unser* Kind sein!"

Zaghaft begann Lia, zu lächeln. „Ich möchte gern ein Mädchen." Neugierig sah sie Daniel an.

„Ich möchte einen Jungen, Mädchen sind mir zu kompliziert!" Er zwinkerte ihr zu.

„Aber Mädchen können hübsche Kleider tragen." Lia grinste schelmisch.

„Egal, Hauptsache da kommt kein zweiköpfiges Kalb raus!"

***

„Sandra, komm zu Mama!" Die Vierjährige schwenkte herum. In der Hand Förmchen, mit denen sie soeben Sand-kuchen geformt hatte, patschte sie barfuß auf ihre Mutter zu.

Diese empfing ihre Tochter mit ausgebreiteten Armen und gab ihr liebevoll einen Kuss. „Jetzt gibt`s Kuchen", ver-kündete die Frau, als sie begann, die selbstgebackene Torte anzuschneiden. Ihr angeschwollener Leib offenbarte werdendes Leben; nur noch wenige Wochen, dann bekäme Sandy ein Brüderchen.

„Zeig Papa doch mal, was Oma Barbara und Opa Joachim dir mitgebracht haben!", forderte die Frau das Kind zärtlich auf. Die dunkelbraunen Kulleraugen strahlten, als das Mädchen stolz das bunte Armband am Handgelenk zeigte. Die Glassteinchen funkelten im Sonnenlicht.

„Na, das ist aber hübsch ... So etwas tragen sonst nur echte Prinzessinnen, weißt du!" Der Mann lächelte verschmitzt der älteren Frau am Tisch zu: „Barbara, sie wird irgendwann eitel."

„Daniel, ich glaube, das hat sie gar nicht nötig. Dazu ist sie ihrer Mutter viel zu ähnlich. Bis auf die Augen ..." Die Frau machte eine Pause. „Entschuldige, Lia." Sie hüstelte verlegen.

„Schon gut, Barbara." Die Angesprochene nickte ihr beruhigend zu. „Was schreiben denn eigentlich Marita und Thorben? Haben sie ihre Küche endlich fertig?"

„Ach richtig, der Brief." Barbara räusperte sich. Sie zog ein Schreiben aus ihrer Handtasche, um es Lia in die Hand zu drücken. „Offensichtlich gab´s da einige Probleme mit den Handwerkern. Aber so ist das eben auf der Insel ... Da gehen die Uhren langsamer als in Deutschland. Vieles haben die beiden selbst versucht, zu bewerkstelligen. Da aber wohl beide mit zwei linken Händen gesegnet sind, klappt es nicht immer so, wie sie es sich vorstellen! Aber ihr Schmuckladen in der Fußgängerzone läuft mittlerweile gut, und mit den Nachbarn verstehen sie sich prima.

Allerdings haben sie immer noch Sprachprobleme. Viele Mallorquiner haben einen unverständlichen Dialekt drauf, da hilft der Spanischkurs nicht viel! Obwohl sie ja wochenlang gelernt haben, um sich vorzubereiten."

„Soso, Thorben versucht sein Glück als Touristenführer in der Altstadt." Daniel, der Lia beim Lesen über die Schulter schaute, konnte sich ein Grinsen nicht verkneifen. „Da haben sich zwei Träumer gesucht und gefunden!"

„Maritas Traum: Im Süden leben, nicht mehr im Büro arbeiten müssen! Scheint sich zu erfüllen. Und ..." Barbara wiegte nachdenklich den Kopf: „Mit Thorben hat sie wohl endlich den passenden Mann gefunden. Man sagt ja, auf jeden Deckel passt ein Topf." Sie verbesserte sich: „Quatsch, natürlich umgekehrt!" Alles lachte.

„Hört mal her: Sie lädt uns ein, in ihrem Häuschen Urlaub zu machen! Für jeweils zwei Personen sei Platz, dann sei es zwar eng, aber so müssten wir nicht in einem Hotel übernachten." Lia sah hoch.

„Also, gegen einen Urlaub auf Mallorca habe ich nichts einzuwenden", meldete sich Joachim Wempert zu Wort. Er hatte bislang still dagesessen und amüsiert die Unterhaltung verfolgt. Nun sah er seinen Sohn an und zwinkerte vergnügt. „Ihr beide seid ja doch erstmal mit Kinderkriegen beschäftigt! Wir älteren Semester sind da unabhängiger. Lass uns die Koffer packen, Barbara!"

Seine Frau schüttelte mit gespielter Entrüstung den Kopf: „Darf ich erst mein Tortenstück aufessen, oder möchtest du noch die Abendmaschine erreichen?"

Daniel meinte: „Also *meine* Frau würde aufspringen und meine Wünsche erfüllen. Oder nicht, Lia?"

Diese hatte nicht zugehört. Sie verfolgte mit verträumten Augen den Flug eines bunten Falters, der sich von der leichten Brise vorbeitragen ließ ...